O feitiço da *Índia*

Copyright do texto ©2012 Miguel Real
O autor é representado pela agência literária Bookoffice
(http://bookoffice.booktailors.com/)
Copyright da edição original © 2012 Publicações Dom Quixote
Copyright da edição brasileira ©2016 Escrituras Editora

Todos os direitos desta edição reservados à
Escrituras Editora e Distribuidora de Livros Ltda.
Rua Maestro Callia, 123 – Vila Mariana – São Paulo – SP – 04012-100
Tel.: (11) 5904-4499 / Fax: (11) 5904-4495
escrituras@escrituras.com.br
www.escrituras.com.br

Criadores da Coleção Ponte Velha
António Osório (Portugal) e Carlos Nejar (Brasil)

Diretor editorial **Raimundo Gadelha**
Coordenação editorial **Mariana Cardoso**
Assistente editorial **Karen Suguira**
Capa, projeto gráfico e diagramação **Guilherme V. S. Ribeiro**
Impressão **Forma Certa**

Dados Internacionais de Catalogação na Publicação (CIP)
(Câmara Brasileira do Livro, SP, Brasil)

Real, Miguel
  O feitiço da Índia / Miguel Real – São Paulo:
Escrituras Editora, 2016. – (Coleção Ponte Velha)

ISBN 978-85-7531-728-0

1. Ficção 2. Romance português I. Título.
II. Série.

17-00987   CDD-869.3

Índices para catálogo sistemático:
1. Romances: Literatura portuguesa   869.3

Edição apoiada pela Direção-Geral do Livro,
dos Arquivos e das Bibliotecas/ Portugal

Impresso no Brasil
Printed in Brazil   Obra escrita em português de Portugal

Miguel Real

O feitiço da *Índia*

escrituras
São Paulo, 2016

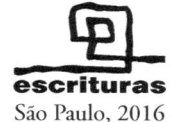

*Para a Filomena, a Inês, o David,
a Bebé e o Alfa, com infinito amor.*

*Para Delfim Correia da Silva,
esperando não o decepcionar.*

Nos 500 anos da conquista da Goa (1510) por Afonso de Albuquerque e nos 60 da integração de Goa na União Indiana (1961), desencadeando a derrocada do Império Português.

Sumário

Apresentação 11

O terceiro beijo 13
Um calor ardente em Bombaim.......................... 15
Insone 43
Calecute – Vasco da Gama 49
A Isabelinha torna-se comunista 55
A Mãe 59
José Martins, o meu undécimo avô 67
D. Francisco de Almeida – Um império no mar 77
Cobras.. 97
Partida para a Índia do meu undécimo avô 101
A minha chegada à Índia 113
A chegada do Pai a Goa 125
As portas do çarame 155
Xavier.. 165
Afonso de Albuquerque – Um império em terra ... 171
O Clube Português... 179

Calecute – Pedro Álvares Cabral	193
Forte Cochim	199
A Mãe vai a Fátima	223
A conquista de Goa	241
A tia Belmira emigra para Paris	261
Nasce-me o desejo de ir à Índia	271
Afinal era eu o grande amor da Isabelinha	275
Bispoi	285
A Isabelinha torna-se acrata	289
A minha nova família	295
A morte da Mãe	303
Encontro com Rhema e Sumitha	307
Noite de amor	317
A indianização do Pai	319
A revelação da existência de José Martins, meu undécimo avô	331
Arun – Um deficiente, o derradeiro Martins da Índia	371
O Pai ajudara os portugueses no campo de prisioneiros	379
Sumitha reza à Nossa Senhora de Fátima	385
Fim	393
Adenda	395

Apresentação

O feitiço da Índia narra a história de três homens:

1. José Martins, o primeiro português a tocar solo indiano, ido como degredado na armada de Vasco da Gama. Casado em Alfama com a moura Rosa, apaixonou-se por Rhema em Cochim, casou-se de novo e morreu em Goa, enfeitiçado pela Índia;

2. Augusto Martins, o único português (não luso-indiano) a permanecer em território de Goa após a invasão das tropas da União Indiana em 18 de dezembro de 1961; casado em Lisboa com a mulher-a-dias Rosa, apaixonou-se em Salcete pela menina Rhema, filha de brâmane, gerando Sumitha, morrendo em Goa enfeitiçado pela Índia;

3. A minha história, descendente de José Martins e filho de Augusto Martins, que, em 1975, após o reatamento das relações entre Portugal e a União Indiana, parti para Goa à procura do Pai e aqui permaneci até hoje, vivendo com Rhema e Sumitha, enfeitiçado pela Índia.

O terceiro beijo

Vou contar tudo de uma forma muito simples.

Não me recordo do Pai, verdadeiramente não o conheci, por isso lhe chamo Pai, e não meu pai. A Mãe morreu a seguir à Revolução dos Cravos que houve no meu país, imaginando-se à janela, como sempre estivera desde a partida do Pai para Goa, em 1953; vislumbrara uma figura ao fundo da rua cujo recorte lhe pareceu o do Pai, a poupa do cabelo armada e lacada, a testa alta e rósea, a fácies borbulhenta escarlate, a barba rasada pela raiz, o nariz grosso e carnudo, o pescoço seco e hirto como uma haste, as mangas arregaçadas da camisa branca de *nylon*, os pés para o lado, as calças escuras de fazenda, os sapatos pretos engraxados, a Mãe admirou-se de o marido não regressar de tez morena, como a família de indianos que morava no Areeiro, ergueu hesitantemente o dedo demonstrador e, gaguejando, disse, olha, voltou, virou a cara sorrindo para mim e repetiu, olha, voltou, confirmou-me, sabia que voltaria, amava-me, e de sorriso entre as faces morreu, com a mão aberta sobre o coração, os dedos encrespados, arrepiando a blusa castanha, a cabeça desabada sobre a aparadeira da janela, morreu feliz, a Mãe, após quase vinte anos esperando o Pai, imaginando o seu regresso.

*

Não me lembro de sentir a mão terna do Pai sobre o meu cabelo, ou o calor do seu corpo, nem sei o que é haver um pai. Nasci no dia 1 de março de 1953, na Alameda D. Afonso Henriques, em Lisboa, em casa da tia Belmira, que me contava ter o Pai sofrido no dia do meu nascimento, querendo ficar e não podendo. Nasci de manhã e o Pai partiu à hora do almoço para o Cais da Rocha, onde embarcou, desaparecendo para sempre, a Mãe de pernas abertas, doridas e ensanguentadas, os lençóis molhados, o quarto inundado do vapor das bacias de água quente, a tia Belmira arrepiando as melenas úmidas do cabelo, limpando as mãos vermelhas de sangue a um pano sujo de algodão, lavou-me das escorrências pastosas, as placas viscosas de sangue, embrulhou-me num lençol azul e deu-me ao Pai, que me embalou ao colo, sossegando-me, ofereceu-me o seu dedo, que eu chuchei afanosamente, deu-me dois beijos na testa, chamou-me seu filho e devolveu-me à tia Belmira, secou a testa suada de minha mãe, que sorria, envergonhada, preparando o seio para a mamada, beijou a Mãe, jogou para as costas o saco de marinheiro comprado na Feira da Ladra, que era toda a sua bagagem, e partiu.

O Pai deu-me dois beijos, se me tivesse dado três beijos porventura eu não teria ido para a Índia à sua procura, toda a vida senti a falta desse terceiro beijo, como uma promessa nunca cumprida. Cheguei a Goa em 1975 à procura do Pai com uma irreprimível vontade de o forçar a dar-me um terceiro beijo. Bastar-me-ia o terceiro beijo para o nomear, não Pai, mas meu pai.

Um calor ardente em Bombaim

Chuviscos amenos receberam-me em Bombaim, era julho, finais, a monção declinava lentamente entre suntuosas cargas de água que inundavam as ruas, faziam transbordar as valetas entupidas e alagavam as barracas dos pobres, cobertas de entrançado de ola de palmeira ou de plástico azul impermeável, e um calor ardentíssimo, que me sufocava a garganta e me empastava as costas de suor. À saída do velho aeroporto inglês, hoje inexistente, recebi, sob uma espessa cortina de água, empapando-me as botas de carneiro, o primeiro bafo da Índia, poderoso, como um sopro escaldado, terra vermelha, céu azul, campos verdes, vegetação exuberante, multidões expectantes de olhar suspenso no infinito, como mortos agitados, aguardando a felicidade na próxima reencarnação.

Na minha imaginação, desejava que a Índia cheirasse a raiz de mandrágora, a casca de sândalo ou a perfume de nardo, ou a gengibre moído, tão bela quanto um fragmento translúcido de cânfora, mas não, cheirava a pó denso e ressequido entre o aeroporto e a Marina Drive, um pó sujo, sólido, azedo, úmido e vivo, como a rebentação das águas uterinas da mulher, que se entranhou até hoje no meu corpo, enfeitiçando-me.

*

O meu valente táxi, de bancos forrados a veludilho grosso como uma alcatifa europeia, cheirando a pivete de incenso queimado em honra de Lord Ganesh, o deus menino de cabeça de elefante, lançava furiosas buzinadelas e fintava jovens galantes de camisa branca larga e longa, até o meio da perna, velhos hirtos e dignos, de *dhoti* creme e *topi* na cabeça, e mulheres altas e formosas de sari colorido arrastando filhos pela mão, que, como uma vagarosa manada caótica, por todo lado atravessavam as largas alamedas britânicas; roncando como um rinoceronte danado, o táxi ladeava outros velhos *Fiat* a menos de um dedo de distância, desconjuntados mas velozes, do tempo do colonialismo. O taxista chamava-se Hassan, era hindu, acabara de trocar o seu riquexó pelo novo táxi amarelo e preto com a ajuda do dote que a família recebera da mulher do filho mais velho, fora um bom negócio, esclarecia-me, vive na minha casa até morrer, come da minha comida, há de parir-me belos netos, é justo que o pai dela pague o luxo da comida e da roupa permanentes, para ele também foi um bom negócio, já não tem de sustentar a filha, dizia-me, demorando-se de cabeça virada para trás, eu, amedrontado, levantava o indicador, apontava infrutiferamente para a frente, ele continuava, deu-me três cabras brancas leiteiras que, somadas à venda do riquexó, me pagaram dois terços do táxi, o resto tenho de pagar em dez anos, juros de 20% ao ano; para fazer conversa, perguntei que idade tinha a nora, 10 anos, respondeu Hassan, orgulhoso, embicando o carro para uma das cinco filas compactas, rasando as outras viaturas, buzinando estrepitosamente numa corrida de para-avança, na qual cada estampido de buzina confirmava a vitória triunfante sobre outro carro, tomando posse de mais uns dez metros de estrada.

Hassan tornou-se meu amigo, e eu socorria-me dos seus serviços sempre que passava temporadas em Bombaim fiscalizando os investimentos no City Bank, que me permitiam viver em Goa sem trabalhar. Hassan era um *harijan,* um Filho de Deus, pertencia aos antigos *dalit,* os intocáveis, que Gandhi e Nehru tinham abolido, trocando o sistema milenar das castas pelo sistema ocidental das classes sociais, o que permitiu enriquecer milhões de intocáveis em duas gerações. Hassan já morreu, há sete ou oito anos, esmagado, ele e o seu táxi, por um caminhão-tanque que, integrado numa caravana, seguia para o interior transportando água para as várzeas secas dos arrozais, financiada pelas últimas rupias da Revolução Verde da senhora Gandhi, filha de Nehru. Da última vez que me transportou dentro de Bombaim, desiludido com o rumo político da Índia, intitulava-se um *dalit,* já no sentido recente de oprimido, exigia garantias de crédito do governo, controlava uma frota de uma boa dezena de velhos táxis pretos e amarelos e vinha prometendo a Lorde Ganesh um altarzinho de ouro se este lhe duplicasse os carros nos próximos cinco anos.

Instalava-me no primeiro andar do Churchill Palace Hotel, numa rua transversal à Marina Drive, um hotelzinho familiar e burguês, cumpridor da decência segundo os ditames do cavalheirismo inglês, torradas cobertas com compota de caju ao pequeno-almoço, bacon, ovos e uma refeição de carne por dia servida por um lacaio de pele escurecida e cabeça redonda como um balão, uns beiços grossos descoloridos sob um bigode árabe, que me tratava por sir – Yes, Sir, No, Sir –, o suficiente para eu não esquecer a comida europeia e desejar a comida indiana no regresso a Goa. Hassan apanhava-me às dez em ponto no átrio do hotel, fazia comigo a volta dos bancos, esperando uns metros atrás de mim, hirto e delicado, como um serviçal vitoriano, aprumado na sua *kurta* de algodão branco fiado à mão, porventura pela mulher ou pela nora. Avisado pelo telefone, ia buscar-me ao aeroporto com um pequeno colar de cravinas e jasmim, que me enfiava no pescoço como a um europeu de outras eras. Quando o conheci, nos meados da década de setenta, Hassan acabara de se oferecer para o programa de esterilização masculina propagandeado por um dos filhos da senhora Indira Gandhi, que não via outra solução para a prosperidade do país senão cessar drasticamente com o crescimento populacional, sugador do crescimento econômico, anulando-o. Hassan, com três filhos, oferecera-se para receber uma injeção nos testículos em troca de 120 rupias, uma lata de óleo de milho para a fritura e um transístor com pilhas. Contara-me que, na sua aldeia, perto de Pune, em Marastra, os professores, as enfermeiras e os médicos só recebiam o ordenado se cumprissem a altíssima quota de esterilização de crianças e doentes, a polícia sovava na cara e matraqueava nas pernas e nas costas os renitentes e demitia os funcionários incumpridores. No ano seguinte, quando regressei a Bombaim, Hassan queixou-se dos efeitos da esterilização, ficara impotente durante meses e tivera de se socorrer de unguentos homeopáticos que lhe alteavam o pênis, sem resultados visíveis na ejaculação, eretizando-o durante longas horas como um pau insensível metido entre as pernas; cumpria a função com a mulher, dizia-me, mas perdera o prazer. Sorria como um menino magoado, mas logo se alegrava, consolava-se com a prosperidade nos negócios, que, evidente pela multiplicação anual do número de táxis, não lhe rendia excessivo proveito devido aos altos juros anuais que pagava a uma caixa de crédito. Dos três filhos, só um trabalhava, conduzindo um táxi da família, os restantes, bons alunos, com pequenas bolsas do Governo, estudavam engenharia em Nova Deli em universidades privadas de prestígio, acossando mensalmente as finanças de Hassan.

Com tantas inquietações, e mesmo problemas, como a impotência e as sucessivas avarias dos carros, Hassan era um homem feliz em circunstâncias infelizes, como são felizes os indianos. Ao fim da tarde, sob as acácias de folhagem verde-vivo, levava-me por vezes ao bodego de um primo seu, rente a Church Gate, para comermos *cheese paper masaladega,* um enorme tubo de pão de queijo, oco, de massa enrolada, saído do forno, cortado à mão em nacos quentes, juntávamos molho de especiarias, deliciando-nos a língua, preparando-a para a cerveja gelada; contávamos anedotas um ao outro, histórias felizes e infelizes, em inglês, mastigando pão de queijo e trincando sementinhas de anis; depois, barriga cheia e cérebro toldado pela cerveja, passeávamos na marginal, jogando amendoins salgados às gralhas pretas que, grasnando, pousavam nos ombros e na cabeça de Hassan. Ao fim do dia, a noite caída sobre a cidade, bebericávamos chá preto de Ceilão numa patisserie francesa da Veer Narimar Road, escandalizando os burgueses indianos de fato e gravata ocidentais, que não imaginavam como um europeu ousava pisar a alcatifa sintética de um salão fino acompanhado de um dalit de camisa suada – a decadência, diziam, de chávena inglesa de porcelana na mão e dedo mindinho alçado; sentia a má vontade do gerente, um indiano de Bangalore, cabelo besuntado de brilhantina, bigode empolado e cara rapada, ridículo na sua sobrecasaca preta, camisa branca e gravata cinzenta, fazia-me surdo como uma cobra e cego como uma toupeira, um chá para dois e duas fatias de bolo de manga com raiz de lótus, o empregado, trajado ridiculamente à rajá, com um turbante de seda de Benares, sapato de couro dourado de ponta revirada para cima, ostentava um carão sombrio de superioridade, trazia de propósito dois chás e eu mandava regressar um à copa, bastava um chá para dois, não era preciso mais.

No tempo anterior à monção, quando o calor, de tão denso e ardente, penetrava pelos poros das calças de linho e mordia e encardia as coxas, dávamos um novo passeio pela marginal, refrescando o pescoço e o peito com a brisa suave da baía, depois despedíamo-nos com um abraço, ele seguia para casa, eu pisava a breve escadaria de mármore do Churchill Palace Hotel, os dois porteiros baixavam a cabeça até aos pés, faziam a pergunta sacramental, se eu queria rapaz ou rapariga, menino ou menina, jovem ou adulta, eles riam-se, já conheciam a resposta, a única mulher que eu queria essa noite, como todas as restantes, era a minha mulher, estava em Goa e chamava-se

Sumitha, era minha irmã, dizia eu, eles, serviçais, habituados à estranheza europeia, sorriam, não se admiravam por eu preferir a minha irmã, também eles se tinham iniciado sexualmente, sem penetração, com as irmãs, na adolescência, no quarto comum dos barracos do basti[1], admiravam-se, sim, de eu o exprimir diretamente a estranhos.

Hassan levou-me à casa dos pais num fim de semana nevoento e frio. Vira-me forçado a esperar pela terça-feira ao fim da tarde para confirmar o retorno avantajado ou a clamorosa perda de uma aplicação financeira que o City fizera em meu nome num fundo de pensões do Deutsche Bank. Acordara ao romper da manhã de sábado com o estrídulo desarmónico das buzinas e o troar dos cascos ferrados dos cavalos puxando as carruagens forradas a folha de prata para os turistas ingleses, como os retábulos nas igrejas europeias. Abri mal-humorado as portadas da janela-varanda do meu quarto, tomei um pequeno-almoço frugal de chá e torradas, a gerência, presa por uma melosa simpatia indiana, mistura de bondade natural e servilismo cultural adestrado à força pelos ingleses, adornara o tabuleiro do chá com duas rosas *bordeaux,* de pétalas abertas e frescas, auspício de um dia feliz, corri a cortininha de tule, sombreando a luz cava do dia nascente, queimei três pivetes de incenso de patchuli, afugentando as gralhas pretas, suficientemente ousadas para bicarem o tule e me tragarem a dupla torrada e sugarem o chá preto, que arrefecia enquanto tomava banho, sentia-me invadido por uma preguiça dolente; acabara de vestir uma larga e comprida camisa branca quando o repique sonoro da buzina do *Fiat* arqueológico de Hassan se fez ouvir no átrio do hotel, no exterior do gradeamento do átrio. Hassan levou-me para a sua aldeia, de cujo nome apenas me recordo a terminação, *-puram,* perto de Pune, cidade cuja abundância de fábricas lhe merecia o título de industrializada, os pais de Hassan viviam ameaçados das suas milenárias terras pelo desenho abstrato da planta da

---

[1] Bairro da lata.

nova industrialização do Sul da Índia decidida em Nova Deli pelos engenheiros indianos formados em Manchester, que, por via de uma precipitada revolução tecnológica da Índia, apostavam em transformar os longos e exuberantes arredores verdes de Bombaim, de vivacidade tropical e beleza inaudita, numa esquálida e febril terra do lucro, sustentada num parque industrial com um perímetro de 300 quilômetros onde, como buracos negros, se ostentavam todas as fábricas poluentes que a Europa rejeitava, como ocorrera em Bhopal, no centro do país, quando uma fuga de gás tóxico do complexo manufator da Union Carbide, fabricante mundial de pesticidas, se espalhara pela atmosfera dos populosos *basti* da cidade, matando milhares de indianos por asfixia.

Eu tinha acabado de receber na bandeja do lacaio do hotel, um malaio de olhos oblongos, cabelo corrido e cara quadrada e achatada, a amostra de um futuro álbum de fotos clássicas de Gandhi, que seguiriam para leilão no mês seguinte, teria sido uma esplêndida maneira de passar o fim de semana em Bombaim, fora obra de um fotógrafo amador de Cardiff, um tal mr. Smith, que trabalhara na Índia em seguros e fretes de navios e, como eu e o Pai, se fascinara pelo país, largara tudo, inclusive a mulher cardiffiana (que entrara com o divórcio em tribunal, concedido de bom grado por mr. Smith), e se juntara com a filha muito morena de um vaixiá, grande importador de tecidos de Caxemira e tapetes persas, abastecendo a totalidade do Sul da Índia, sobretudo a região de Kerala; com o dinheiro do sogro, provindo do volumoso dote da nova mulher, mr. Smith tornou-se um permanente companheiro de Gandhi desde a Marcha do Sal, em 1930, e a grandiosa manifestação anti-inglesa de desobediência civil; fotografara Gandhi com Nehru, com Indira Gandhi, Gandhi com Rabindramath Tagore, o mais lírico poeta indiano do século XX, Gandhi escrevendo uma carta a Hitler e Roosevelt, suplicando a paz em nome dos povos do mundo, Gandhi em Londres, na ronda de conferências com os ingleses para a independência da Índia, Gandhi na Suíça com Roman

Rolland, este tocando ao piano os acordes da Quinta Sinfonia de Beethoven, Gandhi em greve de fome contra a mortandade entre os hindus e os muçulmanos, Gandhi na casa emprestada que habitava em Bombaim, fiando o algodão na roca – a coleção, cujos exemplares se reproduziam em diversas dimensões no álbum, atraía-me, seria um bom investimento, não poderia adquirir todos os originais, alguns verdadeiramente caros, telefonei para o número privado do agente leiloeiro a protestar pelo alto preço das fotos, fechei a boca e emudeci os meus protestos quando, do outro lado do fio, o agente amavelmente me relembrou que o preço nada tinha a ver com a autoria das fotos, estas retratavam o fundador da Índia moderna, o pai da nova pátria, o autor da independência, não havia limite, em si, para o valor dos originais, as filhas de mr. Smith tinham definitivamente emigrado para Inglaterra, onde haviam adquirido um *chalet* marítimo na costa da Cornualha; consideravam, sensatamente, que o património fotográfico do pai deveria permanecer na Índia, tinham aliado um vivo sentimento de patriotismo a um não menos sólido pragmatismo e tinham atribuído um razoável preço, se assim se pode dizer, ao conjunto das fotos, fora ele, agente, que dividira a quantia total pelo número de fotos, atribuindo um valor exato a cada uma.

Eu não conhecera aquela Índia, a da exploração inglesa e a do satyagraha (a verdade-força de uma ideia, transposta para a luta pela independência através da não-violência), a Índia da miséria absoluta, milhões de camponeses vivendo no interior como autênticos aborígenes dravídicos, quase nus, langotim enrodilhado à cintura, peito esquelético e pernas mirradas, homens de barba e cabelo hirsutos, mulheres consumidas pela tuberculose ou pelo reumatismo antes dos trinta anos, morrendo entre a ranchada de dez filhos vivos, autênticos cadáveres em pé, levando na memória outros tantos nascidos mortos ou falecidos em menos de oito dias, famílias sobrevivendo em grutas ou cavernas, seres paupérrimos em derradeiro estado de decrepitude, uma Índia pré-histórica que a modernidade turística e industrial disfarçava mas não apagava, de quando em vez era-se assombrado pela notícia de que mais uma viúva tinha praticado o sati, a imolação no fogo da pira fúnebre do marido, proibida por Afonso de Albuquerque em Goa na primeira metade do século XVI e pelos ingleses em toda a Índia no século XIX, proibição reafirmada pelos novos governantes indianos no tempo posterior à independência, mas vorazmente praticada no interior rural. Tencionava adquirir duas ou três fotos, precisava de as escolher segundo o preço e o valor histórico, eu vivia na Índia socialista e atraí-me a foto da menina Indira Gandhi ao lado de Ghandi, no enxergão da prisão, uma das mais valiosas, o olhar pacífico e múltiplo de Ghandi e o olhar igualitário de Indira uniam-se na foto de mr. Smith, augurando uma futura Índia doce e harmoniosa, fundada na tradição, ou uma Índia potente e poderosa, assente na industrialização e nos conflitos anárquicos das carnificinas entre hindus e muçulmanos que tinham levado à criação do Paquistão.

Hassan acenava-me do parque do hotel, sorridente e amável, de jeito suave e doce, natural nos indianos, pus de lado a amostra do álbum, prenunciando que o Governo invocaria legislação para adquirir a totalidade das fotos de mr. Smith, seria sensato não me meter em futuros labirintos burocráticos, nem me convinha empatar mais capital sem garantia de retorno a breve prazo, juntei as mãos à altura do peito, soletrei um namastê piedoso e implorei a Hassan a espera de mais uns minutos.

Na aldeia natal de Hassan fomos recebidos pelo seu pai, chegado do arrozal da família, trajado de pudivão sujo das águas passado no entrepernas e enrolado e preso na cintura, fiquei alojado em casa do brâmane da comunidade, misto de sacerdote, médico, juiz popular, professor e homem bom da aldeia, que recebia nos seus braços os meninos nascidos e queimava os corpos dos mortos recitando os mesmos tantras e oficiando as mesmas liturgias de passagem de um mundo para outro, ladainhando oratórias que harmonizavam os espíritos dos vivos e dos mortos com a natureza material e o universo espiritual, bem sintetizado, como modelo de vida, na palavra guru, embora esta se aplique mais a condutores de pequenos grupos ou seitas religiosas. O pai de Hassan fora um corumbim, um camponês ou artífice pobre que se casara com uma intocável, descendo de casta por amor, tornando-se ele próprio um intocável, fora nomeado pelo brâmane como esfolador de vacas e curtidor de peles da comunidade; como expiação e como remissão da sua culpa, tratava dos derradeiros dias das vacas doentes num terreno relvado cercado, uma espécie de hospital ou de abrigo das vacas, uma fonte de água compondo um ribeirinho, formando uma rede de arroios vicejantes; a maioria das vacas, velhíssimas, incapazes de segurar o corpo em pé, aguardavam deitadas a morte, pacificamente, um trabalho sagrado, mas impuro, as mãos do pai de Hassan penetravam no sangue escarlate e na carne ainda pulsante da vaca, sacavam-lhe as grossas e protuberantes vísceras, raspavam-lhe a gordura da carne e curtiam-lhe a pele, relíquia benfazeja que o brâmane guardava.

Atônito mas não surpreso, assisti, no domingo de manhã, à total exclusão do pai de Hassan da comunidade da aldeia, quando este foi trocar umas pevides de abóbora por umas sementinhas de cardamomo para juntar ao arroz, fora vergonhosamente deixado à entrada da loja da aldeia, uma espécie de botica aldeã europeia do século XIX, uma pocilga edificada em madeira velha, cuja armação tremelicava a cada passada, um balcão de bambu a suportar uma prancha roída de teca, o pai de Hassan deixara o cartucho de folha de bananeira com pevides à entrada da venda, suplicando de mãos juntas a troca pelas sementinhas de cardamomo, o vendeiro, um sudra de queixo besuntado de gordura de manteiga vermelha e barba suja de restículos secos de arroz, ordenou grosseiramente que o pai de Hassan se afastasse a uma distância que a sua sombra não penetrasse nas pranchas de madeira do soalho emporcalhado da loja, veio à porta e atirou para o chão um cartucho de papel de jornal com meia-mão de sementes de cardamomo, o pai de Hassan, entre gestos de subidos agradecimentos, como se o sudra o tivesse privilegiado com um favor de vida ou de morte, afastava-se de olhos no chão e corpo frontal, não lhe virando as costas, sinal ofensivo de ingratidão.

Hassan fugira adolescente para Bombaim, não suportara o vexame a que aldeia submetia os seus pais por se terem casado fora da rígida hierarquia das castas e juntara-se ao Partido do Congresso Nacional, de Nehru, que oficialmente as abolira, Hassan fugira da pobreza, emigrara para a cidade; no seu inconsciente, sem o saber racionalizar, fugira também da vergonha e da opressão, da humilhação permanente e da desonra; ansiava por uma Índia nova, uma sociedade em que todos os homens valessem o que cada um vale por si. Os pais viviam numa casa térrea, quadrangular, sem reboco e sem cal, feita de argila amassada, argamassada com pedrinhas do rio, coberta de colmo, sem janelas, com uma única divisão, onde dormia toda a família; o ar, sólido, cheirando a bosta de vaca e suor humano, circulava entre a porta, que uma esteira de caniço fechava, e a chaminé esguia e improvisada, feita de tijolos secos ao sol; na época da monção, varriam as paredes exteriores com uma grossa camada de óleo de palma, impermeabilizando-as contra as sólidas pancadas de chuva, que, impregnadas, esboroariam a massa do barro, derruindo o casebre. No fim de semana que por lá passei, a mãe de Hassan, uma senhora redonda, alta e graciosa, de sari imaculado, num ritual de purificação a que na Europa chamaríamos defumação, repelindo os mosquitos, fertilizados aos milhões pelas chuvas, lavara as paredes interiores e exteriores com água de bosta de vaca, deixando-as brilhantes e limpas de mosquedo. Habituado à buzinação frenética de Bombaim, Hassan, mais do que eu, habitante da pequena Pangim, estranhava o silêncio da aldeia, a permanente penumbra da casa dos pais e o cheiro fétido a excremento de cabra e cabrito, conservados a fermentar numa vala lateral, aplicados como estrume, eu sentia-me atraído pela dignidade da mãe de Hassan, trajada de sari rubro e laranja para receber o filho e o convidado do filho, não falava inglês e olhava para mim, branco, com o ar gracioso e afável de quem suplica sem favor que aconselhasse o filho a endireitar a vida, Hassan protestava, mexendo-se sem sentido em torno da casa, desabafando, o silêncio da aldeia era poderoso, como uma paz sem vida, os pais de Hassan raramente falavam um com o outro, na sua casa escurecida não se ouvia um leve rumor, nem mesmo a vaca da família mugia.

O pai de Hassan era hindu puro, mas trinta ou quarenta anos antes fora forçado a converter-se ao muçulmanismo, ele e a mulher, quando um partido político fanático anti-Nehru dominara a região, expulsara os brâmanes e constrangera a comunidade a converter-se ao Islão, fora quando Hassan nascera, daí o seu nome muçulmano, que conservara como recordação viva de uma mancha que a família deveria expiar; muitos habitantes tinham emigrado, acompanhando os seus sacerdotes, o pai de Hassan não, excessivamente pobre, debatendo-se com a sobrevivência diária, obedecera aos superiores que lhe entravam pelas terras sem pedir autorização e lhe penetravam a casa, inspecionando os cantos em busca de jóias, cometera a grave falta de não ter acompanhado o seu brâmane, de ter adorado o deus ímpio dos árabes, de ter aceitado vender a vaca para o banquete dos novos senhores políticos, de ter orado no terreiro da aldeia, ajoelhado, de cabeça baixa, virado para Meca, o corpo dobrado na esteira – fora castigado com a confiscação da cabra e dos cabritos, do produto do trabalho do arroz de um ano, fora chicoteado no centro do mercado mensal, à frente da mulher e do filho, criança de quatro ou cinco anos que, em nome desses dias impuros, guardara para sempre o nome de Hassan.

Ao fim do dia, Hassan levava-me à casa do brâmane para eu dormir, isto é, para eu passar a noite, já que o meu corpo recusava o sono pesado, os pais não nos acompanhavam, receando que a sua sombra, penetrando os aposentos do sacerdote, pudesse manchá-los com o miserável delito sem contrição da impureza. Hassan, homem livre e urbano, falava à vontade com o brâmane, mas mantinha uma respeitadora distância física que o obrigava a altear a voz, assemelhando-se a um surdo a falar ou um superior a ordenar. Depois da reconversão ao hinduísmo, os pais de Hassan, culpados pela impiedade do seu anterior gesto, tinham-se tornado vegetarianos puros, os cabritos que tratavam destinavam-se a ofertas ao templo e ao brâmane, não comiam ovos, queijo ou manteiga nem bebiam leite. Da mãe de Hassan, sempre dobrada a trabalhar, recordo-me, além da graciosidade dos seus saris, de tecido pobre mas de cores belas, de uns aprazíveis olhos negros curiosos pulando de duas faces maiusculamente trigueiras, nunca lhe vi o cabelo, que imaginei duro, comprido e retinto, coberto por mantéus escurecidos, nem os ombros musculosos, mas admirei-lhe amplamente a cintura magra e negra, realçada pelas cores vistosas do sari; o arrozal, a horta e o jardim de especiarias compunham-lhes o necessário para a sobrevivência, Hassan abria os braços, agitava as mãos, rodava a cabeça, mirava o horizonte plano, belo mas sem vida, sem futuro, como a antiga Índia, miserável, de costumes despóticos e extremos, que a religião e a educação popular tinham cristalizado num tempo fora da história.

Cercando a aldeia, as copas agrestes e unidas de um vasto laranjal murmuravam ao vento rústico, cujos frutos se destinavam a exportação para a Alemanha, a qualidade dos frutos era conferida por um engenheiro silvicultor alemão, que se demorava uma ou duas vezes por ano na aldeia, vivia num chalé suíço de madeira, transportado em *kits* de Londres, levados por helicóptero para Pune e, ali, na aldeia, montado em menos de uma semana pelos técnicos de uma firma indiana, sabia dez ou quinze frases em hindi, que transmitia aos feitores locais consoante o tempo, a natureza e a qualidade das laranjas; outra firma, esta de camionagem, transportava as toneladas de laranjas de Pune para Bombaim.

*

Tudo na aldeia dos pais de Hassan era pobre e antiquado, mas lento e belo, como no resto da Índia, quando eu cheguei em meados da década de setenta, só nos anos oitenta se iniciou a industrialização maciça do país que favoreceu o emprego e a prosperidade, mas assassinou a harmonia natural entre o indiano e a sua comunidade natural. Em casa dos pais de Hassan comia-se no chão, como o fazem os indianos pobres do interior, sentados numa esteira de junco, de pernas cruzadas, arroz de açafrão e cardamomo servido em folha de bananeira, jogada fora no fim do repasto, dois púcaros de barro com água e chá de flor de laranjeira, eu, Hassan e o seu pai comíamos em fila, ao lado uns dos outros, encostados à parede, a mãe esperava, servindo, no final comia os restos do marido, a que juntava mais uma ou duas colheradas de arroz. Na segunda-feira de manhã, nas despedidas, perguntei a Hassan pela mãe, ele remexeu os ombros, amarrotou a cara, atirou as mãos para o fundo escuro do barraco, eu percebi, deveria ter começado o período menstrual, a mãe não podia ver luz, tudo o que tocasse se tornaria impuro, só lhe restava acocorar-se num esconso entre a roupa suja e a fruta a apodrecer para a fermentação.

Na viagem de regresso, Hassan confessou-me que tivera uma longa conversa com o pai, forçara-o a convencer a mãe a não se imolar caso ele morresse, o pai dera-lhe a conhecer que o próprio brâmane, desde que o Governo responsabilizara os sacerdotes pela imolação das viúvas, já não estava de acordo com o sati e amedrontava com uma terrível reencarnação as viúvas que, contra tudo e todos, por efeito da educação tradicional, ameaçavam praticá-lo.

O brâmane que conheci na aldeia natal de Hassan, gordo e lerdo como um sapo inchado, vivia na melhor casa da aldeia, junto do templo, com quatro divisões de pedra e madeira unidas por um longo e ensolarado corredor, e não cumpria a ideia que eu tinha da vida monástica oriental, recebia oferendas dos camponeses, como cabritos e galinhas do pai de Hassan, que lhe trabalhavam gratuitamente um pequeno arrozal, e não era totalmente vegetariano. Na noite de sábado para domingo, quando nos entretivemos a conversar em inglês, ele praticando exercícios de meditação, eu insone, acompanhando a noite com cigarros americanos, que ele confundia com pivetes de fumo regurgitado para purificar o interior do corpo, tinha comido galinha com caril e arroz branco com ervilhas e nabos e bebido um valente púcaro de leite de búfala, servira-me e fora servido por duas noviças, que por três vezes lhe encheram o prato raso de madeira laminada, era adorador de Lakshmi, o deus da prosperidade, e mandara desviar um dos ribeiros da aldeia para praticar abluções diárias sem sair do templo. Sentámo-nos ao fim da tarde na varanda de madeira lavrada, rodeados de pivetes e lamparinas odoríferas, que expulsavam a insetada agressiva; perto, nos braços de uma macieira gigante que perfumava o interior da casa, duas corujas cinzentas piavam a inauguração da noite, um bando de macaquinhos castanhos, peludos, estranhamente imóveis e silenciosos, enchiam a totalidade dos ramos de uma imponente secular figueira-de-bengala, pois o seguro para passar a noite. O brâmane, santão da boca para fora e santinho senão pecador em comportamento, espantara-se pela minha origem portuguesa, nunca tinha visto um português, observou-me dos pés à cabeça como se contemplasse um animal exótico, exótico pela nacionalidade e exótico por ser amigo do pária do pai do Hassan, que, em bom rigor, segundo os preceitos, deveria conhecer apenas a mais depreciada ralé da sociedade;

fora sincero comigo, o português era um povo que não lhe merecia grande comprazimento, eu perguntara porque, mas ele não se fizera interessado na explicação, inquirindo, como quem desvia a conversa, sobre a minha religião, aclarei que fora cristão, católico romano, diferente do anglicanismo dos ingleses que ele conhecera, e hoje não sabia o que era, ateu não, de certeza, talvez agnóstico por facilidade de comunicação, mas eu próprio não sabia bem se o era; visceralmente, no entanto, sentia-me crivado por um ânimo sagrado até ao mais fundo de mim, gostaria de acreditar num só deus universal, um deus ecumênico, senhor bondoso de todos os povos e nações, uma espécie de Espírito Santo onipresente no coração das pessoas; inquiriu-me se acreditava na reencarnação, disse-lhe abertamente que não, não porque disso me autoconvencera, mas porque fora educado em Lisboa para nela não acreditar, identificando-a com superstição e crendice gentílica e popular; porém, se nela pensasse com acerto e medida, a roda dos destinos e das vidas atraía-me, cada giro expiando e absolvendo a face negativa das anteriores numa continuidade de perfeição ética e espiritual, finalizada na espantosa assunção do Nada, o Nirvana, dissolvendo-se a nossa individualidade singular, o Atman, a alma, na energia universal do cosmos. O santorrão, calmo e imóvel como uma preguiça amazônica, perguntou-me se eu acreditava nos espíritos do mal, os demônios, na nossa linguagem europeia, foi-me fácil responder, o mal é um instinto que se encontra alojado tanto no coração quanto no cérebro do homem, qualquer homem de conduta eticamente irrepreensível tem de lutar contra si a mais dura das batalhas da vida, a do mal a que o corpo e o cérebro o inclinam, o mal é natural ao homem, concluí, como é natural ao sabor do palato preferir uma taça de vinho de arroz ou de leite de coco fermentado, que o embebedam, delirando-lhe a mente, a uma taça de pura água cristalina, sem sabor, que lhe dessedenta a garganta e purifica o corpo. Um chapinhar na superfície do arroio que atravessava a casa fez-nos voltar a cabeça, era um bandanote de pequenos lúcios que brincavam ou brigavam entre si lutando contra a correntinha, perturbados, presumindo ser brilho do luar que os atraía, a iluminação feérica do conjunto das velinhas votivas, o santão jogou sementinhas maduras de sésamo para a água, e os luciozinhos, do tamanho de um dedo humano, numa girândola de feira popular, chocaram uns com os outros abocanhando as pequeninas sementes. De repente, como se se confessasse, disse-me que fora boieiro numa passada vida, sabia-o porque não suportava assistir hoje ao sofrimento dos bois e dos búfalos no arroteamento dos arrozais, remexendo todo o dia as lamas fétidas com os cascos grossos, sob o temor dos ponteiros agudos dos boieiros, até que aquelas se transformassem em húmus verde e em haste viva brotada da semente, magoava-lhe o coração assistir ao carrego dos toros para a aldeia no lombos dos animais, picados pelas lascas de madeira, que se lhes espetavam no couro como pontas de seta, inflamando-o, por vezes gangrenando, cortada à faca a carne viva pelo esfolador de peles, daqui o seu asco ao pai de Hassan, explicou-me, que os sangra, lhes queima com um ferrão em brasa as partes pútridas, no fim, na morte, os depela, lhes queima o corpo e curte a pele, sofro com o sofrimento de um boi, sinto-me comovido, prova de que em anterior vida lhes fiz basto mal, eu assenti com a cabeça, como se tivesse recebido uma prova evidente, chocalhei a minha mentalidade ocidental e afastei-a, que ali só me provocaria sarilhos, o santarrão mexeu-se no tapete bordado a fio verde e dourado, varreu o chão da varanda com a fímbria do hábito branco, mirou a abóbada escura das árvores, onde as duas corujas cinzentas concertavam a sua piação noturna, ferindo a languidez úmida do silêncio; nuvenzinhas de incenso de sândalo e jasmim doce boiavam no ar, enjoando-me o nariz, a chama cintilante das velinhas de azeite de palma soava curtos estalidos, os barracos da aldeia dormiam em paz a sua miséria medieval, um restolhar perto da figueira gigante denunciou a agitação de um animal, porventura as patas de um chacal atrevido que fugira ao cheiro de homem e ao brilho quente do fogo; o boto, arrotando a coxa de galinha com caril, provocou a minha alma cristã, o muçulmanismo e o cristianismo são breves intervalos na eternidade da Índia hindu, disse, olhou para mim do fundo das suas órbitas negras e continuou, explorando o tema da reencarnação, para vós a morte é um sofrimento, para nós uma exaltação, um milagre de renascimento, para vós a morte condena definitivamente ao céu ou ao inferno, para nós é uma fonte de regeneração e aperfeiçoamento da alma, para vós apenas uma pequena parte da humanidade gozará das delícias do paraíso, para nós, no final, todos seremos glorificados e felizes, para nós a vida é um desdobramento nos diversos níveis do espaço e do tempo, ganhando plenitude em cada um como se cada instante fosse uma oportunidade ofertada pelos deuses aos homens para a posse da felicidade, a cada momento os deuses dão-nos a oportunidade de criarmos uma vida dourada, não favorecemos o individualismo que os cristãos tanto apreciam; eu calara-me, escutando-o com sinceridade, desejando aprender com as suas palavras; se quem as proferia não primava por comportamentos exemplares, elas, porém, distinguiam-se pela inteligência; durante as minhas noites brancas, na adolescência e na juventude, meditara na existência de outro ou outros mundos espirituais e submetera-me a certas experiências, melhor dito, fora tomado por uma visão, porventura propiciada pela longa noite insone e consequente fadiga do corpo, que me garantia a existência de uma outra realidade, pelo menos de outros fenómenos, considerados anormais nesta, como espectros de meninos mal-mortos ou fantasmas de cabeça decapitada; da primeira vez que aterrara em Bombaim, Hassan levara-me a um templo jainista, comovera-me a extrema compaixão dos seus crentes pelos animais indefesos; sentado num banco de mármore irrepreensivelmente lavado e perfumado, senti que algo ou alguém dentro de mim me falara, senti claramente um chamamento para uma vida santa, uma espécie de estalo no interior do meu cérebro e do meu coração, uma força, uma pulsão, um impulso que me iluminou e pacificou por dentro, se tivesse vivido noutros tempos ter-me-ia de imediato dirigido à portaria de um convento, mas estava a 10.000 quilômetros de casa, a carteira carregada de marcos e libras; admirei os jainistas, comoveu-me a sua extrema compaixão pelos animais indefesos, ao ponto de usarem máscara na rua, vedando a boca, para não sorverem involuntariamente um mosquito, assassinando-o; os jainistas, povo abastado, contratam *dalits* para, na rua, à sua frente, varrerem o passeio com vassouras de cerdas leves, para não correrem o risco de pisar uma formiga; no seu templo, sentira uma revelação desconhecida, uma luz branca interior e íntima que me serenara e contentara, como se me indicasse estar no caminho certo, porventura esta seria a minha terra da promissão, aqui poderia construir o meu pequeno paraíso, sentira uma luz quente e amável no lugar do meu coração, fora uma experiência que violentara todas as categorias com que fora educado, apetecia-me confessá-la ao santorrão, ele porventura não a compreenderia, como o sacerdote cristão não a compreenderia, reduzi-la-iam aos dogmas das suas igrejas, a minha experiência, física mas não material, tinha sido uma relação direta e imediata com a divindade, se a houvesse, claro, ou com o que as palavras humanas designam por divindade, a certeza absolutamente verdadeira, não que o meu caminho estivesse algures traçado, mas que aqui, na Índia, fosse o meu caminho, o meu corpo fazia um com esta terra e o meu espírito ansiava por se lhe adequar, harmonizando-se, as religiões conspurcavam o sentimento de sagrado que existia nesta experiência numa metafísica de conceitos e liturgias que me desinteressavam e desinteressam: ainda hoje, trinta anos depois de ter chegado à Índia, não consigo respeitar os rituais hindus, como em Lisboa não respeitava os católicos, crendo que, para os mortos e os deuses, tanto faz que o corpo seja enterrado, queimado ou jogado inteiro à corrente do Ganges; respondi ao santarrão, são os vivos, os seus medos e as suas crenças que distorcem a unidade da experiência religiosa, olhei em volta, como se ansiasse por me ir deitar e não soubesse da porta do quarto, mas ele, o santinho, possuía intenções malévolas, desejava humilhar-me, humilhando o cristianismo, não por ser o cristianismo, mas por ser a religião dos europeus, povo maligno na ideia do santão, colonizador e explorador, não valia a pena clamar que essa ideia fora verdadeira no passado, que, malévolos e exploradores, também fôramos benéficos e iluminadores, tínhamos trazido à Índia a racionalidade científica, a tecnologia industrial, o estudo analítico, de que tanto se orgulhavam os indianos das novas gerações, mas, pensando bem, passados tantos anos, não sei se era o passado que interessava ao sacerdote santarrão, talvez fosse o presente, sabia os europeus ricos e felizes, era a sua ideia de Europa, e este estado de prosperidade material ofendia-o, diminuía-o, vingava-se humilhando-nos por outras vias, a religião, o colonialismo, como um muçulmano miserável que eu conhecera num bazar de Bombaim que me afiançara, numa conversa despreocupada, quando tentava vender-me um pincel para a barba, serem os europeus ricos mas sexualmente impotentes, por não se casarem com mais de uma mulher, este vendedor manifestava o seu espanto, mas o santorrão não, queria humilhar-me deveras, atirava-me balas de canhão bem no centro do meu peito patriótico, desfazendo-o, eu não tinha palavras para lhe responder, sempre lidei mal com os imbecis presumidos de sábios, afasto-me; forcei um trejeito no nariz, como se o fumo do incenso queimado me incomodasse, constatei um cheiro ácido para além do olor enjoativo dos pivetes e das velas votivas, confirmei, era o mijo do santorrão, cuja exalação acumulada diariamente lhe saía da boca, o ar rescendia de urina, disse, fingindo-me embaraçado, pagava-lhe na mesma medida, má e cínica, nunca falaria do cheiro fétido da sua boca se ele não me tivesse falado em Vasco da Gama, retorqui falando-lhe nos miasmas pútridos do seu abundante mijo, ele levantou-se e gritou para dentro em hindi, uma velha de pele negra, enxuta e ressequida como a de uma macaca, emergiu de uma portinhola, o sari branco esfarrapado de viúva, o bojo da barriga tombado em refegos, o pescoço crespo e engelhado, desapareceu e retornou com uma pequena ventoinha portátil, a pilhas, que dispôs entre nós, o brâmane era entusiasta da urinoterapia, todas as manhãs enchia um copo alto de mijo, que, esfriado, ia bebendo aos golinhos durante o dia, prática absolutamente nojenta para um ocidental, ele sabia-o, percebeu que eu o ofendera tanto quanto ele a mim, o ventiço da ventoinha dava-me em cheio na cara, desviei-me levemente, olhei para a encosta do monte, as casinhas térreas, de lama e taipa, apinhadas no declive, cada uma com a sua lamparina de azeite de palma tremulando na porta de caniço, ao longe, no horizonte, indistintos numa massa escura, os cumes silvestres dos montes, separados do horizonte celeste pela densidade da escuridão, um rosnar aflitivo perto da figueira-de-bengala alertou-nos para nova presença de chacais, que fugiam, atemorizados pela luz das inúmeras velas, o brâmane recordara-me que Vasco da Gama, na segunda viagem, entrando na baía de Calecute e não encontrando representação do samorim, inimigo dos portugueses, nem embarcações de mouros e indianos, fugidos nos rios e esteiros laterais receando os canhões de bronze, caçou uns zambucos de pescadores que por ali havia, vindos de Coromandel, e mandou cortar as mãos, as orelhas e os narizes a todos os pescadores, mulheres, velhos e crianças, juntou a totalidade dos corpos num só barco, ordenou que lhes atasse os pés e, para que não desatassem a corda com os dentes, mandou que lhos partissem à paulada, e assim dispôs o barco a caminho do cais como aviso da força e poderio dos portugueses; outra vez, acrescentou o brâmane ressabiado, presumindo infestar-me de remorso as noites de um sono mal dormido, Vasco da Gama prendeu oitocentos mouros que num barco regressavam da peregrinação anual a Meca, amontoou-os uns sobre os outros, presos, à trouxe-mouxe, dispôs que os corpos fossem cobertos com esteiros e folhas secas de palmeira e fez sinal para lhes deitassem fogo, assim os queimando numa pira viva, de imenso horror; com o barco a arder e as velas içadas, foi enviado para terra para que de novo o samorim confirmasse o vasto poder do senhor rei D. Manuel, que, desde a primeira viagem do Gama, a si próprio se intitulava, falsamente, senhor da conquista, da navegação e do comércio da Etiópia, da Arábia, da Pérsia e da Índia, o santorrão deliciava-se com as suas próprias palavras, acabara de chamar pirata dos mares a Vasco da Gama, cognome por que era conhecido na Índia, comprovei-o mais tarde, eu era descendente de um pirata e, ali sentado à sua frente, representava um povo de salteadores provindo do mar para atormentar as pacíficas povoações da costa do Malabar, era o que o santinhão me dava a entender, continuou, na primeira viagem de Vasco da Gama o samorim permitiu que os portugueses, como povo vindo de outras terras, levantassem uma feitoria, logo porém fora advertido pelos capitães representantes dos comerciantes árabes do Cairo que os portugueses não se satisfariam exclusivamente com o transporte e venda de especiarias, seriam sobretudo piratas, um novelo de pêlos no lugar do coração, não se apiedam com a desgraça alheia, regozijam-se atormentando os outros e só se satisfazem quando o seu poder, ainda que diminuto, é por outros reconhecido, já tinham forçado as cidades de Quiloa e Melinde, do litoral africano, a pagar forte tributo de rendição e submissão permanente, são, senhor, piratas, bandoleiros, malfeitores, celerados, perversos e malvados, era a primeira vez que um indiano me jogava à cara, de um modo tão direto e insidioso, que o meu patriarca Vasco da Gama, cujos feitos aprendera a glorificar na escola, fora um miserável bandido, e me salientava uma diferença abissal entre o comportamento dos árabes, de negócio sem domínio, e o dos portugueses ou frangues (os Franquis ou Francos, alusão aos guerreiros "franceses" das primeiras cruzadas medievais pela libertação dos lugares santos da cristandade; ou os "Inri", alusão às iniciais latinas que encimam a cruz de Cristo, reproduzidas no crucifixos de madeira que os frades davam em profusão na Índia, "*Iejus Nazarenus Rex Iudorum*"). O santorrão tinha razão, eu sabia que a tinha, os árabes, mercadores na costa do Malabar, não tinham tentado impor a sua religião e os seus costumes aos indianos, trocavam o sal de Cochim por tapetes, cavalos da Pérsia por pimenta, canela, noz-moscada, cravinho-da-Índia, malagueta e cardamomo, nós nada trocávamos, comprávamos aquelas mercadorias com moedas de prata ou ouro, ostentando uma riqueza que estava longe de ser verdadeira, e forçávamos a compra a quem, por encomenda de outros, nada nos queria vender, que esperássemos, fôssemos para a fila, dizia o indiano, e o português, humilhado, respaldado na capacidade de tiro dos navios, respondia cortando-lhe o nariz, os lábios e as orelhas, as extremidades da cara, desfigurando-o para sempre; para os indianos do Sul, até ao seu confronto com os ingleses, tínhamo-nos tornado a figura de povo maligno, a nossa uma religião demoníaca, como para nós era o vodu africano, e os nossos costumes manifestamente diabólicos, como o gesto saboroso de comer carne de vaca, um ser tão radiosamente pacífico e trabalhador que os deuses tinham ofertado ao homem para lhe dar leite, lhe dar a preciosa bosta, praticamente o grande estrume natural que a Índia conheceu e o grande purificador das casas e dos caminhos, descontaminando-os das picadas doentias dos mosquitos, e, após a morte, a pele, de duração eterna, eu continuara a história, anulando da boca do meu interlocutor o prazer escondido que as suas palavras manifestavam, o samorim enviara um brâmane, homem sagrado, com uma proposta de paz, Vasco da Gama desconfiara ser o sacerdote um espião, o seu olhar mexediço, tudo perscrutando, homens e armamento, assim o denunciava, Vasco da Gama ordenou que lhe cortassem as mãos, a ponta do nariz e as orelhas, atravessou os despojos ensanguentados com um lancete e pelo buraco mandou passar um cordame fino que pendurou ao pescoço do sacerdote; na corda, preso, um papel convidava o samorim a fazer um prato de carne com caril com os restos decepados do brâmane, um escândalo em Calecute, dava razão ao botto, ele apreciava, olhando-me incrédulo, sim, os portugueses tinham sido mesmo piratas, canalhas, o pior da ralé, uns infames biltres, uns salteadores sem moral nem religião, tinham torturado um homem pacífico, as suas ambições não tinham limites, ousavam sugerir ao samorim que comesse carne humana porque eles próprios a comiam na missa, não era vinho, era sangue verdadeiro o que os seus padres ofertavam na missa, uns bárbaros que tinham chegado à Índia com a ganância do lucro nos olhos; noutra viagem, os portugueses, recebendo de novo um brâmane a bordo, de novo suspeitado de espionagem, queimaram-lhe as barbas com um tição, chegaram-lhe o fogo às pernas, o brâmane, amedrontado, confessou o que os portugueses queriam que confessasse, era um espião, mandaram-lhe cortar-lhe as orelhas e os lábios, no lugar daquelas coseram-lhe à lançada orelhas de um cão português que viera na viagem e que acabara de morrer; concluí para o botto gordo, que alguns portugueses sejam maus não significa ser a maldade intrínseca aos portugueses; eu, português como o Gama, lamento que não tenhamos querido exclusivamente comerciar e tivéssemos precisado de matar, conquistar e dominar.

Desliguei a ventoinha, tínhamos empatado, ele aludira às barbaridades cruéis dos meus antepassados, eu ao seu nojento hábito de sorver o mijo próprio, tínhamos desabafado, conspurcado o mal para que ele se soltasse dos nossos corações e nos abandonasse, a partir de agora, limpos, poderíamos ser amigos, ele fora uma vez a Bombaim, não regressaria, eu não mais retornaria à aldeia de Hassan, tínhamos degustado o mal próprio, agora podíamos falar mal de outros, foi o que fizemos, perguntou-me se os parsi continuavam a depositar os seus cadáveres nas Torres do Silêncio para serem comidos pelos corvos, confirmei, o brâmane, de cara torcida, exclamou, bárbaros!, justifiquei, os elementos são sagrados, provindos diretamente das mãos divinas, a água, o ar, o fogo e a terra, por isso não incineram nem enterram os seus mortos, para que o corpo podre e a carne vil não manchem a pureza dos elementos, acrescentei, havia manifestações políticas esse fim de semana em Malibar Hill, os corvos escondem entre os vasos de flores, nas varandas das moradias e dos apartamentos ricos dos atores de Bollywood, mãos e pés descarnados dos mortos para os irem bicando lentamente, ao longo de semanas, o cheiro tornava-se insuportável quando se juntavam dez cadáveres nas torres, por isso aceitei o convite de Hassan para o fim de semana, as Torres do Silêncio ficam perto do hotel, não gosto de sarilhos, sou estrangeiro, vim-me embora com o Hassan.

A fímbria alva da madrugada chegara, prenunciava um belo dia, um guincho de macaco troou sobre a abóbada silvestre, a aurora nascia, resplandecente, como habitualmente, iria dormitar um pouco, um bando de veados pastava ao longe um rabo de verdura em torno da macieira gigante, levantei-me impetuosamente, os joelhos doridos de dobrados, o bando de veados inquietou-se, orelhas articuladas, narinas fumegantes, refugiou-se na mata, o meu corpo era estranho ao seu olhar, tínhamos bebido dois litros de chá durante a noite, fiz tenção de ir repousar umas horas, juntei as mãos à altura do peito para me despedir, o meu santorrão não estava satisfeito, o mal não se esgotara dentro dele, precisava de me humilhar de novo, humilhar o estrangeiro, próprio de povos inferiores, sabia que não mais nos veríamos, precisava de cravar o ferro no cristianismo, mesmo sabendo que apenas uma pequena película religiosa cobria os meus costumes, eu percebia a sua necessidade, a Índia era pobre, a Europa rica, para o meu companheiro Portugal deveria ser igualmente rico, a Índia era suja, as ruas cheiravam a vomitado refervido, a Europa limpa, de ruas com canteiros de flores, não podíamos separar-nos sem que ele impusesse a sua superioridade espiritual, que é a riqueza dos pobres, disse-me que o cristianismo fora um erro da história, se não tivesse sido criado por aquele carpinteiro da Nazaré e divulgado por aquele tendeiro grego de nome Paulo, a Europa hoje adoraria os deuses gregos e romanos e seria mais feliz, sem pudor do corpo e sem conceito de pecado, apontou com o dedo para o céu iridescente e terminou o maldoso raciocínio, se não tivesse existido esse carpinteiro a Europa adoraria hoje um panteão de deuses semelhante ao da Índia, o cristianismo fora um desperdício, Vasco da Gama, educado no culto de uma pluralidade de deuses, chegado à Índia, encararia Xiva apenas como mais um deus, uma divindade local, não nos apodaria de pagãos e ímpios, cujo assassínio seria celebrado como um favor ao seu deus; eu, limpando as mãos suadas a uma toalhinha branca, não encontrei resposta à altura do seu argumento, inteligente, sem dúvida, e informado, limitei-me estupidamente a dizer que tanto fazia; para mim, como lhe dissera, todos os deuses são deus, a minha frase agnóstica preferida desde que chegara à Índia, não o satisfez a minha resposta, enfatizou que os deuses indianos eram mais humanos e naturais, como os gregos e os romanos, Shiva, por exemplo, explicava-me já em pé, massageando os joelhos, assume três faces, o Criador, o Conservador e o Destruidor, representava a totalidade das forças do universo e da existência do homem e da humanidade, os nossos deuses são mortais, nasceram e hão de morrer um dia, a trindade cristã é uma abstração nascida da experiência da família judaica, que pouco diz à indiana; parecendo de momento lembrar-se, mudou o rumo da conversa e, com um trejeito pérfido nos lábios e as mãos violentas cerradas, garantiu-me que os portugueses tinham quebrado os narizes e as mãos das estátuas de Xiva na ilha de Elefanta, tinham sido os homens de Afonso de Albuquerque, disse-me, voltei-lhe as costas, lentamente, desabotoava os botões superiores da camisa branca, indicando cansaço, apontando para a portinhola que dava para o meu quarto, agradeci a hospitalidade e a companhia noturna, ele não se calava, recriminava o cristianismo, os nossos deuses têm 4.000 anos de existência, alguns porventura 6.000, o vosso 2.000, vá lá, se contarmos o judaísmo, terão uns 3.000, abanei a cabeça ao modo indiano, concordando, desinteressado, caminhando para o quarto, não prestando atenção ao meu brâmane, o sol, penetrando na varanda, dardejava sobre a minha cabeça, os meus ombros tinham aquecido o suficiente para me irritarem, olhei de relance a mole pobre de casinhas térreas de argila descendo a encosta, barracos que pouco mais eram do que estábulos para animais, compreendendo entre estes o homem, a atitude de superioridade espiritual e religiosa do meu brâmane assanhou-me deveras, virei a totalidade do meu corpo para ele, armei um sorriso trocista e disse-lhe num inglês cantante, sabe quem foi o primeiro português a pisar solo indiano, ele pulou os olhos, curioso, não sabia, levantei a voz orgulhosa e clamei como se desejasse que todos os habitantes da aldeia ouvissem, foi o meu undécimo avô, chamava-se José Martins, era um degredado e, imagine, veio na armada de Vasco da Gama, que o mandou a terra, sozinho, num batelzinho, se o matassem não se perdia nada, caso tivesse ficado em Lisboa já estaria morto, enforcado, ri-me alto, não parava de rir, disfarcei, é como eu, quando morrer não se perde nada, mas ele não regressou a Portugal, se sobrevivesse durante três anos e tivesse almejado feitos notáveis poderia retornar a Lisboa com perdão real, o meu eneavô sobreviveu mas não retornou, fascinou-se pela Índia e pelos indianos e aqui ficou para sempre, foi a terra indiana que lhe comeu as carnes velhas, como eu, apaixonou-se por uma mulher de Cochim, voltou a casar-se, terá morrido em Goa no bairro dos "casados", é o que sei; o brâmane, gordo mas ágil, fez-se sério inesperadamente, não sabia o que era um degredado mas pressupôs algo de negativo, como um bandido ou semelhante, arrepiou-se, enfrentava um direto descendente dos selvagens que tinham vindo com Vasco da Gama, eu ria-me, como outrora os marinheiros portugueses, insolentes e petulantes, atrapalhou-se, perdera, tudo o que me dissera não se comparava com a revelação que lhe fizera, virou o corpo para se dirigir para o templo, parou, voltou-se um pouco, a três quartos, como se eu fosse impuro e receasse encarar a totalidade do meu rosto, perguntou-se se esse meu avô não seria parente de Vicente Sodré, primo de Vasco da Gama, que castigara um árabe mandando-o açoitar com uma verdasca de salgueiro com ponta de cinco bolas de chumbo e, não contente, atando-lhe as mãos atrás das costas, forçara-lhe a abertura da boca e nesta depositara um pano enrolado de toucinho cozido, o mais impuro dos alimentos para um muçulmano, respondi calmamente que não, não era parente do meu familiar, não valia a pena replicar, dissesse o que dissesse ele teria sempre razão, nenhum povo tinha deixado por estes territórios um rasto de crueldade semelhante ao dos portugueses, nem muçulmanos, nem holandeses, nem ingleses.

Insone

Muitas noites passei imaginando esse adorado terceiro beijo. Tinha cinco anos quando me tornei insone, ganhando uma tormentosa noite à totalidade do dia, pouco durmo, se dormir se pode chamar a um esfregar os olhos de cansaço e ao subsequente cerrar de pálpebras fatigadas, acostando o corpo ao espaldar macio do sofá, as pernas abertas, libertas, caídas ao acaso, ou, mesmo, por vezes, deitando-me ao lado de Sumitha, na nossa cama goesa, de colunas, dossel e mosquiteiro, espreguiçando o corpo num torpor benfazejo, que o recompõe, uma, duas horas deste sono leve e magoado chegam-me para retemperar forças físicas e energias espirituais, levantando-me de madrugada com uma nova vitalidade; quando as primeiras gralhas estrondeiam o escuro noturno, prenunciando a fímbria de luz alva sobre o Mandovi, sento-me à escrivaninha luso-goesa, de teca, e escrevo duas, três páginas antes de os furgões japoneses, carregados de carne retalhada ou legumes e frutos frescos, invadirem Pangim ruidosamente a caminho dos mercados e das lojas. Durante a noite, para matar o tempo, habituei-me a brincar com as minhas duas cobras de estimação, a Bispoi e a Shack, alimentando-as de coelhas grávidas, ratazanas do campo e galinhas de capoeira, a que junto, ao sábado à noite, uma dieta de borboletas.

*

Tinha cinco anos quando vivi a primeira noitada de vigília involuntária, triturando interiormente os terrores noturnos. Mais tarde, aprendi a controlar o cansaço muscular, inclinando o corpo, não para um sono profundo, de que não tenho memória, mas para um ligeiro cochilar, um pouco tremente e inquieto, inspirando longos haustos de oxigênio, compensadores da ausência de sono, de que invariavelmente acordo bem disposto e com muita fome, preparado para nova vida, se a tivesse, claro.

Brincava na Alameda D. Afonso Henriques, em Lisboa, junto ao passeio, com o Carlinhos, a Isabelinha e o Nelinho, jogávamos à bola com um globo azul de praia do creme Nívea, que a mãe do Nelinho trouxera da loja onde era empregada de balcão, uma loja moderna, na Praça do Chile, misturava retrosaria, perfumaria, chapelaria, loja de roupas, de malas, tinha um nome estranho de que não me recordo, ostentava dois letreiros verdes fosforescentes, um Boutique, outro Variedades, a letra pequena, amarelada ou dourada, e, na porta envidraçada, escrito a letras transparentes de recorte preto, Para Homem e Senhora; sempre que por lá passávamos, a Mãe ensinava-me que não deveria ali estar escrito Homem, mas Cavalheiro, seria mais educado, Homem, mais reles, a puxar o pé para o chinelo, dizia ela, uma mulher-a-dias, habituada a conviver com as senhoras finas da Avenida de Roma. O bairro da Alameda era então saboroso e lento, habitado por famílias de advogados e médicos, muitos professores, o tempo estirava-se, prolongado e calmo, interrompido pela buzina sonolenta de um caminhão de descargas ou um táxi apressado a caminho do Areeiro e da avenida do aeroporto, as nossas ações de criança suaves e harmoniosas, preenchendo um dia ocioso e vagabundo, a sesta demorava, parecia não ter fim, de manhã circulávamos pela casa da menina Araújo, de quem, como meninos inteligentes, era suposto aprendermos as primeiras letras e os primeiros números; à tarde, depois da sesta, enchíamos os bolsos de pastilhas *bazooka* e brincávamos na Alameda como crianças felizes, a quem sobrava tempo e alegria, não se media o tempo pela velocidade ou pela ansiedade expectante, as coisas fluíam, iam-se sucedendo, umas atrás das outras, não consecutivamente, segundo uma lógica previsível, levantava-se um amável intervalo entre umas e outras, que reiniciava o tempo, como se a anterior ação tivesse sido a derradeira e a nova a primeira de todas as seguintes.

Hoje, em Goa, continuo assim, desviado da pressa e da perturbação, escrevo, passeio ao longo dos jardins do rio Mandovi, frequento o Clube Português à tarde, debato os pormenores da vida com o dr. Magalhães Pratel e o dr. Colaço, por vezes irrito-me com a sobranceirice do Xavier, vejo as montras indianas, atropeladas de bagatelas e insignificâncias, bebo um café indiano, suposto igual ao europeu, aguardo na varanda pelo regresso de Sumitha e de Arun, suspeitando, nas minhas costas, no interior da casa, Rhema a bordar um novo tapete de Arraiolos na pequenina sala de costura; à noite, penso, escrevo e alimento as minhas duas cobras, alojadas no quintal traseiro. Não direi ter sido um regresso à infância, perdi em candura o que ganhei em ceticismo, crente de que o homem vive para nada, inseto pestífero que invadiu e estragou a terra.

Na Alameda, tínhamos acabado de brincar aos carrinhos, a Isabelinha fizera de polícia-sinaleiro, o Nelinho enchera o balão de Nívea a golpes de ar, levantávamos a cabeça, perscrutando o céu azul eriçado de nuvenzinhas brancas avançando moles e vagarosas para o cume da Alameda, do lado do Instituto Superior Técnico, pisávamos, por desenfado, duas ou três formigas pretas, que se infiltravam nas meias e nos picavam os calcanhares, suspendíamo-nos de um ramo baixo de tília, ginasticando os músculos, como atletas em aquecimento, o Carlinhos ajudara o Nelinho a encher o globo azul agigantado, do tamanho de metade do nosso corpo, era uma vida doce e tranquila, quase feliz, hesito em classificá-la como feliz porque nos faltava a consciência dela, e a felicidade sem a sua consciência assemelha-se a uma *aurea medocritas,* a uma vida normal e natural, sem horizontes de prazer, de conhecimento ou de riqueza. Quando se acabavam as pastilhas *bazooka* vínhamos a casa comer pão com marmelada e beber café de cevada, sem leite, a tia Belmira fazia-nos uma surpresa, uma gelatina de morango, tremelicante como a barriga de uma velha, ou um pudim *Royal,* que deglutíamos como selvagens, emporcalhando as mãos. No final da tarde, eu seguia o Nelinho, íamos esperar a mãe dele à *boutique* da Praça do Chile, vagueando ronceiros sob os plátanos definhados da Avenida Almirante Reis, admirando as mulheres pálidas e esqueléticas, de lenço ensanguentado a tapar a boca, a saírem do edifício da Associação Nacional da Luta contra a Tuberculose. Quando regressasse, lá estaria a Mãe, à janela, de braços apoiados no caixilho de madeira, olhar fixo no final da rua, esperando o Pai, o meu corpo atravessava-lhe o olhar, a Mãe não via, fixa na figura recortada dos homens, que voltavam do trabalho, de chapéu de aba mole na cabeça, fato escuro de fazenda, camisa branca imaculada, gravata cinzenta; pela sua experiência, a Mãe ia desenhando na mente, ano após ano, o envelhecimento da fácies do Pai, as cãs acinzentadas invadindo as orelhas, um vinco fundo lateral em cada asa do nariz, três rugas na testa, a tez trigueira, quem regressava da Índia devia ostentar uma pele brilhante e acastanhada, como se vivesse todo o ano junto à praia, pensava a Mãe, porventura os vértices dos lábios menos rígidos, decaídos, manifestação de algum pesar, pudera, não via mulher e filho havia anos, o olhar baço, figurando a tristeza de quem estivera longe e se apoquentara de saudades, e lá estava a Mãe, invariavelmente, sentada no poial da janela, os braços sobre a moldura de madeira da janela, pintada de verde, o cabelo igual ao meu, preto, encaracolado, repuxado para trás pelo pente grosso, mas mais denso, mais comprido, preso atrás do pescoço por duas travessas de falsa casca de tartaruga, os olhos fixos, o rosto imóvel, sereno mas inquietado, o olhar perdido no fundo da rua, ansiosa, por vezes mastigava tremoços ou roía peras duras, outras a testa encarquilhava-se-lhe denotando uma preocupação, eu apercebia-me, três ou quatro homens tinham entrado ao mesmo tempo na rua, a Mãe não distinguia um deles, tapado pelos restantes, uma breve expectativa, quem sabe se aquele corpo brando não seria o do seu marido, partido para Goa a ganhar sustento para a família, prometendo tirá-la daquela aflição de lavar escadas, queria montar uma serralharia, fora para a Índia e não mais dele se ouvira falar, nem telegrama, nem carta, nem telefonema, um recado por um marinheiro, um missionário, alguém saído de um fundo de penumbra e, como um raio de sol, trouxesse novas que iluminassem a vida da Mãe, nada, a Índia sugara o Pai, a tia Belmira gritava da cozinha, jantar, vamos jantar, mandava-me lavar as mãos, estás um porco, dizia, colérica, era o seu modo de mostrar afeição por mim, pentear, vestir uma camisa lavada, a Mãe desgrudava-se do buraco da janela, alisava os vincos da saia, esticava a blusa de cor escura, azul, castanha, verde, cinzenta, nunca amarela, rosa, vermelha ou branca, considerava-se em estado de pré-viuvez, passava pelo espelho da sala e dava um jeito ao cabelo, três, quatro caracóis tombados sobre a testa, não precisava de lavar as mãos, passara o dia a lavar escadas, as mãos alvejavam de limpeza, eu, esfomeado, de olho no pudim da sobremesa, sentava-me à mesa de mãos postas, papagueando a oração do agradecimento do pão, a pensar no *Ferrari* vermelho do Nelinho, em ferro, ou no *Chevrolet* de madeira e ferro, as rodas de borracha verdadeira, pneu a sério, dizia o Nelinho, encantado, desdenhando os meus carrinhos de lata, que me cortavam os dedos, e os de madeira do Carlinhos.

O balão Nívea tinha-se furado após três ou quatro chutos impiedosos, apertávamos o bolão com as nossas mãos ínfimas, o ar bufava de um buraco descoberto, fui à procura de um pauzinho para quebrar a saída de ar, continuarmos a brincar, vi-o no meio da rua, a Isabelinha agitou as mãos, na rua não, disse-me, adormecia uma bonequinha ao colo, de olhos azuis, que dizia mamã, a Isabelinha replicava, a mamã está zangada, o bebé não faz a sesta, nesse instante ouvi o chiar arrastado de uns pneus, um carro estancava estrepitosamente, gingando, um dois cavalos, da *Citroën,* não sei o que aconteceu, não estava a olhar, voltei a cabeça, assustado, aterrorizei-me, o carro, bamboleando, avançava furiosamente contra mim, virei-me de costas para não ser atropelado de frente, e senti-me soerguer no ar como uma folha levada pelo vento. Abri os olhos no hospital de Santa Maria, era noite, a Mãe dormitava sentada ao lado da minha cama, as mãos cruzadas no regaço, um baba brilhante a escorrer-lhe pelo queixo, o cabelo solto, descomposto.

Desde esse dia não mais dormi uma noite completa, verdadeiramente nunca mais dormi, a não ser que chame dormir a esse breve sono de pássaro que me fecha os olhos e descansa os músculos por menos de duas horas. Amedrontado e envergonhado, queixei-me à Mãe e à tia Belmira quando regressei ao meu quarto, elas não se impressionaram, a tia Belmira, de voz grossa e impositiva, disse-me, o teu pai era assim, de dia era serralheiro, à noite trabalhava de padeiro com o meu Serra, bastavam-lhe aqueles parcos instantes entre a aurora e a madrugada para se recompor.

Calecute – Vasco da Gama

Vasco da Gama ficara deslumbrado com a maravilhosa cidade de Calecute, um dos mais importantes portos da costa do Malabar, confundira os minaretes e as altas cúpulas dos palácios régios e dos palacetes dos comandantes militares com as torres das igrejas europeias, desconhecia se a cidade não seria governada pelas gentes cristãs do Prestes João, evangelizados pelo apóstolo Tomé, receava enganar-se e cair numa cilada, seguira umas cinco léguas para o Norte, procurando informações seguras, e enviara o meu undécimo avô a um esguio povoado de pescadores, Kappad, a que os portugueses chamaram posteriormente Capua, José Martins foi recebido com espanto e amabilidade pelos pescadores, que o não entendiam e se admiravam com as suas roupas, um linguajar exótico, a estranha cor da pele, as criancinhas beliscavam-no, experimentando a grossura da pele, as mulheres tocavam-lhe nas canelas, onde findavam os calceirões largos de marinheiro, levaram-no a um mercador muçulmano de peixe, de nome Ibne Tayb, a que os portugueses chamaram Bontaíbo, natural de Tunes, este convivera com armadores castelhanos no Mediterrâneo e reconheceu de imediato algumas palavras do estrangeiro, ter-se-á virado para o meu antepassado e perguntado, Diabos te levem! O que te trouxe aqui?, José Martins, orgulhoso, industriado pelo Gama, terá respondido, Somos portugueses e vimos em busca de cristãos e especiarias, era verdade, cristãos em primeiro lugar, segundo o plano de D. Manuel, unir os reinos cristãos ocidentais aos orientais, que então se presumiam ricos e vastos, para, como os dois braços de ferro da tenaz, esmagar o Islão, devastar Meca, reduzindo-a a escombros sem vida, e libertar os Lugares Santos cristãos; e especiarias, para com elas pagar a luta contra os muçulmanos, transacionando-as na Europa Central a um preço inferior ao dos venezianos, que, traidores, as recebiam dos árabes através da rota do Cairo; Bontaíbo não acreditava que o meu antigo avô era português, recordava-se de uma fraca dinastia real da Península Ibérica ligada a este nome, e perguntou a José Martins por que as caravelas não pertenciam ao rei de Espanha ou da França, ou a Sua Senhoria de Veneza, estes, sim, homens poderosos, e o meu patriarca, bom português, charlatão e gabarolas, respondeu acintosamente que o rei de Portugal não consentiria que essas senhorias europeias mandassem na Índia, a Índia era para os portugueses, a isso estava destinada, Bontaíbo riu-se, os dentes brancos coruscantes de comedor de peixe, o peito delgado de pescador, a túnica vermelha esgarçada nas pontas pelo sal do mar, se tu o dizes, ripostou, nós, muçulmanos, por aqui vivemos há séculos e nunca os conquistamos, mercadejo em peixe, que seco, fumo ou salgo, transportando-o para Tunes, tive sorte, disse José Martins, se tu cá não estivesses podia ter sido morto pelos indianos, Bontaíbo jogou os braços ao ar, indignado, os indianos nunca te matariam se tu os não ameaçasses, acolher-te-iam e integrar-te-iam, porventura facultar-te-iam as suas filhas para te sentires confortável, matar nunca, José Martins comeu bolo de farinha de trigo com mel e Bontaíbo, bom comerciante, vendo naquele encontro a oportunidade da sua vida, regressou ao barco com José Martins, saudando Vasco da Gama com as palavras – muitos rubis, muitas esmeraldas aqui há, muitas graças deveis dar ao vosso Deus por vos trazer a uma terra onde há tanta riqueza, Bontaíbo desprezara as especiarias, não imaginara que um povo viesse da Europa à Índia para comprar pimenta e canela, mercadorias de boa venda, mas não merecedoras de semelhante sacrifício, Vasco da Gama vestiu o meu undécimo avô de um modo portuguesmente galante e mandou-o a Calecute com o tunisino, o meu antiquíssimo avô foi o primeiro português a pisar as terras orientais de Calecute e, retirando os saris das mulheres e o peito e as pernas nuas dos homens descalços, em tudo lhe pareceu Alfama, sua terra natal, as casas baixas de taipa, outras de bambu e junco, os telhados de caniço, as ruas estreitas e tortas, enlameadas, as janelas de portadas de madeira, as carroças iguais às lisboetas, puxadas por escravos pretos, atemorizou-se com os búfalos, que lhe roçavam o peito, farejando-o, cheiro de homem novo, devem ter pensado, e maravilhou-se com o à-vontade das vacas de cor creme, que subiam e desciam as ruelas como senhoras delicadas em passeio, penetrando o focinho nas portas cheirosas de jasmim e rubéolas, espantou-se e atemorizou-se com a montanha de carne do elefante, de patorras do tamanho de dois homens, o cornaca, rindo-se, conduziu a mão de José Martins a apalpar a tromba do animalão, e o meu mais antigo ascendente pacificou-se quando lhe mirou os olhos doces e sofridos, era um escravo como os escravos pretos, às ruas e às casas faltavam-lhes Santo Antônio e craveiros vermelhos sob as portadas das janelas para serem como Lisboa, estranhou as estatuetas e os desenhos de seres com múltiplos braços e criança com cabeça de elefante que por todo o lado se encontravam, Bontaíbo entendeu-se com os vizires do samorim, o senhor dos mares, ou rajá de Calecute, e preparou a recepção a Vasco da Gama para o dia seguinte, ambos regressaram à armada, trazendo consigo um piloto hindu que acostaria a frota em segurança em Pandarane, uma baía pacífica, mais larga, de águas profundas.

    Nessa noite, José Martins e Bontaíbo regressaram a terra, o meu velhíssimo avô dormiu na casa do tunisino, foi servido pela terceira das três mulheres deste, a mais nova, que lhe confeccionou apressadamente um prato de cebola e alho crus, de valor excitante, com arroz e manteiga vermelha derretida e, no final da refeição, se lhe ofereceu, sorrindo, soltando breves sonidos com a boca, que o meu undécimo avô identificou com riso casquinado, ela deslaçou o sari e abriu o corpete, pegando-lhe suavemente nas mãos, pousando-as nos seus seios, retirou-lhe pela cabeça a camisa branca de cambraia que o Gama lhe emprestara para se apresentar perante o samorim e desenlaçou-lhe o fio dos calções, puxando-lhe pelas bragas, que tombaram abertas no chão, ela indicou-lhe o seu *yoni*, o meu primitivo avô, recordando os gestos pudicos da mulher em Alfama, que nunca vira totalmente nua, nem ela a ele, espantava-se deleitosamente, como se tivesse sido tocado por um encantamento novo, da ordem do corpo, e recusava largar as mãos dos seus exíguos seios, tão macios quanto redondos, a custo arrastou-as para o arco da cintura, cuja pele, de tão tensa e elástica, tão fina e suave, lhe embriagou o espírito, atormentando-o, era um homem casado e ali se dava a uma mulher casada oferecida pelo próprio marido, regougou baixinho, a Índia é uma terra louca, enlouquece-nos, sentia que desde que chegara, nessa manhã, o mundo mudara para si, abrira-se de uma beleza e de uma harmonia que nunca tinha conhecido, recordou o colar de cravinas com que as mulheres de Capua lhe adornaram o peito, o toque excitante delas nas suas pernas, os seus vestidos longos coloridos como borboletas de Lisboa na Primavera, o cabelo pretíssimo escorrido e liso, solto e leve como as asas dos melros, as fatias de bolo de mel servido entre folhas verdes faiscantes de bananeira, recalcou os ditames da madre igreja e abandonou-se aos lábios escarlates da terceira esposa de Bontaíbo como se pela primeira vez tivesse uma mulher nos braços, ela aproximou a mão do meu longínquo parente do seu *yoni* e indicou-lhe por gestos que o friccionasse com o dedo indicador, este assim o ia fazendo enquanto ela massageava suavemente entre as duas mãos abertas o *lingam* do meu undécimo avô, que se tornou volumoso e maciço como a tromba do elefante, ela fez docemente avançar o *lingam* do meu avô para a entrada da seu *yoni* e aqui com ele brincou, sem penetração, como se ligeiramente o cavalgasse, folgando em gemidos surdos que deleitavam o meu inexperiente avô, depois afastou-se, mirando o *lingam* desejado, fez mentalmente pontaria, e, com força, impetuosamente, como o alvo de uma flecha em pleno voo, deixou-se penetrar, golpeada, gemendo de prazer, as mãos em tenaz, premindo e dirigindo a base do *lingam* com uma, com a outra massageando compassivamente os testículos, controlando a violência da penetração com a habilidade de fêmea humana adicionada à força de uma toura, o meu undécimo avô explodia de gozo, jubilando, tentando adivinhar-lhe os movimentos, assim os acompanhando, resfolegando de prazer, sentindo pela primeira vez o autêntico deleite de uma cópula, de repente ela encostou-lhe a testa à sua testa, prendendo-o com os braços, imobilizando-o, arrastou-o para a esteira, deslizou sobre o *lingam* do meu ancestral avô, enterrou-o profundamente na sua *yoni* e começou a bailar, a pendular a anca, oscilando o tronco para a esquerda e a direita, o meu remoto avô delirou, subido ao sétimo céu de São Paulo, e ejaculou para o interior do ventre da terceira mulher de Bontaíbo, que, nove meses depois, desconhecendo onde parava o meu antigo avô, acolheu nos seus braços a primeira menina luso-indiana, que educou como uma filha sua e se tornou, pela diferença de cor de pele e de forma do rosto, a mulher mais requisitada de Calecute. Adormeceram os dois lado a lado, na esteira fofa forrada de chumaço de cavalo, e José Martins teve de regressar sozinho no batel para o barco, Bontaíbo saíra de noite para a pesca, deixando ao lado de ambos um jarro de vinho de coco.

A Isabelinha torna-se comunista

A Isabelinha dava nas vistas, frequentava o café Império em mesas suspeitas, ia ao banheiro, despia a saia bege e vinha de mini-saia, que o pai, o senhor Padeiro, lhe proibira, meia branca até ao joelho, a carne rósea virgem à mostra no princípio das coxas, fumava, perna cruzada, a bainha bordada das cuecas à vista, batia os dedos contra o maço de tabaco para destacar o cigarro que iria fumar, forrava os livros de Marx e de Lenine com capas de revistas, a *Plateia,* a *Maria,* lia-os à mesa do café, discutindo-os comigo, que me sentava à sua mesa a ler Platão e Aristóteles, e o Carlinhos, absorvido no *La Pensée Sauvage,* do Lévy-Strauss, a Isabelinha condescendia comigo mas chamava burguês e medroso ao Carlinhos, este ofendia-se, burguês, sim, mas não me chames medricas, os meus interesses são outros, nada têm a ver com a política, a Isabelinha protestava, tudo é política, agora mesmo estão homens a ser torturados na prisão de Caxias, isso não te interessa, Carlinhos dizia que sim, do ponto de vista humano não apoiava o regime, mas também não defendia o comunismo, um regime bárbaro, a Isabelinha enchia-lhe a cara de nuvens de fumo, bebia o café ruidosamente, virava-lhe as costas, queria gritar, chamar-lhe imbecil, não podia, havia informadores sentados a outras mesas, desconhecia-se quem eram, falava-se no engraxador, continha-se, escreveu num papel, és um fascista, o Carlinhos ria, não estás em ti, quem não é a teu favor é teu inimigo, não pode ser, Isabelinha, pareces a Inquisição, és inteligente, deves pensar, o comunismo só funciona em povos bárbaros, miseráveis e violentos, vê a Rússia, ergueu-se sobre o assassínio de 40 ou 50 milhões de camponeses, eu não falava, nada me dizia o comunismo, o capitalismo ou o socialismo, eram regimes políticos, uns melhores, outros piores, nasceram, haveriam de morrer, ajustar-me-ia ao que houvesse, interessava-me mais o corpo da Isabelinha do que o seu pensamento, mirava-lhe a ameaça do decote, os vestidos ajustados ao corpo, a cintura das calças à-boca-de-sino, o colar colombiano de búzios e caracoizinhos do mar, continha-me, a minha grande amiga de infância, a única, e receava-a, a Isabelinha escandalizava onde estava, antes catecista como eu, forçava as senhoras de penteado armado, colares de pérolas e pulseiras de prata a contribuírem com notas de vinte escudos para os missionários em África, não aceitava moedas, dizia-lhes diretamente a meio da missa, com o cestinho das oferendas, hoje escandalizava pela roupa, pelo vozear de protesto, era jovem e voluptuosa, a Isabelinha passava cópias passadas a stencil do poema do Daniel Filipe, "A invenção do amor", lia-o em voz alta, eu comovia-me, a luta do amor contra a ordem instalada, as senhoras da mesa ao lado abanavam-se com leques andaluzes, a Isabelinha esquecia a cartilha do marxismo pudico e falava em beijos ardentes, prolongados, o Nelinho entesava-se debaixo da mesa, tinha de ir ao banheiro aliviar-se, regressava de faces rosadas, olhos pulados, as mãos úmidas, o Carlinhos achava aquilo uma pouca-vergonha, a Isabelinha sorria para o Nelinho, tinha percebido, saíamos do Império à uma da manhã, eu levava-a em casa, ordens do senhor Padeiro, só podia sair à noite em minha companhia, o Nelinho seguia-nos, rafeiro, um cão esfaimado por cadela, esfregavam-se um contra o outro no escuro da porta, ele beijava-lhe os mamilos, ela afastava o colarzinho, entregava-se sem se entregar, não havia penetração, eu esperava, o Nelinho depunha o pênis ereto entre as coxas da

Isabelinha, balançavam-se mutuamente, ele beijava-a no pescoço, ela na orelha esquerda dele, o Nelinho apalpava-lhe os seios pequeninos, a Isabelinha gemia, o Nelinho vinha-se contra o vidro da porta, encharcando-o de sêmen, o pai da Isabelinha aparecia na varanda, eu cumprimentava-o, fazia sinal que a filha subia no elevador, assobiava, o Nelinho ouvia, saía do escuro, colava-se às paredes, debaixo das varandas, encontrávamo-nos à porta do táxi do pai dele, o Nelinho abria a porta do carro com a chave sobressalente, ficava lá dentro dois ou três minutos, ia bater uma punheta, a pensar na Isabelinha, saía, satisfeito, não sabíamos de que falar, eu contava-lhe a história do papagaio mudo que vira na televisão, ele dos estorninhos que cagavam o chão da Alameda D. Afonso Henriques, a tia dele escorregara, partira uma perna, bem feito, dizia ele, anda sempre a chatear--me que tenho de estudar mais, falava-me no Carlinhos, bate punhetas com o pênis entre as páginas dos livros, faz de conta que são as paredes de uma vagina, contou-me, nem se interessa por imaginar a cara da dona da vagina, só esta lhe interessa, é a satisfação de um instinto, diz ele, ali estávamos os dois às três da manhã, a fumar, eu propunha enigmas para resolver, ele charadas, tipo pronunciar velozmente "três tristes tigres", eu contrapunha com "Jaime".

A Mãe

A Mãe morreu em dezembro de 1974, desde abril que vivia a frenética existência de vir a Goa, se soubesse falar inglês teria partido para Londres no dia seguinte à Revolução dos Cravos e exigido o visto de entrada na Índia, chegou a falar-me disso, procurando arrastar-me, mas eu tinha exames e não queria perder o ano, afinal foi decretada passagem administrativa para todos os alunos, igualada à classificação de 10 valores, a minha média baixou de 17,5 para pouco mais que 16,5; mais tarde, quando foi possível requerer os exames para subir a nota, dois anos depois, eu já não me recordava da matéria e desisti, precisava de 17 para concorrer a uma bolsa da Gulbenkian para continuar os estudos em Paris, o meu concorrente à bolsa acabara o curso um ano antes, ficara este tempo a estudar francês em casa dos pais em Lisboa e tinha 17 valores, perdi a bolsa, não havia vagas na universidade, que recebera uma quantidade excessiva de professores exilados, retornados a Portugal com a Revolução, fui dar aulas para o ensino secundário, três meses, o primeiro período, não me entendi com as matérias, muito simples, muito ligeiras, mal elevava o discurso os alunos protestavam, não percebiam, um analfabetismo cultural ia nascendo, não me via trinta anos a ensinar crianças mal-educadas, sabia que a Mãe, excessivamente poupada, acumulara dinheiro, não imaginei que fosse tanto.

*

Desde a ocupação militar de Goa tinham sido encerradas as relações diplomáticas entre Portugal e a Índia, dificilmente o marido regressaria, só se fugisse por outro país, era a sua esperança, que o amor o trouxesse, a Mãe convencera-se de que o Pai não regressara porque não pudera, não o tinham deixado vir os cabrões dos indianos, pagãos pequeninos e escurinhos, juntara dinheiro para, mal pudesse, ir ter com ele, não perdera a esperança de o ver de novo, ou ele regressaria ou ela partiria, muitos fins de tarde imaginou que o marido escapara clandestino da Índia e regressara de barco via Moçambique, viera no *Niassa*, não pudera avisá-la, apanhara um táxi no cais Conde da Rocha, em Lisboa, pedira ao taxista para parar a cem metros de nossa casa, para respirar, para se ambientar à nova atmosfera de Lisboa, para apreciar o jardim da Alameda, enxergara o recorte de uma cabeça de cabelo escuro à janela do primeiro andar contemplando o fim da rua, reconheceu o rosto de minha mãe, que se alegrava, identificando-a, bela, feliz, primaveril, com uma blusa de ramagens, um colar de falsas pérolas, o pescoço cor de mármore rosado, dois pingentes de ametista escura pendendo da cartilagem das orelhas, a cara redondinha de minha mãe abriu-se de encanto e felicidade, o marido, Augusto Martins, havia vinte anos partido para a Índia, regressara de táxi, um cigarro negro ao canto dos lábios, os pómulos vermelhos do ardor da viagem e do reencontro, minha mãe, sem tirar os olhos do ponto fixo que recortava a imaginária figura do marido, de voz fina deleitosa como os acordes harmoniosos de uma harpa, entoara para dentro, para a irmã, põe mais um prato na mesa, o Augusto chegou, era assim que a Mãe concebia um possível regresso do marido, por vezes juntava um telefonema alegre de Moçambique, Rosa, sou eu, estou em Lourenço Marques, apanharei o próximo avião, como está o menino, a Mãe informava-o, como tu, não dorme de noite, passa a noite a ler e a escrever, tudo a Mãe se permitia pensar desde que finalizasse com o regresso do marido a casa perguntando à tia Belmira pela carne de porco assada no forno, seu prato preferido, como se tivesse saído de manhã para o trabalho.

O Pai chegou ao Estado da Índia em 1953, oito anos antes da invasão de Goa, Damão e Diu pelos batalhões da União Indiana de Nehru. Salazar, atormentado pelas queixas da Índia na ONU e pelas ameaças militares no território, mandara juntar aos três mil soldados e oficiais do contingente português uma multidão da elite de trabalhadores portugueses que iriam revitalizar a economia goesa; com o Pai, mestre serralheiro na Escola Industrial Afonso Domingues, seguiram tecelões, correeiros, enfermeiros, regentes agrícolas especializados em arrozais, bancários, soldadores, lenhadores, fresadores, mestres-pedreiros, sapateiros, caldeireiros, canteiros, muitos mais operários e artífices com os quais, segundo a tradição corporativa medieval da Casa dos 24, Salazar e o Estado Novo pretendiam dar novo impulso à economia goesa ao arrepio da existência de industrialização capitalista ou socialista. Augusto Martins, natural de Alfama, como toda a família, abandonara a estiva, trabalho de seus pai e avô, e fizera-se serralheiro numa oficina de ferragens à entrada da Mouraria, especializada em volutas, florões, molduras, cercaduras, quadrículas e outros ornatos em ferro forjado para as portas e varandas dos prédios burgueses que iam crescendo para além de Santa Marta, em direção à Estefânia, atravessando o Conde de Redondo, e, para além de Arroios e do Jardim Constantino, em direção ao Areeiro, atravessando a Praça do Chile, o pai fizera exame de mestre-serralheiro, passara com nota primorosa e tornara-se, além de mestre-de-oficina, professor do ensino técnico da arte da serralharia, os políticos legionários da Penha de França aproveitaram-se, foram-no buscar para, num gesto patriótico, mas financeiramente muito confortável, dirigir várias minas de ferro em Goa sob a supervisão de um engenheiro alemão de Munique que para lá fora enriquecer. Com a ascensão social e o suplemento de salário como mestre-escola, alugara uma parte de casa da nova residência da tia Belmira, numa rua perpendicular à Alameda D. Afonso Henriques, um rés-do-chão da altura de um primeiro andar. Vivi toda a infância e juventude tendo como horizonte da janela do quarto as altas copas das tílias, dos plátanos, das nogueiras e castanheiros da Alameda, conhecendo o tempo de Lisboa pelo marulhar do vento nas folhas como se habitasse uma casinha numa encosta das Beiras, e aí convivi com a alta burguesia da Avenida de Roma, uma súcia de cavalheiros polidos, hipócritas e falsos, que usavam palavras abstratas, eram transportados em carros da empresa ou do Estado, cujas senhoras, regentes da vontade dos filhos e das criadas, se asseguravam de que eu, pobre, filho de uma mulher-a-dias, que lhes lavava a escada e a roupa na marquise das traseiras do prédio, mas o melhor estudante do liceu, explicador gratuito dos filhos, meus colegas de turma, tivesse entrada lá em casa pela porta da frente, e a Mãe pela porta de serviço, onde se recebia a criadagem alheia e os serviços do talho e da mercearia; ao domingo, na missa da igreja S. João de Deus, apontavam para mim às outras senhoras e ao pároco e ostentavam o seu espírito de caridade indicando que a roupa que eu trazia fora dos filhos e os manuais por que estudava tinham sido pagos por elas, o nosso prédio possuía a graça de o primeiro andar ser designado por rés-do-chão, como já disse; o dono e senhorio do prédio dobrava o joelho mesmo a meu lado na igreja, um dia perguntei-lhe do exotismo do nome do andar onde vivia, disse-me que eu já tinha idade para aprender as trapaças da vida e explicou-me que assim, com a conivência dos fiscais, fintara a Câmara, que não deixava fazer prédios com mais de seis andares naquela rua, ele fizera-os com sete, mas no registo de matrícula do prédio só constavam seis, assim ganhara dinheiro suficiente para não mais trabalhar na vida, disse-me que lhe devia seguir o exemplo, todos os portugueses adultos o faziam, ou desejavam fazê-lo, um bom e sumamente lucrativo negócio era suficiente para se ganhar dinheiro para o resto da vida.

Para cima da nossa rua, ficava a Picheleira, a Curraleira e o Alto do Pina, habitados por migrantes pobres da Beira misturados com ciganos, vivendo em barracas, os filhos descalços e andrajosos, o casario fétido, as ruas pantanosas, moscas silvavam entre gatos pretos de olhos vazados, penetrando nas cozinhas de janela tapada com papelão, depositando larvas na pele dos chicharros e das chaputas ou nas costeletas de porco em segunda-mão, de carne esverdeada e apodrecida, que as mãos raspavam até restar um naco vermelho de carne, cães sarnentos de rabos decepados, tatuagens na anca a ferro quente, como aos antigos escravos, os homens de patilha aciganada, barba de quatro dias, boné de pala para trás, tapando o cabelo crespo coberto de películas de caspa branca, as camisas a exsudarem suor, as calças a arderem de pinguinhas de mijo acumulado, eu fugia do cimo norte da Alameda para não ser assaltado, só de carro e de dia se passava pela Picheleira; para sul, era o formigueiro maroto pequeno-burguês da Av. Almirante Reis, as donas Capitolinas, Marcolinas e Valentinas das retrosarias, os padeiros Zeferinos, a mercearia da d. Conceição, outra, mais modesta, do sr. Armandinho, que galava o rapazio da Alameda, a taberna do Domingos e a tasca do Cunha, onde se serviam pipis e moelas de galinha com colorau, orelhas de porco fumadas e pescoços de pato com piripiri e malagueta, os carros elétricos da Praça do Chile tilintando a lentidão da vida, os leitões assados à porta dos restaurantes populares, as varejeiras depositando vorazes as larvas na gordura escorrente, o *snack* do sr. Ventura e os carapaus com molho de escabeche, o cheiro a sardinha assada por maio a junho, o do frango assado todo o ano, a Mãe preferia azeite, desdenhava o óleo, a tia Belmira pelava-se por açorda de pão escuro com raquíticos jaquinzinho fritos ou pataniscas de bacalhau, eu, pobre, filho de pobres, mas diariamente convivente com os ricos do liceu, dava-me ares de magnata e pedia cherne com todos, o prato mais caro; a caminho do liceu, ladeava o Instituto Superior Técnico, a nata tecnológica do País, ansiando por fazer a revolução industrial que Salazar diariamente bloqueava, cosido com os figurões das Faculdades de Direito de Lisboa e Coimbra, os dirigentes da nação, sentados ao fim da tarde na Mexicana ou no café Império, com as esposas à segunda, as coristas do Parque Mayer à terça, eu encostava-me aos bilhares, ansiando que me chamassem para um quarteto, os outros três pagavam o aluguer da mesa, eu ambicionava o definitivo regresso do Pai de Goa para pagar uma rodada de imperiais aos parceiros de bilhar e lhes agradecer as inúmeras jogadas gratuitas, mas logo me desiludia, nem às cartas da Mãe o Pai respondia, talvez estivesse morto, fora morto quando da insurreição dos indianos em 1961, a tia Belmira era da mesma opinião quando queria irritar a mãe, o teu marido foi morto a uma esquina, uma noite de sábado, à saída de um bodego lá em Goa, eu confirmava, mas a Mãe não se dava por vencida, depositava a rabeira no poial da janela e aprestava-se a passar ali o fim da tarde, contemplando o fundo da rua, abanava a cabeça à janela, lamentando a partida do marido, uma má hora, com o sol esplêndido de Lisboa o que fora o Augusto fazer para aquelas paragens tórridas, o trabalho na oficina e as horas nas escolas técnicas, a ajuda noturna na padaria com o Serra, marido da tia Belmira, ocupando as noites insones do Pai, mais o dinheiro da lavagem das escadas, suficiente para uma vida tranquila, poderiam alugar um andar pequenino a Arroios, deixar a casa da tia Belmira, o Augusto queria por força enriquecer, tirar a Mãe do serviço de criadagem, sobretudo da lavagem das escadas, um trabalho bruto, dizia ele, não conivente com a mulher de um professor na Escola Industrial Afonso Domingues, custava-lhe saber a mulher de joelhos, as costas curvadas, as mãos encardidas, desejava abrir uma serralharia na Mouraria, fazer concorrência ao antigo patrão com preços mais convenientes, tinha a promessa de dois empreiteiros, encomendar-lhe-iam todo o ferro forjado das varandas, foi para Goa com esse desejo, em três anos ganhar o dinheiro que nem em vinte ganharia em Lisboa, a Mãe falava sozinha à janela, Augusto, vem, se não enriqueceste não faz mal, eu trabalho por mim e por ti, o que não faltam são escadas para varrer, lavar e encerar, pão e sopa haverá sempre sobre mesa, e dinheiro para os estudos do menino, do resto não precisamos, roupa dão-me as senhoras, é lavar, passar, cerzir ou remendar e ninguém dá por isso.

*

A Mãe enclavinhava uma mão na outra, reprimindo a diabólica suspeita de que o marido se apaixonara por uma indiana, as cabronas, sussurrava, mesmo ali, no cais, à espera de que cheguem os europeus branquinhos, esta suspeita magoava-a mais do que a suspeita da sua morte, logo a recalcava com um abanão de mãos, jantávamos e saímos para a Alameda nas calmarias do verão, as famílias passeando pelo jardim, escutando o som cavo e compassado da queda de água do miradouro, o burburinho desarticulado dos repuxos de água jorrados de netunos e sereias, um genuíno calor noturno propício à amizade e à serenidade, a Mãe inquieta, eu lia-lhe nos olhos perturbados a tristeza de saber o marido suando nas matas tropicais, trepando montes escalavrados de pó de ferro, furados à picareta por *dalits* miseráveis, a pedra de ferro bruto amontoada à pazada, carregada em cestos de ola à cabeça das mulheres, umas atrás das outras, em filas consecutivas, direitinhas, que os portugueses cognominaram de fila indiana, tu, Augusto, a ordenares, a dirigires, o lenço na cara, filtrando o ar das nuvens vermelhas de pó de ferro.

Uma noite, a Mãe prolongou o serão à janela, não jantou, quando retornei do café Império ainda apoiava os braços no parapeito, chorava, nessa noite convencera-se de que o marido morrera, perguntei-lhe que certeza podia ela ter, a Mãe apontava para o coração e reclamava uma tristeza tão triste, tão infinita, que só podia ser prenúncio da morte do marido, não havia palavras minhas ou da tia Belmira que a consolassem, ela replicava que não eram pensamentos, eram sentimentos, estes não enganam, nunca tão triste me senti, nem quando os teus avós morreram, é como se o mundo tivesse acabado neste instante e não houvesse mais futuro, ou o futuro fosse feito de dor e sangue, um sofrimento tão atroz que o suicídio se torna um alívio comparado com a negridão do porvir, não fosses tu, disse-me, matar-me-ia agora mesmo, mas tu precisas de mim, tu sustentas-me a vida, abraçámo-nos, chorando os três, a Mãe pelo Pai, eu pela Mãe, a tia Belmira porque não conseguia ver chorar que não chorasse ou rir que não se risse. Na tarde seguinte, exausta pela lavagem penosa de umas escadas de pinho de um prédio de quatro andares, recuperara alguma serenidade, o corpo macerado libertara a esperança do espírito, uma compensação psicológica, a Mãe alegrara-se de novo à janela, a sua rotina, a âncora que lhe salvava a dignidade, talvez não tenha morrido, opunha-se agora, esqueceu-se de nós, foi o que foi, ou não se esqueceu, cometeu algum erro e sofre uma tristeza igual à minha, não pode ou não o deixam partir para Portugal, aproveitam-se do seu saber sobre o ferro e exploram-no como um inimigo português.

José Martins, o meu undécimo avô

José Martins, o meu undécimo avô, fora barbeiro-cirurgião em Alfama, um montio de casinhotos de taipa e telha amalgamados uns sobre os outros no declive da encosta do Castelo de São Jorge, ruelas da largura de dois braços, por onde passavam burros de carrego e uns charruecos finos e longos pesados de farinha, peixe, carne e carvão que abasteciam o bairro, empurravam-nos ou puxavam-nos escravos pretos de músculos rochosos ou mouros de pele de bronze, peito nu, que enfeitiçavam as mulheres; transportavam às costas ou arrastavam à mão, em sacos de estopa e serapilheira, pedra britada e tijolo seco ao sol; barricas de vinho e tonéis de azeite e vinagre eram puxados por um cordame grosso desfiado sobejado dos barcos, manobrado por mãos hábeis; judeus fugidos de Espanha ofereciam à vista varas de tecidos finos coloridos e, às ocultas, rubis e ametistas para enfeites, e clepsidras e ampulhetas para medir o tempo e, subterraneamente, às meninas casadoiras, flor de mandrágora em pó para cativar o apaixonado.

Alfama encostava-se aos panos de muralha do Castelo, estendendo o casario escuro por uma encosta buliçosa iluminada por um sol permanente, cordoeiros, sapateiros, carpinteiros, tecedeiros e oleiros animavam as ruelas descompostas e irregulares de pedra e calhaus, tintureiros, de loja fétida de tintas a apodrecerem em tinas de granito, e ferreiros de forja a escaldar, exsudando fumo ferroso para o céu, sentavam-se em escanos de cedro à porta de suas casas, transformadas em lojas durante o dia, inspecionando o trabalho dos escravos que sem cessar manipulavam tenazes, martelos, ferragens rutilantes, couros velhos e madeiras novas. José Martins, descendente dos Martim e dos Martinhos de Alfama e da Mouraria, com assento de nascimento nos cartulários do cartório da igreja de Nossa Senhora da Conceição, um dos três barbeiros-cirurgiões do bairro, oferecia os seus serviços de lavagem e desinfestação do couro cabeludo, com aplicação de unguentos líquidos de alecrim e arruda para a selva de piolhos, garantidos por três meses, tratava os abcessos e fleimões suturando-os com uma lanceta de ferro de ponta aguçadíssima, espetada a prumo na vertical, revolvendo a carne da gengiva, exalava então um pus amareláceo que agoniava o doente, José Martins tivera grande sucesso nas sangrias dos velhotes e no corte das amígdalas a pequenotes, sacando-as com uma faca de lâmina longa, o menino gorgolejava fressura cozida em vinagre, anestesiando a boca e a garganta, de pau espetado na boca, para a manter aberta, e com a faca em forma de espineta degolavam-se os rincões das amígdalas, enfiando logo de seguida sangue quente de pulmão de porco misturado com pó de prímula; na sangria, o meu undécimo avô tinha preferência pela veia da prega do cotovelo, apertava o garrote de pano duro à volta do braço, arrepiando a veia, que, túrgida, se mostrava como um rio de sangue, cesurava-a com um golpe incisivo do estilete, que soltava um valente espicho de sangue, não raro para a cara do meu antigo avô, desprezava as ventosas, usadas apenas em débeis ou moribundos, preferia a sangria por incisão, libertando os maus humores correntes no sangue, fonte de inflamações e futuras gangrenas, pústulas, vermelhões ou manchas rosáceas da pele, que se despegava em grossas lascas apodrecidas e pestilentas, como a sarna e a tinha, curava-as aplicando-lhes pele seca de rato preto, provocando uma reação estranha, inchava num bulbão castanho, carregado de pus, suturado e cauterizado com emplastros de enxofre a escaldar.

*

José Martins era casado com uma moura aprisionada pelo navegador galego João da Nova, que morreria pobre em Cochim depois de o meu remoto avô se ter mudado para Goa, seguindo Afonso de Albuquerque; fora capturada numa barca marroquina que transportava peregrinos muçulmanos de Tânger para Meca e trazida para o mercado de escravos de Lisboa à embocadura da Mouraria, onde o meu antepassado a comprou, levando-a para casa como mulher para todo o serviço; porém, de tão próximo o convívio, por ela se apaixonou, mais pela necessidade de companhia do que por amor ardente, mandou-a converter ao cristianismo pelos frades regulares de S. Vicente, que a batizaram, e com ela se casou de papel passado, narrando-lhe o seu segredo, era insone, não fora diabo nem feitiçaria, era assim desde menininho, a noite guardava-a para as experiências em coelhas, ratos, ratas, ratazanas e uma ou outra cobra do mato despeçonhada que os aldeões de Sacavém vendiam no mercado mensal de Xabregas, não se assustasse se durante a noite o não sentisse a seu lado no enxergão de palha madura, exercitava-se compondo as suas pastas medicinais e os seus unguentos e infusões curativos; a moura, de nome cristão Rosa, abandonando de vez Fátima, o seu verdadeiro nome islamita, ouviu a explicação de boca aberta e queixo caído, disse que sim, mas não acreditou e, pelo sim pelo não, dormia com uma adaga minúscula enfiada na dobra das bragas, cujo toque frio de metal a excitava, gemendo, o meu pentavô acorria e, com algum prazer, cumpria o dever cristão de consolar a esposa, admirando-se de ter uma mulher que não esperava pela apetência do marido. José Martins teve um filho desta moura com nome europeu de Rosa e, correndo-lhe bem a vida, comprou dois habitáculos de animais laterais à sua casa, num, depois de consertado e limpo, instalou um burro, para as deslocações ao Castelo, à Mouraria e às quintas da Madre de Deus, de cujos fidalgos era cirurgião-barbeiro, o outro transformou numa câmara onde recebia os clientes, deixando de os tratar à porta, como habitual na profissão. Sem o saber – como tudo acontece na vida –, o que José Martins presumia ter sido uma melhoria na sua vida tornou-se a corda maligna que, desenrolada, o ameaçaria de forca.

José Martins era cristão convicto, mas a origem dos Martim e dos Martinhos perdia-se na comuna judaica que d. Afonso Henriques encontrara instalada em Lisboa em 1147, quando tomara a cidade de assalto de conúbio com os cruzados da Terra Santa. Forçados, os judeus tinham-se tornado cristãos e os ascendentes do meu undécimo avô, trezentos anos depois, em nada se sentiam filhos de Abraão e Moisés, substituídos, em Alfama, por famílias genuinamente judaicas aportadas a Lisboa expulsas do reino de Castela em 1492. José Martins fora educado como cristão pleno, mas a sabedoria do sangue inclinava-lhe os passos para as portas da sinagoga, no bairro judeu, à entrada de Alfama, aqui conhecera um velho casal de judeus, ele, prativeiros, mercador de prata e pedras preciosas, ela, por desenfastio, espiritualizadora de essências de flores, algumas das quais, em pó, fornecia a José Martins para as suas pomadas e unguentos, como água de lírio, branca e roxa, essência de rosa vermelha e de camomila e pó seco de mirtilo, cardo, erva-moira, salva e escabiosa, abastecia-o também, clandestinamente, de cinzas de crânio humano para trancar os fluxos sanguíneos dos homens e os corrimentos de sangue das mulheres. Sem filhos, o idoso casal de judeus adotara o filho de José Martins e da moura Rosa, em sua casa passava o menino longas horas do dia e, por vezes, até nela pernoitava, aprendendo simultaneamente o ofício de prativeiros e perfumista e, em casa, o de barbeiro-cirurgião, grande futuro teria o seu filho, acreditava José Martins.

Inesperadamente, o casal de judeus adoeceu, ele, de uma opressão no peito, como se lhe tivessem deposto uma laje por cima, ela, de uma farfalheira na garganta, que se alastrava até aos pulmões, macerando-lhe a arca do peito e convulsionando-lhe o tronco em fortíssimos acessos de tosse, José Martins deslocou-se para o bairro judeu, e de sua arte tudo tentou para os salvar; o meu antepassado empastou o peito do velho judeu, de dia, com pomada de melcega, à noite com resina líquida de pinheiro, e a ela defumava-lhe a garganta com aspirações de alfavaca-de-cobra, limpando-a das enxúndias expectorantes, compunha rolinhos de pêlo de lebre e dava-lhos a mastigar com pão de cevada, forçando-a a ingeri-los sem água, o pêlo conteria a virtude a atrair o mal, arrastando-o para o bucho, onde seria fervido pelos vapores da barriga e expulso, decomposto, nas fezes; sob as suas mãos experientes, o meu undécimo avô sentia cavalgar o coração do velho judeu, untava-lhe o peito com banha de carneiro e dava-lhe a beber infusão de malva e carqueja, tranquilizantes e balsâmicos, mas o coração não parava de ladrar como um cão enraivecido; a ela, a umidade noturna cortava-lhe a respiração, acordava horrorizada, as mãos antigas crispadas na garganta, a língua intumescida e escarlate, manchas castanháceas de saliva sólida nas comissuras dos lábios, o meu undécimo avô pulverizava funcho seco, queimava-o no cadilho de mármore, forçando a velha senhora, contorcida de espasmos, a inspirar o fumo diretamente para a garganta.

Ao fim de menos de um mês, o desgastado casal expirava no maior dos tormentos, hoje a mulher, no dia seguinte o marido, o meu mais remoto avô e o seu filho choraram lágrimas autênticas pela morte dos seus amigos e benfeitores, mas foram impedidos de assistir às cerimónias fúnebres na sinagoga e no esguio cemitério judeu, paredes meias com um dos panos da muralha de Lisboa, José Martins prontificou-se a ficar ao longe, à entrada do templo, o rabi expulsou-o de maus modos, chamando-lhe nazareno e diabo velho e interesseiro. A queixa na corregedoria do reino entrou na semana seguinte, a comuna judaica de Alfama, através de dois cohens, acusava José Martins de morte intencional do casal de judeus com o fito de lhe herdar a fortuna; com efeito, o idoso e bondoso casal asquenaze, cansado e descrente dos homens, escapado dos morticínios de Poznan, na Polónia, entre 1440 e 1460, refugiado em Sevilha, salvo milagrosamente do auto-de-fé que queimara cento e vinte judeus, encontrara em Lisboa, no filho de José Martins, a pulcritude e a alacridade de ternura e encanto que presumiam só existir no céu, tinham-se tomado de amor paternal pelo menino e tinham-lhe deixado em testamento – o que José Martins e Rosa desconheciam em absoluto – não só a casa e o dinheiro acumulado, como, ainda, a fortuna em prata, jóias e pedras preciosas, e instrumentos de perfumaria, mais a pequena mas valiosíssima retorta em bronze trazida da Polônia; uma condição havia – o menino dedicar-se-ia doravante ao ofício de pratives e perfumista e abandonaria para sempre a profissão de seu pai. Por artifício retórico e jurídico, o rabi e os dois cohens provaram a intenção de crime por parte de José Martins, que, espantado, reclamava absoluta inocência. O juiz corregedor, salomônico, condenou José Martins e salvou o filho, que ficou com a herança, por não ter parte no crime devido à sua tenra idade; as autoridades religiosas judaicas protestaram, a casa, a fortuna e os instrumentos deveriam verter para a sinagoga, representativa da comunidade, mas o juiz cortou-lhes as voltas, José Martins para a forca, disse ele, o menino para a abastança. José Martins foi levado para o tronco, sofrendo quinhentas chicotadas, cem por dia ao longo de cinco dias, e condenado à morte por enforcamento no dia de São Valhelhos, o Justiceiro dos Velhos.

Três dias antes de ser enforcado, José Martins, incapaz de se levantar do catre, deitado de barriga para baixo, despediu-se de Rosa e do filho mestiço, deu-lhes instruções para não serem ludibriados, nomeariam um desembargador como representante legal, venderiam a casa dos judeus, o desembargador cobraria cinquenta por cento, mas valia a pena, teriam a certeza de que o dinheiro lhes seria entregue em espécie, não em documentos legais a acertar o valor quando o tribunal libertasse a confiscação da casa, era forçoso que o fizessem assim, uma mulher moura e um filho arraçado perderiam tudo entre as malhas da lei, a casa situava-se no bairro judeus, só os homens da nação a quereriam comprar, o desembargador velaria para que não fossem enganados no preço, transfeririam para sua casa todos os móveis e instrumentos de ofício do casal, venderiam esta casa, a que o povo ligaria para sempre a existência de José Martins, assassino impiedoso, envenenador de um casal de judeus, e mudar-se-iam para uma nova casa, nos terrenos ventosos da colina de Santa Catarina, aqui o menino dedicar-se-ia ao comércio de perfumista, de pratives envolvia quantias muito altas, seria melhor não arriscar, deveriam guardar as lâminas de prata, as jóias e as pedras preciosas numa saca grossa de estamenha dentro de uma das paredes da casa, negócio menos arriscado o de perfumista para quem era ainda uma criança.

José Martins descansara o espírito, morria injustamente, tragado pela incompreensão humana, mas deixava um futuro para a família, só isso lhe interessava nos dois dias de silêncio e penitência, antes do momento derradeiro, assistido por um frade hospitalar. Na última madrugada, contemplou o meu undécimo avô, pelas grades da sua cela, junto à antiga Alcáçova Real, um sol esplêndido que nascia por igual para todos os homens, meditava sobre os gostos das gentes e os acasos da vida, via-se a si próprio como centro de três religiões, a judaica, de que era longínquo descendente, a muçulmana, cujas rezas e rituais Rosa praticava secretamente, e a cristã, em que fora educado e o levaria à forca, concluiu com lucidez não existirem três deuses diferentes, tantos quantos os povos de sua origem, mas um só, com nomes e histórias diferentes consoante a história do povo que lhe dera o nome, era a esse deus único sem nome que rezava contemplando o sol como Seu representante, pedia-lhe perdão pelos desgostos que involuntariamente causara aos seus semelhantes e gratidão por lhe ter dado uma existência de que gostara, a sua bela profissão, a sua bela mulher e o seu belo filho, bebia aquele caloroso sol nascente como água fresca limpando-lhe o ódio que sentia pelas permanentes injustiças humanas, entregava-se todo a Deus, quem ou qualquer que ele fosse, e nas suas mãos depositava, com sentimento compungido, o destino da mulher e do filho, que pudessem ser felizes.

O frade hospitalar acabara de o abençoar quando, rangendo, se soltou a tranqueta da porta, José Martins, de costas para a porta, cerrou as pálpebras, voltou a abrir os olhos, contemplou o sol refulgente pela última vez, esperou que o guarda lhe ordenasse que saísse, juntou as mãos, para que tudo fosse rápido e as grilhetas lhe algemassem os punhos, um silêncio íntegro interpôs-se, o guarda não falava e o frade hospitalar tinha deixado de murmurar as suas rezas de despedida, ouviu então uma voz estranha nas suas costas, um dos feitores da Casa da Mina lia-lhe a ordenação de libertação de todos os condenados à morte desse dia se aceitassem partir como degredados para a Índia na frota de Vasco Gama, se por lá sobrevivessem teriam de ficar até autorização de regresso do futuro comandante ou governador, só justificada por feitos heróicos, o feitor mostrava-se interessado em José Martins devido ao seu ofício de barbeiro-cirurgião, José Martins e os outros degredados seriam lançados em terra sempre que o capitão desconhecesse o ânimo dos nativos, testando-o com a sua vida. José Martins, de costas para o feitor e de frente para o magnificente sol que lhe banhava as faces, agradeceu em silêncio à substância única daquele deus de três nomes que lhe acabara de salvar a vida, habituara-se nos últimos dias a aceitar a morte, enforcado no patíbulo do Chafariz-de-Dentro, a Alfama, seu chão natal, não conseguiu falar, um silêncio demorado e espesso impregnou as paredes da cela, sentiu vontade de se encostar às grades e pensar, como, cansado, ao fim do dia, lavadas as mãos do sangue, do pus, da saliva, das fezes e dos piolhos dos doentes, se apoiava no colo fofo de Rosa; ao longe, as velas de uma falua, carregada de sal branco, rebrilhavam ostensivamente entre os telhados úmidos cobertos de fetos rasteiros, um cão ladrava meigamente, José Martins, como se fugido do inferno e retornado a solo humanamente habitável, virou-se, olhou para o carcereiro barrigudo e bigodudo, cara de gato torturado, para o frade esquelético, de roupeta branca, o Crucificado nas mãos cadavéricas, alvas de tanta brancura, e para o feitor da Casa da Mina, dono da voz que o salvara, este explicava que os lisboetas tinham respondido ao apelo do rei para o alistamento como uma raça miúda, trapalhona, receosa dos perigos do mar e dos monstros habitantes das ilhas desconhecidas, apenas a canalha se tinha inscrito, sem pão para comer, teto para dormir e ombro de mulher em que reclinar a cabeça, não fazia mal, disse, é maltosa obrigada a todo o serviço, no mar e em terra, soubera de um barbeiro-cirurgião condenado à morte, faria falta nos navios, depois em terra, nas feitorias, condoeu-se sua majestade em salvar-te a vida, menos por piedade, mais por interesse, o feitor levantou uma mão, era um homem devoto, lia-se-lhe na cara magra, o peito frugal, o pescoço reto, os olhos pesados, sabia-se contente por ter salvo uma vida, é uma oportunidade, podes redimir-te, lavar-te aos olhos do Senhor, nós precisamos de ti, tu precisas de nós, que te impede de dizer, aceito?, a sonolência tomou conta de José Martins, não dormia há uma semana, uma espécie de ressaca da fadiga, do medo da morte, da inteira sensação de que não vivera tudo o que era devido viver, perguntou se podia despedir-se da mulher e do filho, o feitor negou, a esta hora estarias a caminho da forca, José Martins insistiu, e lá deles me despediria, morreria contemplando-lhes as faces, o feitor recusou de novo, não há permissão real, sais daqui direito para a *São Rafael*, José Martins sentiu uma pequenina luz cintilando na consciência, ouviu uma voz interior clamar-lhe, a Índia é o teu destino, percebeu que de tudo o que vivera nada se comparava com o que iria viver, o carcereiro afastava os pés, cansado, vá lá, não temos o dia todo para decidir, já deveria ter sido substituído pelo Canguelhas, este não aparecera, um rufião do Castelo, violentava os presos, enterrando-lhes uma vara de salgueiro de Xabregas no cu, dava-lhe prazer empalar os encarcerados, para que o tempo passasse mais depressa, os frades de S. Vicente já tinham tocado o sino para o dejejum, e ele ali, exausto, de barriga como um tonel roto, a aguentar as conversas melosas entre um feitor e um condenado, ele é que devia aproveitar a oportunidade e alistar-se para a Índia, mas sabia-se demasiado cobardolas, ouvira dizer que só havia arroz no Oriente para comer, o melhor era deixar ficar-se na Câmara, soldo garantido e autoridade respeitada, que mais um português pode querer, bem via os ganapaios na rua, olha, olha, ali vai o dono da prisão, murmurava o rapazio, atemorizado à sua passada gorda, fossem para a Índia os maníacos dos fidalgos, educados para a guerra, e a canalha, a ralé, a plebe, a populaça, a gentalha, o povoléu sem eira nem beira, levassem os ciganos e os mouros com eles, para limpar Lisboa da gente pulha, torpe, desprezível e miserável, o mal-encarado carcereiro tocou com a mão no ombro do meu mais remoto antepassado, não temos o dia todo, disse, golfando uma chuva de cuspo da boca, José Martins sentiu a mão do carcereiro como um bloco de granito sobre os ombros, afastou-lhe a mão, sacudiu os ombros, o carcereiro pançudo insistiu, então, ó barbeiro, não respondes, o meu antepassado voltou-se para o carcereiro e ofereceu-lhe um esplêndido sorriso, o sorriso da vida, olhou para o feitor e meneou a cabeça afirmativamente, vamos lá para a *São Rafael*, e brincou com o frade hospitalar, se o frade vier comigo e eu tiver lá uma tenaz arranco-lhe esse dente podre que lhe vai causar, em menos de uma aparição do diabo, uma dor que o porá a uivar às estrelas.

D. Francisco de Almeida – Um império no mar

Em Cochim houvera festarola na praia com a chegada da armada de d. Fernando Coutinho e a confirmação escrita, por ordem de D. Manuel, da nomeação de Afonso de Albuquerque como novo vice-rei da Índia, o meu undécimo avô dividia-se entre o agrado ao novo governador e a sua amizade pela bonomia do antigo vice-rei, d. Francisco de Almeida, que azedara aquando da morte do filho, o diabo louro, como era conhecido pelos marinheiros dos navios do Índico. D. Francisco de Almeida, magoado, aferrara-se ao poder e recusara a passagem de testemunho a Afonso de Albuquerque, a quem mandara prender no Forte de S. Ângelo, em Cananor. De simples e aprazível entre os portugueses, o comportamento do vice-rei tornara-se brutal, insensível e cruel desde a morte de Lourenço de Almeida. Forçado, ameaçado de desobediência a cartas e ordens de D. Manuel, decidira-se a passar o poder e partir, dera o seu último passeio pela costa, despedindo-se, retivera no olhar e na memória os palmares verdes e castanhos que cercavam o Forte de Cochim, sua residência havia quase cinco anos, destacava-se o barraquio da feitoria, em canas de bambu e telhado de folha seca de palma, as esguias casas de lama amassada dos portugueses, ao fundo o palacete afortalezado onde vivera, em frente ao seu olhar a muralha de pedras gigantes da fortaleza portuguesa, rostos brancos europeus confundiam-se com rostos trigueiros indianos, que na suave baía azulada há muito tinham obtido autorização de pesca, pequenotes, meninos e meninas, nem brancos nem pretos, os portugueses tinham cruzado as raças e sobre a forma asiática e os olhos em amígdala viam-se nascer o nariz comprido europeu e os lábios curtos e finos indianos, uma criança, a mais impositiva do bando, ou aquela que mais gesticulava os braços, ostentava os traços perfeitos do cruzamento entre um português e uma indiana, porventura bailadeira, que na sua casa de bambu acolhia os portugueses na esteira, enfeitiçando-lhes o corpo com o olhar lascivo e permissivo.

D. Francisco de Almeida contemplava ao longe o *Garça,* de âncora baixada, que o levaria para Portugal, onde, tinha consciência segura disso, seria preso por desobediência às ordens de D. Manuel, não levantara suficientes fortalezas, não rumara a Malaca, não explorara Ceilão, a ilha da canela, não afrontara as Molucas, as ilhas das especiarias, que d. Fernando e dona Isabel de Espanha reivindicavam à luz do Tratado de Tordesilhas, a ocupação legitimaria a futura posse, mas, Senhor, ensaiava d. Francisco de Almeida, vendo-se ajoelhado aos pés do trono português, em teu nome dominei o mar Arábico, pirata ou pescador, mal ouve o nome de D. Manuel ou de Portugal tirita de medo e foge no seu barcote, assustado pela potência de fogo das nossas naus, e venci os rumes, turcos e mamelucos mercenários pagos a preço de ouro pelo sultão do Cairo para expulsar os portugueses do mar Arábico e do mar Índico, venci-os, Senhor, a lei que impera no litoral do Malabar é a portuguesa, este Afonso de Albuquerque não provará do seu fogo nem da sua coragem, que só de os ver, de cabelo preso na cabeça, tronco nu fortalecido, uma adaga em cada mão, outra sobressalente na boca, aflige-nos o coração de um sentimento a que por vergonha não chamamos medo, o meu filho, cujos cabelos cor de mel vossa majestade afagava nos arroios de Salvaterra, foi por eles morto, Senhor, mas eu vinguei-o, parto, Senhor, mas nenhum barco de especiarias atravessa este mar a que por direito também chamamos português que não se recolha a Cochim a pedir "cartaz" a Portugal, um salvo-conduto que o liberte do ataque da nossa armada no alto mar, pagando altas taxas, que para vosso favor revertem, quando parti da praia do Rastêlo, a Belém, Senhor, há pouco mais de cinco anos, a Índia não existia, era um sonho prosseguido por vossa majestade, uma feitoria em Cochim dava sustento a esse sonho, algumas naus armadas deambulando da costa do Indostão à costa de África, travando a rota das especiarias para a Arábia, eu, Senhor, dei consistência ao sonho da esfera armilar que encabeça o vosso real brasão, culpa-me vossa majestade de não ter capturado Malaca e Ceilão, para aqui mandei meu filho, desagravando o meu nome, e aí morreu obedecendo a ordens suas, Senhor, a Malaca não fui, não houve tempo, sossego não tive, tranquilidade muito menos, os rumes avassalaram-me a cabeça, aí, na várzea de Almeirim, não se imagina a potência dos rumes, uma força monstruosa que os próprios indianos receiam e de que se servem para nos combater, a sua figura de ninharia, um corpo mais baixo do que alto, mas musculoso, braços de bronze, pernas de ferro, vencer um rume é vencer-nos a nós próprios, e eu venci-os, devastei-os, destrocei-lhes a armada, afundei-a com mais de quatro mil homens, quatro mil rumes, comparados com os portugueses do paço de vossa majestade, é como se fossem dez mil, ou mesmo vinte mil, não fui Malaca e às Molucas porque não tinha homens nem naus, soube que para Afonso de Albuquerque veio nova armada, trezentos canhões de bronze, dois mil portugueses armados, com o fundo respeito de um súbdito pergunto-me porque não vieram há um ano, há dois, teria conquistado Ceilão, Malaca seria hoje nossa, porventura as Molucas também, há homens que as estrelas conduzem pelos caminhos da sorte, outros não, as estrelas nada quiseram comigo, regresso menos rico, mais velho, mais doente e órfão de um filho que muito amava, foi-me a Índia ingrata, Senhor, por muito que Afonso de Albuquerque me desgoste, a sua sanha, o seu peito inchado, o seu orgulho, a sua mão ditatorial para os menores, o seu desprezo pelos insignificantes, como os marinheiros, abandonados isolados nos fortes sem recursos de defesa e mantimentos, não lhe desejo tal sorte, que bem poderia chamar azar, difícil é chamar sorte a uma existência gorada de continuação, as minhas embarcações por dez vezes foram calafetadas, só vogam e singram mais por força do hábito da madeira do que da natureza da nau, os meus capitães, descontado o lucro das quintaladas, empobreceram, adoeceram, a maioria morreu, os que comigo regressam preferiam ficar tal o mal que sentem de abandonar a Índia e retornar a uma corte amaneirada, fiz um império com 1.500 homens, travei definitivamente, em 1509, a investida dos árabes para o sul, bons dez anos precisam para se recompor em navios, munições e homens, o meu sucessor e el-rei D. Manuel pouco valor dão ao que não sentem nem sabem, lego-lhes um império feito de mar cuja cabeça se centra na nau capitânia e os braços e as pernas pelas duas costas do mar Arábico.

D. Francisco de Almeida aproximara-se dos estaleiros de Cochim, meu undécimo avô ajudava os carpinteiros a calcularem a quantidade de vapor de água suficiente saída das caldeiras para a dobragem das tábuas de pinho das naus, substitutas das que tinham vindo de Portugal, José Martins levantou-se e saudou d. Francisco de Almeida, louvando-lhe o acerto da libertação de Afonso de Albuquerque, ele não merece a tua amizade, José, afiançou-lhe o vice-rei, José Martins respondeu neutralmente, tenho servido todos os capitães e governadores desde Vasco da Gama, mas guardo admiração apenas a dois, a vossa senhoria e a Afonso de Albuquerque, e lamento que ambos, como portugueses e capitães-generais, não se tenham entendido, por isso folgo pela libertação do novo governador, menos pela pessoa e mais pela justiça que lhe façais, que muito honra a lucidez de vossa senhoria, d. Francisco de Almeida riu-se, sempre foste muito perspicaz, José, capaz de unir a pomba e a serpente, José Martins garantiu-lhe que nenhum de ambos era a pomba nem a serpente, verdadeiramente ambos sois umas bravas e ladinas serpentes na luta contra os muçulmanos e pombas entre os portugueses, a faísca de prestígio e poder que entre ambos se levantara já fora solucionada, folgo com o futuro abraço que vossas senhorias darão quando se encontrarem face a face, d. Francisco de Almeida levou a mão ao coração e contristou o rosto, franzindo o olhar, José Martins apercebeu-se de que uma dor de espírito atravessava o coração do vice-rei, macerando-lhe a carne, prontificou-se a chamaruma padiola e ali mesmo comporuma caminha de folhas secas de palmeira para que d. Francisco de Almeida repousasse, este recusou, a morte não lhe metia medo, antes a desejava, sem filho, sem vice-reinado, malquisto por D. Manuel, melhor seria morrer, meu undécimo avô retirou água a ferver da caldeira com um púcaro de madeira de teca e neste depositou um dedo de gengibre, forçando d. Francisco de Almeida a beber, falta cardamomo para um efeito balsâmico excelente, mesmo assim relaxa a carne e alivia a dor de peito, purificando o corpo, d. Francisco de Almeida afastou as barbas para levar a beberagem escaldada à boca, repetiu o que não poucas vezes dissera, fossem todos os portugueses na Índia como tu, José, e esta terra seria um paraíso, a maioria vem para cá com os olhos pregados no novo ouro que são as especiarias, tudo fazendo para as possuir e delas lucrar mais do que o devido, d. Francisco sentou-se num escano corrido composto do tabuado velho de um bergantim naufragado e, de olhar sofrido, lábios arrepiados, escondidos no pelame da barba alva, as mãos rodeando o púcaro de chá de gengibre, saboreando este aos golinhos, estalando a língua em curtos sonidos, pediu a meu undécimo avô que lhe contasse de novo a morte do seu filho, José Martins custava-lhe que as suas palavras fizessem sofrer o velho pai, mas não podia recusar, pedido de vice-rei era ordem de rei, José Martins, inspirando longamente o ar empestado de vapor de água e pez fervente dos estaleiros, atirou as duas mãos para trás, evidenciando a contrariedade com que recebia o pedido, quase súplica, aprestando-se a satisfazê-lo, pedindo cortesmente autorização para se sentar ao lado de d. Francisco de Almeida, e papagueou a história que, decorrida havia um ano, já mais tinha de lenda do que de verdade, d. Lourenço de Almeida fora o mais intrépido, valente e corajoso capitão português na Índia, em bravura e arrojo a outro não se assemelhava, a todos vencendo, no dia em que o seu navio partira de Cochim beijara esta terra vermelha, querendo-lhe tanto quanto ao solo natal de Abrantes, deixara-se prender pelo feitiço da Índia, uma mistura de húmus vermelho explosivamente fértil, um horizonte redondo verde, um mar azul cristalino e mulheres morenas, um ar evolando a jasmim, que despertava os sentidos, e a pimenta, que os ruborizava, queimando-os de volúpia, entre os marinheiros da armada fora o primeiro a experimentar a folha verde do caril, trincando-a entre os dentes brancos como um juramento de sangue, as indianas amavam-lhe o cabelo dourado de louro, o peito branco glabro, os olhos coloridos de esmeralda, a pele do rosto escaldada de vermelhão, a cintura fina de guerreiro e os braços brônzeos e musculosos de remador, d. Lourenço de Almeida, jovem e cavaleiro, soerguia-lhes os panos leves do sari, forçando-as mansamente entre os braços pedregosos de dedos suaves, penetrando-as com a haste do seu *lingam,* duro como granito montanhês, não menos de uma centena de filhos terá legado d. Lourenço de Almeida à Índia entre Cananor, Chaul e Cochim, multiplicando a divina criação portuguesa, todos meninos e meninas satisfeitos por se saberem netos do grande vice-rei d. Francisco de Almeida, este mexia-se ditoso no escano, compondo o gibão verde de cetim, brincando entre os dedos com o triozinho pingente de esmeralda, rubi e ametista, que ao centro o abotoava, José Martins apontava um dedo, logo outro, mais um, vê, minha senhoria, aqueles ganapaios de cabeleira loura e olhos verdes, são seus netos, muitos, conhecidos como filhos do "diabo louro", são netos de sua senhoria, dizia não ter descendentes, reais e legítimos não, mas naturais é o que não falta em Cochim, reclamou o meu undécimo avô para um vice-rei que, à míngua de um real filho, se satisfazia com histórias passadas da vida deste, não averiguando se muito verdadeiras, se muito falsas, fora o destemido mancebo jurado cavaleiro pelo próprio pai, seguindo-lhe o exemplo de lutador, menos crente na artilharia que afundava os navios, furtando as riquezas, e mais na tradicional abordagem direta, que rescendia ao cheiro a carne retalhada do cão islamita, do sabor a sangue fresco ressumado entre os lábios sedentos do cristão, d. Lourenço de Almeida, na Índia, comportara-se como um cavaleiro de d. Afonso Henriques cruzando o rio para fazer mesnada contra os mouros no Além-Tejo, usava arnês, armadura, elmo, gritava por S. Jorge ou S. Tiago, beijava a santa cruz antes e depois do combate e só se dava por satisfeito se por mão própria tivesse matado vinte cães muçulmanos em cada abalroagem, saciando o seu feroz amor ao Crucificado, mandando enforcar nas vergas do mastro maior os inimigos feridos e moribundos até que a língua destes, tesa, roxa e sólida, se soltasse da boca, d. Lourenço de Almeida disfarçava no ímpeto do combate uma austeríssima tristeza, que lhe bailava em lágrimas transparentes sempre que, afastado do pai, se via como homem excessivo, exigindo mais do que a vida lhe poderia dar, da sua nau sonhava infinitos domínios marítimos para Portugal que o rei, ambicioso mas avaro, desejoso de conquistas mas parco em disponibilizar recursos, impulsionava sem que abastecesse o vice-reinado de novas naus, armas novas enovos homens, novos preciosos homens, capitães que, como ele, se armavam cavaleiros na Índia, como seus avós o faziam nos campos torrados do Sul de Portugal, d. Lourenço de Almeida sentia – um sentimento sem provas – que os velhos lusitanos que iluminavam as conquistas dos mares africanos, árabes e indianos dificilmente se manteriam se novas naus com novos canhões de bronze e mais experientes bombardeiros alemães ou flamengos não chegassem de sus da pátria; as cartas d'el-rei que seu pai recebia exigiam mais severas conquistas, mais terras descobertas e conquistadas, mas não falavam senão do envio de uma armada por ano, a maioria dos navios não militares, de comércio e do carregamento anual da pimenta e outras especiarias, era verdade o que seu pai lhe dizia, o império vai-se tornando um empório, a batalha da fé reduzida ao comércio de especiarias, José Martins enfatizava meneando a cabeça, d. Francisco de Almeida perguntava a meu eneavô como tivera ele conhecimento das confidências do filho, José Martins repondera argutamente que soubera, não soubera como soubera, lera no olhar desesperançoso de d. Lourenço de Almeida quando inspecionava os seus homens no castelo da popa, os via miseravelmente vestidos, de soldo suspenso, roubando e traficando malagueta clara destinada a Chaoul para comprarem um cabrito ou uma rês e assim matarem a fome, a boca enjoada de peixe assado ou frito com molho de massala, conta-me tudo, regougou d. Francisco de Almeida, o que sabes e o que inventas, o que sentes e o que pensas, e o meu longínquo progenitor, barbeiro-cirurgião ao serviço da Fortaleza de Cochim, mais médico e cirurgião do que barbeiro, de sorriso franqueado como uma donzela cativada, soltou uma sonoríssima gargalhada, comentando, só narro o que vi ou o que outros, narrando, viram também, não invento, d. Francisco de Almeida argumentou com o peso de 60 anos de experiência de vida entre fidalgotes da corte e canalhas embarcadiços, uns e outros, como bons portugueses, mais crentes no sonho do que na realidade, fala, despacha-te, disse, o meu antiquíssimo ascendente despejou uma botelhinha de vinho de coco para dentro da boca, estalou a língua de satisfação, arrepiando as faces, denotando o azedo da beberagem, tudo começara no dia anterior à fatalidade, quando Domingos Paes, seu amigo, fora castigado com três mergulhos de suspensão, seguido de dois dias agrilhoado a ferros no porão, por ter armado uma fogueira no convés durante a noite, sentira fome e decidira grelhar uns camarões-tigre que conservava num balde em água salgada num antigo caixote de balázios, a fatalidade começara aí, o Domingos, um homem tão judicioso, dera-lhe para aqueles desejos inadiáveis, seguira-se uma desavença forte com o mestre-bombardeiro alemão, Arnau, d. Lourenço de Almeida queixara-se a este de cinco barricas de pólvora encharcadas, granulara, demoraria duas semanas a secar, e não ficaria boa, deveriam ir a terra, a Chaoul, comprar nova, d. Lourenço de Almeida, enfastiado, apontava para os canhões ativos e a pilha dos arcabuzes de roda e pederneira, chegavam para escoltar a caravana de barcos indianos carregados de fardos de algodão e cestos de cravinho e canela, Arnau garantia que não, a pólvora restada só daria para os canhões de ferro fundido, que se arriscavam a explodir ao décimo tiro, precisavam urgente de pólvora nova para os canhões de bronze, d. Lourenço garantia que se trataria da pólvora no dia seguinte, d. Francisco de Almeida mexera-se no catre improvisado de madeira velha em que descansava, não lhe aprazia ouvir a verdade, pensou José Martins, o filho fora descuidado, negligente, o mestre alemão avisara-o, na prevenção dos pormenores decidiam-se as vitórias, ensinara-lhe o pai, mas o "diabo louro", denodado, audacioso, habituara-se a compensar os erros com a intrepidez, e sobrevivera, mas neste tempo não, uma fatalidade demoníaca descera sobre a nau e tudo o que podia correr mal correria pior de certeza, nessa noite a cáfila de malabares, contratada em Cochim para suprir a falta de portugueses, adoecera de um violento tormento na barriga que meu undécimo avô não conseguira suavizar com um preparado de açafrão e cravo-de-cabecinha fervidos em água salgada, tinham comido abundantes caranguejos verdes comprados a um junco de pescadores de Cananor, as febres subiam-lhes pelo corpo, desidratando-os, José Martins mandara estender esteiras no convés e ali depositava os corpos tremidos e sequiosos dos malabares, cada um com o seu balde de cabeceira para vomitar o mal e as tripas, três indianos tinham morrido durante a noite, José Martins aprontara um batel para que os corpos regressassem a terra para a incineração exigida pela sua religião, d. Lourenço de Almeida não permitiu, mandou atirar da popa os corpos ao mar, a corrente que os levasse para o inferno, disse, os malabares saudáveis protestaram vibrantemente, ameaçando abandonar a nau no primeiro porto, d. Lourenço de Almeida apontou para os mastros e as vergas dos mastros, quem protestasse seria enforcado, d. Francisco de Almeida bateu as pálpebras fechadas, parecia aprovar a decisão do filho, resmungou para o meu undécimo avô, sempre foste um fraco, és bom homem mas demasiado delicado para a Índia, José Martins baixou os ombros; na manhã seguinte, ainda o sol não raiara no horizonte de renque de palmeiras, encoberto por uma neblina miudinha e caprichosa, corrida para o mar em flocos esgarçados de nuvens, um marinheiro do quarto de turno, que subira ao cesto da gávea, gritara roucamente para baixo, rumes, uma potente armada mameluca que um comerciante do Guzerate, viajando por terras do Norte, alegara dirigir-se para o Sul pelo Mar Roxo e Mar Arábico com o fito de aniquilar de vez a presença dos portugueses na Índia, d. Lourenço de Almeida, nessa noite de há cerca de um ano, em casa do comerciante, entretivera-se com um duo de bailadeiras e não concedera importância à informação, mandara dar-lhe uma vara de pano para que ele se calasse; um reizete do Guzerate, Malik Gopi, amigo dos portugueses, que lhe abasteciam o território de cavalos persas, privilegiando-o face a outras cidades compradoras, como Cambaia e Diu, enviara a d. Lourenço de Almeida um barquete com aviso de que se devia preparar para enfrentar os rumes, os lutadores mamelucos do Egito, comandados por Mir-Hocem (Emir Houssain Al-Kurdi), d. Lourenço desprezou o aviso apontando para os seus canhões, ele que venha, o seu manjar já está pronto; como se enganava, concluiu com tristeza o meu undécimo avô, d. Francisco de Almeida mexeu os braços pequenos sobre a camisa tufada, escuso os teus comentários azedos, disse, nunca gostaste do meu filho, José Martins silenciou-se, não valia a pena alegar que d. Lourenço de Almeida fora o mais cruel dos capitães da Índia, que na sua frota a lei se aplicava à medida dos seus ímpetos ou dos seus caprichos, cortar orelhas, pontas de nariz e beiços constituía a punição mínima para os nativos que neles trabalhavam, Domingo Paes tivera sorte em sofrer apenas três mergulhos de suspensão, precisava dele, fora o que fora, ninguém sabia e negociava melhor em cavalos que o Domingos, d. Lourenço não poupava velhos, mulheres e crianças muçulmanos em peregrinação a Meca, aprisionava-os e vendia-os como escravos, ou deles exigia alto resgate nas cidades islamitas da costa oriental de África, nem os barquéus de pescadores indianos poupava, destruía-lhes os sambucos por puro prazer, pior do que o "diabo louro" só Afonso de Albuquerque, ora novo governador, por quem esperavam em Cochim, mas este submetia a crueza e a impiedade para com os inimigos a um plano maior de conquista e domínio da Índia como extensão direta do reino de Portugal, não matava por matar, vá, continua, José, reclamou d. Francisco de Almeida, quebrando o silêncio, d. Francisco não gostara do rumo da narração, nada na Índia o contentava, ganhara-a para d. Manuel, perdera-a para si com a morte do filho único, a Índia roubara-lhe tudo, família e Portugal, pusera a Índia nas mãos de D. Manuel, aconselhara-o na última carta de 1508:

Toda a vossa força seja no mar, porque, se nele não formos poderosos, tudo logo será contra nós. E, se não tiverdes isto no mar, pouco vos prestará fortaleza na terra.

Antes, é preciso destruir estas gentes novas [os rumes], que em Diu estão, com venezianos e mouros do sultão, fazendo naus e galés com que nós havemos de pelejar e têm abastança de tudo o que lhes cumpre e nós mingua.

Presumira que D. Manuel nomearia d. Manuel Pessanha como seu substituto na Índia e aconselhara-o a não o fazer, homem brutal, ávido de riqueza como um pirata sem pátria, tratando os capitães pior do que a cães, d. Francisco de Almeida ameaçara D. Manuel por carta, os capitães de Cochim, encolerizados e revoltados, abandonariam os postos e regressariam a Portugal, preferindo suportar pena de prisão no reino a obedecer na Índia a meliantes, afinal calhara-lhe Afonso de Albuquerque, de linhagem inferior à sua mas não menos brutal que Manuel Pessanha nos modos, e mais colérico, tão impetuoso quanto o outro, lançara escusadamente o terror em Ormuz, José Martins, estiveste com o Albuquerque no Mar Roxo, sabes do que falo, sobre ele não me fales, apoiaste-o na inquirição contra os capitães desertores de Ormuz, d. Francisco de Almeida, com secreto prazer, vira-se obrigado a desautorizar Afonso de Albuquerque face aos seus capitães, José Martins aclarou a goela com um travo de vinho azedo, alçou o rosto ao vento arenoso dos palmares que lhe secavam o suor do pescoço, uma baforada de pez fervente furou-lhe as narinas, tossiu espontaneamente, d. Francisco de Almeida, rancoroso, picou-o, Afonso de Albuquerque é um açougueiro, por onde passa satisfaz-se a retalhar o corpo dos presos, José Martins percebeu-lhe o rancor no timbre das palavras, seria demasiado fácil replicar que d. Lourenço de Almeida fazia exatamente o mesmo, mas não respondeu, devia respeito à fidalguia, não contradiria o vice-rei, este adiantou, estiveste no Curiate, José?, o meu undécimo avô aquiesceu, viste o que Afonso de Albuquerque fez?, juntou a população na mesquita, cerrou as portadas com tranques de ferro e lançou-lhe fogo, os que sobreviveram, escapando pelas frestas altas das janelas, foram trucidados, mortos à espadeirada, ouviste, José, velho, velha, mulher, criança, tudo passado pelo fogo ou pela espada, o emir e seus sicários, não, sobreviveram, foram-lhes cortados o nariz e as orelhas, os lábios e a mão esquerda, presos uns aos outros por cordame grosso que nem um punho e enviados para Ormuz como anúncio do que sucederia aos seus habitantes caso não capitulassem, a vila de Curiate desapareceu tragada de fogo e fumo, é hoje um monte de ruínas e cinzas coberto pelas areias do deserto, o meu undécimo avô ressentiu-se, recordou respeitosamente que d. Francisco de Almeida, minha senhoria, ali presente, escutando ao vivo esta minha voz, singrando a caminho de Diu a dar luta aos rumes que os sultões do Cairo e Constantinopla tinham enviado para a Índia e lhe tinham matado o filho, mandara bombardear, arrasar e queimar a vila piscatória de Dabul, exterminando a totalidade da população, gritando da amurada, como um vômito de luto:

Não tiveste para teu enterro nem uma tocha, filho! Aqui te acendo uma cidade!

D. Francisco de Almeida justificou-se, não provocava o terror nem usava a crueldade e o tormento, fora a vingança, pura vendeta, a mais genuína das represálias, o maior dos desforços, o resgate da injusta morte do filho, não tens razão, José, nunca me viste matar quem não merecesse morrer, no meu coração o fogo vermelho de Dabul compensou a mancha negra da morte de meu filho, cada rume morto na batalha de Diu desoprimiu-me, senti aliviado o meu espírito carregado de nojo e pena, tu não sabes o que é sofrer a morte de um filho, José, não há unguento, pomada, emplastro ou mezinha que nos dessufoque a alma, fogo e sangue pacificam-se com fogo e sangue, ferro com ferro e, na perda de um filho, amor com morte; a umidade dos olhos denunciou a sombra que oprimia o coração do velho Francisco de Almeida, o meu undécimo avô desviou a conversa, poderia alegar saber o que era perder um filho, deixara-o em Alfama, mas receava que a dor sofrida, subterraneamente recalcada, aflorada uma ou outra vez numa lágrima renitente, não se igualasse à do seu vice-rei, a morte de d. Lourenço de Almeida fora barbaramente cruel, do princípio ao fim, José Martins desviou a conversa, retomando a narrativa, Mir-Hocem vira a sua armada reforçada pela frota aportada em Diu, comandada por Meliquaz, ex-escravo indiano convertido ao Islão, d. Lourenço de Almeida fora cercado, escasso de pólvora, os serviçais indianos mortos, doentes ou de braços desmaiados, fez o que sempre na vida fizera, não elucubrar manobras de fuga por mar ou por terra, não acobardar-se, entregando um ou dois navios seus para que a sua nau escapasse, decidiu atacar de frente a nau capitânia de Mir-Hocen, ou tudo ou nada, vitória ou morte, gritou enfurecido o jovem fidalgo, capitão contra capitão, nau capitânia contra nau capitânia, José Martins desdramatizou, lamentavelmente, Deus distraiu-se nesse dia, se vossa senhoria permite que assim fale, d. Francisco de Almeida comentou, ajeitaste-te ao modo indiano de falar, não és exemplo para português, qualquer dia acordas a adorar Shiva ou Ganesh, o meu undécimo avô voltou a mudar de assunto, percebeu que fora longe de mais, para um bom português Deus nunca se distrai, sabe o que faz, embora o feito possa parecer um capricho fortuito, insistiu na heresia, reclamou outra asserção, porventura Deus não estava distraído, tomara-se de tais amores por d. Lourenço de Almeida que depressa o quis a seu lado, ou, quem sabe, tomara-se de ciúmes por d. Lourenço de Almeida, a quem os mouros mais temiam que ao Deus cristão, d. Francisco de Almeida, sorrindo, chamou blasfemo ao meu mais longínquo avô, as tuas palavras cheiram a paganismo, vá, fala-me do meu filho, José Martins prosseguiu, d. Lourenço, arriscando, avançou para o navio de Mir-Hocen, desdenhou da corrente, apenas lhe interessava combater, as restantes naus hesitaram, as forças desproporcionadas, a sensatez ordenava retenção do inimigo e fuga, mas d. Lourenço não era homem de fugir, aprestou a nau para o combate, ordenou a mestre Arnau que preparasse os canhões de bronze, a fundura da baía um labirinto de rede de pescadores, a nau de d. Lourenço prendeu-se nuns arrestos, as manobras não a deixavam avançar nem recuar, ali flutuando entre o para-a-frente e o para-trás, d. Lourenço de Almeida pressentiu o fim, senão para ele, para o navio sim, mandou aprestar os batéis e embarcar a tripulação portuguesa, a indianada que se atirasse ao mar e nadasse para terra ou se afundasse, os militares, percebendo que d. Lourenço não se retiraria para terra, rodeou-o, vestindo apressadamente a camisa de malha de ferro, Mir-Hocem mandou um português trânsfuga gritar entre as duas palmas da mão, um tal João Machado, renegado:

Rendei-vos, D. Lourenço de Almeida! Prometo-vos a vida salva em nome d'el-rei de Cambaia, o Parapataia.

D. Lourenço de Almeida mandou o português mercenário de pátria e religião cortar os colhões do rei de Parapataia e tragá-los, grão a grão, com caril podre, é o que és, um homem podre, não é ar o que respiras, são os miasmas do mijo dos portugueses, não são bananas o que tu comes, mas os margalhos dos portugueses, não é arroz que tragas, mas sentina porca, a tua boca fede como o mais nojento dos montouros, e deu ordem para o abalroamento da nau inimiga, o frade franciscano ergueu o Crucificado, rezou três pai-nossos pelos portugueses que pela fé ali se sacrificavam, deu a absolvição geral antes de se escapar no batel onde, tremendo, a meu lado se sentara, fugimos todos, os que não éramos guerreiros, o nosso ofício não era combater, d. Lourenço de Almeida não chegou a saltar para o barco de Mir-Hocem, uma flecha raspou-lhe a cara antes de esta se cobrir com o elmo de ferro, cortando-lhe a orelha direita e esfacelando-lhe a face, expondo os ossos brancos, José Martins parou a narração, esperando ordens de d. Francisco de Almeida, preparou e obrigou o vice-rei a beber novo chá de gengibre, que aliviaria o coração da compunção do relato, d. Francisco levantou a mão para que a narrativa fosse retomada. Ensanguentado, espirrando sangue da cara, d. Lourenço de Almeida incentivou os companheiros à luta por S. Jorge e S. Tiago, amigos e zeladores dos portugueses, e por S. Gabriel, o anjo de mel; ele próprio, torcido de dores, as mãos e o peito embebidos de sangue, puxava um dos arpéus do abalroamento, injuriando os árabes filhos de uma cadela e quem vai com ela, lagartos tinhosos e remelosos, amigos do chifrudo bicudo e sapatudo, servos do demônio sidônio, netos de belzebu, o cara-de-cu, com um pé na amurada outro no ar preparando o salto. D. Lourenço de Almeida ordenou que se chegasse fogo às mechas do canhão, arvorou a espada na mão direita e já no ar, no vazio do vento, entre os dois barcos, recebeu um pelouro que lhe esmigalhou as pernas, d. Lourenço de Almeida, de braço esquerdo enrolado no arpéu deslizava pelo ar, balanceando, era só um peito, dois braços e meia cara que ali se equilibrava, de rosto surpreso, fixando o lugar das pernas e elas não estavam lá, o braço direito largou a espada, juntando-se ao esquerdo, ambos de manápulas enclavinhadas no cordame do arpéu, percebeu que o fim que presumira ser em Portugal, em Abrantes, no solar dos Almeida, ou em Lisboa, na corte, afinal era ali, na Índia, que tanto o enfeitiçara, e tanto quanto o feitiço atrai para a morte, meu undécimo avô, para contentamento de d. Francisco de Almeida, inventou as últimas palavras de d. Lourenço, contristando a voz, entaramelando-a:

Morro por Portugal e com o pensamento no meu pobre pai!

D. Francisco de Almeida reclinou-se no tabuame do catre, encostou a cabeça num rolo de cordões de fibra de coco, virou a cara para o lado do mar de Cochim e, sem pudor, deixou que as lágrimas rolassem, não chorara o suficiente a morte do filho, nunca se chora o suficiente a morte de um filho, fizera de uma cidade a arder a tocha fingida que o acompanhara no funeral que não tivera, a vingança lavara-lhe o coração de pesar, mas restara o nojo, ora derramado em lágrimas, meu undécimo avô respeitou o choro do velho vice-rei, silenciou-se, mas este, disfarçando os requebros da voz, ordenou-lhe que continuasse, José Martins continuou, um segundo pelouro furou-lhe o peito, arrancando-lhe o coração, dilacerando-o, o corpo estilhaçado de d. Lourenço de Almeida tombou sobre o convés, um bulbão de sangue, uma pasta de carne, uma amálgama de ossos quebrados, lacerados, os companheiros fidalgos soergueram aquele montão de sangue sólido e, evitando que os rumes lhe decapitassem a meia cabeça e a levassem para o Cairo como troféu de guerra, arrastaram as relíquias de d. Lourenço de Almeida para o porão, donde o jogaram ao mar por um rasgão no casco, desapareceu para sempre o corpo de d. Lourenço de Almeida, tragado pelos peixes, decomposto pelas correntes, mas de alma pura sorvida por Deus para o céu como um mártir, eu regressei a Cochim, encarregado de noticiar a vossa senhoria a morte do filho amado, d. Francisco, sustendo as lágrimas, respondeu-me, se esses rumes depenaram o frangão têm agora de defrontar o galo.

D. Francisco de Almeida soergueu-se do patíbulo improvisado, virou a cara ao meu undécimo avô, resmungou um adeus, José, não mais nos veremos, andas aí com mulher indiana, não regressarás a Lisboa, José Martins rabujou, a história ainda não acabou, d. Francisco de Almeida estugou o passo, olhou de viés para o meu avoengo, que continuou, apontando-lhe o dedo, abandonando o tratamento por vossa senhoria, tu perseguiste Mir-Hocem, destruíste-lhe a armada na batalha de Diu, mataste-lhe 800 homens, só vinte e dois conseguiram fugir para terra, o vice-rei retorceu a visagem, censurou, o espantalho do Mir-Hocem foi um deles, rodeado da sua guarda, da costa fugiu a cavalo para Cambaia, aos moribundos tive o prazer de os enforcar um a um, guardei uns tantos para os queimar vivos enquanto suplicavam por piedade, eu dei-lhes a piedade, chegava-lhes a pez ao corpo e faiscava-a, ah, que belo o prazer da vingança, tochas humanas enroscadas pelo chão, a outros, bem vivinhos, amarrei-os às bocas dos canhões e mandei disparar, José Martins adiu, vingaste o teu filho destruindo a maior frota mameluca e árabe alguma vez vista, e o mar Arábico tornou-se português, Afonso de Albuquerque tem a vida facilitada, d. Francisco de Almeida replicou, da Índia nada mais me interessa, apenas dar conta do meu serviço a el-rei, que me despreza e certamente me mandará prender por incumprimento de ordens.

D. Francisco de Almeida não desembarcará em Lisboa, será assassinado à paulada e à pedrada por um bando de cafres, na Aguada do Saldanha, perto do Cabo da Boa Esperança, quando lhes roubava cabritos e frutos para abastecimento da sua nau, terá morrido lentamente, agonizando dois a três dias na praia, contemplando o céu azul pelo único olho saudável, recordou o dia, havia mais de cinco anos, em que recebera das mãos de D. Manuel a bandeira real na presença da totalidade da corte, no final da missa solene na Sé, presidida pelo bispo de Lisboa, d. Diogo Ortiz; sente-a, a bandeira, entre os dedos partidos à cacetada pelos pretos, de damasco branco com a cruz de Cristo inscrita em cetim carmim, elevada numa haste de ferro banhada a ouro, via-se a ajoelhar-se perante el-rei, D. Manuel soerguera-se do cadeiral régio, dirigindo-se-lhe, suprema honra de súbdito, depusera-lhe o ferro da bandeira entre as mãos e mandara gritar pelo pregoeiro real:

Eis d. Francisco de Almeida, governador e vice-rei da Índia por el-rei nosso senhor.

Fora o seu dia de glória, o filho ajoelhado um passo atrás, d. Francisco montara uma mula branca ajaezada de veludo preto franjado a fio de ouro, ostentava um magnífico pelote de cetim preto, ladeavam-no oitenta fidalgos do reino no percurso até à Ribeira das Naus, atrás de si, a um passo de mula, o filho, louro e belo, vaidoso e garboso, trajado à francesa, pelote de brocado forrado a cetim encarnado, rosetas de ouro nas mangas golpeadas, Lisboa especada, parada e silenciosa, aturdida pelo rufar compassado da caixaria dos tambores e dos vibrantes acordes agudos dos trombetins, a ganaiapada acorria veloz e folgazona, do Alto da Cotovia, a São Roque, dos penhascos escarpados de Nossa Senhora da Penha de França, da colina ondeada de Nossa Senhora da Graça, apontando-lhe para as barbas, clamando para os pais, eis d. Franciscode Almeida, eis o primeiro vice-rei da Índia. O único olho vivo fechava-se-lhe, sombreado pela morte, como as asas pretas dos corvos da Índia, o sonho morrera duplamente, nem seu filho lhe sucedera como senhor da Índia e rei dos mares, nem o seu corpo seria enterrado e venerado no novel Mosteiro dos Jerônimos, em construção, como D. Manuel lhe prometera na madrugada da partida das naus, Francisco, se regressares com sucesso, darei ordem para se levantar uma capela lateral para acolher o teu corpo, ali, e apontou para um estaleiro de pedras brancas, ali será o altar de Portugal e o teu corpo para sempre ali repousará. Afinal, morrerei numa praia da costa de África, deixando o meu filho morto nas águas salgadas da Índia.

Cobras

Começou por desenfastio, talvez por necessidade de exotismo. O nosso casarão é periodicamente acossado por uma patrulha de vendedores ambulantes que malogradamente tentam a sua sorte. Rhema expulsa-os com maus modos, alegando encomendar no mercado tudo aquilo de que necessitamos, eles baixam os preços, mas Rhema é inflexível, comprar a um seria abrir a porta a todos. Um dia muito de manhã, incapaz de dormir, recostava-me na espreguiçadeira da varanda fazendo as palavras cruzadas em inglês de uma revista indiana, senti baterem na portinhola de serviço e abri, era um vendedor ilegal de cobras, como há muitos em Pangim, trazia um cesto de vime fechado cuja boca abriu para eu admirar a maravilha de um corpo ondulante, raiado e ágil, elástico, que me encantou, não sei porque, penso não haver razão lúcida, nunca desejei ter uma cobra nem por estas alguma vez fora atraído, foi um encanto momentâneo, que o tempo fortaleceu e consolidou, não pelas cobras em geral, a que não presto atenção, mas pelas minhas duas cobras, uma a Bispoi, outra a Shack. A primeira, que nessa madrugada comprei por umas insignificantes cem rupias, viera de Molem, maravilhou-me, não a sua periculosidade, mas a sua habilidade em mimetizar-se entre a folhagem parasitária que cobria a portentosa árvore-da-chuva que ocupava o jardim das traseiras, é um jogo que faço comigo próprio, tentar descobri-la entre a ramagem anárquica e pujante que cobre os troncos e os ramos desta árvore, faço-o de noite, por vezes ao lusco-fusco, substituindo-me o sono, aponto os holofotes trazidos de Bombaim para o tronco e, em vez de ler ou fazer palavras cruzadas, vou inspeccionando, hora a hora, toda a noite, a folhosidade caótica da árvore, tentando detectar Bispoi, não consigo, nunca consegui, tal o modo maravilhoso como ela se camufla; de madrugada, quando as pernas se me cansam e os braços me doem, saco de uma ratazana da capoeira, penduro-a pelo rabo com uma tenaz de metro, a ratona chia de medo, parecendo adivinhar o seu destino, e Bispoi, impante, emerge entre as folhas como uma rainha das plantas, deixo cair a ratazana, Bispoi contrai o dorso musculado, desenrola-se e, num ápice, salta, fincando quatro dentes no pescoço peludo do rato, imobilizando-o lentamente, até que as patas traseiras deste deixam de se contorcer; abandona-o então, larga-o, caído na terra, entre os fetos roxos, presumo esperar que o corpo arrefeça, depois, já o sol se levantou, traga-o pela cabeça, em espasmos musculares sucessivos, arrastando por impulsos o cadáver da ratazana para o interior do corpo; retorna então à sua posição mineral, subindo o tronco da árvore-da-chuva, enfiando-se entre as folhas, camuflando-se e desaparecendo.

O quintal, para onde se entra por um portal retilíneo em cantaria encimado pela estatueta de um magnífico leão em pedra-sabão, possuía diversos tipos de limoeiros, nogueiras e laranjeiras, que a presença das duas cobras inutilizou definitivamente, não mais foram tratadas e o chão cobre-se de uma pasta castanha fermentada de que as minhas duas cobras parecem gostar, nelas se espojando de dia, atravessando-o, ora para um lado, ora para outro, o que lhes faz rebrilhar intensamente a pele, uma espécie de casca grossa de húmus fértil que lhes deve favorecer a pele escamosa, o quintal-jardim é vedado por quatro muretes, mandados construir por mim, altos e finos, rematados por três cordas enroladas de arame farpado, espessas;

com o tempo, os muretes, substitutos de uma antiga vedação de canas de bambu cruzadas, cobriram-se por grossos cordames de vegetação selvagem, espécie de latadas europeias de plantas trepadeiras, estranhas e vivazes, que se enroscam nos arbustos de loureiros e nas árvores de citrinos; Bispoi e Shack vivem neste emaranhado de plantas, de cuja frescura sombria se alimentam, semelhante ao seu terreno primitivo da floresta.

  Rhema e Sumitha abandonaram o espaço das traseiras da casa, protestando contra o ninho de cobras, como diziam, eu, do varandim, admirava os dois fabulosos espécimes disfarçados entre o brejo selvagem, uma formosa selva que nenhum jardineiro ousaria domesticar, Rhema protestava amorosamente, mas protestava, eu fazia-lhe ver ser impossível as cobras saírem do quintal murado, ela replicava com uma expressão que aprendera com o Pai, mesmo assim…, eu permanecia fascinado pela existência lenta das minhas amigas cobras, chamo-lhes amigas num tom de enlevo, Bispoi, a mais bela, é uma cobra-voadora goesa, de longos olhos rasgados, pupilas negras sobressaídas, a cabeça larga, sólida, triangular, destacada do restante corpo, as escamas da pele fortemente definidas e recortadas, encaixadas umas nas outras como um *puzzle* bem construído; na zona que se encosta ao chão brilha em branco-marfim, refulgente, como uma lua cheia, dorso raiado de manchas losangulares alternadamente pretas e cinzentas, vermelhas e brancas, uma serpente magra e supremamente ágil, capaz de saltar de ramo para ramo a uma distância de três a cinco metros, por isso lhe chamam os camponeses aviadora ou voadora; na cabeça, como uma crista de cor, uma pequena mancha amarela, triangular, como se recortasse exteriormente a amígdala do cérebro.

  Quando a vi enrolada no cesto do vendedor e, em seguida, desenrolada entre os seus braços, adormecida pela ingestão forçada de ópio, apaixonei-me por ela e chamei-lhe Bispoi, um nome marata que ouvira em Bombaim uma tarde, à entrada de um restaurante, gritara-se Bispoi!, Bispoi!, chamando alguém que eu desconhecia ser masculino ou feminino, fiquei com o nome gravado na memória, agradou-me a fonética, a harmonia das sílabas abertas, chamei-lhe Bispoi e assim ficou, o vendedor passou-ma para as mãos, senti-lhe o toque acetinado mas agreste, amoroso e violento, como o prazer do ato sexual, no momento em que o meu pênis se excitava, tocado pelas mãos delicadas de Sumitha, Bispoi é mansa, foge do homem, o vendedor garantiu-me tê-la capturado ainda infantil, sacara-lhe a sangue frio o órgão reprodutor, perguntei-lhe o que comia, disse-me para não me preocupar, subiria à arvore alta do quintal e caçaria os pequenos pardais e as gralhas pretas, habituei-a a ratos, coelhos e pintos, que já não dispensa, olhando-me (ou eu presumo que me olha) com um olhar coruscante dos ramos dos limoeiros e das laranjeiras, de cabeça destacada, suspensa no ar, a língua perscrutando, como se me implorasse o favor de um mamífero.

Partida para a Índia do meu undécimo avô

De grilhões nos pés e pulsos acorrentados, o meu undécimo avô foi levado para a nau capitânea de Vasco da Gama, amarrado ao mastro maior, entre as barricas de azeite e vinagre de vinho que tinham sobejado do porão, o caixote dos instrumentos de barbeiro-cirurgião a seu lado, os almofarizes de madeira e de mármore, três sortes de alicates, o pontifim de bico-de-corvo para extrair balas e estilhaços, ganchos de ferro inglês, três serras, agulhas direitas e recurvas, novelos de linha de coser, um fogareiro de barro, saquitéis de baeta com pós adstringentes, argila fina e barro amarelo grosso, pêlos de lebre e cinzas de osso de coelho para a coagulação e cristalização do sangue, unguentos de lírio, de rosa, de mirtilo, pós de água de cardo-bento, erva-moira, salsa e escabiosa, pós desinfectantes de zimbro, incenso, almécega, sementinhas de arroz, funcho e alfavaca, banha de porco, terebentino, mel mercurial, resina cristalizada e azeite de baleia, só seria libertado após a barra do Tejo, em Cascais, o meu pentavô protestou contra o meirinho, que lhe contabilizava os pertences, responsabilizando-o, falta-me o alicate para os dentes de mastigar e outro para os dentes de furar, e um jogo de pinças para os ouvidos, o meirinho resmungou, o que há, há, o que não há, inventas, a estas horas estavas a espernear na forca e aqui no barco já te fazes senhor, és um degredado, o último a comer e o primeiro a pisar terra, se os negros te frecharem não se perde nada, para todos os efeitos estás morto, nem no livro de bordo assinalei o teu nome, nem nome algum te chamo, talvez Morto, ou o Morto Torto, José Martins calou-se, circunvagueou o olhar pelo azul do Tejo, suspirou fundo, aliviado da morte, e viu ao longe, nos areais do Rastelo, o séquito do Gama aproximar-se, tamboretes rufavam descompassados, arrepiando as gaivotas, o dourado faiscante das trombetas inflamava o olhar dos marinheiros, atraindo-o, o mestre, dispondo os embarcados para a recepção ao capitão-mor, desamarrou-o, não atrai a ventura partir com homens presos, ficas aqui, ordenou-lhe, a meio do navio, onde menos se faz sentir o balanço, só sais daqui se to mandarem, para acorrer a um doente, se aqui não for trazido numa padiola, és responsável pela saúde dos animais, José Martins olhou para as gaiolas de coelhos, galos e galinhas, quinze ovelhas, duas cabras e um bode no convés, que pelo ar estrondeavam o seu susto, outros brados lhe chegavam do porão, José Martins apontou para o seu corpo, outra roupa não tenho, o mestre replicou, voltando-lhe as costas, pois outra não vestirás até chegarmos à Índia, se lá chegarmos, verás que na linha (o Equador) a quentura é tanta que ainda não a acabaste de lavar e ela já está seca, José Martins, triste de assim abandonar Lisboa, sem um beijo na mulher e um abraço no filho, mas alegre por estar vivo, atirou o olhar entorno, cheirando a madeira querenada, pintada e envernizada, a estopa escondida sob as costuras, o breu preto derretido por cima, o madeirame raspado e alisado, o convés úmido e oleoso dos tonéis de água, das barricas de vinho e azeite, as gamelas amontoadas da comida, as lanternas de ferro presas por ganchos, as velas de sebo de carneiro nos candelabros de cobre, os artilheiros e bombardeiros acondicionando os chifres de sacar a pólvora das pipas, limpando e areando a boca visível do canhão, afagavam a rotundidade destes como se afagassem a cabeça dos filhos, alemães e flamengos, antigos sineiros que tinham transformado a sua arte ao serviço da igreja na feitura de canhões ao serviço da guerra, acomodavam em ânforas protegidas unguentos oleosos e banha de porco derretida para a lubrificação das peças dos canhões junto aos fardos de couro verde para abafar um possível incêndio, as velas tinham sido desfraldadas a meio pano, aguardava-se a subida da bandeira real trazida por Vasco da Gama, o mestre gritara pelo mestre-bombardeiro, o mestre-artilheiro, o mestre-carpinteiro, o mestre-calafeteiro, todos os mestres, pelo escrivão, o piloto, de dignidade superior, trajando uma vistosa capa de veludo negro, o capelão, os três frades franciscanos, o mestre-cozinheiro, todos preparados, passa revista a bordo, manda atirar a arca de alguns marinheiros para o porão, junto às tulhas de sal e de pão de bolacha ou biscoito, todos preparados para receber o capitão a bordo, experimentar e manobrar os instrumentos, proceder-se-á à primeira refeição a bordo, dormir-se-á, celebrar-se-á a primeira missa, pela madrugada, e partir-se-á com a maré, levando no espírito a crença de que Deus a todos favorecerá, voltarão ricos e famosos, os marujos novos, com menos de quinze anos, que nunca tinham visto o mar, encostam-se uns aos outros, espantados e curiosos, tinham sido recrutados na Misericórdia, entre os órfãos de Lisboa, juntaram-se à ralé dos interioranos sem eira nem beira, os indigentes sem família, os filhos secundogênitos aventureiros, que arriscavam tudo ganhar ou perder num lance de sorte, talvez a Índia lhes trouxesse a felicidade que não tinham tido, nem sabiam bem o que ela era, talvez estivesse ali mesmo, no instante da partida, tripulantes do primeiro navio europeu que zarpava para a Índia pelo mar-oceano, mas não o sabiam, só mais tarde, se a pacotilha lhes fosse benéfica e lhes trouxesse sacas de juta com pimenta ou malagueta; mouros alforriados ali se apresentaram, com saudades da Índia que fora a terra de seus pais, ciganos perseguidos pela sua tribo acampada na Madre de Deus, que os degolaria ao primeiro encontro, pedreiros, cabouqueiros e cunhaleiros que nunca chegariam a patrões de si próprios, talvez a pacotilha fosse suficiente para se instalarem como falsos mestre de ofício em uma aldeia perdida, aqui catrapiscassem mulher e se casassem, posseiros de terra alugada, cegarregas e valdevinos, meliantes e patifes da Mouraria, dois deles de prometidas grávidas, outros asfixiados de dívidas, talvez a singradura desse para pagar e ainda sobrasse, vão em busca de especiarias convertidas em pardaus, e pardaus em ouro, de cristãos estão fartos, vendeiros arruinados, recoveiros que perderam a mula por moléstia do animal, ficaram sem nada nem ninguém, a mula era a sua casa e a sua família, Domingos Paes, filho de Sintra, recoveiro de Mafra a Pêro Pinheiro e desta a Colares, aproximou-se do meu undécimo avô, encostou-se-lhe, procurando, não consolo nem abrigo, mas companhia, Domingos Paes disse-lhe que soubera que o mar era medonho, imenso de tão medonho, dois fracos se juntavam sugando uma força que não existia, José Martins, homem afável e generoso, acolheu-o como um amigo, ciciaram os nomes e sorriram-se mutuamente, era matulatada que não tinha onde cair, partia para a Índia porque Portugal lhe fora adverso, explorando-lhe o tutano, iam lançar ou enroscar o cordame, puxar, repuxar ou enrodilhar o velame, lavar e alisar o madeirame, dar ao bombame, serviam os marinheiros experimentados da Casa da Guiné que tinham passado para além do Cabo. Não, não se sabe se volta ou não, outros para além do Cabo Bojador, que não se passa sem dor, poucos tinham passado para além do Cabo da Boa Esperança, Domingos Paes disse a meu undécimo avô que um bando de matelotes de Enxabregas fugira numa chalupa de carvão e fora alistar-se a Sevilha, el-rei de Espanha mais generoso do que o nosso, lá o soldo era garantido, metade antes da viagem para socorrer mulher e filhos, ou mãe e pai, se se morresse, a viúva receberia de uma só vez um terço do combinado, José Martins soubera de um seu vizinho de Alfama que tentara fugir para Espanha, levado pelo engodo do dinheiro, fora apanhado e degredado por quatro anos para uma ilha deserta no mar-oceano, chegara a comitiva real, o poviléu maltrapilho baixava a cerviz, os calafates, com luvas de pele de boi, selavam os tonéis de água com pano revestido de breu, o vapor de alcatrão líquido queimava-lhes os narizes, escaldando-os, vermelhuscos, engordurava-lhes os cabelos, o mestre conferia as barricas de vinho, uma canada para cada homem por dia, os mais novos só meia canada, que bebessem ranho, disse o mestre, ou mijo amarelo, Domingos Paes depositou o seu fogareiro ao pé da caixa de medicamentos e instrumentos de meu undécimo avô, foi como se tivessem selado a amizade, onde comes tu, como eu, onde vou eu, vens tu, o Gama, pequenino e entroncadinho, descia do cavalo paramentado, tocava o seu sapatim de pele de gamo na areia branca, perdido entre o pelote de cetim preto e as fraldas do seu novo tabardo frisado, na cabeça o barrete de duas voltas e no peito, balouçante ao andar, um colar de ouro entrelaçado, tamboreiros agitavam os traulitos na pele de vaca tensa dos tambores, ensurdecendo a praia, el-rei manteve-se no cavalo branco guarnecido de brocado chapeado com rosas de prata e uma longa testeira com trunfa de penachos, Vasco da Gama recebera a bandeira das mãos régias e dera-a a Paulo da Gama, seu irmão, que canhava para os batéis, precedido de vinte e quatro escudeiros de gibão de cetim branco e escarlate, os corneteiros, de beiços doridos, sorviam água de cabacinhas, oleando a língua, massajando os lábios com a palma da mão, os ataboqueiros substituíam-nos, acompanhando os tamboreiros, uma rufada monumental atroava os céus do Rastelo, os Gama fizeram sinal aos bateleiros, que aprontassem os barcotes, viraram-se para trás e desceram o joelho na areia, D. Manuel pusera todo o peso do reino naquela viagem, a maioria dos fidalgos da corte tinham contestado, chegava-lhes a remessa anual de ouro da Mina e o proveitoso tráfico de escravos pretos, alguns mouros aprisionados na costa ou no mar, a descoberta do caminho marítimo para a Índia por ocidente por Cristóvão Colombo tinha quebrado o ímpeto das viagens marítimas em Portugal, o Tratado de Tordesilhas, limitando as zonas geográficas das novas descobertas, normalizara a contenda entre os dois reinos peninsulares, D. Manuel decidira prosseguir as viagens para oriente, crente de que Colombo atingira os limites orientais da Índia, mas não a famosa costa das especiarias, Paulo da Gama tinha subido para o barquéu, galharda real erguida, estalando ao vento marítimo, as portadas da ermida de Nossa Senhora de Belém acabavam de ser fechadas pelos frades do Convento de Cristo, de Tomar, que a administravam desde o tempo do Infante D. Henrique, a ladainha entoada pelos frades disseminava-se ao vento da praia, assobiando entre as copas do renque de pinheiros mansos que a bordejava, fincando as areias pantanosas e os charcos insecáveis, Vasco da Gama erguera o joelho do chão, persignara-se, beijara o círio aceso nas mãos do prior da Sé de Lisboa, d. Passos Coelho, o Sangrador, o peito do Crucificado deposto entre as mãos brancas do bispo, um sonido de mugido sofrido levantou-se, o mulherio dos marinheiros experimentados, veteranos das viagens marítimas, chorava na praia, confundindo os rogos com o marulhar das ondas, lamentava o país que lhe coubera em sorte, que lhes levava pais, maridos e filhos para a terra distante onde a felicidade talvez existisse, cá não existia, pensavam elas, não houvesse a Índia e não haveria felicidade para os portugueses, Domingos Paes, habituado à solidão de montes e valados, falava sozinho, sem receber resposta do meu eneavô, alegava que agora, no momento de partida, as pernas lhe tremiam como caniços velhos, antevendo a visão do monstro Cérbero, o dragão de corpo de cão com três cabeças erguendo-se dos penhascos das famosas colunas de Hércules, separadoras do mar conhecido do desconhecido, um marinheiro velho, que fixara a cara ranhosa do Adamastor com Bartolomeu Dias, irou-se com as patranhas de Domingos Paes, clamou, em que grutas tens vivido?, Domingos

Paes puxou dos galões, inquiriu se não era verdade que no mar-oceano, o pai de todos os mares, o grande pélago que, girando furiosamente, rodeia o manto ferroso da terra, habitavam tritões e nereidas, os hipocampos, cavalos que nadavam abanando a cauda de peixe e serpentes marinhas que de um trago engoliam caravelas inteiras, o velho marujo mandou Domingos Paes abrir os olhos e só falar depois de ver, claramente visto, o que a experiência da viagem lhe trouxesse, e não mais, nem menos, também já fui como tu, e da minha experiência guardo apenas a sagrada companhia do santo Pedro Gonçalves, o Santelmo, que nos ampara e consola durante o clamor das tempestades, surgindo de corpo de luz nas extremas dos mares e dos mastros, do resto deixei de acreditar, sereias só as quero negras da costa, e com grandes mamas, essas é que são as verdadeiras sereias, José Martins foi sincero, afirmou que se não tivesse sido obrigado nunca se meteria numa casca de noz, não entendia como tantos homens se tinham oferecido quando o alarde real apregoara os soldos por Lisboa, os afixara no portão da Casa da Mina, até alguns estrangeiros, vindos da Flandres e da Saxônia, e porque o rei D. Manuel e os mercadores italianos e alemães manifestavam tanto interesse em ir à Índia, o velho marinheiro apontou o dedo para o céu, garantindo não ser por mor deste que cada um se aventurava para o Oriente, mas pelo desconforto que na sua terra sentiam, Domingos Paes deu-lhe razão, uma vida a trabalhar e o proveito para nada dava, melhor, dava para nada, se não se tinha casa, se se era serviçal em casa alheia, por mais servil que se fosse nunca se se tornaria senhor, Portugal era terra madrasta, os seus filhos buscavam algures melhor sorte, assim já fora aquando de d. Afonso Henriques, migravam para o Sul no tempo da moirama, incentivados pelos d. Passos Coelho doutras eras, depois para a África do ouro, da malagueta e da escravaria, agora para as Índias, sempre para qualquer lugar onde a terra fosse verdadeiramente madrinha, mesmo se para tal se se tivesse de atravessar o mar-oceano, carregado de monstros e tempestades. Vasco da Gama subira para o batel, o mestre confirmava com o olhar a exata disposição dos aprestos e das mercadorias, em breve tudo se desamarraria, misturado a granel, o sol, o sal e o vento tudo corromperiam, apenas o cobre e o chumbo se manteriam intactos, Domingos Paes perguntou ao velho marinheiro onde dormiria, este retrucou que onde calhasse aí dormiriam os marinheiros, sobre as tábuas do convés, ou, com sorte, sobre uma esteira, enxergão de chumaço só para o piloto e o capitão, da Gama, o mestre servir-te-á a ração diária de carne, de madrugada recebes o vinho, para beberes durante o dia, é vinho das videiras da Caparica, eu aprecio, prefiro-o ao de Palmela, mais tarde o meu eneavô ficaria sabendo que a tripulação, após o convívio com a Índia e o Brasil, deixara de dormir no chão do convés, deitando redes, como os tapuias da terra de Vera Cruz, o meu eneavô espantava-se com a extensão de água existente no mundo e a engenhosidade humana que descobrira a vela redonda que força o navio a singrar contra o vento, todas as manhãs os restantes navios saudavam a nau capitânea com duas salvas de canhão, Vasco da Gama respondia com novas salvas e dava ordens à armada através de sinais de bandeiras, à noite os barcos seguiam o farol da nau de Vasco da Gama. Demandou-se as Canárias e seguiu-se até Cabo Verde, terra bela mas estéril, Bartolomeu Dias, o primeiro europeu que perfez a rota do cabo da Boa Esperança, guiava-os, mandou as barcas fazerem um bordo para oeste, para se fugir às calmarias da Guiné, onde à ausência de vento se juntava uma quentura escaldadora do corpo e abrasadora da língua, matando de secura, rompeu-se em seguida para sudeste e dobrou-se o cabo sem temor, o que maravilhou o meu eneavô não foi o que viu e viveu, mas o que presumiu ir ver e viver e nem viu nem viveu, referia-se ao pavor do mar fervente, aos remoinhos incontroláveis, as serpes marítimas que engoliriam a caravela, os peixes quadrúpedes que a virariam, as tempestades vomitando montanhas de água do céu, os ventos faiscantes e roliços, que abocanhariam a nau entre ondas alterosas, o vômito de fogo dos dragões das profundas do mar, as labaredas gigantescas tombadas do ar que assariam a armada; de fantástico e medonho, o meu eneavô só viu um animalejo de forte carapaça como uma pedra sobre a cabeça pequenina e redonda ladeando o barco, como se o inspecionasse, mesmo o cheirasse, e uma raia gigante do tamanho de dois homens deitados, que abanava graciosamente o corpo como uma bailadeira de romaria, como se voasse dentro de água, viu igualmente o temido tubarão dos mares, preto e cinzento, de bocarra rasgada e dentuça espicaçada como uma serra, dorso saliente da água como uma bandeira a avisar da sua presença, cardumes de peixes cinzentos e amarelos vogavam ao lado da caravela, ultrapassavam-na e prosseguiam a sua vida calma, não estranhando a existência daquela montanha de madeira, e uns homens marinhos de pernas em forma de pata única e focinho de longas bigodaças, que a todos muito espantou, persignando-se, crentes de serem a forma incorporada do demônio para habitar as águas, afinal o meu eneavô só contemplara o azul brilhante da superfície das águas e a escuridão negra de breu do firmamento iluminada por miríades de estrelas, incandescentes no fundo dos fundos do veludo da noite, o círculo níveo encantado da Lua, iluminando a rota de um silêncio fantasmático, ou a faiscação exuberante do sol; de dia, os franciscanos e o padre-capelão organizavam procissões em torno do convés, transportava-se a Mãe de Deus, o busto de Santo Amaro aos ombros, em padiolas improvisadas, de cana sólida dos juncos da Caparica, suplicava-se proteção, cantava-se o Salve Rainha e orava-se de joelhos, olhos nas nuvens, o pai--nosso e a ave-maria, organizavam-se jogos de cantorias, para diversão, cantavam-se modas das terras natais, o meu eneavô não cantava nem tocava o bandolim ou a gaita, o vencedor tinha direito a ração dobrada de água, cedida dos copázios de madeira dos restantes, um prêmio de truz, que mais consolava a tripulação do que uma barrita de ouro. Na Angra de São Brás, demorou-se treze dias, desmontou-se a naveta de ajuda, fez-se aguada e descansou-se o corpo da ondulação diabólica do mar, que se tinha colado à pele como uma segunda natureza, adormecia-se na frescura, à sombra de árvores firmes, os franciscanos forçavam a tripulação a novas procissões, abençoando aquele lugar demoníaco de feras e pretos, suplicava-se à Virgem que abençoasse o resto da viagem, totalmente desconhecida a partir daquela angra, que não fosse menos bonanceira, apareceram vindo do nada uns cafres pretos, retintos, de tanga de pele animal enrolada em torno das ancas, olhos abertos espantados, zagaias de madeira e ferro na mão, trocou-se uns espelhinhos por cabras e uns animalejos semelhantes ao boi, de corcova saliente, pretos de pele e cornos enfiados para dentro, uma boa carne para assar, deleitando o nariz com o olor do assado de espeto, de rezas e procissões ninguém se livrou, de nada lhes valeu. Um mês depois, para norte, numa terra tórrida de África, os homens sentiram inchar as gengivas, roxas e molosas, fediam e apodreciam, caindo às lascas como carne seca, as grutas dos dentes à mostra, estes soltavam-se como fruta madura, a boca empolava, os lábios engrossavam, doloridos, o céu da boca duro como madeira, o sangue vertido da língua agoniava a garganta, um corrimento que sufocava, respirava-se ofegantemente, vomitando um ar de latrina, a carne tombando às lascas, o meu eneavô assustava-se mirando os companheiros lívidos como a cal, outros amareleciam como banhados por intermitências solares, Domingos Paes caiu de febre, mas não do mal das gengivas podres, a que depois chamaram escorbuto, fora a picada de um mosquito filho do belzebu, o cara-de-cu, meu eneavô curou-o com uma calda de romã e limão em água salgada a ferver, o Domingos estremecia, de corpo inundado de suores gélidos, a boca sequiosa e saburrenta, a garganta vermelha, o meu eneavô duplicou-lhe a dose, juntou-lhe meio copázio de grogue puro trazido de Sant'Iago, Cabo Verde, Domingos Paes curou-se ao fim de quatro dias de tremuras, febres e sudações, os que tinham sofrido do mal das gengivas morreram todos, cerca de vinte homens, sem dentes, boca apodrecida, lábios ressequidos como cortiça, a língua dura como pedra; a outros, o mal passava-lhes para as coxas, enchidos de pústulas, as garulas ensanguentadas, polvorosas, acometidos de convulsões, gambas tremidas como coelhos na matança, enterravam a cabeça na praia africana de calhaus, apavorados, travando os gritos de dor e pânico, deliravam, suplicavam pela mãe e pela mulher, pelos filhos, pelo pai em Alfama ou na Mouraria, o meu undécimo avô atribuía o mal da boca e das coxas à quantidade de pão bolorento e de carne excessivamente salgada, não havia droga que curasse aquelas moléstias, mais tarde soube pelos marinheiros da Carreira das Índias que bastava comer-se fruta e legumes frescos, mas ele, burro velho, não acreditou. Em Melinde, abasteceram-se de laranjas grossas como uma mão fechada, todos tinham saudades de fruta sumarenta e foi com regozijo que trocaram guizos de chapa e espelhinhos de vidro por cestos entrançados carregados de laranjas e limões grandes (toranjas) que, no entanto, não amargavam a língua.

A minha chegada à Índia

Cheguei a Bombaim em 1975, tinha deixado para trás um Portugal à beira da guerra civil que nada me dizia. Eu não estava preparado para aterrar em Bombaim, nos meus 25 anos imaginava que o mundo, por inteiro, se assemelhava à Europa, as ruas teriam passeios, os passeios, prédios, os prédios, casas individualizadas, cada casa uma família, em cada andar, portas, em cada casa, janelas envidraçadas; as escadas, de pedra ou soalho, deveriam estar limpas, lavadas ou enceradas, à porta do prédio, um tapete sólido, de ferro, uma espécie de grade para limpar os sapatos, à porta de cada casa, um tapete fino, de crina ou de fazenda sintética, eu não imaginava que bairros inteiros das cidades da Índia não tinham passeios, os esgotos corriam a céu aberto, marginando a rua, definindo-lhes os limites, paralelos a picadas de lama, fezes ressequidas, entulho, pedrinhas e escória, atravessando valas de profundidade de meio metro, poças fedorentas que se uniam em arquipélagos de charcos de água verde represada e podre, os prédios casinhotos amontoados uns sobre os outros, de madeira, pedra, plástico grosso e chapa de zinco, compondo um dédalo diabólico de portadas e escadotes, o telhado de uma família constituía o terreiro de entrada de nova casa, parasitada sobre a primeira, por sua vez parasitada por nova, envolvida em papelão grosso de caixotes de encomendas de fábricas americanas, plásticos azuis de cobrir mercadorias transportadas em caminhões, os janelos uns remendos cavados no cartão, em cada casa amontoavam-se dez, quinze corpos de adultos, mais dois gatos e um cão e um rebanho de crianças nuas.

Eu não estava preparado para este espetáculo de corpos dormindo pelo chão de terra ou de pedra, sobre esteiras de bambu, cobertos de folhas de bananeira ou de palmeira, braços amontoados sobre corpos vizinhos, pernas entrançadas nas pernas dos corpos laterais, cabeça piolhosa encostada ao ombro do parceiro. Eu chegara no verão europeu, o fim da monção asiática, a umidade baforenta pregava-se às paredes, às roupas e aos corpos, as fachadas dos edifícios oficiais e dos prédios de habitação dos bairros dos ricos ostentavam a tinta lascada das pancadas da chuva, esverdácea, tombada em grossas lascas, nos *basti* os papelões que faziam de paredes tinham amolecido, as famílias renovavam-nas, uma casa tornara-se de repente meia-casa, ou casa nenhuma, as puxadas de eletricidade findavam em estacas levantadas, como mastros ao vento entre mobília pobre, duas mesas, um frigorífico sem tinta, a cobertura raspada, uma televisão, por vezes uma antena parabólica, uma arca de guardar a farinha para o pão, um armário ou um guarda-roupa, mais nada, nem cadeiras nem camas nem espelhos nem banheiro, prédios meio construídos ou meio demolidos mostravam o esqueleto de cimento, onde habitavam inúmeras famílias, algumas, numerosas, viviam nas varandas, o cimento cascado, estilhaçado, as barras de ferro de suporte à mostra, eu virava a cara, tinha a sensação de que a varanda se despenharia nessa noite. Andava pelas ruas limítrofes da cidade, absorvendo aquele novo modo de viver miserável e despreocupado, ninguém parecia preocupar-se com o estado calamitoso dos prédios; por todo o lado, roupa alegre lavada pendia de estendais de madeira, chocalhando ao vento poeirento, entre descampados sujos e irregulares, uns empedrados, outros enlameados, feiras levantavam-se e encerravam-se em horas, o solo fervilhando de sujidade, papéis, penas de pássaros mortos e depenados, plásticos rotos, roupa rasgada, alguidares rompidos, vidros partidos, paus quebrados, caramelos semicomidos, pratos de plástico sujos de massala ou caril, restículos de arroz de frango com lentilhas, fruta podre, cascas amontoadas, cabeças de peixe, eu olhava para o lado, regurgitando vômitos interiores, atravessava pranchas de madeira sobre areia barrenta, enfiava os sapatos de vela na lama porca, no lixo nauseabundo, acumulado de semanas, autênticos pântanos urbanos, que me furtavam a limpeza dos sapatos, eu engolia as vísceras, fugia, resguardava-me ora da chuva diluviana, ora do sol inclemente, abrigava-me em pórticos de restaurantes e lojas de eletrodomésticos, cujas fachadas, gretadas, ameaçavam cair, fugia de novo, pisando cabeças mortas de galinhas, línguas saburrosas de um qualquer animal, que não identificava, acolhia-me em sombrios vãos de escada, infestados de mijo e moscataria, sentia as picadelas nas costas da mão, os mosquitos sugavam-me o sangue puro europeu, fugia outra vez, penetrava em restaurantes e cafés populares, um cheiro fétido a vomitado crescia no meu nariz, agoniava-me, enojava-me, saía de boca regurgitada sob a reprovação dos empregados, entrava num táxi que me levasse ao hotel, os estofos sabiam-me a azedo, de transpiração acumulada fervida pelo calor, contava até dez, abria a janela, ventilava o carro, o bafo tropical assava-me a pele, puxava do lenço perfumado de jasmim, enrolava-o na cara para espanto do motorista, que me oferecia chá frio de uma garrafa de água mineral, um chá esverdeado, recusava com um obrigado benévolo e superior, o motorista acelerava, fintando carroças e riquexós, escarrava para a rua, aos pés dos transeuntes, que lhe respondiam com o punho alçado, ele sorria, mirando-os pelo retrovisor embandeirado com um galhardete de Lord Ganesh, o deus-elefante.

    Bombaim sabia-me a um vasto acampamento de ciganos europeus ou uma cidade nascente do faroeste americano.

Não havia aviões para Goa na década de 70. Teria de percorrer centenas de quilômetros entre Bombaim e Goa de camioneta de carreira, um esforço que ultrapassava as células do meu corpo, dias e noites enfiado num banco quente de napa, as pernas encolhidas, os pés juntos, o corpo quebrado num ângulo de noventa graus, dois bancos serviam para quatro passageiros, alegavam serem todos magrinhos e caberem bem, por vezes com crianças ao colo, ao lado de cinquenta indianos malcheirosos do suor e do caril a virarem-me as tripas, o fedor a arroz cozido transportado em latas tapadas, o molho de massala a azedar, os miasmas da transpiração a sobrevoar em o interior da camioneta, o bedum dos pés de meias grossas europeias, o unguento brilhante que empastava os cabelos, o ranho das crianças, a caca dos bebês, o hálito moribundo dos velhos, o surro de mãos pegajosas a rasparem os varões brancos, o ronco noturno dos homens de bocas carcomidas de álcool, tabaco e picante, as canções bolywoodescas estrepitantes dos rádios, o linguajar bíblico de todos, que eu não entendia, incapaz de se conservarem em silêncio, convencidos de que quanto mais falavam mais vivos estavam, os arranques e travagens inesperados, motivados pelas crateras no alcatrão, abertas pela monção, as acelerações imprevistas, o motorista a fazer pontaria a um macaco que atravessava a estrada, os saltos mortais da camioneta, de suspensão gasta ou inexistente, as paragens em baiucas de serviço, todos a mijarem, a cagarem, o arroz comido da malga de todos, as mãos morenas sujas a comporem bolinhas de arroz, a lançarem-nas para a boca desdentada, o queijo rançoso de búfala, a pasta seca de caril repleta de olhas, um nabo mirrado, a abóbora cozida, o doce de manga cristalizado em excessivo açúcar – não me imaginava a cometer semelhante aventura, aluguei o táxi do Hassan, que me levou a Goa.

Os empregados do Churchill Palace Hotel desculpavam-se, Bombaim era um estaleiro, modernizava-se, os novos arruamentos ganhavam passeios, candeeiros de luz elétrica, portarias que garantiam o asseio, policiais de farda creme, bombas de água para incêndios, caixotes de lixo municipais, mas eu assemelhava Bombaim a uma cidade sobrevivente de um terremoto ou de uma guerra civil, Hassan mostrara-me os subúrbios, vislumbrava tendas cinzentas, filas de tendas, como um acampamento militar, pressupunha que cada tenda albergaria uma família, Hassan levantava o braço, estendia três, quatro dedos, indicando o número de famílias, bidões de gargalo serrado acumulavam água estagnada, onde os homens rasavam os pêlos da barba e as mulheres retiravam água para ferver os legumes e o arroz, eles de corpos enfiados em panos brancos, elas de alguidares de plástico americanos ou potes de barro à cabeça, saris vistosos e largos, que as assemelhavam a borboletas coloridas de voo caprichoso, todos descalços, olhos cor de mel, as faces resignadas dos eternamente pobres, os filhos passivos presos entre os panos das pernas, seres condenados ao opróbrio e à miséria, Hassan parava, eu olhava demoradamente, contemplando aquele bando de maltrapilhos que, no campo ou na cidade, há 3.000 anos assim vivia, manipulado por rajás, marajás, brâmanes, samorins, reinetes, republicanos socialistas, capitalistas ou comunistas, há 3.000 anos nasciam pobres, viviam miseravelmente e morriam desgraçados, amaldiçoados pelo destino. Insone, saía à noite do hotel, buscava lugares frequentados por europeus, a mole imensa neogótica de pedra e mármore da Estação Central, os imóveis da universidade, o vão da Porta da Índia, onde chusmas emporcalhadas de indianos adormeciam todas as noites, cobertos por cartões de supermercados europeus, plásticos azuis transparentes, túnicas brancas sujas e rasgadas apanhadas no lixo doméstico dos bairros ricos, dormiam de cabeça encostada ao chão de basalto preto, os músculos tensos do trabalho servil, os ossos moles descalcificados, roncavam como gralhas, arrumavam-se uns contra os outros, buscando no corpo alheio o calor interior que em cada um fenecia, trocando sêmen e suor, recalcando no sono a vida malbaratada, bandos de crianças andrajosas invadiam as ruas pela manhã, pés nus, trapos rotos, narizes ranhosos, olheiras de adulto, mãos negras de fuligem e carvão, ofereciam-se aos brancos e indianos proprietários de vendas e lojas, faziam tudo, recados, arrumações, carregos, cosiam peles ensanguentando as mãos, transportavam tijolos, carvão, pranchas de teca do triplo do tamanho do seu corpo, batiam punhetas e faziam broches, levavam e iam ao cu em troca de um pão com goiabada, um púcaro de café, um prato de arroz com caril, uma coxa de frango de tandoori, assaltavam casas e lojas, massacravam cães de rua, se preciso matavam, regressavam às famílias à noite, mortos de cansaço, arrastavam dez rupias na mão fechada com que a mãe compraria peixe e arroz para a família de sete filhos e pai defunto; crescidos, estendiam uma esteira ou um pano velho de sari na rua, levantavam uma venda, vendiam pincéis de barba roubados durante a noite, giletes usadas, esferográficas de tinta seca, sem tampas, isqueiros quase vazios, lápis afiados, borrachas desgastadas, manuais escolares sublinhados, furtados aos armazéns do Estado, argolas oxidadas, braceletes para as mãos e os pés, anéis tortos, batons liquefeitos, malagueta e piripiri seco, pó de gengibre, pimenta moída branca e preta, violas sem cordas, tambores sem pele, óleo de amêndoa em latas de chocolate em pó, sementes de cardomomo, montículos de grãos de sal e de açúcar, cabeleiras de cabelo vivo da avó, bonecas de plástico e de louça, pratos de alumínio, de pirex, cestas entrançadas de junco, fogareiros de barro, abanicos e espanadores, penas de pavão para enfeitar as noivas, de papagaio para o carnaval europeu, peles de macaco, com pêlo e sem pêlo, bicos recurvos de abutre, dados de jogar, cartas viciadas, velhas bolas de futebol de couro, outras de pano; as vozes dos vendedores arrepiavam, cada uma mais alto, ao despique, cada um terá de vender o equivalente a dez rupias para comer e dar de comer aos filhos, as mulheres compradoras regateavam, sentadas no chão, os joelhos à altura da cara, as mãos assentes nos joelhos, baixavam o preço, mostrando o dinheiro, só têm aquele, abriam as mãos vazias, forçavam o vendedor a baixar o preço, este, contrariado, aquiescia, enfim, já havia comida para a boca hoje, amanhã Ganesh dará, sigo para a marginal a pé, liberto o Hassan para outro serviço, sou atormentado pelas gralhas, que crocitam em redor, mirando-me o pacote de bolachas digestivas, um motorista zanga-se comigo, eu zango-me com ele, viro-lhe as costas, zango-me com Bombaim, cidade extremada, zango-me com as gralhas, bicho tétrico, sujo, nojento, rouquenho, enjoativo, preto, cor da morte e do luto, subo para o muro do paredão da marginal, um cheiro longínquo fedorento bate-me na cara, avivado pela brisa marítima, forço-me a respirar de boca fechada, uns rapazolas indianos riem-se, apontando para mim, levanto a mão direita, espeto o dedo central num gesto mal educado, violento, abrem a boca admirados, espantam-se com a minha agressividade, não percebem, o seu riso pacífico e conciliatório, como de todos os indianos para com os estrangeiros brancos, virei-lhes as costas, a testa contrita, a barriga na boca, suportando o cheiro fétido, a garganta enojada, olho para a baía, maré baixa, lamas viscosas e miasmáticas oferecem-se ao meu olhar, o bando de rapazolas, irado com o meu gesto, persegue-me, atravessa a rua, pede-me dinheiro, dólares, uma nota de cinco ou dez rupias, para ti não é nada, dizem, miro-os obliquamente, escanzelados, as camisolas baratas deixam ver a saliência das costelas, calças puídas nas nádegas, pescoços sem gordura, ossos e pele, rapo de uma nota de 50 rupias e atiro-a à distância, saltam de alegria entre a algaraviada da sua língua, festejam, põem-se a dançar como crianças felizes, percebo "roti", "roti", uma espécie de pão, um muçulmano corpulento increpa-os enfurecido, percebo o que quer dizer, envergonham a Índia extorquindo dinheiro a estrangeiros, fossem trabalhar, aponta para um prédio em construção, um cartaz em caracteres marata, suponho que a pedir trabalhadores, os rapazolas voltam-lhe as costas, riem-se parvamente, eu apresso o passo, afasto-me, imagino Vasco da Gama e meu eneavô ao longe, as primeiras velas europeias a singrarem no mar da Índia, os barquéus de Garcia de Orta a acostarem ao cais de madeira, a minha raiva solta-se, ouço nitidamente o estrondo dos canhões da *Flor de la Mar* de Afonso de Albuquerque, olho para o prédio em construção, imagino as ruínas do castelete do samorim esventrado pelos balázios portugueses, vingo-me desta cidade figurando-me como um antigo herói português, como se dissesse, antes sim, antes é que era, todos de cerviz curvada perante os europeus, famílias de indianos sentam-se na amurada, indiferentes ao mau cheiro, à insistência das gralhas e dos cães, que perseguem as crianças de mãos porcas a chuparam cana-de-açúcar cortada, o sol põe-se, esgazeando a baía de um vapor roxo e alaranjado, táxis param a meu lado, chamam-me, sir, sir, outros boss, boss, não ligo, apetece-me um café de Lisboa, a tranquilidade do fim de tarde em Lisboa, não posso voltar atrás, a Mãe morreu, a tia Belmira vagueia por Paris, o Pai, presumo, espera-me em Goa, as gralhas tinham caçado um peixe, que saltarilha no chão da amurada, as aves negras bicam-lhe um olho, furam-lhe a pele prateada, sangrando-o, indianos agitam-se, divertindo-se com a caça das gralhas, enervo-me, um sol final bate-me sólido no olhar, inflamando-me a vista, salto para o meio das gralhas, pontapeando-as, afasto-as, grasnam como doidas, seguro o peixe, pego-lhe pela barbatana caudal, tento jogá-lo violentamente para a água, escapa-se-me da mão devido à viscosidade das escamas, cai entre as rochas, as gralhas esvoaçam, projetam-se sobre ele, esquartejando-o à bicada, os indianos olham para mim como se tivessem visto um espectro, não entenderam o meu gesto, ser o peixe comido por pássaros fazia parte da roda da vida, não havia que regozijar nem lamentar, era natural, normal, quem me julgaria eu para quebrar a roda da natureza; um entre eles, menos tímido, indiferente às minhas roupas estrangeiras, ameaçou-me com o punho, seguido de outro, aparentemente revoltado, o focinho odioso, os lábios torcidos, outro cospe para o chão, a meus pés, dois, três aproximam-se, punhos desavindos, cercando-me, devo gritar, sinto que devo gritar, um táxi trava rispidamente, chispando os pneus no calçadão, sobe o passeio, afastando a multidão, o taxista grita, sir, sir, a porta abre-se furiosamente, berro, guincho, afugento uma chusma de indianos, socorro-me dos gritos para amedrontar os indianos, entro no táxi, que parte velozmente, entre socos e pontapés, era Hassan, o meu permanente protetor contra as chusmas de indianos exploradores, que me invejam as roupas, os sapatos, o dinheiro, a pele branca.

*

No dia seguinte parti para Goa no táxi do Hassan, fizemos a viagem os dois, dormimos em hotéis decrépitos, cada um no seu quarto, comemos à mesma mesa, partilhamos o mesmo *chapati,* assim nos tornamos amigos para sempre. Atravessamos mil aldeias habitadas pelo mesmo homem, nu, alto, esguio, um pano enrodilhado nos quadris, outro na cabeça, peito reto, parca comida, tez morena de ariano ou negra de dravídico, descalço, ossos salientes, habitando casinhotos baixos de barro e telhado de folha seca de palmeira, ambos, homem e casa, confundidos com o horizonte de terra, arrozais sem fim, serenos, rebrilhando ao fim de tarde, verdes, maduros do fim da monção, extensos palmares de coqueiros, gigantes, de renque de pináculos ao vento, nuvens verdes sob nuvens brancas, povoados úmidos, negros, corroídos, donde emergiam rostos sem nariz de leprosos, homens de testa febril, peles maceradas pela sangria dos mosquitos, unhas ríspidas como chacais, ao longe as eternas montanhas azuis de encostas cobertas de pimenteiras amanhadas por mulheres esguias, rudes mas belas, de pele cor de canela escura, rostos finos recortados, bailando nos seus saris vaporosos, crianças nuas de nó do umbigo de fora, cheirando a bafio e podridão, boca azedada, lábios gretados da quentura, arrastando cabras, picando os quadris dos búfalos com ponteiros aguçados, e, entre todos, ladeando a estrada, avançando lentas ou paradas, suspensas do tempo, vacas cor de mel, olhar pacífico, corpo redondo elegante, tosando capim alto. Parávamos nos bazares das aldeias mais populosas, às portas dos templos, de pórticos carregados de flores olorosas, dessedentávamo-nos com suco de meio ananás, água de coco fresca ou água de melancia, eu comprava uma reles quinquilharia, que oferecia ao Hassan para adornar a sua casa ou presentear à mulher no regresso, buscávamos a mesquita, se a houvesse, para a contemplar de fora, sentíamo-nos obrigados a lançar as bênçãos ao deus islamita depois de termos visitado o templo hindu; brâmanes, no poço da comunidade, procediam às ablações diurnas, encomendando-se a um dos milhares de deuses hindus, enrolando o tufo de cabelos proféticos; à volta do poço, homens desnudados, acocorados, contemplavam o horizonte; mercadores ricos, de passagem, turbante laranja na cabeça, passeavam de mãos atrás das costas, roupas aprumadas de seda, cavalos e carruagens descansando à sombra de altas árvores.

O fim do dia trazia o fim do sol, uma tranquilidade silenciosa emergia, eu cerrava os olhos, recordava as imagens do manual de História do liceu e sentia-me projetado para a existência dos homens na Idade Média europeia; porém, ao contrário destes, persistia uma dignidade aristocrática nos homens indianos e um gesto de princesa nas mulheres que me atraíam e enfeitiçavam, por vezes desejava permanecer entre eles, acocorado, as mãos encostadas a cada lado da cabeça, à beira dos poços imundos, ou sobre os joelhos, à altura do rosto, o olhar imóvel, cristalizado no meu interior, ou fixo no nada do horizonte, cumprindo as orações a um deus-elefante, a um deus-macaco, fazendo um com a vida e com a natureza, levantar ali, numa daquelas comunidades aldeãs, a minha toca de barro sovado, uma racha mal composta a servir de porta, duas gretas de janelas, um buraco redondo no teto de armação de madeira e caniço a servir de chaminé, reduzir a minha existência a três esteiras, quatro panelas de barro, uma quadra de arrozal, dois cabritos, uma porca e seis leitõezinhos, dois panos, um para cobrir as vergonhas, outro para tapar o cabelo do emaranhado do pó, três colares de cravinas e duas velas de parafina para louvar a divindade, dormir dez horas por dia um sono tranquilo, fatigado do trabalho da terra, uma vez por semana enfiar o meu pénis na gruta da minha mulher, escoiceando os pés de prazer bichento, duas vezes por semana estaladaria os meus dois filhos, zangando-me com as suas travessuras, impondo o respeito e o temor do adulto, uma vez por ano enfiaria o pontifim no pescoço do porco e degolaria o cabrito com o facão de cortar cana, garantindo sustento de carne para a família, não ambicionaria senão o que satisfizesse a fome e a sede, do corpo e do espírito, rezaria para contentar este, não desejaria sapatos de couro, cintos de pele, eletricidade permanente, bastar-me-ia o candeeiro a querosene, não cobiçaria turbantes de seda ou de cetim, burro para atravessar a aldeia, ser-me-iam suficientes as búfalas e as vacas de todos, a carroça de todos para arrastar a erva e a lenha, chegar-me-ia o tremelicar das sombras negras das árvores para divertimento dos olhos, as figueiras-de-bengala, as piteiras bravas, regaria o meu corpo com abundante água da chuva, doce e quente, natural como naturais são os deuses, afastar-me-ia das matas sombrias, habitáculo do tigre, das largas savanas, morada do elefante bravo, crestaria o meu corpo de sol como se negro da Índia fosse, enegrecer-me-ia até me confundirem com um asceta peregrino, deixaria crescer o cabelo até criar raízes na terra, prendendo-me à aldeia como se natural dela fosse, prepararia o meu coração para ser despedaçado pelo poente brilhante e belo, alojar-me-ia num grosso tronco de árvore, entre a folhagem robusta, e descansaria os olhos nos ranchos de mulheres regressados dos arrozais, nos ribeiros murmurantes, nas pedras gordas emudas, cinzentas, nos bandos devacas tosando erva madura, sentir-me-ia feliz assim, habitado pela naturalidade e autenticidade da terra, camponês entre camponeses, indiano entre indianos, ser entre os seres, sem angústias nem ambições ocidentais.

A chegada do Pai a Goa

Em 1953, Augusto Martins chegou à Índia de barco, após quase um mês de viagem, desembarcou no porto de Vasco da Gama, onde Xavier o esperava, levando-o na carreira regular para Pangim. O Pai alugou um quarto no Hotel Mandovi, pago pelo governo do território durante a semana de instalação, assim mesmo designada, semana de instalação ou adaptação. No dia seguinte, Xavier levou o pai ao diretor-geral do Departamento de Energia e Minas de Goa, um português fura-vidas, com o curso comercial incompleto, capacho em Lisboa dos dirigentes da União Nacional, o partido único, sustentáculo político do Estado Novo, a cumprir uma comissão de três anos com o exclusivo fito de enriquecimento próprio, negociando e exportando ferro bruto para três firmas japonesas, aceitando alegremente, até o promovendo, suborno das três, pelas quais ia dividindo a produção, a todas satisfazendo, afastando novos concorrentes. O diretor-geral fixou a roupa do Pai e concebeu, à sua imagem e semelhança, ser o Pai mais um pelintra português vindo para as colônias para enriquecer, não lhe concedeu mais importância do que a um serviçal de limpeza, mandou o Pai para Sul, para Salcete, apresentar-se a um engenheiro alemão, Schwartz, que administrava a totalidade das minas do Estado, tu – assim o tratou, evidenciando a inferioridade social de um serralheiro recebido por um funcionário do Governo – vais ficar responsável por quatro minas, todas em boca umas com as outras, o Pai grunhiu, quatro, logo quatro, e o diretor-geral, despedindo-o, batendo as pálpebras para o Xavier, como dizendo, tira-me este saloio daqui, ainda chegou e já está a protestar, e não ficas com seis porque as duas restantes são longe das primeiras quatro; pela lei, terias direito a um carro oficial, para viajar entre Salcete e Pangim, mas só eu e o Schwartz temos carro, os outros, como tu, que andem de riquexó, o Pai percebeu que não devia dar-se mal com o diretor-geral, um reizete naquela terra, far-lhe-ia a vida negra, quem sabe se não arranjaria meios para o expulsar e lá se iria o dinheirinho acumulado ao longo dos três anos de contrato, disse que sim, pescoço curvado, que se responsabilizaria pelas minas que v. exa. quisesse, o diretor-geral acalmou, percebeu que tinha o Pai na mão, sossegadinho como um pintinho, o Salazar manda estes franganotes para povoarem esta terra, para justificar que esta porcaria de mosquedo e palmeiras também é português, uma merda de uma terra que não paga a despesa que faz ao orçamento do Estado e a comida que come, tudo importado, temos de cortar a crista a estes frangões antes que as asas lhes cresçam e se imaginem reis da mouraria, olhou para os olhos inocentes do Pai e disse para Xavier, vá lá, mostre Pangim a este senhor, para se ambientar, amanhã aluguem um táxi e sigam para Salcete, não precisam de ir na carreira, poupamos-lhe esse incômodo, o Pai agradeceu, não gostara de ter vindo de camioneta de Vasco da Gama, olhando de viés para o condutor, um *sikh* com cara aluada, guiava com a mão esquerda e coçava a cabeleira sob o turbante com a mão direita, ostentava uma doença de pele na testa e nas mãos, a pele escamada, esfolada, caída em escórias lascadas do dorso da mão, o *sikh* não resistia aos pruridos da coceira, esfregando furiosamente a testa com as unhas da mão direita, a camioneta, descontrolada, guinava para a esquerda até os pneus saírem da estrada, rodando sobre areia vermelha, apressava-se a levar a mão direita ao volante e a endireitar a camioneta, os passageiros, habituados, não se importunavam; atrás do Pai, num banco de dois lugares, seguia uma família de seis membros, três filhos novinhos sentados nos joelhos dos pais, a avó, mirradinha, entre o filho e a nora, o Pai abriu a janela, uma mistura de suor humano e fezes de galinhas e coelhos tinha tomado conta do veículo, os animais seguiam em gaiolas de junco trançado, apavorados e silenciosos, a carreira seguia completa, abarrotada de corpos, nem mais um ali caberia, mas o motorista parava sempre que alguém lhe levantava o braço ou torcia um fio grosso que acionava uma campainha, saía um passageiro, entravam dois ou três, empurrados por rapazolas estudantes pendurados nos estribos laterais, outros em varões de ferro oxidado nas traseiras, o ar fedia como num curral, os pés descalços dos passageiros não era desculpa, o suor concentrava-se nas costas e nas axilas, ensopando as camisetas dos homens, as mulheres, ao contrário, pareciam lavadas, sari asseado, os cabelos negros lisos repuxados, oleados por essência de flores, cujo perfume enjoativo dulcificava o ar, chocando contra o acre da transpiração acumulada dos homens, evolando um cheiro meloso agoniativo, como uma latrina malcheirosa aspergida por gotas de perfume barato, Xavier, sentado ao lado, fazia de anteparo ao Pai, aguentando os choques dos indianos da coxia que, a cada baldão da camioneta, se deixavam cair sobre os passageiros sentados, o Pai, à janela, neófito das coisas da Índia, enfeitiçava-se pelos longos saris multicoloridos das mulheres que caminhavam à beira da estrada, o seu peito fino ereto, o pescoço magro, a pele bronzeada de natural, a barriga espalmada do trabalho no campo, os dedos longos dos pés descalços, potes de barro sigilado à cabeça, acartando água para casa, o Pai buscava, sobre as costas abauladas e gordas do condutor, o horizonte de vacas que caminhavam pela estrada em sentido contrário, lentas e pacíficas, indiferentes à corrida dos carros, as tetas a-dar-a-dar, ao longe os porcos pretos peludos chafurdando entre as casas térreas, de focinho eternamente baixo, as cabras de olhar vítreo, assentando os cascos dianteiros em pedras altas, beiços ruminando folhas polpudas, crianças nuas espreitavam do barraquio de pedra e barro, olhar preso na estrada; numa suposta paragem, abrira-se uma impossível clareira no corredor da camioneta, entrara um indiano altíssimo envolto numa túnica branca enrolada entre as virilhas, cabelo rapado, o peito reto como a face de uma pedra, os ombros dignos, as mulheres levantavam-se, simulavam beijar-lhe os pés nus, este pacificava a mão sobre a cabeça das mulheres agachadas, abençoando-as, Xavier murmurou para o Pai, é um botto, um sacerdote, o Pai pretendeu dar-lhe o lugar, Xavier não deixou, murmurando-lhe, um branco é superior a um indiano, mesmo brâmane, a camioneta afrouxara o andamento, um bandonote de vacas descansava à frente, pasmadas, abandonadas à quentura do alcatrão, o *sikh* manobrava, fugindo delas, contornando-as, Xavier explicou ao Pai que ao longo de 3.000 anos a vaca fora tudo para o camponês indiano, força de trabalho para lavrar a terra, leite para os filhos e os velhos, bosta para desinfectar as casas de mosquitos e único estrume para fertilizar a terra, e, no fim, após a morte, ainda concedia a pele para cobrir o chão das casas e o corpo dos homens, os antigos indianos supuseram que a vaca fora enviada pelos deuses para auxiliar o homem e assim a adoravam como a um deus, respeitando-lhe o instinto como representante da vontade de uma divindade, Xavier acrescentou, tudo na Índia passa pela religião, ninguém se atreve a dar um passo sem o beneplácito de um deus, garantido por oferendas aos sacerdotes, Xavier riu-se, havemos de ir ao templo de Ganesh, o deus dos novos empreendimentos, é forçoso lá deixar meio quilo de arroz, o Pai disse que era católico, preferia Santo Antônio, devia haver em Goa uma capelinha dedicada a Santo Antônio, Xavier, indiano de Goa, resolveu as coisas ao modo indiano, é tudo o mesmo, ir orar a Ganesh ou ao Santo Antônio é a mesma coisa, são ambos divindades, eu rezo aos deuses indianos e aos santos europeus, uma semana a uns, outra a outros, o Pai riu-se, não lhe custaria adorar os deuses hindus se pensasse que estaria a adorar um santo português, o templo não interessava desde que fosse um lugar sagrado.

A camioneta entrara em Pangim pelo bairro das Fontainhas, o Pai reconheceu o perfil antigo de uma cidade portuguesa do interior, casarões apalaçados de varanda de pedra ou madeira, portão de ferro e janelas de guilhotina, rótulas de treliça, cortinados de brocado ou de tule sombreando o salão do primeiro andar e os quartos do segundo, telha portuguesa de canudo, lojas largas e fundas no rés-do-chão, o Departamento Provincial de Energia e Minas ocupava meia quadra, um corrido de cinco portas de madeira azuladas de tinta de água, chão de ladrilho hidráulico aos festões castanhos, dez, quinze funcionários imóveis como vacas atrás de secretárias de pinho importadas de Lisboa, Xavier penetrou num corredor alto, iluminado por globos baços pendentes do teto, indicou ao Pai uma escada de madeira forrada por uma carpete vermelha vendida por uma fábrica têxtil de Vale do Ave, no cimo uma porta de teca, lisa, com encaixes laterais ao modo de uma moldura, Xavier bateu à porta, entrou, o Pai entrou, era o gabinete do diretor-geral, camisa branca de *nylon,* gravata castanha curta, nó fininho, calças creme, sapatos *bordeaux* de atacador, não se levantou, quase não olhou para o Pai e mandou-o para Salcete com o mesmo à-vontade de quem o mandaria catar macacos, no final desabafou, ainda me faltam quinze portugueses para podermos extrair o máximo de minério das 160 minas do território, a cabrona desta província tem de dar dinheiro, o Xavier piscou os olhos ao Pai como se dissesse, quanto mais minas em funcionamento, mais comissões entram na carteira do meco, Xavier pegou de novo no saco de marinheiro do Pai, vamos, esta noite fica no Hotel Mandovi, a partir de amanhã passa para o Nova Goa, poupamos algum dinheiro e dá para as prendas que queira mandar para Lisboa.

Em 1953, Pangim era uma cidade pequena, provinciana, nascida do rio, sem história nem futuro. Da janela do Nova

Goa, durante a semana de aclimatação, o Pai via as senhoras portuguesas às compras, duas ou três criadas indianas atrás, aguardando direitas e respeitosas à entrada das lojas, os passeios altos, alguns de calçada portuguesa, outros cimentados, aos blocos, das fábricas da Póvoa de Santa Iria, nos arredores de Lisboa, as valetas limpas e largas, carros japoneses iam substituindo as marcas europeias, a maioria de cor preta, circulavam com motorista fardado de branco, poucos homens na rua durante o dia, apenas rapazolas do liceu Afonso de Albuquerque, de maleta de couro envernizada à bandoleira, riam-se baixinho, um riso alegre mas comedido, a maioria brancos, alguns de tez morena goesa, os homens de camisa larga, creme, branca ou azul, de abas sobre o cinto das calças, os mais gordos de suspensórios, chapéu branco na cabeça, pareciam caminhar sem destino, jornal debaixo do braço, arrastavam-se pelos cafés e esplanadas, varredores indianos de vassoura de raminhos de junco limpavam vagarosamente as folhas dos passeios, um padeiro embrulhava carcaças portuguesas em folhas de jornal, indianos pobres embrulhavam-se nos seus panos brancos, entravam e saíam de lojas modestas, mercearias e lugares de hortaliça, uma loja de carteiras, malas e malões, outra de lâmpadas, tomadas, interruptores e fios elétricos, outra de rádios e transístores, uma tabuleta tosca de madeira onde se lia "Loja Rádio Mercúrio", uma loja de fazendas portuguesas, bem à frente da varanda do Pai a Pastelaria Martins, o Pai sorria, não era impossível que fosse um descendente daquele Martins, que a tradição familiar garantia ter sido degredado para a Índia, a glória da família, rara era a festa de consoada que não se rezasse por esse antepassado injustiçado que marcara definitivamente os Martins de Alfama, riquexós puxados por goeses escuros de pés nus, cara enfarruscada, mãos grossas e braços musculosos, atravessavam a rua para baixo e para cima, uns cheios, outros vazios, motorizadas fabricadas em Águeda cruzavam-se velozmente, ultrapassando os carros, prédios baixos e sólidos, de tijolo e cimento, três, quatro andares, cinco o máximo, nenhum com elevador, largos, com varandas de pedra coloridas por guarda-sóis, um vendedor de mangas e bananas alardeava a sua venda, grossos cachos de bananas pendurados dos braços, o balaio das mangas equilibrado na cabeça, um cipaio indiano passou por ele, ajeitou o boné de pala metálica, o vendedor deu-lhe um cacho de seis bananas e duas mangas-rosa, o cipaio entrou numa escada, saiu de lá sem a fruta, a boca mastigando um resto de banana. O Pai concluía ser Pangim uma bela cidade para viver, calma, todas as coisas no lugar, cada um sabendo o seu papel, o que podia dar e o que lhe exigiam, tinha pena de se ir enfiar em Salcete, quando terminasse o contrato talvez chamasse a mulher e o filho e se instalasse ali, com um negócio de serralharia, haveria de fazer gelado de manga e passear na marginal comigo às cavalitas, voltaria da praia com o filho e a mulher a lambuzarem-se de gelado, talvez na praia houvesse conchinhas e caracoizinhos-do-mar, faria uma moldura de ferro para o espelho do banheiro e decorá-lo-ia com as conchinhas, o Xavier falara-lhe de um novo bairro de prédios em Campal, ali se instalavam as famílias portuguesas recém-vindas, rente ao areal da praia, bordejada por árvores majestosas de que o Pai desconhecia o nome, formando uma alameda vistosa, era uma cidade bonita, o Pai gostava, talvez fosse bom viver em Campal, longe do bulício das lojas portuguesas de Fontainhas.

    Xavier levou o Pai para Salcete, melhor, para uma aldeiazinha encostadinha à entrada de Salcete, encimada por um depósito de água de cimento, mostrou-lhe a sua nova casa, pequenina, baixa, insegura, de madeira de teca envernizada, calafetada por uma massa preta pegajosa, porventura pó de alcatrão liquidificado com óleo, telhado de telha verde, uma minúscula cozinha, um mais minúsculo banheiro, cujos canos davam para uma fossa coberta, uma sala de entrada que também fazia as vezes de quarto de dormir, uma cama de solteiro, um guarda-roupa de contraplacado, uma varanda de madeira corrida a todo o perímetro exterior, nas traseiras duas cadeirinhas e uma mesinha de junco, ao lado da porta de entrada uma espreguiçadeira, Xavier disse que viera tudo de barco embalado do Japão, a entrega de casas pré-fabricadas fazia parte do contrato com as firmas japonesas importadoras de ferro bruto, o Pai perguntou onde Xavier dormia, este atirou a mão lá para fora, indicando um vago por ali, nasci aqui perto, justificou-se, conheço toda a aldeia, arranjo por aí um catre, desde que não chova durmo ao relento, Xavier ia a Salcete comprar mantimentos, o Pai encomendou sabão de barba, fósforos e tabaco, Xavier recordou-se da provisão de velas, Xavier trataria da casa, faria as refeições, lavaria e engomaria a roupa com ferro de carvão, o Pai sentou-se na espreguiçadeira da varanda, contemplando a estrada de terra, o casario da aldeia, poucas de pedra e tijolo, aldeia muito pobre mas muito bela, três anos aqui, pensou, e junto dinheiro para abrir uma serralharia em Lisboa, ou em Goa, se me der para isso, a Rosa deixará de lavar escadas e o nosso filho poderá frequentar o liceu, vale a pena, uns guinchos tremidos levaram o Pai às traseiras, um bando de macaquinhos pretos saltarinhava entre os coqueiros e as arequeiras, o Pai enfiou dois dedos na boca e assobiou um silvo estridente que rompeu o silêncio da mata, os macacos estacaram, pareciam chimpanzés, mas mais escuros, mais peludos, desequilibraram-se, pendentes, balançando o corpo, fitaram o Pai como se nele vislumbrassem um pássaro novo que assim assobiasse, prosseguiram a marcha, decepcionados, olhando de lado, não era um pássaro, era um homem, animal por eles bastamente conhecido, guincharam uns para os outros, o Pai assobiou de novo, já não ligaram, um lagarto cinzento assomou aos pés do Pai, vagueava demorado, lento, de velocidade contrária aos lagartos europeus, subiu-lhe uma bota, atravessou esta demoradamente, indiferente, enfiando-se no capim cortado, perseguindo bandos de borboletas amarelas e castanhas, que infestavam os arbustos verdes de flores roxas, o lagarto caçava borboletas, só isso lhe interessava, não o movimento da bota do Pai, uma lição, assim ele devia ser, concentrar-se no que viera fazer, e bem, e esquecer-se se a casa tinha luz ou não, grande ou pequena, comer do que havia, nada exigir senão a perfeição no seu trabalho, fixou o olhar na casa mais próxima, a uns cinquenta metros, a caminho de Salcete, pela forma rendilhada dos sucessivos telhados, coberta por chapa fina de bronze, seria um templo, de lá provinha um som agudo e monocórdico, crescente, que penetrava os ouvidos como uma toada uniforme, não era música, antes um som vibrante e contínuo, uma espécie de lamento metálico que calmava os pensamentos, concentrando-os, ou os irritava, perturbando-os, o Pai, desabituado daquele som agudilíneo, sentia-se irritado, lançou o olhar em frente, distraindo-se, perto um pomar de cajueiros, Xavier já lhe tinha ilustrado como se comia o caju, sugando-lhe a polpa por inteiro, e como se torrava a castanha, para dar o fruto seco; do outro lado da casa, a perder de vista, arecais, coqueirais e palmares, Xavier explicara-lhe que os marinheiros portugueses tinham levado a palmeira para o Brasil e daqui trazido o cajueiro, Goa, a seguir ao ferro, vivia da exportação de caju para a Índia; verde o horizonte, concluiu o Pai, é esta paisagem que verás, Augusto, e não quererás outra, dia a dia, durante três anos, alagada no tempo da monção, seca no restante período, canteiros de juncos e bambus demarcavam as várzeas de arroz, de folha verde à superfície da água estagnada, como lama pastosa, em breve de cabecinhas grossas, maduras para a apanha, seguiam-se campos cultivados de machenim, que os camponeses amanhavam com arado de pau, sem aivecas, puxado por um par de búfalos pretos, cornudos, o Pai já sabia que as apas comidas ao pequeno-almoço no Mandovi e no Nova Goa eram confeccionadas de machenim, umas hóstias ou bolachas espalmadas que comia às três de cada vez, substituindo o milho e o feijão, que boloravam com a umidade de Goa, Xavier regressara, cesta sem asas à cabeça, disse, vou fazer caril e pôr o arroz a cozer, tirou da cesta cartuchinhos de papel de jornal contendo pimenta, o Pai abriu, levando um pozinho de nada na cabeça do dedo à língua, exclamou, esta é forte, Xavier replicou, muito forte, queima a língua se abusada, o Pai ordenou-lhe que pusesse apenas um poucochinho, Xavier protestou, caril com nada de pimenta ficava desenxabido, não era caril, o Pai sorriu mas abriu-lhe os olhos e ele, resmungando, separou um niquinho de pimenta com uma velha espátula de madeira encardida, acendeu as achas no fogareiro enquanto ia juntando o coco ralado ao óleo de palma no fundo de panela de barro preta chamuscada, primeiro o caril, depois o arroz, disse, abrindo novos cartuchinhos, com letras maratas, açafrão, cominhos, alho cortado em laminazinhas, cebolinhas minúsculas, do tamanho da cabeça de um dedo, que descascou e cortou em rodelinhas insignificantes, novas especiarias, todas levadas ao pilão, foi a primeira de inúmeras refeições que Xavier lhe preparou, arroz basmati com molho de caril, sem peixe, sem carne, sem pão, Xavier disse que no dia seguinte, com mais tempo, faria uma sopa de legumes com cereais miúdos da região, oroi e canga, vai gostar, disse, o Pai avisou-o, pouca pimenta na sopa, saio daqui com os lábios em ferida, Xavier riu-se, pimenta nenhuma, só uma malagueta vermelha, amanhã faço arroz com molho de massala. Durante o jantar, Xavier informou o Pai de que a maioria daquelas terras não tinha dono, pertenciam à gãocaria, isto é, à comunidade, todos os anos o gãocar, espécie de proprietário ou regedor de rendas e propriedades, fazia a distribuição pelos habitantes, respeitando as antigas castas, os estatutos sociais, a riqueza das famílias, ninguém passava fome embora não vivessem com abundância, galinhas havia poucas, sujavam os pátios e os terreiros, os inspetores de saúde de Pangim não as aconselhavam, faziam peste, diziam eles, aterrorizando os camponeses, sujidade, diziam, o porco, ao contrário, limpa-a, havia pouca carne na aldeia, tinha de ser comprada em Salcete, uma vez por semana passava o vendedor de peixe, com um charrueco puxado por dois cães, apregoava peixe mas só tinha cavala seca, fumada, malcheirosa, que enojava o Pai, a maioria das refeições do Pai era composta de arroz cozido, molho de caril ou de massala, de quando em vez coxas de galinha tandoori, o Xavier esmerava-se, buscava legumes para cozer, passados por um fio de óleo de palma, mas a região era infértil, cheia de terrenos ferrosos, até a carne e o arroz sabiam a ferro.

 O engenheiro Schwartz levou o Pai às quatro minas que passaria a supervisionar, foi a decepção, minas a céu aberto, chamavam-lhes minas mas não passavam de cavidades abertas no solo, umas fossas gigantescas, cavadas a trouxe-mouxe, constituídas por inúmeras covas fundas desordenadas, sem vagonetas nem carris, nem mesmo carrinhos de mão, autênticos buracos caóticos de pedra e areia vermelha revolta, largueirões, espécie de pedreiras europeias; em duas ou três escarpas laterais, estreitas, perigosas, o minério era arrancado à picareta por homens quase nus, turbante esfarrapado a cobrir a cabeça do sol ardente, dezenas de mulheres de saris vermelhos avelhados e sujos separavam à mão os bocados brutos de ferro do entulho de pedra e escória, transportavam-no à cabeça, em longas filas indianas, em cestos de junco entrançado, subindo a encosta por uns degraus tremidos de madeira apodrecida pela chuvas, despejavam a pedra de ferro no tablado de camiões de carga, que o levavam para o porto de Vasco da Gama, donde seguia em bruto para as siderurgias do Japão, o Pai soube que o salário diário das mulheres era equivalente em Lisboa ao preço de um quilo de arroz, o suficiente para dar de comer à família e comprar umas roupas para os filhos, as mulheres apresentavam-se todos os dias pelas seis da manhã, em número excessivo, o Pai deveria escolher as que trabalhavam nesse dia, o engenheiro Schwartz ia-o ilustrando, por exemplo, se chover pouco ficam metade das que se apresentam, se chover muito, fica um quarto, as mais magras, as mulheres derrapam nos degraus úmidos, escorregam pela encosta, os cestos rebolam até ao fundo dos coveirões, o Pai deveria inspecionar os cestos, garantir que transportavam ferro, não terra nem pedras, os fiscais japoneses separavam no cais o ferro do entulho com umas bateias mecânicas, distinguiam o ferro com um detector metálico, que apitava e acendia uma luz vermelha na presença de uma certa quantidade de escória, só pesavam e pagavam aquele, o Pai era também responsável pela segurança da mina, o engenheiro Schwartz lançou as mãos para o ar, baixou os ombros, sempre uma encosta se desprega e cai, arrastando os mineiros, alguns braços partidos, já estão habituados, mas perdemos tempo, extraímos menos ferro, atrasa o serviço, o Pai condoeu-se do trabalho das mulheres, o dia inteiro a carregarem cestos brutos à cabeça, as mãos entrapadas a enchê-los, à noite o Pai falou com o Xavier para se instalar em carris para vagonetas ou uma escada rolante, era pior, disse Xavier, ficariam sem o dinheiro da mina, sem o salário ficariam dependentes da colheita dos arrozais, seria a eterna fome dos campos da Índia, o português que ali estivera antes tentara melhorar o trabalho, o engenheiro Schwartz, unha com carne com o gãocar, dissuadira-o, a mina era o sustento da comunidade pobre, sem o trabalho regressariam a uma miséria absoluta, a morte pela fome dos filhos a partir do terceiro, a várzea dava arroz para sustentar quatro bocas, a partir do terceiro filho a agonia esperava-os, com a lentidão natural do infortúnio, a morte espessa nos braços da mãe e do pai, por vezes levavam os filhos a carregar lenha à floresta, longe, a carriola transformada em carreta de morte, abandonavam-nos lá, com três, quatro anos, para servirem de alimento aos tigres, o governo de Goa não aprovaria o tapete rolante nem os carris, já fora tentado, orgulhava-se de apresentar comunidades aldeãs coesas, as gãocarias, pobres, mas não miseráveis, o vencimento mensal sugava as mulheres à miséria, permitia uma pequena poupança, aplicada em tinta de cal nas casas, nas vendas da aldeia, no mercado semanal, nos templos, dinheiro criava dinheiro, a escassa riqueza circulava, um princípio de esperança, Schwartz explicava-lhe a política governamental, falava um português escalavrado de Mato Grosso, no Brasil, vivia sozinho num casarão em Margão, capital de Salcete, deslocava-se de *Land Rover* visitando as mais de uma centena de minas a céu aberto, firmava os contratos internacionais de venda do minério num inglês de Manchester, mancomunava-se com o diretor--geral de Pangim, que recebera o Pai, repartiam as comissões, garantia a qualidade do ferro de espessas crostas de laterite, organizava a extração e o transporte, os barcos japoneses recusavam-se a permanecer mais de três dias no porto, duplicava o frete, descontavam no preço da carga, perdia-se o lucro da venda e a comissão, um novo colega do governo de Goa, também engenheiro, acusara-o de venalidade, dois agentes técnicos portugueses ficavam mais baratos do que as despesas pessoais apresentadas pelo engenheiro Schwartz (telefone, cozinheiro, jardineiro, dois criados de dentro, um de fora, duas meninas em permanência para os seus apetites sexuais), o relatório foi abafado, nada conspirou para os jornais, o novo governante, convidado para jantar em casa do diretor-geral de energia e minas, resignou-se, o governador calava-se, interessavam-lhe os relatórios de execuções, os retornos financeiros para o território, Schwartz era cumpridor, mais escudo, menos escudo, era um pormenor, Schwartz é protestante, dizia, amante do dinheiro e das mulheres, desculpava, já fui a Amesterdão, são todos assim, está-lhes na sabedoria do sangue, não temos outro que ponha as minas a funcionar como o senhor Presidente do Conselho exigiu, Schwartz tratava o Pai disciplinadamente, aparecia para a reunião quinzenal, conferia os balancetes, marcava a chegada e partida dos camiões, apreciava a qualidade do minério raspando-lhe a crosta, lambia o dedo, mastigando o restículo de pó, sorria, estava tudo bem, o Pai era desembaraçado e trabalhador, não criava confusões, mantinha o ramerrame, bastava, deixava-lhe dinheiro para uma emergência, se não gastasse que fosse a Pangim refastelar as carnes, dizia assim, numa linguagem brasileira, o Pai ia, levado pelo Xavier, uma vez por mês, de táxi, os dois, a um bordel de raparigas indonésias, de pele branca, perto da igreja matriz, o Pai dormia no Nova Goa, o Xavier desaparecia, o Pai pediu ao Xavier para o levar a um alcouce de indianas, ele recusava, apontava para o entrepernas, sujas e doentes, dizia, coçando as virilhas, apanham-se carradas de chatos e esquentamentos duplos, as indonésias têm os olhos em bico mas são lavadinhas. Com o tempo, o Pai convidou o Xavier a dormir lá em casa, na cozinha, numa esteira, no chão, Xavier aceitou, pelas roupas amarrotadas o Pai desconfiava de que o Xavier dormia no campo, teria vinte anos, no máximo, não sabia a idade certa, fora abandonado em bebé junto à estátua de Afonso de Albuquerque, em Pangim, recolhido na Misericórdia e enviado para Salcete, para casa de um casal de brancos católicos, que instalavam as primeiras minas, que o deixaram em Pangim quando, seis anos depois, regressaram a Lisboa, a pele escurecera-lhe e a senhora branca não o queria em sua casa de Lisboa, os vizinhos pensariam ser Xavier filho bastardo do marido, foi entregue às Oficinas de São José e por lá ficou até se tornar criado de portugueses, falava a língua e era submisso, duas boas qualidades de um criado.

Todas as madrugadas, a caminho da primeira mina, fletindo numa azinhaga florida, o Pai rasava a casa do botto, anexa ao templo a Lord Ganesh, o sacerdote lavava-se no alpendre numa bacia de ferro folheada a prata e um espelho barato de moldura de alumínio laminado. Numa das manhãs em que o Pai se atrasara, percebeu pela primeira vez o som agudo e ardente, contínuo mas harmônico, que irrompia duas, três vezes ao dia do templo, um som que trespassava as paredes de casa e inicialmente lhe fazia arrepiar o corpo, desconfortável, mas, continuado, o acalmava e lhe repousava o espírito. Duas, três vezes por dia, o brâmane fazia circular com a mão direita uma sineta grossa cilíndrica de bronze, rematada por uma cabeça esférica, nos bordos de uma taça de bronze da largura e profundidade de uma mão aberta, imprimia à sineta uma velocidade contínua, que, por sua vez, provocava na trepidação invisível da taça, o som homogêneo e uníssono, ondulante e fremente que meu pai escutava em casa. Nessa manhãzinha, o sacerdote, sentado, o corpo dobrado em ângulo reto, depusera a taça na palma da mão esquerda, pousara esta entre os joelhos e ativara a sineta litúrgica imprimindo uma velocidade contínua, criando o som habitual, encantado, com que abençoava o dia da gãocaria, atraindo espíritos bons e afastando os malévolos; as vibrações, transformadas em som, penetravam o barro das casas e as orelhas dos indianos, tranquilizando-lhes o espírito, como se os deuses, vigilantes, estivessem presentes no dia a dia, cuidando do corpo e da alma da comunidade. Um dia que o Pai se manifestara irritado, devido a pressões do engenheiro Schwartz, que se queixara do rendimento quinzenal de extração de ferro de uma das minas, convidando o Pai a ser menos "português" (delicado) com as mulheres carregadoras, force-as, dissera, pegue numa vara de bambu e ponteie-as, como se faz aos búfalos, vai ver que elas se apressam, Xavier advertira o Pai de que o som do templo o acalmaria, se quiser, disse ele, mando vir um de Margão junto com as especiarias, e pronunciou o nome do instrumento em marata, não havia palavra portuguesa equivalente, é repousante, um rio suave que flui dentro do corpo, atravessando-o, dispersa os nós de inquietação, dissolve-os, desapareçam, meia hora no máximo, em silêncio e meditação, e quando reabrimos os olhos somos outros, era assim que me acalmava com o anterior supervisor, esclareceu o Xavier, exigia carne ou peixe todos os dias, dispensava-me escasso dinheiro, o Pai contemplava o botto sentado a fazer circular a sineta na taça de bronze, de pálpebras cerradas, a imagem pura da serenidade, nas faces do brâmane repousava o brilho da eternidade, expandindo paz divina, o Pai, incréu, devoto por hábito e obrigação, não seria capaz de derramar sobre si aquele jorro espiritual, não valia a pena gastar dinheiro, disse a Xavier, uma coisa é escutar, outra fazer. Por vezes o Pai atravessava a azinhaga enquanto o botto se barbeava, dizia-lhe bom dia, mas ele não respondia, virava a cara para o lado, como se estivesse enojado, Xavier justificava-o, é da casta, não pode ter relações diretas com estrangeiros, ficaria impuro para o resto do dia, teria de se submeter a novas lavagens, outras toalhas, vestir nova roupa, o Pai, ignorante, indignou-se, não tenho peste, Xavier protestou, são tradições, valem o que valem, para os hindus são tudo, os cristãos não acreditam, morrera o pai do brâmane, velhíssimo, magríssimo, mirradinho de carnes, só pele e osso, o espaço da cremação abria-se nas traseiras do templo, um terreiro de terra batida rodeado de um murete de barro caiado de cal extraído de conchas marinhas, Xavier tinha chamado a atenção do Pai, este ficara em casa de propósito para assistir à incineração, resguardado por um biombo de caniços que Xavier improvisara na varanda de madeira, o Pai viu o brâmane filho compor uma pira sagrada à altura de meio homem, cruzando gravetos, paus, ripas e pranchas numa armação larga, a que juntara inúmeras tabuinhas votivas ordenadas, formando uma pequena concavidade onde depositaram o corpo amortalhado do velho brâmane, cobrindo parte das pernas com mais uma ou duas camadas de gravetos; pós cinzentos foram espargidos sobre o corpo, flores de cor laranja decoravam-no, a família reunira-se em torno da pira, trajados de cerimônia, um silêncio inconsútil, quebrado apenas pelo chilrear de um bando de pequenos pássaros, dominava o sentimento de tristeza, mas sem lágrimas, o Pai reparou numa menina belíssima de corpo fino e ereto como o das princesas dos contos de fada, compunha-lhe o cabelo uma coroa enlaçada de cravinas brancas; ao longe, testemunhando como um espião, o Pai foi enfeitiçado por aquele corpo de rosto mouro sobejamente proporcionado, traços decantados, olhar fixo sereno no horizonte da morte, os lábios severos em presença do sagrado, as pernas ligeiramente abertas, o silvo do vento abanando graciosamente as pontas do sari, o brâmane filho alçara ao céu a taça de ferro com as lâminas do fogo sagrado, um homem da família, que o Pai nunca vira, suportava uma infusa com água, o brâmane conduziu as preces aos deuses, as orações dos mortos, acompanhado pelo coro familiar, o brâmane atiçou a lenha da pira em gravetos oleados com essências combustíveis, as mulheres avivaram-no com gorduras, cada um dos membros da família lançou sobre o fogo pauzinhos devotos de madeira sagrada, sândalo e tulsi e pedacinhos de cânfora, todos baixaram a cabeça, entoando curtas ladainhas litúrgicas quando o fogo envolveu o corpo do brâmane velho, retiraram-se antes que o fogo se extinguisse, restaram a viúva e o brâmane, os restantes lavavam-se com água do poço, que a menina depositava em bacias de barro, preparando toalhas brancas alvíssimas, Xavier explicara ao Pai que no dia seguinte o brâmane extrairia as cinzas do seu pai rodeado da totalidade da família, todos se dirigiriam ao rio para as lançar à corrente, iniciando um luto de dez dias, durante os quais nenhum membro da família sairia de casa nem se atreveria a comer doces, a casa contaminara-se pela impureza da morte, os maus espíritos tinham-na atravessado, forçando a dor física e a morte do velho brâmane e o sofrimento e a compaixão da restante família, o brâmane filho pernoitaria no templo e não retornaria a casa ao longo desse tempo, a família combateria a mancha negra da morte com rezas permanentes para que, liberto do mal, o espírito do velho brâmane reencarnasse, a menina que cativara a atenção do Pai invadiu-lhe a mente, obsessivamente, o Pai informara-se com o Xavier, era a filha mais nova do brâmane vivo, teria doze, catorze anos, chamava-se Rhema e estava prometida ao filho de um brâmane de Bardez, em breve partiria para esta vila para a celebração do desposório, o Pai sentava-se à mesa de cozinha, que fazia as vezes de secretária, e preparava-se para escrever a primeira carta à minha mãe, Querida Rosa, escreveu ele, e nada mais escreveu, pasmado com a beleza e a gracilidade da menina, desejando expulsá-la à força do pensamento, não o conseguindo.

No derradeiro dia de luto na casa do brâmane, a família embostou o terreiro dianteiro, purificando-o, preparando-se para retomar a normalidade. Nesse dia, um bando de goulis, pastores dravídicos de montanha, de ancestral pele escura, desceu os desfiladeiros em busca de pastos e acampou num baldio entre a casa do Pai e a casa do brâmane, dormindo ao relento, cada homem com sua mulher, enrolados em peles curtidas de cabra, praticando ruidosamente o coito, o brâmane protestou, de longe, com palavras e gestos; para o apaziguar, os goulis ofereciam-lhe manteiga de búfala e farinha de machenim cozida em soro do leite que sobrara da confecção da manteiga, o brâmane era vegetariano, não aceitou as oferendas nem recebeu o bando de goulis que se apresentaram no templo trajados de um langotim de algodão e camisa branca larga de linho rude, largos anéis de arame nas orelhas, longas tranças de cabelo e opulentos bigodes, receava que a presença destes cerquinha da sua casa a tornasse impura de novo, afugentava-os com um pau, ameaçava-os com os cipaios da polícia, intimidava-os com o gãocar, a quem se queixaria, os goulis já tinham levantado duas casas coletivas de entrançado de bambu, bosteadas por dentro e por fora, afugentando a mosquitaria, receberam o gãocar com altivez e desdém, nada lhes dizia a existência de um homem superior a outros, recusaram-se a sair do baldio, a terra era de todos e os pastos dos animais que necessitavam de comer, o prado era dos deuses, ninguém o semeara, os arbustos não tinham sido plantados por homens, o capim amarelava e apodrecia sem préstimo, era um crime, alegavam, desperdiçar prado tão úbere, nas montanhas os búfalos e as cabras passavam fome, o gãocar chamou os cipaios, dispersaria o gado, afugentaria a dúzia de goulis, o Pai, informado pelo Xavier, ofereceu um terreno lateral, pertencente à administração da mina, longe da casa do brâmane, este agradeceu, veio ao portão da casa do Pai, cumprimentou e agradeceu de longe, o Pai sabia que não devia aproximar-se, a sua sombra não podia tocar os pés do brâmane sob pena de lhe macular a alma, mesmo assim o brâmane trazia no braço um pano molhado com água sagrada, para se purificar do contato visual com o estrangeiro, embora nunca tivesse olhado de frente para o Pai. Inesperadamente, um dos goulis morreu, o Pai não se admirou, a casa deles era simultaneamente cozinha, poça de dejetos e curral de búfalos e cabras, a embostagem não era suficiente para a desinfestação, as fezes dos animais secavam a um canto, amontoadas, a água de lavagem era pouca, acartada do ribeiro aos baldes minúsculos de madeira compacta, o gouli tinha sido picado por um mosquito da selva, a mancha vermelhácea no pescoço inchara, fora raspada pelas unhas porcas, inflamara, abrasara, infectara, o gãocar chamou a polícia de novo, o Pai criticou-o, o gouli devia ser levado para o posto médico de Salcete, o gãocar, irritado, alijava responsabilidades, entregava o moribundo nas mãos dos cipaios, que odiavam os goulis, tribo pagã de montanha, sem escrita, recusavam-se a falar concani, sem templos, adoravam pedras, animais, o céu e o horizonte, a água da chuva, o sol e a lua, trogloditas, selvagens, enterravam os mortos como os bárbaros do Oeste (os europeus e os árabes), os goulis embrulharam o morto numa pele e levaram-no numa padiola improvisada, picaram os animais, queimaram as casas-currais, regressaram às montanhas, carpindo o corpo em alta berraria, o corpo devia ser enterrado em solo gouli, para que o espírito desencarnasse e o morto não se transformasse numa alma penada, Xavier suspirou de alívio, o Pai também, os goeses que se entendessem ou se guerreassem, Schwartz criticou duramente o Pai, desorbitara das suas funções, o terreno pertencia à diretoria-geral, não o devia ter usado, o engenheiro Schwartz odiava os goulis, afirmou que bebiam sangue, sangravam-se em rituais de possessão, deixavam o sangue correr para uma cuia de madeira, davam-no a beber às crianças e às mulheres grávidas, não queria mais goulis em terrenos das minas.

O Pai perguntou a Xavier se Rhema costumava sair de casa, Xavier riu-se, a mulher indiana não sai de casa senão com a mãe, o pai ou o marido, atrás, a dois passos de distância, olhos baixos, as camponesas saem de casa juntas, em bandos, para cuidar de terras ou pastorear animais, seguem em ranchos compactos, sem homens, longe destes, levam as crianças da comunidade consigo, ou seguem juntas para o mercado para venderem os sobejos do campo, comprarem carvão, petróleo, Xavier perguntou diretamente ao Pai qual o seu interesse pela menina, o Pai não respondeu, voltou-lhe as costas, apressou-se a sentar-se para escrever para a Mãe, leu a primeira frase, Querida Rosa, e mergulhou em pensamento no imaginado corpo de Rhema, distraindo-se, deixando tombar o lápis, seguiu para a venda da aldeia, um cubo de madeira mal conjuntado por onde soprava o vento e pingava a chuva, bebeu dois copos seguidos de aguardente de coco, ouviram-se gritos no exterior, o vendeiro acorreu à porta, carcamudo, o pouco concani que o Pai ia entendendo foi suficiente para perceber que, impedido de entrar, um faraz (intocável) gritava à porta da venda, o vendeiro, da casta dos sudras (mercadores), não podia contatar diretamente com o faraz, este pusera umas moedas e duas latas num caixote forrado com uma saca postado a dois passos da venda, o faraz gritou o que pretendia comprar, óleo de palma e arroz, afastou-se, esperando, o vendeiro serviu-o, guardou o dinheiro, limpando-o com um pano, recolheu-se para dentro da loja, levou as mãos às orelhas varrendo-as com um pincel, purificando-se da voz impura do faraz, fazia parte das penas que o seu espírito devia sofrer, nascera para conviver com homens maculados como os intocáveis, expiava penas antigas, de vidas passadas, as próximas seriam mais risonhas, resmungou para o Pai num frágil português, quando me pedem vinho de arroz verto-o por este buraco na parede para aquela malga, nunca a lavo, há anos que a não lavo, deixam o dinheiro à porta.

O Pai indignou-se quando soube que Xavier, o melhor cliente da venda, fora proibido de nela entrar devido à sua condição de intocável, deixava montinhos de moedas, tanto para os enlatados, tanto para as bebidas, tanto para as especiarias, tanto para o tabaco, tanto para o arroz, o Pai dispôs-se a falar com o vendeiro, Xavier rogou que o não fizesse, pioraria a situação, um estrangeiro e um intocável a protestarem, explicou ao Pai que Gandhi e Nehru tinham abolido oficialmente as castas, impondo o direito universal do voto, todos eram cidadãos iguais perante o Estado, mas o costume permanecia, ir contra o costume numa pequena aldeia de Goa seria provocar grossos sarilhos, o Pai partiria, mas ele ficava, argumentou Xavier, sensato, deixe as coisas como estão, Xavier continuaria a ser o criado português do novo supervisor, não havia outra loja na aldeia rente a Salsete; indignado e furioso, o Pai queria que Xavier fizesse compras em Salcete, ou, ao fim de semana, iriam os dois de táxi a Pangim, Xavier, indiano, abanava os ombros, abria as mãos, fechava os olhos, não valia a pena, Xavier queria casar-se, talvez comprasse uns terrenos de arroz de sequeiro, precisaria da proteção do brâmane, defensor do regime de castas, precisaria da sua influência para a transação do terreno, cedido pelo gãocar, a compra de madeira para a casa, o Pai atirou as mãos para trás, convencido, saiu de casa, furibundo mas apaziguado, nada podia fazer, consciência limpa, não percebia porque Goa havia de ser portuguesa, tudo nela era diferente, comida, roupa, religião, paisagem, terra enfeitiçada por mil contradições, costumes absurdos para um europeu, os seus passos encaminharam-no para a venda, botequim comunitário, misto de taberna, mercearia, farmácia, loja de ferragens e drogaria, e tudo o mais, não ourivesaria, esta a única loja de pedra e cal da aldeia, os indianos concentravam as suas minúsculas poupanças na compra de jóias que ostentavam impudicamente na festa de casamento dos filhos, correntes, anéis, pulseiras de braço e de perna, diademas, brincos, jogos de manilhas, enfeites do corpo, em ouro e prata, o Pai dirigia-se para a venda, desistiu, provocaria sarilhos, não queria, nem se faria entender em concani, virou para a azinhaga que o levava todos os dias à primeira mina, mas de lá viera há menos de duas horas, não era para a mina que os seus pés se dirigiam, a azinhaga ladeava a casa do brâmane nas traseiras do templo, talvez tivesse sorte e Rhema se demorasse na varanda ou numa das janelas, talvez no terreiro do quintal, tirando água do poço, ou calcando o grão de machenim com os pés para as apas da manhã.

O Pai olhou de viés, pareceu-lhe vislumbrar uma sombra, uma mancha escura irregular, um vulto por detrás das tabuinhas cruzadas de uma das janelas, sorriu, era Rhema, que abria ligeiramente a portada da janela, o suficiente para que uma faixa de luz vinda do candeeiro a álcool lhe iluminasse o colo e o rosto, o Pai, perturbado, sentiu as pernas tremerem, suspirou para si, como se gemesse, abriu-se num grande sorriso jubiloso, Rhema despia-se, desprendia o sari, revelando os ombros trigueiros, virara-se, mostrava o esplendor do busto magro e ondulante, os braços esguios e escuros, leves como asas de borboleta, desfiava o cabelo com os dedos, os seios breves, redondos e belos, não se encontravam a mais de vinte passos, o Pai vislumbrava-lhe o corpo como se contemplasse o de uma santa, não o excitava carnalmente, apenas esteticamente, como uma beleza pura, genuína, límpida, uma verdadeira virgem imaculada, pronta para o sacrifício da eterna ressurreição do mundo pela gravidez; como se pressentisse ser vista, Rhema imobilizou-se, alçou os olhos para o terreiro, o renque de bananeiras, fixou o olhar entre este e o friso de arequeiras, o Pai abriu-se num sorriso virginal, másculo e inocente, ela respondeu com outro sorriso cândido, reconheceu o Pai, baixou o olhar, ostentando o sorriso nos lábios, que esmoreceu lentamente, apagando a alvura dos dentes, virgens de contentamento e de prazer, restou um sorriso pequenino, um leve frisar dos vértices dos lábios, tão iluminante como o disco do Sol, o Pai sentiu que aquele sorriso mudara a sua vida, como um sumidouro que lha tivesse sugado, Rhema encostou a portada ao caixilho de madeira, deixando a janela entreaberta, o Pai via agora meio busto, um braço só, a nuca florida de um arranjo de cravinas brancas, Rhema levou as mãos aos cabelos, enfiou os dedos ágeis no fio invisível que prendia as flores, puxou-o e desprendeu a cabeleira, que tombou, espessa e preta, como uma onda única, um bloco uno e brilhante de perfeição, condenando o Pai à força da paixão, o coração contraiu-se-lhe, dominado pela beleza da menina, a aldeia silenciara-se, como se não existisse, a casa do brâmane levantava-se como num ermo, um deserto, os olhos do Pai só existiam para a claridade daquela janela meia aberta, onde Rhema se abrigava como numa praia nua, por trás o infinito iridescente do céu, o manto lácteo de estrelas, o Pai sentiu-se perfurado por um aroma a lavanda, não, era jasmim, a menina compunha colares de flores de jasmim para o templo, ao perfume doce e ardente do jasmim misturava-se o pólen das grandes tílias, o Pai sentiu-se inebriado, tão sólida a sua emoção que receou desmaiar, perdeu a forças nas pernas, ousou levantar a mão esquerda, como um cumprimento etéreo, não esperava resposta, mal o fizera logo se arrependera, contrito, imaginando Rhema ofendida, fazendo queixa ao pai, mas Rhema destacou o dedo indicador, agitou-o imperceptivelmente, não se percebia se o acenava como resposta se avisava que alguém se aproximava do interior da casa, tapou o busto de repente com um mantelete de seda e fechou inesperadamente a janela, o Pai manteve-se imóvel, resguardado entre as bananeiras, na semiescuridão do crepúsculo, apeteceu-lhe deixar-se cair no chão, lançar aos céus eternas juras de amor, mas afastou-se, escutando vozes femininas, vindas do quarto da menina, regressou a casa, as pernas ainda trementes, sobre a mesa da cozinha a folha em que escrevera Querida Rosa, machucou-a entre as mãos, deitou-a para o balde do lixo de folha-de-flandres.

    Os dias seguintes passou-os em silêncio, sabia que cometera um inexpugnável sacrilégio, de que nenhuma confissão ou arrependimento o absolveria, viera para Goa para melhorar a sua vida e estava prestes a condená-la, afundando-a, recordou-se da mulher e da minha figurinha de bebê entre os seus braços, os dois beijos que me dera, um tremor gélido percorreu-lhe os nervos durante uma semana, fumando na espreguiçadeira do telheiro, insone, uma lassidão atravessava-lhe os músculos, impedindo-o de dormir e de escrever à mulher, o seu corpo tombava pesadamente sobre as cadeiras, sentava-se na rochas do bordo das minas, alheado, incapaz de contabilizar os cestos de pedra de ferro transportados, fazia um cálculo por alto quando o depósito traseiro da camioneta estava cheio e o motorista gritava, alto!, a experiência permitia-lho o à-vontade, empalidecera sob o sol tropical do Indostão, olhava-se ao espelho lascado, um branco de mármore cobria-lhe as faces, um espectro, olheiras roxas cavadas, como se o seu sangue tivesse sido sugado naquele instante noturno que lhe mudara a vida, um moribundo, assim se via, uma avantesma, um avejão, saía para o quintal, com os olhos mansos seguia o voo dos patos riscando o céu azulíneo faiscante, jogava laranjas e maçãs maduras aos bandos de macacos pretos que invadiam o arecal rente ao murete da casa, eles agradeciam-lhe guinchando ruidosamente, outros latiam como cães, a mente do Pai asfixiara-se na figura do busto desnudo de Rhema, voltava as costas aos macacos, reentrava em casa, fugindo do sol queimante, enfiava violentamente a cabeça na bacia de água fria das lavagens, imaginava a menina a compor colares e capelas de flores, os cabelos soltos, convulsos e pretos, retintos, provocadores, como uma cascata agitada de água preta perfumada, cheirando a bajoim, o pente de tartaruga atravessando-os suavemente, suspirando, de lábios escarlates, o arco alvo dos dentes espreitando como o círculo nascente de marfim das presas dos elefantes-bebês, os seios doces, castanhos, avolumados sob o corpete do sari, as mãos cuidadas, frágeis, dedos esguios e curvilíneos, nascidos para afagar, acariciar, acarinhar, amimar, as unhas rosa-virginal, o Pai entontecia de amor, embriagado, endoidado, o pudor cristão não lhe permitia imaginar Rhema nua, porventura não seria a pudicícia, o medo de pecar, a vergonha de, casado, desejar mulher alheia, mais a consciência da diferença de idade, Rhema tinha doze a catorze anos, mais não teria, o Pai o dobro, levantava-se-lhe na mente um véu de medo, um temor, quase um pânico, tudo o que fizesse por e com Rhema não poderia senão acabar mal, filha de brâmane apenas com brâmane poderia casar-se, proibida totalmente de se consorciar com um estrangeiro, inimaginável mesmo, ele era casado, devoto de outra religião, outro continente, outra idade, outra condição, nem a mesma língua falavam, saberia Rhema português, ele não sabia concani nem marata, o pouco inglês que o Pai ia aprendendo no dia a dia não seria suficiente para manter uma conversa, não imaginava que Rhema soubesse inglês, Rhema não frequentara nem colégios ingleses nem portugueses, privilégio de filhos rapazes de brâmanes, fora educada para servir o marido e o deus – um verdadeiro desvario, concluía o Pai, atormentado pela espertina, incapaz de cerrar os olhos e dormir, nem mesmo dormitar, nada poderia ser pior, passaria a ir a Pangim todos os fins de semana, contrataria duas prostitutas, indonésias, chinesas, indianas, afogar-se-ia em sexo até esquecer Rhema.

Assim fez, Xavier espantava-se, olhava, via o Pai como um predador sexual, um garanhão insaciável, duas mulheres por noite, sexta e sábado, uma garrafa de conhaque francês por noite, a Xavier bastavam-lhe uns instantes, gratuitos, uma das prostitutas saía do quarto do Pai e satisfazia Xavier na arrecadação de sapatos ao fundo do corredor, Xavier dormia no vão de escada, tomava o pequeno-almoço numa venda mixuruca da rua, passeava sábado pelo porto, voltava ao bordel, onde lhe serviam umas canjas portuguesas com pimenta, e esperava pelo Pai, saído do quarto pelas dez da manhã de domingo, a cheirar a *after-shave* inglês falsificado com doses maciças de álcool, iam diretos para a missa à Igreja de Nossa Senhora da Conceição mostrar serviço, cumprimentar o diretor-geral das minas e outros passarões governamentais, o Pai desconhecia se queria ficar em Goa para sempre e Xavier nutria ambições de regressar definitivamente a Pangim, almoçavam nas Fontainhas, os dois, bacalhau com todos, à portuguesa, regado com azeite de Moura, metiam-se num táxi e voltavam à aldeia lateral a Salcete, o pai, exausto, vencida a insônia permanente, dormitava trêmulo, fora da cama, na esteira, nu, envolto em nuvens de incenso que afugentavam a mosquitada. Na segunda-feira, o Pai enfiava-se na azinhaga, calcava os passos lentos, fingindo abotoar os atacadores, até que as faces morenas de Rhema surgissem à janela, sorrindo, as cartas para Rosa, iniciadas mas não terminadas, esperavam em cima da mesa da cozinha, sujas, manchas amareladas de caril e açafrão, o Pai mordia-se de remorso, arrependido, desferindo punhadas agrestes na cara, socando a cabeça contra as pranchas de madeira da parede, incapaz de escrever à Mãe, sabia que, sem nada ter feito, já a traíra, à Mãe e a mim, o bebezinho que lhe enchera os braços de felicidade na despedida, sentia-se impotente, nada fizera, nada podia fazer, o horizonte alto dos palmares enfeitiçara-o, o céu azul lato e infinito, cristalino, sem prédios que lhe tapassem a vista, enfeitiçara-o, as várzeas verdes dos arrozais enfeitiçaram-no, a certeza de ter razão e de estar contra o regime de casta enfeitiçara-o, os bandos de animais que lhe circundavam a casa, búfalos, macacos, lagartos pacíficos do tamanho de meio braço enfeitiçaram-no, as vacas mansas de pele creme que lhe subiam para a varanda, ganhando a sombra, enfeitiçavam-no, sobretudo, a pele atrigueirada de Rhema, o corpo fino, sem gordura, o pescoço hirto, o andar ereto das mulheres indianas, como o de princesas de contos de fadas europeus, tinham-no enfeitiçado, o salário, o triplo do que ganhara em Lisboa, a casa gratuita, o Xavier às ordens, o poder sobre dezenas trabalhadores cordatos nas minas, dezenas de mulheres carregadoras, tinham-no enfeitiçado, as encostas das montanhas longínquas, sombreadas de azul, o olhar tresloucado dos bodes cobridores, os leitãozinhos vagabundeando pela aldeia, penetrando-lhe pela porta como amigos de todos os dias, refocilando no balde do lixo, saltando para cima da mesinha, furtando bananas do seu tamanho, o dorso preto encrostado de lama dos búfalos de cornos enroscados, o perfume adocicado a jasmim, o cheiro acre do botãozinho de pimenta esmagado entre os dedos, a caneleira, o tamarindeiro, o limoeiro do quintal, a gigantesca árvore-da-chuva que cortava a planura do horizonte e albergava dezenas de pardais e gralhas ao crepúsculo, a lua de Goa, forte, farta, gorda, sólida, encarniçada, o Mandovi a menos de uma centena de metros das casas de alcouce e da igreja de Nossa Senhora da Conceição, expelindo riscos de prata sob os juncos espessos e negros, um cavalo solto na planície, de crina preta larga, trotando livre, como um fantasma do além, tudo o que o Pai não ousara pensar ser possível viver vivia-o agora, a liberdade, sem família, a gaveta abastecida de dinheiro, o poder de mandar, o respeito e a atração de ser estrangeiro, o amor, o Pai nunca amara a Mãe, fora atraído para ela na idade do sexo, recordava que o seu primeiro olhar fora dirigido para o volume dos seios da Mãe, anafados, leitosos, moravam na mesma rua, frequentavam a mesma leitaria do bairro, ele oferecera-lhe um bolo-de-arroz, a Mãe sorrira-lhe deleitada, o Pai sabia-a honesta, criada de senhoras, lavadeira de escadas, casas e roupas, seria uma boa mulher, uma boa mãe, ancas largas de égua, não olhava para Rhema da mesma maneira, seios de limão, anca fina e breve, nádegas esfumadas, o Pai conhecia o amor em Rhema, a suavidade e a amargura deste sentimento, a beleza da exaltação e o sofrimento da espera, o desejo do corpo que ultrapassava o ventre, a satisfação insatisfeita, a emoção aberta e reprimida, expressa e escondida, vitoriosa e frustrada, sonhava com o brilho dos dentes brancos de Rhema, imaginava a cintilação que o luar neles deporia, os reflexos de prata no branco dos seus olhos, os revérberos dos raios de sol nas jóias que lhe cobriam o corpo, nas gotículas de suor do pescoço, na curva de cetim do nariz, no lóbulo iridescente da orelha fantasiada por uma argola de ouro, o tilintar harmonioso das manilhas de prata no pulso fino, refugiava-se nas arcadas de madeira da varanda, à noite, suspeitando os movimentos de Rhema, concebia-a sem o corpete, imaginava-a nas ablações matinais, esgazeava os olhos impotentes, mortos de amor, calculava os ruídos da casa, Rhema a confeccionar o caril, Rhema a confeccionar a massala, Rhema a servir o pai, Rhema a ordenar às serviçais a limpeza do templo, vigiava as saídas de casa do brâmane, demorava-se na azinhaga, inventando lagartos inexistentes, que ruidosamente fingia afugentar com uma cana, Rhema ouvia, entreabria a janelinha, revelava o seu sorriso enfeitiçado, fechando-a de novo, a menina emergia no terreiro, ligeira como uma gazela, de sari laranja debruado a creme, cinturinha fina, corpete interior branco ou verde, uma borboleta cor do sol, da terra, do vento, do mar, dos pássaros que cortavam o ar, descalça, balde de bosta líquida de vaca para o estrume da horta pendido da mão, o Pai descobria-se, afastava as folhas castanhas das bananeiras, mãos nos bolsos, olhar dolorido de insônias, dilatava os lábios num sorriso, Rhema correspondia, decaía obliquamente o pescoço, o rosto, a cabeça como uma vestal, não fixava o Pai de frente, como se o não tivesse visto, alheava-se da sua presença, deixando tombar um sorriso, mirava o céu lançando um suspiro cuidadoso, enchia o balde com água do poço, misturava a bosta com a água, dobrava-se pela cintura, com um ancinho compunha esteirinhos entre os legumes e os vegetais, o Pai, enfeitiçado pelo corpo curvado da menina, jogava um assobio para o ar, Rhema balouçava a cabeça, oferecia meio sorriso, afagava lentamente a terra com o ancinho, despejava a misturada do balde na terra, acartava água do poço, regando os esteirinhos, espalhava delicadamente a bosta na raiz dos tomateiros, dos feijoeiros, alimentando-a, calcando-a com os pés nus, o tecido translúcido oferecia ao olhar do Pai as formas do corpo de Rhema, os ombros cobertos, a cintura perfeita descoberta, proporcionada com o busto e os braços, a concavidade erótica do umbigo descoberta, Rhema recolhia-se, arrastando o balde e o ancinho sujos de bosta, não olhava para o Pai, fascinado mentalmente pelo corpo da menina, tão ligeiro quanto atraente, Rhema fechava a porta, o Pai suspeitava de que Rhema o olhara, sorrindo por um instante menor que um segundo.

Xavier soube da inclinação do Pai quando, acompanhando-o, este, sob pretextos fúteis, retardava a saída de casa, deixara de partir de madrugada para as minas, saía agora cerca das oito horas, quando Rhema, lavada, vestida e comida, abria as portadas da janela, Xavier teve a sensação de que ambos trocavam olhares, Xavier espantava-se com a lentidão dos passos do Pai logo que este virava para a azinhaga e o seu olhar ansioso era lançado para a varanda da casa do brâmane, Rhema ocultava-se, escondia-se atrás das tabuinhas cruzadas da janela, Xavier pressentia um vulto, poderia ser o brâmane, esperando que o estrangeiro passasse, o contato com este torná-lo-ia impuro, forçá-lo-ia a lavar-se de novo, poderia ser a esposa do brâmane, resguardado de olhares estranhos, impudicos, um dia Xavier vira um braço, as manilhas e correntes do braço, uma ligeira tatuagem, era Rhema, Xavier não queria acreditar, a filha do brâmane!

As portas do çarame

Afonso de Albuquerque havia tomado posse do vice-reinado da Índia das mãos de d. Francisco de Almeida e, por morte imprevista do físico que trouxera na frota, nomeara José Martins seu médico pessoal, o meu pentavô insistira não ter estudos de medicina por Coimbra, o que sabia aprendera no seio da família e da prática do seu mestre de Alfama, não passava de um cirurgião-barbeiro, enfatizou, rogando desculpas pelo atrevimento, Afonso de Albuquerque, homem de uma só palavra e mais amigo do fazer que do pensar, afastou-o rispidamente, estás nomeado, trata-me da saúde com o teu saber, pouco ou muito, outro homem não tenho, disse, e continuas a tratar dos portugueses de Cochim, outro não têm, trabalhas por dois, no fim, quando eu regressar a Lisboa, obterás a tua recompensa, que será do teu agrado.

José Martins mudou-se para os aposentos do vice-rei, com direito a criadagem e traje melhorado, gibão de cetim verde sempre que uma vez por semana cuidava do corpo de Afonso de Albuquerque, rasando-lhe os pêlos da barba, aparando-lhe as pontas do cabelo liso, apalpando-lhe a barriga vazia e esponjosa, cheirando-lhe as fezes, apreciando a cor clara ou escura da urina, massageando-lhe a perna esquerda, que o governador sentia trêmula, atrasada face ao ímpeto da gêmea, inspecionando-lhe a cor e a textura da saliva, o resto da semana passava o meu undécimo avô cuidando dos reinóis tomados por febres palúdicas, a que receitava água, muita água do poço do forte, canja de arroz com gordura de pele e enxúndias de galinha, e era esperar que passasse.

Fernando Coutinho, dom, marechal do reino, trouxera de Lisboa a nomeação definitiva de Afonso de Albuquerque como vice-rei, pondo fim ao conflito com o anterior vice-rei, d. Francisco de Almeida, que recusara nomeá-lo seu substituto. Fernando Coutinho viera incumbido por D. Manuel de lançar um ataque contra Calecute, desavinda dos portugueses desde a viagem do Gama, e, pingarolas entre as damas da corte, prometera ao rei majestoso oferecer-lhe no regresso as famosas portas do çarame, o palácio de estio do samorim da cidade, cada portada feita de uma só peça de madeira de lei, adornada em baixo-relevo por finíssimos festões e florões, ricamente marchetada em lâminas de pérola e rubi, saliente dos gonzos de bronze e de tripla fechadura de ouro; fora um capricho de D. Manuel, numa noite luarenta de Salvaterra de Magos, atravessando as pontes de pinheiro sobre os esteiros que levavam ao Tejo, precedido das damas da corte; d. Francisco Coutinho, amigo da ostentação, jurara cumprir, prometendo não regressar da Índia sem as famosas portas embrulhadas em couro velho, para que a umidade marítima e os solavancos do navio não molestassem as portas do çarame. Afonso de Albuquerque torceu a longa cauda da barba entre os dedos morenos do sol de Cochim, distraiu o seu familiar Coutinho preparando-lhe uma festa de recepção, carneiro assado em gordura de manteiga vermelha, galinha-da-
-índia estufada em sementinhas de cardomomo, molho espesso e ardente de caril a barrar, pão de arroz prensado acabadinho de sair do forno português do forte, bailadeiras maratas com fartura, especializadas na dança do ventre e na figuração de mãos, divertimentos brutos para a matulatagem de marinheiros e soldados, vinte bodes assados espetados de malagueta verde e três tonéis de vinho; contavam-se ditos e feitos e narravam-se

lendas, Afonso de Albuquerque convidara os dignitários do marajá, acuados a um canto do forte, incapazes de perceberem para que serviam as cadeiras de pinho espalhadas pelo jardim da residência do vice-rei no interior e abismados com tanta carne comida, o povo branco comia carne e mais carne, nem arroz consumia, menos legumes e vegetais, cada português afilava pela ponta lascada do facão três ou quatro ossos carregados de carne quente, ressumando a pouca gordura caprina, duas grossas fatias castanhas de pão, trincando brutamente a carne e o pão, os indianos atemorizavam-se frente àquele povo que assim tragava carne vermelha como um chacal da floresta e bebia o mesmo suco vermelho que na missa chamava sangue, tanto sangue e carne de animal devorava que ficava como as bestas, assemelhavam-se a bichos aqueles homens vindos do Sul, do outro lado do mundo, sem veneração pela hierarquia dos brâmanes nem respeito pelas mulheres, cobiçadas pelos seus olhos ardentes como os do tigre listrado na floresta noturna mirando a cabrinha mansa. Despejado o vinho pelas gargantas, o luar sombrio iluminando escassamente o terreiro do vice-rei, o olhar dos portugueses marejava-se, lobrigando o mar de riscas brancas aluaradas, escutando o marulhar das ondinhas contra as pedras do forte, recordando os casinhotos de duas-águas deixados em Lisboa, arrimados à muralha do castelo de São Jorge, a mulher carregando água do chafariz, o filho brincando no regueiro de água, velejando pauzinhos de madeira amaneirando a caravela onde o pai partira, no curralinho, partilhado com o vizinho, aneleiro de ofício, as duas cabrinhas e a porca parideira, que abasteceriam de carne as duas famílias durante a totalidade do ano, o peito contristava-se-lhes, um arrepio de amargura sulcava-lhes as mãos, vertiam pelos lábios sebosos os derradeiros pingos de vinho do reino, jogavam a relíquia dos ossos ao ar, tanto osso e não existem cães em Cochim, diria Afonso de Albuquerque, a próxima armada que traga cinco cães e cinco cadelas, jogavam pelo ar os ossos à curta matilha de cães portugueses, baixos, esguios, compridos, de pêlo creme e focinho pontiagudo, filhos e netos dos cães advindos da Mouraria na frota de Pedro Álvares Cabral, que abanavam veloz a breve cauda fina, levantavam-se os portugueses, boca oleosa, lábios picantes, dedos gordurosos, barriga farta, atiravam a tristeza aos fetos roxos e dispunham-se à festa, cada um munia-se de uma selha de água, um barril velho serrado ao meio, alguidares de madeira, antigos barriletes de aguardente, a escuridão aluarada tomara conta de Cochim, do palácio do vice-rei à quadra de Mattancherry, rodeando o bairro judeu e as ruelazinhas sujas do cais de madeira, cada português procurava outro português, enfiando-lhe o balde na cabeça, quem o fizesse gritava o seu nome e quem o sofrera confirmava gritando o nome próprio, era esta a festa, o divertimento ingênuo do maralhal bruto da marinhagem, o povo indiano espantava-se, submerso numa novidade que lhe parecia excessivamente infantil para um povo que trouxera canhões de bronze e barcos ligeiros na defesa e no ataque, que desenhava uns rabiscos a que chamava mapa nas folhas de bananeira, dizendo serem ali representados os contornos da totalidade da terra, que os ensinara a plantar cajueiros, logo medrados às centenas, tropeçando nas raízes das mangueiras, conflituando nas hortinhas e quintais com a bananeira, os portugueses, fanfarrões e gaiatos, jogando a solidão, a tristeza e a miséria para trás das costas, entregavam-se à festa, dançando uns com os outros ao som da sanfona, da gaita e da caixaria, correndo uns atrás dos outros como crianças endiabradas, o meu undécimo avô, homem de sentimentos comuns, correra por três vezes às palafitas do cais, enchera o seu balde e nele enfiara a cabeça de Domingos Paes e de dois embarcadiços; um corrido de nuvens noturnas encobria o arco da lua, escurecendo Cochim, dois marujos espertotes, agoniados de vinho, tinham-se escondido sob as travessas de bambu velho que ligavam Cochim a Mattancherry, fingindo assaltar os portugueses que regressavam ao bairro de casas de taipa barrenta mandado levantar por Afonso de Albuquerque, assustavam-nos, saltavam inesperadamente do escuro de caniço entre as mãos simulando uma espada. José Martins não ganhara a festa, ficara em segundo lugar, teve direito a uma grossa fiada de costelas assadas de cabrito, que barrou com pimenta verde, que o forçava a dar estalinhos com a língua e a refrescar a boca com o vinho sobejante, os indianos abanavam a cabeça reprovadoramente, sabiam que o ardor da língua e dos lábios passava, não com líquidos, mas com mãozadas de arroz jogadas para dentro da boca, mastigadas volumosamente, embebidas em saliva.

Afonso de Albuquerque, no final da festa, rodeado de duas meninas indianas, suas protegidas, filhas desvirginadas de bailadeiras, tentava persuadir d. Francisco Coutinho da temeridade do ataque ao çarame, mas este, ébrio, arregalando as pálpebras, esforçando-se por mantê-las abertas, babado de gordura de carneiro, de pança abarrotada, o olhar lúbrico atraído pelos bustos vaporosos das meninas, fazendo-se valente, desprezava os conselhos de Afonso de Albuquerque, insistindo em partir de sus para Calecute a desfeitar o samorim, clamando que até agora, uma semana após a chegada, só vira indianos de pernas esqueléticas e tronco magro, nada do que em Lisboa presumira serem os músculos couraçados dos guerreiros indianos, Afonso de Albuquerque afiançava-lhe que os indianos pareciam frágeis mas eram muitos, para cada um de nós há mil ou dez mil deles, dizia, sensato, concluía serem os indianos como as hienas, uma, franzina e cobarde, juntas matam o leão mais possante.

Quinze dias depois, numa noite sem luar, cinco naus da armada de d. Francisco Coutinho, auxiliadas por pequenos paraus indianos, aportaram em Calecute para cumprirem a promessa a D. Manuel, rodearam de longe o cais da casa de repouso do samorim e desembarcaram nos esteiros traseiros do palácio, Afonso de Albuquerque, com inúmeros combatentes indianos e os seus experientes homens da Índia, desembarcaram no limite sul, d. Francisco Coutinho ordenara, sob corte de cabeça dos prevaricadores, ser o seu pé o primeiro a pisar terra firme, o objetivo imediato seria o roubo das portas do çarame, o final, caso fosse possível, lançar fogo a Calecute; os batéis que transportavam d. Francisco Coutinho e os seus homens, desconhecendo as correntes na praia da cidade, foram por estas arrastados, os combatentes de Afonso de Albuquerque chegaram primeiro a terra, impacientes, ali lutando contra a vaza da maré, a riqueza de Calecute afogueando-lhes a mente, ansiosos pelo saque do palácio, Calecute valia por três ou quatro Cochins, o triplo das naus a mercadejar, de Ceilão, de Malaca, de Ormuz, o cúmulo das jóias a saquear aguilhoava-lhes a lubricidade, insistiram com Afonso de Albuquerque, desembarquemos que a riqueza nos espera, se o ataque vencer a parte de leão será para os primeiros e nós aqui de remos sulcados às avessas, aguentando os basbaques na rebentação, o gordo do Coutinho lutando às arrecuas contra o mar, ainda agora chegou ao Malabar e já lhe espreita a abastança, regressam para Lisboa como nababos, vamos mas é saltar para a praia e arrancar o foguetório, Afonso de Albuquerque não sabe quem foi o primeiro, de sus uma multidão portuguesa de espada desembainhada corria para o palácio do samorim, o escudeiro de d. Francisco Coutinho silvou o apito, clamando traição, Afonso de Albuquerque esperou este na praia, pernas abertas, tensas, as botifarras enterradas na areia molhada, justificando-se, não conseguira suster os seus homens, d. Francisco Coutinho, colérico, a barriga avantajada, os bofes colados à garganta, mandara o tio à merda, correndo para o palácio com os seus homens, fidalgos glabros e virgens da Índia, urrando ser fácil conquistar o palácio contra uns indianos descalços, de pano enrodilhado na anca, pernas como caniços, magrinhos, Afonso de Albuquerque clamou que o sobrinho se enganava, Calecute é diferente, cidade guerreira, dotada de armada e de exército, d. Francisco Coutinho não o ouvia, apontava para as portas monumentais, mandava-as desmontar, trouxera consigo cinco ferreiros para o fazer, transportassem-nas para os batéis, os homens de d. Francisco Coutinho ansiavam por avançar para a cidade, deixavam os servos e escudeiros a saquear o palácio, alguns dos homens de Afonso de Albuquerque retornavam aos barquéus, carregados de balaios com jóias, d. Francisco Coutinho percebera ter-se gorado o saque do palácio, mandou avançar para Calecute, furtar jóias mais valiosas, Afonso de Albuquerque aconselhou-o a retornar à praia, deixasse-se a cidade, outro perigo, o palácio fora rapinado, tomado de surpresa, as defesas da cidade já estariam avisadas, o combate seria desigual, as ruas demasiado estreitas, seriam atacados das varandas com setas, os portugueses seriam mortos, Coutinho, olhos brilhantes de chacal fixos na presa, fez ouvidos moucos, mandou o tio retornar a Cochim, levasse as portas, quebraria de vez a espinha àquele samorim rebelde que ousara enfrentar o Gama e o Cabral, cavaleiros portugueses e heróis cristãos, seria ele, d. Francisco Coutinho, o novo herói da Índia, o vencedor do samorim de Calecute, o reizete velhaco que desfeiteara Pedro Álvares Cabral e se rira de d. Francisco de Almeida, vice-rei da Índia, d. Francisco Coutinho chamou por meu eneavô, que desembarcara em Calecute com o Gama, leva-nos, guia-nos por essas ruas até ao verdadeiro palácio real, o meu pentavô mirou Afonso de Albuquerque, esperando deste ordens, a que obedeceria cegamente, o vice-rei encolheu os ombros como se exclamasse, um cretino é sempre um cretino, na corte de Lisboa ou nas praias da Índia, d. Francisco Coutinho empurrou José Martins, forçando-o a avançar entre casas esguias dos mercadores, de taipais corridos de bambu, guias-me ou não?, exclamou, vociferando, meu antepassado avançou, escolhendo as ruelas menos estreitas, receoso das açoteias, esconderijos de indianos, ouviam-se apitos estrídulos dos atalaias, uma trombeta ecoou, de som obeso, o meu pentavô reconheceu o toque geral de guarda, recordou-se das traições contra Vasco da Gama e de Pedro Álvares Cabral, as guarnições de Calecute mobilizavam-se, o tempo urgia, correu, arrastando os homens de d. Francisco Coutinho, este, gordo e pesado, deixava-se ficar para trás, resfolegando como um cavalo de corrida, incentivando com a sua bocarra os fidalgotes portugueses a seguirem o meu undécimo avô, chegaram ao adro do palácio sob surpresa dos indianos, que espreitavam das janelas, d. Francisco Coutinho assobiou, apreciou os portões, superiores aos do çarame, forrados de bronze lavrado, os portugueses forçaram a entrada, matando o quarto de guarda à punhalada, d. Francisco Coutinho abismou-se perante a riqueza e o requinte de civilização do interior do palácio, vidros e espelhos, tapeçarias e lavores, madeiras esculpidas, bacias de ouro cinzelado, bandejas de prata lavrada, baixelas de prata dourada, lampiões de bronze envernizado, coxins de seda, tapetes persas com festões centrais azuis, jarrões de porcelana chinesa, arcas de sândalo cravejadas de safiras e rubis, brocados rendilhados a fio de ouro e prata, palanquins faiscantes com o brilho de diamantes lapidados por experientíssimos mestres judeus, tocheiros de bronze incrustados de esmeraldas, imagens de Ganesh e Shiva em ouro maciço, d. Francisco Coutinho arregalou os olhos de pasmo, muito superior em riqueza, ostentação e beleza ao palácio de D. Manuel no paço da Ribeira, aquilo sim, era Sião e Catai dos telhados de ouro e colunas de prata de Marco Polo, rio de magnificência nunca visto nem imaginado na Europa, cada um antevia-se rico e nababo, a pilhagem estava decidida, d. Francisco Coutinho ordenou que se sacasse tudo, se roubasse tudo, o butim far-se-ia a bordo, o meu eneavô viu-se entre sacos de jóias roubadas e fardos de sedas e tapetes, marinheiros carregavam-nos para os batéis, d. Francisco Coutinho fixara os olhos numa arca abarrotada de moedas indianas de ouro e prata, pedira ajuda, dois carregadores, não, três, talvez quatro, o meu undécimo avô ouviu os gritos de guerra dos ágeis naires, defensores do palácio, avançavam de tronco nu, cabelo comprido preso no alto da cabeça por fístulas de prata, ferozes guerreiros armados de espada e adaga, educados desde a infância para defesa do marajá ou do samorim, lutadores mortais, ou venciam ou morriam, tinham sido alertados pelos atalaias, ao primeiro ataque uma centena de portugueses caiu, degolada ou de coração trespassado pelos punhais de lâmina fina dos naires, os fidalgotes, amedrontados, fugiam, corriam, ultrapassavam os marinheiros carregadores do saque, Afonso de Albuquerque e os seus capitães tinham chegado, defenderam os homens de d. Francisco Coutinho, este não largava um busto de Ganesh em ouro maciço, saliente sobre a barriga, que o amparava, d. Francisco Coutinho rodeara-se de oficiais que o protegiam, corria, esbaforido, olhos de medo e cobiça, as banhas tornavam-no lento, o peso do ouro atrasava-o, a seta de um naire rompeu-lhe o calcanhar, jogou-se para o chão, guinchando de dor, o pé ensanguentado, os fidalgotes portugueses rodeavam-no, desarvorados, defendendo-lhe o corpo, mais assustados do que ele, Vasco da Silveira, de espadão de duas mãos, Leonel Coutinho, Manuel Pessanha, Jorgeda Cunha, Francisco de Miranda, Pedro Fernandes Tinoco, Gomes Freire, Fernão Brandão – todos mortos, decapitados, as cabeças desaparecidas, desaparecida também a bandeira real de Portugal, os restantes portugueses voltaram costas à luta, correndo ansiosos para os batéis, abandonando o saque, tentando salvar a vida, Afonso de Albuquerque fora ferido num braço, soldados na praia de guarda aos batéis aprontaram o canhão de rodas, que vomitou fogo por dez vezes, afastando os guerreiros indianos para longe da linha de embarcação, José Martins embarcara com o vice-rei, empapando-lhe o sangue com areia e água salgada, desfez a sua camisa branca e garrotou o braço, Afonso de Albuquerque meneava a cabeça, exclamando, furibundo, quão por vaidade e presunção perdemos o que com tanto sacrifício tínhamos ganho.

Xavier

Procurei Xavier nas Fontainhas, onde vivia, uma vetusta casa oitocentista de primeiro andar e largas paredes de taipa, pintada com tinta de cal de ostra, portas e varandim de cedro português, casara-se, tornara-se proprietário e industrial, era conduzido por um motorista javanês num antigo *Toyota* de luxo cor de marfim, recebeu-me no salão do primeiro andar entre aparadores indo-portugueses de sândalo e teca, uma mesa com doze cadeiras em pau-santo, esguias estantes envidraçadas com antigos livros aos quatro cantos, uma poltrona verde francesa de brocado, uma mesa de jogo em pau-ferro escuro frente à grande janela avarandada do centro, em granito português, a tradicional cortina de carepas, lâminas de carcaça de ostra muito finas encaixilhadas em tabuinhas ou presas umas às outras por fios, translúcidas, resguardando o interior do salão do sol abrasador, um lustre francês de cristal de não menos de trinta lâmpadas pendia no centro exato do salão, paredes forradas de tapeçarias árabes, um grande tapete persa esverdeado e brilhante de seda, acolchoado de linho, amparava a mesa e as cadeiras, soalho de compridas pranchas de nogueira portuguesa, Xavier enriquecera brutalmente e ostentava a sua riqueza, falou-me do Pai, fora o melhor gerente de minas que conhecera, o indiano preguiça quando não é mandado, o Pai sabia mandar, operoso mas suave, bastava dizer o serviço da semana e ele aparecia feito, enchia os balaios das mulheres de legumes comprados ao vendeiro da aldeia e as bocas dos meninos de caramelos de gengibre, também tivera sorte, era puro o ferro das suas minas, Schwartz deixara de inspecionar as cargas, todas em ordem, o Pai ganhara bastante dinheiro, as percentagens por conta tinham-lhe corrido bem, Schwartz ficara desolado quando soubera que o Pai fugira de Salcete por amor, imbecilidade portuguesa, comentou, disse Xavier, perder tudo pela fenda que a mulher traz entre as pernas, um disparate dos latinos, perguntei ao Xavier como enriquecera, não respondeu, perguntou-me se tinha capital, algum, repliquei, convidou-me para sócio, já esgotara o mercado de Goa, queria concorrer no Guzerate e em Bombaim, repeti a pergunta, Xavier justificou que me oferecia sociedade por se sentir devedor para com o Pai, adiantei, roubaste-lhe dinheiro, sacana, Xavier pulou os olhos, desconhecia o que significava sacana, mas pressentiu o meu ódio, abriu as mãos, torceu a testa, arrebitou o nariz trigueiro, cerrou os lábios, salvei o teu pai após a independência, não fora eu teria sido encarcerado, enviado para o forte de Diu e esquecido numa prisão até morrer de inanição, a dívida que sinto com o teu pai é de ordem moral, afiançou, o rosto altivo, áspero, o olhar perscrutador, como uma cobra, comprei-lhe passagem por barco para Bombaim, para ele e para Rhema, perdi o dinheiro, o teu pai recusou, saquei-lhe um montão de rupias das mãos e garanti-lhe sobrevivência em Nova Deli ou Calcutá, também lhe arranjaria onde ficar no bairro judeu de Cochim, nada aceitou, Goa tornara-se a sua terra querida, nela conhecera o amor, o dinheiro e a felicidade, ali morreria, entre as várzeas de arroz e o chiqueiro dos búfalos, não voltaria a Lisboa, fartara-se de ser serralheiro e de viver na casa da tia Belmira, perguntei a Xavier se o Pai falava da Mãe, muitas vezes me falou de uma tal Rosa, sua mulher, e de ti, seu filho, custara-lhe perder-vos mas já não conseguiria viver sem a sombra dos coqueiros e o sabor do caril, disse-mo várias vezes antes do rapto da filha do brâmane, mando-lhes carta de chamada, vêm viver para aqui, a Rosa deixa de ser mulher-a-dias, torna-se mulher do gerente de minas, compro uma casita em Pangim, fica lá a viver com o filho durante a semana, não troco a Índia por uma mulher e um filho em Lisboa, depois apaixonou-se pela menina filha do brâmane e fugiu das minas e de Salcete, trouxe-os para Pangim, arranjei-lhes uma cave em Dona Paula para se esconderem, soube que tinham chegado uns farazes de Salcete, mandados pelo pai de Rhema, vinham desfeiteá-lo, matar o português e regressar com a filha, a honra lavada, e o orgulho, os brâmanes são homens orgulhosos e implacáveis, o teu pai e Rhema saíram de Pangim numa carroça, escondidos entre sacas de grão de malagueta, fui eu que lhes arranjei a nova comunidade para viverem, uma aldeia entre as matas de Sanguém, onde habita o chacal e o tigre, e os confins miseráveis de Canácona, uma aldeia de antigos goulies convertidos recentemente ao hinduísmo, receberam-nos por amor, um frangue e uma menina indiana perseguidos por amor, aceitaram-nos, desconheceram sempre ser Rhema de casta superior, não teriam permitido que a filha de um brâmane se casasse com um branco, o teu pai foi iniciado no templo de Ganesh, cafrealizou-se, tornou-se hindu, mas nunca jogou fora a corrente de ouro com o crucifixo e uma pagela de Nossa Senhora de Fátima que trouxera de Portugal, prendas da tua mãe e da tal tia Belmira, morreu com eles no colo, eu não roubei o teu pai, devo-lhe muito, não dinheiro, devo-lhe ideias, o teu pai teve a intuição da morte do ferro, passou-me uns planos de umas máquinas que seria preciso comprar em Bombaim e uns latões de líquidos químicos, fez de mim, o lacaio dos portugueses medíocres vindos de Lisboa, um homem rico; até ter auxiliado o teu pai na fuga, nunca imaginei outro cheiro que o de pó de ferro, acre, ácido, granuloso, outra sujidade no corpo que o vermelhusco da ferrugem, outra vida que ganhar dinheiro suficiente à conta do ferro para me casar, Schwartz chamara-me "o filho do ferro", eu confiava ser privilegiado por ter emprego e ordenado certo, via-me preso ao ferro por toda a vida, até o que teu pai destruiu o meu mundo, mas abriu-me outro, o teu pai convenceu-se, pelas minas que visitara, de que o ferro não duraria mais de dez, vinte anos, depois é escória, manto ferroso de pedra, tem de se caldear para extrair o ferro, muito caro, deixa de ser rendimento certo e barato, e rematou para mim, o ferro vai desaparecer de Goa, o meu mundo caiu-me aos pés, nada sabia fazer que não começasse e acabasse no ferro, não dormi nessa noite; no dia seguinte, logo de madrugada, entre as apas de arroz, os cajus maduros chupados, o leite de búfala e os quadradinhos de marmelada, perguntei ao teu pai o que substituiria o ferro, as fechaduras, os caixilhos, as escadas e os corrimões, as peças dos automóveis e dos barcos, o Augusto Martins não ligou à minha perturbação, como se o futuro lhe fosse límpido e todos soubessem o que ele sabia, disse-me, de boca cheia, espreitando pelo canto da janela traseira o quintal de Rhema, o plástico, e adiantou, hei de levantar uma fábrica de baquelite em Goa, foi a primeira vez que ouvi esta palavra que me tornou um dos homens mais ricos de Goa, senti-me deslumbrado com a palavra, como se ela condensasse o futuro, que só existiria se homens como Augusto Martins tivessem a coragem de o fazer, não o fez, a paixão contundiu-lhe a alma e desgraçou-lhe a vida, fugiu com Rhema para Pangim e encontrou a paz e a felicidade numa aldeia abandonada de tudo e de todos, com o dinheiro que lhe sobrou comprou uns terrenos perto de um pantanal, sustentou-se do que a terra lhe dava, vivia com Rhema no mais absoluto recolhimento, deu-me os planos da construção da fábrica de baquelite, tive de me socorrer de sócios ávidos, que fui atirando para trás das costas, enganando-os, até me tornar o senhor de todo o plástico que se consome no estado de Goa, só tive pena do professor de Química do liceu Afonso de Albuquerque, um pobretanas português que veio para Goa por não ter onde cair morto em Portugal, o gerente do Banco Nacional Ultramarino recusou receber-me, nem passei do átrio de mármore, um faraz a pedir para falar com ele, pôs-me na rua, as empregadas goesas vestidas de saia portuguesa a rirem-se, de blusa e casaquinho de malha olhando para mim como se eu fosse o Adamastor, sentadas em secretárias de pinho português a baterem cartas à máquina de escrever de ferro, depois arrependeu-se, esperei pela independência em dezembro de 1961, em janeiro de 1962 apresentei o orçamento ao National Bank of India, a fundamentação científica organizada pelo professor de Química, que regressara pobre a Lisboa, tiro e queda, aprovado de imediato, servia como exemplo do novo empresariado da Goa indiana, dois anos depois abastecia de baquelite os telefones de Goa, depois os isoladores de eletricidade, as tomadas e os interruptores, em cinco anos comprei esta casa a descendentes idiotados de uma família luso-indiana nababa dos tempos do salazarismo, exportadora de caju para Portugal, caída na miséria, não soubera poupar, presumira Portugal eterno, hoje dou de comer a cem famílias de Pangim, sou como o teu pai, não digo trabalhadores, empregados, são a minha família, se fosse preciso – Xavier bateu por três vezes os nós dos dedos na mesa de jantar – vendia esta casa para lhes dar de comer, não tenho filhos, vai tudo para a Misericórdia, os sobrinhos de minha mulher não me merecem confiança, hoje fabrico tudo em PVC, onde vai a baquelite, mas quero entrar em Bombaim, o desafio do fim do século, estender as minhas empresas a Bombaim, preciso de um sócio mais novo, cheio de ambição, tenho dinheiro, tenho ambição mas já não tenho força, torna-te meu sócio, ficas o meu braço em Bombaim – mandei-o à merda.

    Xavier, quando soube de Bispoi, chamou-me a atenção para a provável queixa de um vizinho, caso soubesse, claro, dizia eu, mas como saberá?, Xavier apontou os vendedores, essas coisas sabem-se sempre, eu não seria preso por reter uma cobra perigosa em casa no centro de Pangim, era europeu, dificilmente me prenderiam senão por vingança, mas sofreria uma gravíssima multa e Bispoi seria morta de imediato, Xavier também se assustara, mirando-me como se eu fosse um animal estranho, um ser monstruoso, suavizei-lhe os protestos explicando que fazia testes para a escrita de um livro de filosofia, cruzava ali, no quintal, o mal absoluto da cobra com a beleza viva e verdadeira da borboleta, saíra-me o discurso, improvisado, atabalhoado, na Bispoi residiria a total ausência de moral, uma máquina orgânica nascida para comer, repousar, matar e reproduzir-se, todos os sentimentos abrigados na consciência humana tinham desaparecido, uma ausência absoluta de princípios éticos, mesmo os que regem as comunidades de aves e de mamíferos, mesmo de alguns répteis, como a proteção das crias, nem o sofrimento alheio a condoía nem o prazer próprio a gratificava, os passaritos, as coelhas, as borboletas representavam a inocência, a beleza harmônica da natureza, gratuita, sem quê nem porquê, representavam o bem, que sucumbia face à serrilha abundante dos dentes de Bispoi, a cobra constituía um mal que vivia exclusivamente para a sua própria multiplicação, para o número de crias que conseguia pôr no mundo, porém, capada, estéril, Bispoi, como o mal, não possuía justificação da sua existência; esterilizada, Bispoi representava o mal absoluto, subsistente em si, sem reparação nem reprodução, era o que me enfeitiçava em Bispoi, a inexistência de uma partícula de moral, a natureza maligna em estado puro, que eu, homem dotado de consciência moral, auxiliava, grudando as perninhas dos passaritos e das borboletas.

Afonso de Albuquerque – Um império em terra

Sempre que o meu mais antigo antepassado cortava o cabelo e aparava a barba de Afonso de Albuquerque, este desabafava, falando sozinho, dirigindo as palavras a um espectro cuja função fosse a de uma grande orelha ouvinte, as mãos de meu pentavô, afagando-lhe a nuca cabeluda e alisando-lhe e desfrisando-lhe a crespidão da barba, tinham o condão de pôr o governador a falar, não esperando resposta, mas também não a proibindo, e não raro José Martins ousava soprar-lhe aos ouvidos os protestos dos capitães ou, pelo menos, dos portugueses de Cochim, um diálogo de surdos, cada um falando e nenhum verdadeiramente escutando as palavras do outro, Afonso de Albuquerque, como se para si falasse ao espelho, arengava sobre os negócios das Índia, que se resumiam a uma ideia e duas frases, tornar o rei de Portugal a majestade mais rica da Europa e cristianizar os indianos, José Martins percebia que o segundo móbil minguava à medida que o primeiro inchava e o governador mais se importava com domínios marítimos e terrestres e o açambarcamento de especiarias que com o destino infernoso das almas dos nativos, a Índia tornara-se uma questão de Estado, para a qual a religião possuía um peso menor, mas nunca insignificante. Afonso de Albuquerque não tinha nenhum plano para a Índia senão obedecer às ordens de D. Manuel, senhor dos areais da Pérsia, do mar Arábico e das terras do Indostão, Afonso de Albuquerque desejava apenas engrandecer o poder do seu augusto rei, que, espantado com tanta riqueza e ventura, cada ano se tornava mais arrogante, exigindo a tomada de Éden para cortar a rota marítima por que as especiarias chegavam à Europa através do Cairo e dos portos italianos, exigia a tomada de Malaca para monopolizar o comércio de cravo e canela, Afonso de Albuquerque, em contrapartida, exigia nova armada, não de ida e retorno, mas ancorada permanentemente nos portos da Índia, mais uns milhares de artilheiros, mais canhões de bronze, os de ferros explodiam ao fim de quinze tiros, nas cartas a sua majestade Afonso de Albuquerque não se rogava em exigir, mas, verdadeiramente, não saberia o que fazer com tanto barco e artilharia, se lançar uma rede de fortalezas na costa oriental de África, cortando a pirataria árabe da pimenta, plano que d. Francisco de Almeida abandonara devido aos custos de manutenção e à ocupação permanente de grande quantidade de homens, se lançar uma rede cruzada de rotas marítimas entre os mares Arábico e Índico que impedisse definitivamente os barcos de mercenários rumes de se apoderarem das especiarias das Índias, ou, em alternativa às duas primeiras, de se apoderar de um pedaço de território indiano, e aqui estabelecer a sede do Estado português, daqui lançando contínuas incursões para o interior, controlando a produção de pimenta e outras especiarias, garantindo a carga anual para o reino. O seu antecessor, o vice-rei d. Francisco de Almeida, privilegiara a segunda hipótese. Portugal vive dos mares e nos mares tem o seu domínio, dissera-lhe, a sede do Estado português reside na nau capitânea da armada de guerra, onde esta estiver, estará D. Manuel; ele, Afonso de Albuquerque, nos primeiros anos da Índia, privilegiara a segunda hipótese, José Martins abrira os braços, de tesoura de ferro na mão, interrogando-o, veja vossa senhoria o exemplo de Cochim, é porque temos Cochim que os portugueses sobrevivem na Índia, temos paz e segurança, refúgio sólido de pedras, ancoradouro pacífico e estaleiro, sustento e mulheres, abastecimento de ferro e de cobre; Afonso de Albuquerque entortara a testa, José Martins cativara-lhe entre os dedos ágeis um naco de cabelo cinzento, saburrento, empastado de caspa, continuou, animado pelo silêncio interessado de Afonso de Albuquerque, os homens não se aguentam anos e anos em fortalezas marítimas, nascerá o dissídio, a inveja, o conflito, de sus violento, os homens precisam de uma casa, uma mulher, uma cozinha, um horto, quatro ou cinco animais para tratar, assegurando-lhe fornecimento de carne, um barril de vinho, um barrilete de aguardente, um forno de pão, um cântaro de água doce, outro de salgada para a desinfestação da rouparia; Afonso de Albuquerque arregalou os olhos, José Martins aferrara-se às barbas do vice-rei, desenrolava-as com as duas mãos, borrifava-as, assentava a navalha e corria-as, desbastando as pontas dos pêlos, o meu eneavô sentiu a mão presa, a navalha trancada, Afonso de Albuquerque levantava-se, alegre, e, inesperadamente, fora de todo o hábito, gritou para José Martins, tens razão, José, temos de descobrir uma larga terra onde possamos replicar Lisboa, fazer uma Lisboa do Oriente, o meu eneavô não ligou, esqueceu-se da conversa, se tivesse prestado atenção à política do vice-rei nos anos seguintes constataria, não sem estupefação, que Afonso de Albuquerque seguira o seu conselho e, na primeira oportunidade, revelada no ano seguinte, 1510, desistira de cruzar o mar Arábico e, a insistência interesseira do pirata Timoji, rumara para Goa, que conquistaria, não à primeira, mas à segunda vez, em novembro; o meu undécimo avô, porém, prático e industrioso, nada fixou, continuou a aproveitar os momentos de repouso do governador na cadeira para, friccionando-lhe a cabeça e alisando-lhe a barba, se queixar do despenseiro do forte de Cochim, que, avarento, cortava no grão-de-bico da sopa e carregava no arroz, cada dia o caldo de sopa, sem sabor, mais sabia a uma mexerufada de arroz, e o conteúdo, espesso, a argamassa de taipa, não dessalgava o toucinho convenientemente, fingindo que o passara por água quente, e o bacalhau seco, cozido embebido em grunhos de sal, ele já desistira de comer no forte, preferia o pescado por conta própria, frigido em óleo de palma ou grelhado numa estrepe de ferro, barrado com manteiga de búfala, o meu pentavô levantara a voz, fora um pedido geral da marinhagem, dissera, que me perdoe vossa senhoria, mas a carne, de tão mal conservada, é servida podre e desengordurada, insossa de cozida e recozida, toda a gordura se libertou, liquidificada nas bordas do caldeirão, o despenseiro é incapaz, virámo-nos para o peixe, atunzinhos e douradas, pescados no molhe, rente às palafitas, com um sistema de redes de pesca erguido e contrabalançado por pedras e madeiros subidos e descidos consoante a maré, aprisionando o peixe lá entrado; Afonso de Albuquerque, incomodado, não sabendo o que responder, interrompeu a tagarelice queixosa do meu eneavô, perguntando-lhe se conhecia a história que se contava no povoado de Belém, a Lisboa, sempre que uma armada partia para a Índia, inquiria-se como alguém ousava embarcar numa caravela sabendo que, decerto, um terço da tripulação não regressaria à capital, morrendo no mar, e os marinheiros de Belém, jogando a mão para trás e alçando o olhar ao céu em jeito de desafio, respondiam quão estranho como tantos homens todos os dias se deitarem na cama sabendo que nesta muita mais gente morria do que no mar, meu pentavô ripostou com a experiência de Domingos Paes, seu grande amigo de Cochim, numa das viagens, acometido pela calmaria da costa africana, esgotada a totalidade dos víveres, o Domingos andou de cócoras no paiol a apanhar o resto das caganitas dos ratos assados e comidos como lebres do mato, compunha uma pasta que cozia, salgava com água do mar e comia quente, a ferver, cogitando, para não se enojar, nos jogos de amor que aprendera com as mulheres indianas, entretendo-se a titilar o margalho teso e bruto como um chouriço vermelho, Domingos Paes deixara José Martins em Cochim e regressara a Lisboa numa zorreira muito lenta, crivada de água até à altura do porão, que obrigara os escravos a darem à bomba dias e dias, e cada dia mais de seis horas, esgotando-os, faziam-no os escravos negros caçados junto à aguada de S. Brás; no regresso à Índia, antes de a nau virar o Cabo das Tormentas, apanharam a tal calmaria que disse a vossa senhoria e, mudado o tempo, apanharam pés de vento saídos do mar-oceano, rajadas tempestuosas que arremessavam o barco à altura de um homem, desamparado, sem água que o arrimasse, e chuvas torrenciais, a rasar uma tempestade, que não fora, só princípio, se o tivesse sido o Domingos não teria regressado a Lisboa e voltado à Índia na nau de vossa senhoria, foi sorte ou a mão de Deus que salvou os mais de duzentos homens, eu fico-me pela mão de Deus, que favorece os portugueses, o Domingos tem sido privilegiado, nunca lhe faltou a ração diária dos três quartilhos de vinho, como exceção da zorreira, claro está, que de Cabo Verde não passou, foi desmantelada na Ribeira Grande de Sant'Iago, nunca lhe faltou peixe seco fumado ou salgado, manteiga, mesmo rançosa, alhos, cebolas, grão de trigo seco, mel e açúcar e biscoitos duros como pedra que a saliva amolecia, nas suas naus sempre tinha havido dezenas de galinhas e uma dezena de porcos e cabras, imagine vossa senhoria que o Domingos tinha estado para fugir antes do alarde, a última contagem em terra da tripulação, já tinha recebido do feitor da Casa da Mina os cem cruzados para alimentar a mulher e os filhos enquanto estivesse de viagem com o Gama, um ano, se não tivesse embarcado depressa seria capturado e enforcado, foi o medo do mar-oceano que o levara a fugir de embarcar e foi o medo que o forçou a embarcar, dois medos, optou pelo menos forte, e o mais belo, mesmo que morresse no mar teria visto o mar, coisa para poucos, que deste só conhecem o da Palha, e se se salvasse e o mar o não quisesse havia a esperança de enriquecer nas terras da Índia, ainda voltara a Lisboa, na armada do capitão Pedro Álvares Cabral, mas já era outro homem, o corpo tinha beijado o sol tropical, os lábios sugado os seios morenos das mulheres, os olhos enfeitiçados pela aurora e pelo poente do Oriente, Lisboa parecia-lhe coisa pouca e a mulher e os filhos coisa magra, ansiou por outros ventos, outras cidades, e regressou na armada de vossa senhoria, fez ele bem, deixou suficiente dinheiro em Lisboa para alimentar mulher e filhos até à morte deles, a consciência não lhe pesa, a mim pesa-me, sou degredado eterno, Afonso de Albuquerque respingou, logo se vê, talvez te saque o eterno, talvez um dia possas voltar, voltamos os dois, ficas para sempre como meu médico, José Martins aliviou-se da responsabilidade, cirurgião-barbeiro sim, físico não, gracejou, mas logo se entristeceu, o meu eneavô não sabia se queria voltar, enfeitiçara-se pela Índia, a quentura, a vegetação luxuriante, o horizonte exuberante, o céu abundante, as mulheres disponíveis, todas belas, todas magras, todas morenas, o picante opulento, o caril magnificente, os braços à mostra, os instintos excitados, prefiro ser pobre em Cochim do que rico em Lisboa, que pobre também não sou, mas se o fosse assim o preferiria, Lisboa – vejo-o hoje – é pudica, puritana, rigorosa nas horas das orações, na assistência às missas, no domínio dos gestos, na hierarquia das classes, cada homem no seu posto, herdado do pai, se rasteiro morre rasteiro, se senhor morre senhor, aqui não, por ser branco logo sou senhor perante todos os negros da Índia e os castanhos da Arábia, na Índia a esperança realiza-se todos os dias, em Portugal, não, todos os dias aqui são novos, no calor que sua os corpos, emagrecendo-os, rasando-lhes a gordura europeia, no vinho de coco que embala as almas, na razão que transportamos para estes povos, civilizando-os, não mais regressarei a Lisboa, senhor, não sou capaz, os palmares e os arecais enfeitiçaram-me, Cochim encantou-me, apaixonei-me pelo Malabar, depois de experimentar o corpo de uma mulher indiana não é possível desejar o de uma europeia, hoje toda a comida portuguesa me sabe a insosso, e ganhei nova paixão, os cavalos que vossa senhoria comprou à Pérsia, Domingos Paes tem-me ensinado, tornei-me alveitar de cavalos, já lhes conheço melhor o corpo do que o dos homens, destes não lhes posso abrir o interior depois de mortos, aos cavalos faço-o e muito aprendo, Afonso de Albuquerque desconfiava de Domingos, em poucos anos tornara-se um dos portugueses mais ricos de Cachim, mercadeja-os para os indianos, recebe pagamento por fora, José Martins desviou a conversa, o Domingos arriscava de mais, telhara a casa e comprara duas escravas indianas para lhe satisfazerem os apetites, José Martins fingiu-se absorvido na raspagem das patilhas do capitão, falou no velho marinheiro que perdera os haveres numa nau a caminho de Ceilão, regressara sem nada a Cochim, os sete filhos atormentavam-no, andava de casa em casa a pedir um pardau por amor de Deus, para os alimentar, o Domingos tomara conta dele e dos filhos, o velho marinheiro narrava-nos a história do naufrágio à noite, na praia, à volta da fogueira, o vento uivava no mar, era assim que começava o seu relato, rugindo como o Adamastor das lendas, o mar engolfava-se em ondas daninhas, alvejando o casco do navio como canhões de água, tremendo-o, balançando-o, endiabrado, nada se segurava no convés, um peganho de ar e água, tão furibundo quanto desordenado, elevou a embarcação sobre a agitação das águas, suspendendo-o e ondulando-o como graveto num riacho, depois desabou num turbilhão infernal como mil bombardas a explodirem ao mesmo tempo, velas esgarçadas, o cordame arraçado furiosamente, um mastro quebrado sobre o chapitéu da popa, esmigalhando a cabeça de quatro marinheiros, um jorro de água fez a embarcação girar, dançando entre mar e vento, aos sacões e repelões, quebrando o leme e rebentando o mastro grande pelo tamborete, que o mar fundo parecia sugar, arrastando a nau; jovens marinheiros acabaram-no à machadada pela enxárcia, desligando-o da base no porão; os golpes do mar furibundo, ecoando medonhos estampões, acompanhavam os ribombões dos trovões e os clarões dos relâmpagos; uma chuva direita, continuada, correu dos céus negros, juntando-se ao bramido das águas, que marravam contra o convés, esfacelando velas, expulsando deste os tonéis, as pipas, os fardos, as caixas, as barricas com os víveres e os haveres dos passageiros; estes, uns afincados ao madeirame fixo, às pranchas do chapitéu, outros, amarrados às travessas do convés, ora eram arrastados pelos vagalhões, fixando entre os braços uma grossa tábua que, flutuando, lhes servisse de jangada, ora submersos ou alevantados pela fúria inaudita do mar; o velho marinheiro, veterano de tempestades e borrascas, chorando, concluiu, assim faz o mar a sepultura dos portugueses, povo tão exuberante que Deus não o deseja nem enterrado nem queimado, só afogado.

O Clube Português

Levado como sócio por Xavier, frequento o seletíssimo Clube Português presidido pelo médico Liberto Magalhães Veloso Noronha Pratel, em Pangim, coio de arcaicos luso-indianos, amantes do Portugal glorioso dos heróis dos Descobrimentos, velhos, caturrentos e picuinhas, desorientados pela independência, submetidos à democracia popular, forçados a conviver nos cafés, nas lojas, nas praias e nos cinemas com os filhos dos antigos lacaios, uns fixaram-se num Portugal conservador, ruralista, cristão, atravessado de ordem e fé; outros odeiam Portugal, culpam-no do abandono, de não os receber no aeroporto como celebridades nacionalistas, culpam a democracia do bandalho nacional e as Forças Armadas de deserção e cobardia. Xavier, empresário, conciliador, concorda com todos e com tudo, e tanto ama Portugal e os portugueses quanto os odeia, quanto sente por eles a grande indiferença nascida de um passado que já foi e nada pode alterar. Dentro do clube ou entre si na rua ou em casa, têm por distinção falar exclusivamente em português, assinam jornais portugueses ou lêem-nos no Centro Cultural Português, e conhecem com delicadeza os romancistas e os poetas portugueses até Camilo Castelo Branco e Guerra Junqueiro, que adoram, e Eça de Queirós e Fernando Pessoa, que abominam. Estudaram em Coimbra antes do 25 de Abril, todos se tratam por doutor, mesmo quando o não são, ou por vossa excelência, bebericam chá com leite ao modo inglês e comem bolinhos de coco ou de limão e canela ao modo português, a que juntam umas chamuças indianas ou uns croquetes de vegetais apimentados ou acarilados, trazidos por antigos lacaios embrulhados no *Diário de Notícias* ou no *Times of India*, quando organizam recepções ou palestras; outros membros, mais refinados, provam do café de Ceilão, aprimorado pelas misturas do dr. Colaço, ou chupam charutos cubanos, contrafação tailandesa, comprados clandestinamente pelo dr. Magalhães Pratel.

Eu vinha da Europa, com calças à boca de sino e camisas floreadas e cintadas, os colarinhos compridos esticados em bico, eles trajavam fato escuro e camisa branca com gravata cinzenta, receberam-me discretamente, aguados por notícias da quase guerra civil entre esquerda e direita em 1975, pelo meu cabelo grenhudo e a minha barba de uma semana, recearam que eu fosse comunista, Xavier suavizou-os, contou-lhes a história do Pai, que todos vagamente conheciam, fora a última história de amor em Goa antes da independência, ilustraram-me que desde o século XVII, quando os jesuítas tinham encerrado os costumes cristãos numa fortaleza de fé, de dez em dez anos havia um português que se apaixonava por uma indiana e fugia com ela para o interior, nativizando-se, simpatizaram comigo, um filho que viera em busca do pai, afagavam-me os ombros, mortificados por o Pai já ter morrido, deveria sentir-me como eles se sentiam, com o antigo Pai-Portugal lá longe, já morto, desprovidos porém da minha coragem de ter abandonado curso e profissão na Europa para buscar o Pai, eles não tinham coragem de viver em Portugal, sentir-se-iam deslocados, era um novo Portugal, de multidões, cosmopolita, democrático, urbano e moderno, nada tinha a ver com o Portugal de Salazar que tinham conhecido e admirado, em Goa sentiam-se deslocados mas superiores, habitando casarões empoeirados e decadentes, pintavam-nos por fora após a monção para prolongarem o brilho de antigas glórias, por dentro iam despertando entre trastes velhos, carcomidos e empenados pela umidade, que vendiam a antiquários de Bombaim para sobreviverem. Nos primeiros tempos, comprara a uma família luso-indiana falida duas mesas de jogo em pau-santo com embutidos de madrepérola, um piano forte com caixa de madeira de mogno, desafinado e sem uso há cinquenta ou cem anos, e um extenso rol de louça da Fábrica do Rato, do tempo do Marquês de Pombal, que, transportados numa carrinha de caixa aberta para Bombaim, vendi pelo triplo do preço a uma firma leiloeira, tratei de tudo pelo telefone, recebendo o cheque pela volta do correio. Pensei instalar-me como antiquário, ofício pouco reconhecido em Goa da década de 80, intermediando a venda de antigos imóveis e espólios conservados por velhas famílias goesas caídas em falência, não propriamente em falência, viviam com alguma razoabilidade financeira, incapazes no entanto de conservarem os antigos casarões de gãocares.

Oriunda de uma família enriquecida pela exportação de caju e coco, o dr. Liberto Magalhães Veloso Noronha Pratel, homem velho e bom, de princípios antiquados, era um médico goês formado na antiga Escola Médico-Cirúrgica de Pangim, fora o primeiro a aliar, com bons resultados, a prática médica indiana à teoria científica europeia, o seu ensino e o seu exemplo tinham feito de Goa, nas décadas de 1950 e 1960, o território mais higiênico e profilático de toda a Índia, as ruas lavadas diariamente, as casas pintadas todos os anos, as árvores tratadas como em estufa, os passeios empedrados, as lojas de víveres fiscalizadas como em qualquer cidade europeia, as crianças vacinadas desde o nascimento e os adultos forçados a inspeção sanitária de cinco em cinco anos, fora uma revolução sanitária que afastara de Goa as epidemias de peste que atravessavam a Índia e limitara a um número escasso os habitantes sofredores de lepra, fazendo de Goa o território com taxa mais alta de esperança de vida da Índia. Embora pertencente ao Clube

Português, que financiava com dinheiro vivo de esquiva proveniência, Xavier alimentava com o mesmo dinheiro vivo os *Freedom Fighters,* seita política que condenava qualquer iniciativa cultural portuguesa e defendia a destruição e substituição do patrimônio histórico português com exceção das igrejas, que respeitavam; fora por iniciativa dos *Freedom Fighters* que tinham sido removidas as estátuas de Afonso de Albuquerque e de Luís de Camões do centro da cidade, e fora por influência de Xavier que, levadas para um museu em Velha Goa, não tinham sido destruídas, os *Freedom Fighters* tinham querido dinamitá-las e com o cascalho resultante construir um novo paredão com dizeres nacionalistas na barra do cais de Dona Paula ou em Gaspar Dias, Xavier também manobrara os cordelinhos para que não se substituíssem alguns nomes portugueses de ruas, argumentando que atraíam o turismo e distinguiam Goa dos restantes estados indianos. Alertado pelo dr. Magalhães Pratel, que providenciava uma excursão anual a Portugal com subsídios de entidades deste país, apanhei um riquexó à porta do Clube para visitar as estátuas depostas, uma Nossa Senhora de Fátima em louça barata balançava do retrovisor interior, suspensa de um terço de bugalhos da floresta, o assento de napa, sujo e úmido, nublava-se de fendas cosidas a barbante colorido, de várias cores, como velhas cicatrizes no dorso de um monstro, o tapete de plástico preto sujo de lama apodrecia a meus pés, na praça de riquexós malcheirosa, impregnada da mistura de cheiros de mijo e caril, quatro homens dormiam sobre esteiras, tapados com papelões; cascas de bananas e de jacas espalhadas, duas garrafas vazias de litro de *Coca-Cola* rebolavam aos baldões do vento, uma menina indiana, de carnes fofas, sari de adulto esfarrapado e sujo, olhava para mim com um olhar piedoso, o condutor do riquexó, de camisa creme larga, indicara-me um calendário com a figura de Lord Ganesh, sorria com os dentes muito brancos, que vislumbrei no espelho raiado do retrovisor, ilustrara-me, Ganesh, G – Gift, A – Attention, N – New, E – Energy, S – Spirit, H – Happiness, sorri, verdadeiro goês, ele, pensei, espirituoso entre a pobreza, sorridente entre a podridão e a sujidade, atencioso, desligado das coisas, abandonadas a si próprias, carecidas de manutenção, feitas, primorosas, mas logo abandonadas, como se coubesse ao tempo conservá-las, não arruiná-las, vi-lhe o sorriso ao espelho, a boca cravada de rugas, os lábios queimados dos bidis de cheiro imundo, o cabelo enxameado, descobrindo placas sólidas de caspa, alçou o braço, o dedo apontado para a efígie de Nossa Senhora de Fátima, exalou um odor a suor que me enoja e me forçou a abrir o meio vidro da carripana de motor a gasóleo, ele riu-se, disse-me que o vento é o ar condicionado mais natural, senti que o tempo fossilizara em Goa, parara, invadiu-me um cansaço tremendo, pedi para regressar a Pangim, o motorista desacelerou ruidosamente o riquexó, abriu os braços, respondi-lhe com uma nota de cem rupias, nem tugiu nem mugiu, obedeceu, sorriso largo e servil, subi de novo ao Clube à procura de um café forte, feito ao modo português, o dr. Colaço fazia-o numa maquineta que trouxera de Bombaim, café de Ceilão, dizia, o melhor café do mundo, orgulhoso, as mãos negras de tão goesas, a esplanada branca de dentes afiados, era advogado, de causas perdidas, assim se me apresentara, tomava a peito jurídico as queixas dos pobres descendentes dos portugueses contra as instituições e as autoridades indianas, espécie de provedor dos humildes, denunciava nos jornais o arrendamento de saguões imundos e alagados, casas sem água, sem janelas, sem ventilação, sem banheiro, por senhorios indianos de Bombaim, que lhes recusavam o aluguel de andares nos prédios de Campal, discriminando-os, o dr. Colaço admirava os portugueses e os europeus de outrora, os holandeses, gente de não menor bravura, dizia, os ingleses, gente requintada nas maneiras, fora um período histórico, trouxera a razão e a ciência à Índia, mas tornara-se um pesadelo, Salazar devia ter concedido a independência a Goa, Damão e Diu quando a Índia se tornou independente, fechou-se em copas, são assim os portugueses de hoje, falava comigo como se eu fosse espanhol ou francês, o que não lhes interessa fingem que não sabem, substituindo-o por devaneios antigos, ou enterram a cabeça na areia. Xavier chegara, levara-me para um sofá cor de amendoim, castigava-me com nova proposta de sociedade, substituir as rolhas de cortiça por rolhas de plástico em Bombaim, pentes, botões, tampos de madeira, frascos de plástico, tampas de plástico, bacias, tinas, tenho uma dívida para com o teu pai, já a paguei, quando o escondi antes da independência e o protegi depois desta, mas olho para ti, vejo a cara do Augusto Martins e sinto que devo continuar a pagá-la enquanto a riqueza não me faltar, é um seguro que faço com Lord Ganesh, ele auxilia os que auxiliam os outros, ele empurra os que têm ideias novas, iniciativa, vontade de as realizar, vais viver para Bombaim, ponho-te quatro secretários a trabalhar para ti, só precisas de dar ordens e de me consultares todos os dias por telefone, és europeu, branco, abres as portas nos departamentos governamentais, oferecem-te contratos na expectativa de chorudas comissões, voltei-lhe as costas, o dr. Magalhães servia uma argamassa de arroz-doce amarelado, a que chamava especialidade portuguesa, ri-me para a serviçal do clube, de camisa verde-alface e saia ridente de flores alaranjadas, os dentes brancos e o perfil moreno escuro abrilhantaram-se quando me serviu, um vento golfão varria as janelas fechadas, folhas de tília eram varridas pelo chão, a serviçal trouxe-me o café para junto da janela, sorriu, proferiu um obrigado doce como a sua pele, acetinada, brilhante, tensa, pensei nela como se pensasse em Goa futura, entalada entre dois mundos, equilibrando-se com singularidade, a serviçal possuía a força desconhecida da mulher de todos os tempos e lugares, vigorosa mas controlada, audaz mas comedida, assim via eu Goa, vencendo a sujidade das ruas, a pobreza das gentes, o cheiro a mijo e suor em cada recanto escuro, a poluição das fachadas dos edifícios, Xavier levantou os braços, indignado com a matança dos muçulmanos, relatada no *Times of India*, mulheres violadas e mortas por uma multidão de hindus que tinham profanado uma mesquita numa longínqua aldeia de Calcutá, Magalhães atirou-lhe com a última notícia de Goa, uma mãe hindu fez rateio da virgindade da filha na escadaria da igreja de Nossa Senhora da Conceição, Xavier subvalorizou, uma louca, Xavier queria uma Índia pátria de todas as religiões, enfatizara, charuto preto na boca, oferecido pelo dr. Magalhães, tabaco da Tailândia, dissera, rebolando dois charutos entre os dedos, oferecendo-me um, que recusei, o dr. Colaço manifestava a sua indignação, havia agora uns novos charutos com sabor a mentol, última invenção da Tobaco Company, aonde o mundo vai parar, dizia, a mão na testa, mirando o temporal lá fora, reclamava decência, as coisas na ordem, uma italiana chefe da Índia, Sônia, a mulher europeia do filho assassinado de Indira Ghandi, Xavier falava de uma Índia cosmopolita, tolerante, o dr. Colaço alegava que se tolerava demais, Xavier dava como exemplo a rua do Clube, no princípio uma igrejinha cristã, a meio um templo hindu, no final uma mesquita muçulmana, isto é a nova Índia, papagueava como um soberano, charuto entalado na boca, o dr. Colaço preocupava-se com a pobreza, os indianos que tinham trabalhado para o governo português, as empresas portuguesas, as famílias portuguesas ainda hoje preteridas nos empregos, no aluguel de casas, os filhos colocados nas piores escolas, requerem roupa e alimentação ao governo e não são subsidiadas, ultrapassadas por famílias menos pobres, eu apontei para a criada pobre, pobre mas feliz, orgulhosa de servir no Clube Português, o dr. Colaço discordou, feliz seria se a televisão – esse mal dos tempos modernos, disse – não lhe martelasse todos os dias a cabeça com produtos que ela não pode comprar, digo que ela tem o direito de ter o que os outros têm, o dr. Magalhães jogou a mão para o ar, retorceu a testa suada, alegou ser isso bom de dizer, de fazer não, não há riqueza para tanto indiano, apontou para a criada, é uma santinha, a esta chega-lhe o que tem, basta-lhe o marido e o filho, o marido é acartador de peles para o mercado, os deuses abençoaram-na com um filho, ela veio do poder do pai, passou para o poder do marido e serve os senhores portugueses, gente rica, envelhecerá feliz levando a *tiffin* (marmita) com arroz de caril ao filho a trabalhar nas obras de construção da nova ponte sobre o Mandovi ou orgulhar-se-á da farda branca de marítimo do filho no *Casino Boat,* aguardá-lo-á em casa, à noite, fervendo chá, sentada numa cadeirinha de rotim, os pés engelhados, as faces travadas de rugas, as mãos cheirando ao concentrado de jasmim do detergente da louça, a nora ajoelhar-se-á a seus pés, chamar-lhe-á *mataji* (mãe), recusará pintar o cabelo com essência de pinheiro inglês, ostentando a dignidade de velha, esperará o nascimento do neto e então morrerá feliz, a serviçal reentrara com uma bandeja de *chapatis,* informou-me num português rudimentar que tinham sido feitos por ela, Xavier piscou-me o olho, não percebia, puxou-me à janela, diz-me que ela se está oferecendo, não acredito, respondo, Xavier disse que fazia parte da tradição, não aceita dinheiro, aceita prendas úteis para a casa, diz ao marido que é um traste velho que lhe oferecemos, o marido vê que é novo, finge não perceber, muitas famílias goesas pobres sustentavam-se assim no tempo dos portugueses, as goesas eram usadas pelo marido e pelos filhos adolescentes, recusei, criaria sarilhos, acabo de chegar a Goa, não quero problemas, seria um desaforo, abusar da condição de estrangeiro, Xavier lançou a ponta acesa do charuto para a rua indiferente a quem passasse, disse-me, ela não existe, está aqui mas é como se não existisse, quem julga que a vestiu, lhe deu aqueles sapatins de pele, com o dinheiro que aqui ganha só poderia vestir saris do mercado e usar chinelos de plástico; indignado, piquei-o, daqueles que as suas fábricas fazem, Xavier, orgulhoso, não percebeu, sim, fui eu que acabei com o pé descalço no estado de Goa, tive a ajuda da Câmara e do Governo, fiz ver a vergonha de um povo de pés nus no chão, como uns pretos, sem dignidade, há vinte anos pus os goeses a andarem calçados, os industriais são assim, os paladinos do progresso, por isso gostei do Augusto Martins, mas, em geral, não gostava dos portugueses, bloqueados, sem ambição, o dr. Magalhães Pratel ouvira, não concordava, povo de ambição contida devido à fraqueza das elites, quer você dizer, ou existe ou não existe, a ambição é louca por natureza, arrasta-nos para os maiores delírios, os portugueses contêm-na, desinteressei-me, frases gerais, sem nenhum sentido, Xavier demonstrava que se os portugueses ainda dominassem Goa, o povo andaria descalço, como os pretos em Moçambique, tinha visto um documentário na televisão indiana sobre Moçambique em 1974, os pretos todos descalços, nós éramos os pretos da Índia, o dr. Colaço e o dr. Magalhães achavam Xavier um traidor, sabiam que pela calada Xavier ajudava os *Freedom Fighters,* discutia-se nos jornais se se devia retirar os azulejos da entrada da Biblioteca Municipal de Pangim, ilustrada com alegorias de alguns versos de Camões n'*Os Lusíadas,* apenas uma película de decência e os cheques chorudos de Xavier passados à Biblioteca os conservavam, Magalhães e Colaço sabiam-no um aliado traidor, mas mesmo assim um aliado, as obras no Clube eram patrocinadas pelas suas empresas, as deslocações dos membros do Clube a Portugal no 10 de Junho eram subsidiadas pelas suas empresas, as bolsas de língua portuguesa para estudantes indianos idem, idem, as recepções protocolares a autoridades portuguesas no Clube eram pagas pelas empresas de Xavier, não o podiam expulsar, aceitavam-no como um intruso desorientado, Xavier sentia-se bem entre as antigas famílias luso-indianos, gãocares de vastos terrenos, senhores influentes em comunidades rurais, que por vezes era preciso amansar, revoltadas contra a poluição das terras e das águas provocadas pelas fábricas de Xavier, o clube mais prestigiado de Goa, convinha pertencer-lhe, estacionar o *Toyota* ao portão, uma multidão a olhar, um lacaio de turbante de rajá a abrir-lhe a porta, fazia-o sentir-se bem ao fim do dia, quando lá passava para fumar um charuto tailandês dito cubano do dr. Pratel e o café puro como pólvora do dr. Colaço, era para isto que servia o dinheiro. O dr. Colaço protestava contra as excursões de russos, em voos *charter,* já se tinham assenhoreado de duas praias e da quase totalidade dos bares noturnos de Pangim, começavam a alugar casas em Fontainhas para orgias e bebedeiras de fim de semana largo, já mo tinham dito, deitavam fora tudo o que usavam, copos e garrafas quebrados, esmigalhados no meio da rua, esqueciam o que tinham feito no dia anterior, anestesiados pelo álcool, cada homem dormia com duas goesas cada noite e cada mulher com dois goeses, levantavam-se a meio da tarde, lavavam-se na praia com sabonete de hotel, alugavam crianças que, curvadas e ajoelhadas, lhes serviam de mesa para os pratos servidos dos restaurantes da praia, desviei o olhar, desviei o pensamento, intuí quão fina a película que separava o homem civilizado do bárbaro, quão prestes aquele se deixava cair na pocilga da barbárie, piscaria o olho à criada, dir-lhe-ia qualquer coisa como espera por mim à porta, levá-la-ia para o Hotel Nova Goa, onde fizera residência, deixaria 100 rupias ao recepcionista, como via os outros homens fazer, satisfar-me-ia como um bruto, sujeitando-a a apetites bárbaros, no dia seguinte comprar-lhe-ia por uma ninharia duas camisas brancas para o filho, passaria a ter mulher às ordens, sem amor nem lealdade, recusava transformar-me num animal, era um europeu, não um russo das estepes, representava 3.000 anos de civilização, a mais completa, perfeita e humanista; fragrâncias olorosas beijaram-me o nariz, olhei da janela para baixo, uma carrinha de carga abastecia duas lojas de flores, vislumbrei cravinas, orquídeas, crisântemos, flores de jasmim, folhas verdes de incenso, ramalhetes de rosas, gladíolos, o cheiro das flores acendeu-me o desejo de mulher, precisava de uma mulher, mas teria de me apaixonar, não queria acasalar-me, queria apaixonar-me por um corpo que contivesse uma alma, como o Pai, essa alma deveria tornar-se minha por dádiva, não por dinheiro, Xavier prometia encontrar Rhema, a mulher do

Pai, se ela estivesse viva, jurava-me, descobri-la-ia, esperasse, eu subia todos os fins de tarde ao primeiro andar do Clube Português, augurando boas notícias, entretive-me assim quinze dias no Hotel Nova Goa, de dia passeava junto ao Mandovi, acompanhando a corrente.

O cônsul português, recentemente instalado, mandara-me falar com Xavier, este conhecia a vida de todos os portugueses desde a década de 1950, não havia registos de Augusto Martins, se estivesse vivo todos o saberiam, da mulher goesa não, um português todos o conheceriam, uma velha goesa dona de uma agência de viagens informou-me que os poucos portugueses pobres que tinham ficado depois da libertação, escondidos, alcoolizados, tinham inglesado o nome, os Pedros em Peters, os Carlos em Charles, todos já tinham morrido, que ela soubesse, apontou-me quatro ou cinco nomes, sobreviveram da caridade de antigas famílias luso-indianas, tinham sido acartadores do mercado ou varredores de ruas, como os intocáveis, outro trabalho não tinham conseguido, dois ou três tinham-se internado pela Índia, desaparecido de Goa, outros tinham ido trabalhar como capatazes de obras em Bombaim, poucos portugueses ficaram, portugueses mesmo, referiu, não luso-goeses, sim, ouvira falar de um português que raptara a filha de um brâmane em Salcete, devia ser esse o tal Augusto Martins que o senhor procura, fiquei abismado, o Pai apaixonara-se por uma indiana, por isso não escrevera, não voltara, desprezara a família em Lisboa, a senhora nunca o vira, soubera que vivia no interior, não mais se ouvira falar dele, o escândalo fora abafado, os *Freedom Fighters* espalhavam panfletos contra os portugueses nas ruas de Pangim, exigindo a sua expulsão da Índia, era preciso abafar o escândalo, histórias velhas, só o Xavier é que pode saber, disse-me, empurrando-me para a porta da agência, vá a Fontainhas e pergunte pela casa do dr. Xavier.

Foi assim que conheci Xavier, que recusou o tratamento por doutor, não o sou, em Goa vive-se os antigos preconceitos portugueses, como sou rico e ando de carro tratam-me por doutor, o Xavier reconheceu-me logo, disse, no átrio de entrada, chamado por um criado, as mãos abertas, olha, olha, o filho do Augusto, parece que estou a ver o Augusto quando aqui chegou, devia ter a sua idade, a mesma cara triangular, o mesmo cabelo preto crespo, os mesmos lábios carnudos, o mesmo olhar castanho, o mesmo sorriso puxado para o lado esquerdo, o mesmo nariz de crista torta, a mesma altura de corpo, os mesmos pés atirados para o lado, o Xavier contou-me a história de amor do Pai, a paixão pela filha do brâmane, de seu nome Rhema, a sua fuga para Pangim, depois para Mapuçá, finalmente para uma comunidade no esconso das matas de Sanguém, a caminho de Canácona, território selvagem, único local seguro, comprara o silêncio dos habitantes com dinheiro, ofereceu-lhes cinco búfalas em idade de reprodução, fora solução minha, disse Xavier, receberam-no e calaram a boca, forçaram-no a tornar-se hindu, mais nada, evitavam-no, fora de todo o hábito um europeu casado com uma indiana, seres estranhos, juntos por amor, apiedaram-se da condição de ambos, o Pai, desesperado, pensara em fugir para Portugal com Rhema, mas esta era menor, não podia viajar sem autorização da família, não poderia ir para Lisboa, teria de escolher uma cidade do interior, o dinheiro acabar-se-ia prestes, a solução fora ficar em Goa, naquele vilarejo, isolado da civilização, sem convívio com portugueses, em Portugal seria acusado de bigamia, sentiu-se entalado, garantiu que tudo sofreria por amor de Rhema, desde que ela estivesse a seu lado tudo estava bem, veio a Pangim nos tumultos da libertação, nos fins de 1961, princípios de 1962, veio ajudar os portugueses, soubera da perseguição, apresentou-se num campo militar de prisioneiros portugueses, levava-lhes vinho, farinha e latas de atum, voltou para o interior quando soube que ia ser enviado para Moçambique de avião, depois para Lisboa, não podia aterrar na Portela com Rhema ao lado, decidiu não mais sair da sua casa, da sua várzea, dos seus animais, da sua horta, das suas matas, para aqui vim, aqui morrerei, esqueceu Portugal e a língua portuguesa, falava concani como um nativo, vestia-se como eles, de turbante laranja, deixou-se cicatrizar e pintar como um indiano e tornou-se crente de Lord Ganesh, sem nunca ter jogado fora a correntinha de ouro com o crucifixo e a pagela de Nossa Senhora de Fátima, o Augusto já morreu, morreu lá, disse-mo um concessionário meu, distribuidor dos produtos da minha fábrica na região.

Nada senti, nem choque nem comoção, fiquei imperturbável a olhar para o Xavier, o olhar cristalizado, atravessara continentes e oceanos em busca de um pai que já morrera, não sei o que é feito de Rhema, disse Xavier, cortando o silêncio, é assim que se chama a mulher do teu pai, protestei, o nome da mulher do Pai é Rosa e é minha mãe, Xavier disse que sim, seja como quiseres, aqui ele viveu uns bons dezoito anos com Rhema.

Nessa noite não dormitei nem li, a insônia tornara-se contínua, os meus dias tinham 24 horas, apenas o cansaço muscular e cerebral me prendia aos sofás, de olhos semicerrados, cochilando a espaços, pus de lado os livros sobre o hinduísmo que comprara em Bombaim e fui jantar ao restaurante mais caro de Pangim, comemorar a morte de um pai que nunca conhecera, misturei nos lábios o sabor doce do arroz com o acre das lágrimas, pedi uma garrafa de champanhe europeu, não havia, só champanhe chinês, fiz uma saúde ao homem que me dera dois beijos no instante do meu nascimento e partira, deixando-me aguado pelo terceiro, cabrão, filho-da-puta, encornara a Mãe, trocara-a, a ela e a mim, pela Índia, como o cabrão do meu undécimo avô, José Martins, o primeiro português a tocar solo indiano, que também não regressara, enfeitiçado pela Índia, eu regressaria, a transferência do dinheiro de minha mãe ainda não fora concluída, Lisboa e a Europa esperavam-me, Bombaim repugnara-me, malcheirosa, mães estiraçadas no chão implorando pão, agasalho, dormindo num cunhal, amarrotando os filhos ao peito, as fachadas bolorentas dos prédios, dez cartões canelados e uma chapa de zinco a fazer de habitação para dez elementos de uma família, os homens de peles engorduradas, ressumando a caril, os lábios carcomidos de pimenta, os olhos raiados de miséria e cobiça, a testa eternamente coberta de uma película de pó, o chão das ruas coberto por um visco nauseabundo, resinoso, a cheirar a mijo, o cheiro pestífero do peixe seco, o grasnido barulhento das gralhas pretas, famílias sentadas no passeio à volta de uma fogueira improvisada assando não sei o quê, porventura uma ratazana dos esgotos do tamanho de um gato ou porventura, mesmo um gato da vizinhança, a roupa velha, encardida, estendida nas ruas, sobre raquíticas sebes de buxo, uma cadeira de três pernas encostada a um carro sem pneus, chapa enferrujada, os meus olhos só viam pobres deitados nas ruas, não via ainda, não o sabia, os milhões de crianças todas as manhãs a caminho da escola, fardadas, brincando alegres e pachorrentas, de futuro na mão, o meu nariz só absorvia o cheiro ácido do suor dos homens, as calças puídas, as camisas esfarrapadas, o sarro das palmas das mãos por lavar, o cheiro das couves e dos grelos recozidos, cobertos de azeite rançoso, que a Mãe me obrigava a comer para poupar e pagar a viagem à Índia, não o cheiro doce do jasmim à entrada dos templos, bem cuidados.

Um mês depois, já com viagem marcada para Londres via Calcutá, os informadores de Xavier tinham encontrado Rhema, vivia nas traseiras de um templo hindu, em Margão, era bailadeira do templo, bailadeira?, perguntei, estranhando, Xavier respondeu, perita na arte do kama sutra, tinha uma filha do Augusto, não sabia, confessou Xavier, se o soubesse tinha-a chamado para Pangim e educado no melhor colégio. Rhema não me interessava, a filha do Pai, sim, era minha irmã, tinha o meu sangue, Xavier chamara-as, mandara dinheiro para a camioneta, mais dia menos dia chegam aí, alojam-se em minha casa, depois digo-te.

Calecute – Pedro Álvares Cabral

Vasco da Gama arrasara o porto de Calecute, o meu undécimo avô, fugido da feitoria para os batéis, salvara-se não sabia como, correra, invocara Deus e Yahvé, lobrigara pelo canto do olho os portugueses chacinados na praia, deixara de evocar Deus, divindade fraca, que oferecia os seus filhos à mortandade dos deuses hindus, recordara abruptamente as orações dos vivos narradas pela avó em Alfama, repetira-as, melhor, papagueara-as, aflito, desarvorado, apavorado, os portugueses eram caçados um a um, atrapalhados pela areia negra da praia, os indianos, de pés pequenos, saltavam como gazelas, degolavam-nos sem piedade, os guinchos dos massacrados martirizavam os ouvidos de José Martins, um urro tamanho fez-se ouvir, um sacerdote muçulmano berrava sobre uma duna, pernas abertas, mãos em concha, apelava à morte dos cristãos, os francos ou frangues, como clamava, o meu pentavô percebeu, eram indianos mas não hindus quem os perseguia, muçulmanos, ismaelitas, furibundos, pagos pelos mercadores árabes, monopolizadores da pimenta até à chegada dos portugueses, a carnificina dos portugueses nada tinha a ver com religião, os mercadores ricos serviam-se da religião para afugentar os concorrentes, José Martins calcou a prece a Yahvé, deu dois saltos como um cão danado, atingiu a linha de rebentação, o batel manobrado pelo Domingos não fugira, Domingos Paes aguentava-o, obrando ora um remo, ora outro, vira o meu antigo ascendente e dispusera-se a morrer ou a salvar-se com o amigo da primeira viagem à Índia, o batel gingava como um mariola, mais não se podia aproximar, a areia prendê-lo-ia, seria pior, o meu undécimo avô jogou-se às ondas, nadou como um condenado, pés e mãos danadas, enfurecidas, da nau capitânea Vasco da Gama ordenou o disparo de canhões, três, o ar atroou-se, denso de fumo, um pano de muralha de Calecute esboroou-se como areia, os indianos pagos pelos muçulmanos não desistiam, travaram o assalto, atordoados pelo soar dos canhões de bronze, mas não se atemorizaram, dois deles perseguiam o meu eneavô, braço alçado, adaga em riste, boca rilhada, disposta a jugular o pescoço de José Martins, perseguiam-no, corpos esguios, velozes, breve apresariam o meu pentavô, Domingos Paes, calmoso, pousou os remos, puxou do bacamarte destravado, carregado de pólvora e balázios de chumbo, e disparou, acertou no olho de um indiano, que gritava como um diabo, agarrado ao olho agredido, o outro hesitou, pôs-se de pé, a água pela barriga nua, a mirar o Domingos, este teve tempo de carregar o trabuco e fazer pontaria, o indiano escondeu-se sob a crista de uma onda, o Domingos calculou o que via e o que não via e disparou, acertou-lhe nas costas, a água ensanguentada, tremida, juntou-se ao sangue do olho do companheiro, ambos agarrados ao corpo, virando para a areia, José Martins, aterrado mas salvo, subiu para o batel, Domingos manobrou os remos, deram de costas à feitoria portuguesa de Calecute, o primeiro e malogrando estanco comercial português na Índia.

    José Martins, estanciado em Cochim, guiara Pedro Álvares Cabral a Calecute, arengava umas palavras em marata, Domingos Paes escrevia uns bonecos que eram as palavras dos indianos, destinava-se a nova visita a fazer as pazes como o samorim, Calecute era o porto de especiarias mais importante na costa do Malabar, Aires Correia incumbira-se de montar a feitoria, levara consigo para terra os dois filhos mais novos, ainda crianças, Aires Correia acreditara na Índia como a nova terra do paraíso, a terra de amêndoas e mel, substituídos pela pimenta e pela canela; em nome de D. Manuel, Pedro Álvares Cabral oferecera ao samorim uma vistosa bacia de lavar as mãos em prata dourada, uma bandeja de prata com o tampo lavrado em relevo, duas maças de prata, quatro almofadas carmesim de brocado, duas majestosas tapeçarias tecidas por mãos de mulheres portuguesas e uma nova bacia de lavar as mãos em bronze, o samorim agradecera, experimentara a amizade dos portugueses pedindo-lhes que capturassem uma nau inimiga, de um pirata de Cambaia, que destroçara três paraus de comerciantes, afundando-os e escravizando a tripulação, arrecadando o carregamento em panos de seda, destinado a permuta por sacas de pimenta e cravinho, Pedro Álvares Cabral, em sinal de boa vontade, capturou e destruiu a nau, levou a cabeça do pirata ao palácio do samorim espetada na ponta de uma cana de bambu, o samorim ofertou um terreiro lateral do porto para Aires Correia montar a feitoria, Pêro Vaz de Caminha registara por escrito a oferta, Pedro Álvares Cabral mandou chamar os portugueses de Cochim, o samorim autorizara as naus portuguesas a carregarem as especiarias, os árabes protestaram, o samorim voltou-lhes as costas, os mercadores muçulmanos encheram a entrada do palácio real de prebendas, cinquenta escravos negros robustos trazidos de Melinde, arções de ferro carregados de sândalo para marchetaria, duas ânforas de laca da China, outras tantas de goma arábica, três saquitéis de moedas de ouro de Ormuz, encheram os ouvidos do samorim da suspeita dos judeus de Cochim, alguns expulsos da Península Ibérica três anos antes, fugidos de autos-de-fé, os portugueses são fanáticos da fé do Cristo, o seu último objetivo seria findar com os cultos a Xiva e Alá e substituí-los pelo culto do Crucificado, um deus fraco, morto numa cruz suplicando perdão, o samorim recuou, os mercadores muçulmanos tinham subido a parada, não 15, mas 20% de todas as mercâncias do porto diretamente para o tesouro do palácio real, o samorim deu ordens para que os portugueses não fossem privilegiados, fizessem os seus escambos mas não carregassem as naus antes dos restantes navios, Aires Correia protestou, Pêro Vaz de Caminha registou o protesto por escrito, presumindo compor a futura crônica da viagem à Índia da armada de Pedro Álvares Cabral, os muçulmanos associaram-se, investiram, amparados na retaguarda pelos judeus, que disponibilizaram os seus galpões, compraram tudo, limparam o mercado, o que lá havia e o que vinha a caminho, monopolizaram o mercado do porto, adquiriram o que precisavam e o que não precisavam, especiarias, todas, tapeçaria, ferraria, cordoaria, velaria, madeiraria, a monção iniciar-se-ia dentro de um mês e os portugueses abandonariam Calecute de frota vazia, Aires Correia exigiu o cumprimento da palavra do samorim, Pedro Álvares Cabral prometeu oferecer-lhe vinte escravos etíopes, os mais duros guerreiros do mar Arábico, aprisionados em embarcações muçulmanas, o samorim hesitou, amoleceu, sentiu-se doravante protegido por uma guarda pretoriana de vinte escravos etíopes, autorizou as naus portuguesas a assaltarem as embarcações árabes e a confiscarem as especiarias nelas transportadas, pagando-a ao preço do mercado, Pedro Álvares Cabral assim o fez, não podia regressar a Portugal de frota vazia, a honra não o permitia, tomou pela força 15 navios árabes de comércio, sem defesa, os muçulmanos tinham saído para a rua alvoroçados, adaga na mão, pistolete italiano, buscando portugueses pelo centro de Calecute, clamando vingança, os marinheiros, advertidos por bailadeiras indianas, refugiaram-se na feitoria de Aires Correia, cercada de uma frágil paliçada, Pêro Vaz de Caminha alçou a bandeirola de socorro para a frota atracada ao longe, Pedro Álvares Cabral, de porões cheios, pensou no regozijo de D. Manuel quando assistisse do balcão do palácio ao desembarque das especiarias no cais da Ribeira das Naus, hesitou entre a lealdade para com os seus homens e os gigantescos proveitos ofertados ao rei, receou ficar à mercê das forças de Calecute caso aproximasse demasiado as naus e, sem remorso, decidiu trocar a vida dos portugueses pelo carregamento de especiarias para o rei D. Manuel; pela manobra da frota, Aires Correia adivinhou a canalhice velhaca do seu capitão e deu ordem para que cada um chegasse pelos seus próprios meios aos batéis ancorados na praia, estes encheram-se dos primeiros vinte marinheiros, por sorte tinham dormido na areia e ali estavam, só Domingos Paes aguentou o seu batel, esperando pelo meu eneavô, Pêro Vaz de Caminha, o autor da mais maravilhosa carta portuguesa, abandonou papéis, tinteiro e estiletes de escrita, correu como um doido, mas não resistiu ao aperto de morte de dois indianos, foi degolado à vez, primeiro da esquerda para a direita, depois da direita para a esquerda, Aires Correia e os seus filhos foram decapitados na praia, primeiro os meninos, depois o pai.

Rhema, minha madrasta, mulher do Pai, fatalista como toda a indiana, ouvida a história, balbuciou, fizera-se o que tinha de se fazer, nada prendia Pêro Vaz de Caminha a este mundo, cumprira a missão de dar novas do Brasil, agora podia morrer, tanto fazia em Calecute, na praia, como em Lisboa, na cama, a maioria dos portugueses de Calecute morrera entre a pedra do cais e a areia da praia, mais de cinquenta marinheiros, de corpos trucidados pelas adagas mouriscas, as orelhas e os narizes cortados antes do derradeiro suspiro, Pedro Álvares Cabral desculpou-se de doença, que o prostrara no leito, atribuiu culpa a Sancho Tovar, seu adjunto; no dia seguinte, mordido pela consciência, aprisionou e queimou dez navios árabes ancorados, mandou matar quinhentos a seiscentos muçulmanos inocentes, tripulantes e passageiros de navios mercantis, sem armas para se defenderem, dois dias depois Cabral exigiu mais sangue, perfilou a armada contra Calecute, bombardeou-a durante todo o dia, arrasando de novo a maioria dos edifícios de pedra reconstruídos após o bombardeamento de Vasco da Gama dois a três anos antes. As relações entre Portugal e a Índia tinham-se iniciado a ferro e fogo.

Forte Cochim

Afonso de Albuquerque debatia-se com falta de portugueses, a maioria embarcada a receber o "cartaz", e nomeou José Martins contramestre do depósito de cordame em Forte Cochim, o meu antepassado não gostou, bastava-lhe a função de físico e já muito trabalho lhe dava, mais ensaiando prevenir as doenças do que curando-as, as maleitas da Índia eram de deitar um homem de caixão à cova. O depósito de cordame não passava de um galpão com o cavername em madeira e as paredes em bambu, tremelicando aos ventos da baía, onde se empilhavam sem ordem barricas de alcatrão, roldanas em ferro, rodízios em madeira, velas enroladas, fateixas, machados, maças, martelões, lanterninhas e lampiões, as bombas de água, os baldes e celhas de madeira para a baldeação, alguidares de cabedal fervido, mais duradouro ao sal do mar do que a madeira, as vassouras de ramículos de salgueiro, cordame reto e torcido, pilhas de pele de cabra e de vitelo, os barriletes de sebo, de pez e de betume que o meu pentavô aprendera a fazer, misturando sebo de carneiro derretido com alcatrão, as raspadoras do casco, as colheres e os panos grossos da calafetagem, a estopa, as tenazes, os pregos; José Martins protestava, Domingos Paes calmava-o, assim comes mais, alegava, o meu undécimo avô dizia ter proventos suficientes como médico, Domingos replicava, juntas e poupas para regressar a Lisboa, o meu eneavô não queria regressar, ganhara novas mulheres em Cochim, sentia-se bem a seu lado, experimentara outro corpo, outra vida, outro ar, não lhe eram já suficientes Alfama e o Tejo, muito apertadinhos, dizia, não tem horizonte, não tem novidade, Domingos Paes fora dispensado do abalroamento e presa de navios, luta corpo a corpo, exigente de músculos e juventude, e tratava dos cavalos, o melhor negócio da Índia, comprados à Pérsia e vendidos aos rajás e samorins de todo o Sul da Índia, Domingos Paes tornara-se maioral dos cavalos, senhor da longa cerca fora da muralha norte do forte, albergando 300 galinhas, duas vacas leiteiras cuidadas com respeito sagrado, 12 porcos e três porcas parideiras, 55 patos, 12 patas, 6 vitelos e 26 pombos, e entre 50 a 100 cavalos, Domingos Paes pagava com louça velha portuguesa, grampada, e pequenos objetos de ferro oxidados a três lacaios indianos, mantinham o cerrado limpo, agradeciam venerados e ofereciam mulheres e filhos para a apanha da bosta dos cavalos.

O meu undécimo avô acabara de entregar a Afonso de Albuquerque o inventário da cordoaria e o inventário dos feridos portugueses alojados em Cochim, José Martins firmava com a sua assinatura a gravidade do mal sofrido pelo embarcadiço ou combatente, a este era certificada a sua deficiência através de uma carta individual que Gaspar Correia, secretário de Afonso de Albuquerque, autentificava com a chancela do vice-rei, concedendo-lhe o direito, caso regressasse a Lisboa, de exigir da Casa da Índia uma tença ou indenização proporcional à gravidade da invalidez – um olho vazado dava direito a cem cruzados, os dois olhos, a trezentos, a mão ou o braço direito, a duzentos, a perda da mão esquerda, a ponta do nariz, os lábios decepados, as duas orelhas, o dedo demonstrador (muçulmanos e indianos infligiam este tipo de castigo, considerando-o mais gravoso do que a morte), cem cruzados, um pé ou uma perna, duzentos, com direito ao pagamento de muletas inquebráveis, feitas de pau de nogueira ou pau-santo, caso o aleijado o tivesse trazido do Oriente, as duas pernas fazia subir a indenização para quatrocentos cruzados, o corpo coberto de chagas incuráveis, para cem; quem o quisesse podia exigir a recompensa a Gaspar Correia em especiarias ou em escravos pretos ou indianos, cem cruzados o equivalente a um escravo, depois venderia a mercadoria em Lisboa; todos optavam por esta solução, mais proveitosa, prendiam os escravos cedidos por Gaspar Correia num casinhoto barrento junto dos cavalos, carregando Domingos Paes com o encargo de os sovar com o relho se se revoltassem, ou de os prender com grilhetas de ferro para que não fugissem, e o meu pentavô de lhes curar as pústulas; sem o querer, José Martins e Domingos Paes, devido às suas funções e à veterania, tinham-se tornado dois portugueses privilegiados de Cochim, assediados diariamente pelos nativos, que os buscavam para trocarem quinquilharia velha portuguesa por carne, ovos, legumes, frutas e mesmo galinhas e coelhos vivos, varas de pano da Índia, rolos de corda, alqueires de forragem para o gado, tinas com alcatrão vivo, gradões de boa madeira para o suporte da palha seca do telhado; junto do povo de Cochim, não havia português mais influente do que José Martins e Domingos Paes, cujos gestos magnânimos se tinham propalado naquele recanto da costa do Malabar, mesmo junto dos pescadores, que, carecidos de carne, lhes facultavam abundante pescado em troca de carne de cavalos velhos abatidos e galinhas de ovo no cu, os indianos cheiravam e apalpavam a rabeira da galinha, enfiavam-lhe a unha longuilínea do indicador, a mesma com que sacavam os olhos dos peixes vivos, retorcidos de dor, antes de, com o cutelo de ferro, lhes cortarem a cabeça rente ao buraco esponjoso das guelras; aproveitavam as lâminas das guelras para, grudadas com gordura de baleia na ponta de um pau, construírem um instrumento musical semelhante a uma harpa, pregada ao pau do mastro, tocado pelo vento, outros pescadores do Malabar espalmavam a cabeça viva do peixe, antes de lha cortarem, justificavam-se com uns sucos de sabor especial que, com a dor, o peixe libertava no corpo, José Martins, revoltado com tão bárbaro costume, por todos aceite, motivo de galhofa sorridente, fez saber pelo cais que só aceitaria pescado fresco se lhe trouxessem a cabeça intacta, íntegra e perfeita, inclusive com os olhos, Domingos Paes ria-se do meu pentavô, chamava-lhe anjinho e santinho, outras vezes anjão e santão. Todos os portugueses, indianos, muçulmanos conheciam o meu pentavô, louvando-o pela afabilidade e cordialidade, nem parecia um frangue, diziam, um cristão europeu, mão-cheia a dar, pródigo a acolher famílias miseráveis, de casas fustigadas pela ventania e chuvaria da monção, arriavam no exterior da muralha do forte, sob uma coberta de folhas de palmeira, ofereciam-se para trabalhar, José Martins e Domingos Paes arranjavam-lhes qualquer coisa, lavar e escovar os cavalos, reforçar as pedras da muralhas, olear bacamartes e manípulos de canhões, torcer ou endireitar o cordame, acartar água, ferver o betume. Convivendo com estas famílias desgraçadas, que, por falta de terra, não garantiam o sustento dos inúmeros filhos, o meu eneavô foi dos primeiros a usar a fibra de coqueiro para as cordas mais resistentes dos navios, que, por não apodrecerem, se revelavam superiores ao linho, ao cânhamo e à crina de cavalo, o meu undécimo avô acumulava sacas de gengibre e cravo, trocava-as por tinas de sebo de boi ou vendia-as aos marinheiros regressados a Lisboa; com a cumplicidade de Gaspar Correia, numa nau capitaneada por um familiar deste, o meu pentavô ainda enviou para a mulher e o filho um cabazinho de tecidos de seda, várias jarras de porcelana chinesa acolchoadas em palha, um saquinho de pimenta com dois rubizinhos escondidos, cuidando de informar a mulher que vendesse tudo e não desperdiçasse o dinheiro, quando ele regressasse levantaria uma botica de unguentos orientais, talvez na Rua Nova dos Ferros, foi a única entrega que fez à mulher, Rosa, dois anos depois de ter partido, garantia-lhe que conseguiria uma carta de perdão por serviços feitos e regressaria, não sabia quando, mas regressaria, assim o disse ao capitão que levava o recado, mas José Martins já sabia que não regressaria, apaixonara-se pela beleza de Cochim, ar, vento, mar, terra, flores, árvores, homens, mulheres, tudo em demasia, não era possível retornar ao ramerrame de Lisboa, ia deixando de pensar na mulher, trocando o amor pelo filho pelas brincadeiras graciosas em que se entretinha com os bandos de crianças ranhosas de Cochim, sempre alegres, mesmo pobres e famintas, habituara-se a substituir o pão pelas apas e pelo chapati, a gordura de azeite pelo óleo de palma, carne sempre comera pouco, peixe muito, a todas as horas, fresco, seco, salgado ou fumado, habituara a língua ao sabor picante da malagueta, da pimenta e do caril, comia o arroz à mão, embebido em caril, que já não lhe picava a língua, e ao vinho de palma, menos espesso que o da uva, mas mais saboroso, habituara-se aos macacos atrevidos que lhe entravam pelos aposentos do forte, furtando as apas e as bolas de chapati quentes, saídas do forno, habituara-se à banha de porco, mas, educado na raça de judeu, ainda não conseguira comer carne de porco nem conviver com elefantes, cujo gigantesco porte o amedrontara à chegada a Calecute com Vasco da Gama, ainda se recusava a subir-lhes para o dorso, como Domingos Paes, que o convidava, rindo-se, chamando-lhe caguinchas, os cornacas rodeavam-no, forçando-o a subir, quando cinco, seis elefantes assomavam à praia, puxando para a areia o barco-cavalariça provindo da Pérsia com cavalos, mas José Martins afastava-se daquelas patorras descomunais da grossura de um homem. O meu eneavô conservava um aposento resguardado ao lado da câmara de Afonso de Albuquerque, para onde se retirava à noite, aqui conservava os apetrechos médicos e uma pequena boticaria, drogas portuguesas e indianas, secas e ensombrecidas, onde recebia os nobres e os capitães portugueses. No último ano vinha sentindo uma pontada nas costas, que lhe ia paralisando os movimentos, porventura efeito do esforço do trabalho de torcimento das cordas, a dor enroscara-se-lhe sob a pele das costas, provocando-lhe uns sacões espinhosos que o jogaram para o leito, ali mesmo, no galpão, num casinhoto, semiparalisado, as pernas imóveis, os braços incapazes de rodarem nos ombros, uma dor feroz e permanente na base do pescoço, Domingos Paes trouxera-lhe umas pomadas da boticaria do forte pedidas pelo amigo, não fizeram efeito, os curandeiros indianos aplicaram-lhe um unguento e massagearam-lhe as costas vibrantemente, Domingos Paes chamou uma bailadeira de Mattancherry famosa pelas suas massagens miraculosas, chamava-se Rhema, as suas mãos delicadas tanto adormeciam quanto endoideciam os homens, estimulando-os como dois dedos indicadores, Rhema acompanhava-se de duas meninas de pele muito escura, despiram o meu antepassado, besuntaram-lhe o corpo de um óleo espesso e dourado de ervas aromáticas, de sabor a mentol e almíscar, Rhema massageou José Martins como uma deusa afagando um herói, em gestos suaves mas robustos, as meninas lavaram o meu eneavô com água de cravina, depois barraram-lhe o corpo com novo óleo, este quente, que lhe escaldou a pele, avermelhando-a, três vezes por dia as duas meninas lambuzavam o corpo de José Martins, impregnando-lhe a pele daquela substância almiscarada, e por três vezes Rhema se sentava em cima do meu pentavô de pernas abertas, o cabelo desprendido, retinto e liso como seda, e o acariciava com os dedos simétricos, percorrendo-lhe, em silêncio, como um anjo, a totalidade do corpo, centrando-se nas costas e no peito, José Martins, imobilizado, excitava-se, o membro vital erguia-se, túrgido e ameaçador, volumoso, Rhema mandava as meninas lambê-lo até dele jorrar a semente criadora e amolecer, nunca parando as massagens segundo os ensinamentos ayurvédicos, deixando por vezes um dedo imóvel, espetado, pressionando um ponto do pescoço ou das costas, José Martins delirava sempre que aquele dedo fino e forte lhe penetrava a pele, sentia a carne a incandescer-se-lhe, expandida em breves convulsões que lhe atravessavam a totalidade do corpo, como um espasmo erótico; duas semanas depois o meu pentavô, curado, olhava para Rhema como para uma santa, o sari esvoaçante, leve, ligeiro e largo, escondendo o recorte do corpo, colorido, abundante de tecido, nunca trouxera o mesmo ao longo das duas semanas, abandonava à entrada o mantelete que lhe cobria o busto, cuidadosamente dobrado sobre um escano, o meu mais antigo antepassado contemplava maravilhado a cintura morena de Rhema, prolongada invisivelmente na anca magra, as nádegas curtas, de uma absoluta perfeição circular, as pernas robustas e ágeis, sorria quando Rhema se lhe sentava na barriga, apontava para a concavidade do umbigo de Rhema, semiesférica, perfeita, coberta por um brilhante de jade envernizado, a pele tensa, aparentemente macia, musculosa, sem gordura, o pescoço hirto, esguio, de quem tudo transporta à cabeça desde a infância, os braços magros oleosos, e envergonhava-se da sua fealdade europeia, nu, descomposto, ruborizava como uma virgem, o pescoço papudo, a barba a fervilhar cinzenta, os lábios engordurados, o cabelo brilhante do suor, inclinava obliquamente o olhar para a barriga lisa de Rhema, entre o corpete e o saiote do sari, a pele morena de tão bela, a curva graciosa das ancas, José Martins enxameava-se de ternura, abrasava-se de amor, vendo no corpo recortado de Rhema a personificação da figura de Nossa Senhora, estampada nos retábulos da igreja da Conceição Velha, em Lisboa, a brasa do amor pegara-se-lhe, eriçava-lhe os músculos fibrosos, os refegos da carne rosa do ventre, aguardava impacientemente pela chegada de Rhema, que, na infância, como escrava acartadora de água para casa dos judeus sefarditas de Cochim, aprendera um pouco de espanhol, Rhema gaguejava algumas palavras simpáticas, José Martins sentia aflorar-lhe o violento e poderoso instinto da carne, mal se despia para a massagem o membro vital erguia-se como uma cobra ameaçante, Rhema, bailadeira, não corava nem desviava o olhar, sorria, afagava-lhe o membro com os dois dedos ou empastava o pênis de meu eneavô de pasta salgada de arroz e mandava as duas escravinhas lambê-lo, por vezes ela própria o fazia, titilando a língua, até à explosão seminal, a pasta cinzenta e creme misturava-se com gotinhas brancas cristalizadas do líquido da vida, as duas meninas sugavam-nas com prazer por um canudinho de palha, meu pentavô, deleitado, morto de satisfação carnal, cerrava os olhos, perdido num subterrâneo escuro de puro gozo celestial, alvo de infinitas batalhas mortais na sua consciência cristã, conhecedor do pecado cometido, desejoso de o experimentar de novo, abandonava-se então nas mãos de Rhema, sentia o óleo quente penetrá-lo como pontinhas de alfinete maculando-lhe a pele, sentia-se lavado pelas meninas com água de cravina, sentia de novo um óleo mais espesso, que o penetrava até ao fundo da alma, depois Rhema sentava-se-lhe nas pernas, no colo, na barriga e iniciava o seu trabalho de feiticeira, o meu antepassado soletrava mudamente palavras de amor, suplicava-lhe que penetrasse a carne com o dedo demonstrador, naqueles pontos de que só Rhema conhecia o feitiço, abandonava o corpo lasso aos doces espasmos do amor, depois preguiçava, enrolando Rhema nos seus braços moles, as costas em via de cura, as pernas mexendo-se lentamente, suplicava-lhe, casa-te comigo, apinhar-te-ei de pérolas de Malaca, rubis de Cananor, ouro de Ceilão, prata do Guzerate, comprar-te-ei um cavalo persa para passearmos nas praias de Cochim, entre os pescadores, ao sol poente, quando as águas se acalmam e as sereias se banham, desnudas, nos rochedos do pontão, saboreando manga-rosa da Índia, envergonhar-te-ei quando todos os olhos machos se cravarem em ti, considerando-te indigna de mim, europeu balofo e cagarolas, de pança a abarrotar de gordura e vinho, esbrasear-me-ei de ciúmes cristãos, o coração retorcido como uma corda tensa, mas também, pavão exuberante, me ensoberbecerei como marido da mais bela e cobiçada mulher de Cochim, nem as jovens judias de pele rósea e olhar verde se te assemelham, José Martins, como um adolescente, cristalizara a imagem de Rhema na sua mente como uma figura obsessiva, todas as noites insones sonhava com ela, contemplava demoradamente, na sua delirante imaginação, o esguio e reto nariz de Rhema, os lábios esmaecidos na boca pequena de lábios estreitos, o olhar castanho da cor da casca de noz, o cabelo comprido, pretíssimo, da cor da noite mais escura, e lisíssimo, como fio tenso de meada no tear, apanhado em remoinhos presos por fístulas de prata, oferecidas pelos seus admiradores indianos, ou solto, esvoaçante, cobrindo-lhe as orelhas breves, recortadas e filigranadas como a jóia de um pratives judeu, Rhema soltava risadinhas, dizia-se bailadeira, impossibilitada de se casar, era mulher de homens, não de homem, servia os homens desde que o brâmane do templo de Gadesh a comprara aos judeus velhos, fora iniciada com dez anos, aprendendo os sortilégios da preparação para o amor, depois como plena fazedora do amor, aquele que funde dois corpos na intimidade do leito, tornara-se companhia da anciã confeccionadora de ervas curativas, com esta aprendera o segredo da arte ayurvédica, hoje animava festividades litúrgicas, como as celebrações a Lord Ganesh, demonstrando no seu corpo o que as jovens casadoiras deveriam fazer aos seus futuros esposos, mestra de meninas, como se dizia em Cochim; vestal indiana do templo de Ganesh, Rhema encarava o sexo como encarava a comida, ambos necessários para manter o corpo saudável e alegre, ambos confeccionados com peso, conta e medida, extraindo deles o máximo prazer; se, doado pelos deuses, o corpo era natural, os órgãos nele existentes naturais eram e o deleite que deles se retirava, manipulando-os e exercitando-os, naturais eram, não existia, na consciência de Rhema, o aguilhão comprometedor do pecado e do remorso que infernizava a vida do meu antepassado. Com exceção de Domingos Paes e Afonso de Albuquerque, ninguém sabia ser José Martins um degredado jogado à força para a armada de Vasco da Gama, e ele, se do filho não se esquecia, da Rosa moura de Alfama há muito deixara de pensar no corpo e no rosto, esfumados na memória, José Martins cogitava em trocar de mulher e restar-se para sempre em Cochim, apenas o dever cristão de fidelidade o prendia, ameaçado pelas penas do inferno, Domingos Paes amaciou-lhe os escrúpulos quando o esclareceu de que os deuses indianos não vigiavam as ações dos homens, suas criaturas, através de um juízo realizado após a morte, mas em vida, operando um ciclo de reencarnações, forçando os prevaricadores a uma existência nefasta, repleta de doença e miséria, humilhações, vexações e perseguições, nada que não valesse a pena sofrer em troca de um grande amor, clamou o amigo, é o que tu sentes; José Martins, paciente de um jorrante desejo por Rhema, fraquejou na assistência à missa dominical na igreja de São Francisco, no centro da fortaleza, obrigatória para todos os portugueses. O feitiço da Índia tomara conta do meu eneavô, não se sentia já um desavergonhado pecador, mas um amante voluptuoso, que diariamente embalava a choupana da cordoaria de flores nativas para oferecer a Rhema, agradada pela simpatia do português, explicava-lhe Rhema que amar era o seu trabalho de cada dia, como outras mulheres são tecedeiras, outras pastoras, ao fim do dia limpava e lavava o templo de Ganesh e os aposentos do brâmane, de que era serviçal e discípula, conferia as oferendas ao deus, separava-as e arrumava-as consoante a sua natureza, dinheiro, roupas, alimentos, flores, para serem distribuídos pelos necessitados nos dias seguintes, dormia pouco, na câmara das bailadeiras, em esteira de junco amaciada com toalhas de algodão, levantava-se de madrugada para, após as abluções purificadoras, dirigir as meninas na confecção das apas, dos chapati e das pakora do dia e misturar a menta para o chutney, depois meditava sentada frente à estatueta de Ganesh, rogando-lhe a benevolência do dia, não bom, menos muito bom ou ótimo, não se atrevia a pedir à divindade o que nenhum mortal merecia – um dia sem problemas –, apenas um dia afável, desentrelaçado, sem a gravidade das coisas nefastas, juntava-se às companheiras nas práticas litúrgicas, acolhendo peregrinos ou crentes ou exercitando as danças; se requisitada, recebia uma menina casadoira com a sua mãe ou um crente desejoso de experimentar certa arte do kama sutra. José Martins teria de comprar Rhema ao brâmane, não o seu amor, que poderia comprar diariamente, mas a sua vida, a pessoa, que de escrava do templo passaria a escrava de José Martins, Domingos Paes serviu de intermediário, acenando com todo o dinheiro que o meu eneavô acumulara ao longo de uma dezena de anos na Índia, o brâmane recusou, Rhema é devota de Ganesh, o frangue é cristão, José Martins apelou a Afonso de Albuquerque, manifestasse a sua influência de vice-rei, este recusou, o rajá de Cochim era aliado dos portugueses, acolhera-os, cedera terrenos para o forte, com acesso privilegiado ao porto, condescendera no uso de pedra, os religiosos são independentes do governo, seria contrariar os costumes, lançar a cizânia, nem pensar, Afonso de Albuquerque aconselhou o meu pentavô a fazer uma oferta irrecusável, esses hindus pelam-se por pardaus, José Martins, auxiliado por Domingos Paes, entrou no negócio de cavalos e, durante um mês, juntou uma maquia suficiente para comprar um, juntou ao dinheiro aforrado e ofereceu o cavalo ao templo em troca de Rhema, o brâmane, soberbo, recusou, o frangue ofendia Ganesh, o deus das oito encarnações, e proibiu a bailadeira de servir cristãos, o meu undécimo avô ensimesmou-se, sem Rhema Cochim tornara-se feia, relembrava-se de Lisboa e da mulher, a Alfama, sentia-se sofrer da urgência de um lar, porventura um filho que substituísse o longínquo, sentia as fendas do amor abertas no seu coração, desconhecia o que fazer para as fechar, as saudades da mulher substituíam o desejo fundo de Rhema, recordava-se do ato de amor com a mulher substituindo o corpo desta pelo ágil corpo de Rhema, recordava os afagos da mãe na infância substituindo as carícias desta pelas mãos de Rhema. Desesperado, aproximou-se do brâmane, que dele fugia, acossando-o com uma chibata, chamando-lhe estrangeiro, homem maligno, raça sedenta de dinheiro, xô, xô, clamava o brâmane em voz alta e desengonçada, José Martins queria ser recebido no templo, tornar-se adorador de Ganesh, o que deveria fazer, o brâmane encolerizava-se, chamava-lhe bárbaro e traidor, o meu antepassado insistia, arrastando-se de cabeça baixa pelas ruelas atrás do sacerdote, este apontava-o aos hindus, homem reles, muda de crença pelo corpo de uma mulher, filho do abismo hiante e da boca escura, conspurcas o corpo com o sangue e a carne dos animais sagrados, José Martins, aterrado, evitava a ruela de lama que dava para o templo, Rhema, compadecida de meu eneavô, enviava pelas meninas recados escritos em folha de bananeira, às poucas palavras espanholas que sabia, confortando-o, acrescentava outras em marata, Domingos Paes traduzia, Rhema aceitava abandonar o templo, gostava de agradar aos homens com o corpo, preferia-o a ser tecedeira, cesteira, aguadeira ou pastora, o amor desinteressado do português despertara-a para a família, aceitaria casar-se com José Martins, ser batizada, aprender a doutrina do Cristo carpinteiro e tornar-se mulher única do português, José Martins imaginou-se fugido no interior, entre as tribos dravídicas das encostas dos Gate, adoradoras de espíritos da terra e de animais, desprezados por hindus e muçulmanos, condenaria Rhema à miséria de uma cabana de bambu, uma vida injuriosa entre povos selvagens, se os não matassem para lhes roubar as roupas e os pertences, Domingos Paes recusou o rapto de Rhema, a fuga para as montanhas, tornas-te um pária, nem cristão, nem muçulmano, nem hindu, degredado de Lisboa, renegado de Cochim, Afonso de Albuquerque mandaria soldados em tua perseguição, enforcar-te-ia, Rhema teria as mãos decepadas, José Martins, insone, adormecia exausto, de madrugada, imaginava-se a brincar com Rhema na praia dos pescadores ao pau e ao seixo, ou na mata de pimenteiras, ao esconde-esconde, ensinar-lhe-ia o jogo da cabra-cega, sonhava-se apertando os seios de Rhema entre as mãos, aprenderia com ela as técnicas de massagem e afagar-lhe-ia a pele até esta se avermelhar, ruborizada de sangue, compraria no mercado títeres articulados de madeira para as representações do

Kathakali, os bonecos do Pacha, da Minukvu e da Maniniyattam, entreter-se-iam manipulando os robertinhos, comporiam com barro branco os templos a Shiva e a Parvati da altura de meio homem, pintados de unguento cor de mostarda ou cor de açafrão, que Rhema venderia no mercado, atraindo a curiosidade dos cochins, embelezar-lhe-ia o cabelo com laca transparente, abrilhantinando a pretidão, Rhema envergonhar-se-ia de sair com ele à rua, o meu eneavô sabia que as mulheres indianas seguem os homens um passo atrás, os filhos ao lado da mãe, José Martins insistiria em que Rhema caminhasse a seu lado, de braço dado, assim na intimidade juntos, assim na rua, à frente de todos, experimentariam ambos os famosos 64 abraços do mestre Ponchala, o bailadeiro prendado, o protetor benevolente, o esposo amante. Domingos Paes, cínico e negociante, incapaz de perder sem revolta, encontrara a solução, José Martins apresentaria queixa aos franciscanos e a Afonso de Albuquerque, o brâmane do templo do elefante-menino impedia a conversão de Rhema ao cristianismo, o meu antepassado recusou, não desejava começar vida nova de casado sobre a destruição de um velho homem defensor da sua crença, percebia-o, amava tanto Ganesh como os cristãos o Deus da Santíssima Trindade e quanto ele amava Rhema, tinha de haver outra solução, José Martins não acreditava que o vice-rei mandasse prender um brâmane por causa de uma mulher, se este se opusesse a todas as conversões, talvez, uma bailadeira, apenas, não acreditava, o rajá dissera a Afonso de Albuquerque serem intocáveis os sacerdotes hindus, conversões só de *dhalits*, intocáveis. Domingos Paes levou o amigo a um feiticeiro hindu, experiente nos rituais dos povos da montanha, este convencera Domingos Paes de que Rhema se assenhoreara da cabeça de meu antepassado como Ganesh, filho de Xiva e Pavarti, se assenhoreara da cabeça do elefante após o pai o ter decapitado quando lhe barrara o caminho do quarto da mãe; Pavarti, por ódio e amor, ameaçara Xiva de destruir o mundo se o filho não lhe fosse devolvido vivo, Xiva fez renascer Ganesh com a primeira cabeça do animal que tinha sido encontrado, um elefante; Rhema, desejando fugir do templo, apoderara-se da cabeça de José Martins, enfeitiçara-a de amor, para que ele a raptasse e a tornasse uma senhora cristã, europeia, fina, renascida, pronta a viver nova vida, como Ganesh simbolizava, o deus das novas oportunidades, dos novos começos, José Martins, crente na inocência de Rhema, servidora sem pecado de homens, pura e alegre como todas as dançarinas, cujo bailado ofereciam aos deuses, despachou o adivinho, recusando-se pagar-lhe a cesta de piripiri que este exigira. José Martins, como amante em terna solidão, afastara-se do convívio dos portugueses, buscava as praias de areia negra e o cais enlameado; uma certa tarde melancólica, tragando postas de peixe seco na praia, fechando-se o céu em nuvens escuras, ubérrimas de água, anunciadoras da vizinha monção, o meu eneavô, desvairado, chorou lágrimas loucas, filhas da solidão e do desejo, retratou o corpo de Rhema deitado, longo e ligeiro, na areia quente da praia, e sobre ele se deitou, primeiro como um lagarto imóvel, imitador do silêncio da pedra, depois, não resistindo, copulou com a areia da praia até à exaustão do último espasmo, que o não satisfez, repetindo os gestos e o ato para escândalo de portugueses e indianos, Domingos Paes alertou-o, Rhema comeu-te a cabeça, como Xiva a Ganesh, tem olhar de santa mas corpo de demônio, esquece-a, mas José Martins era incapaz de esquecer a única mulher que amava.

D. Francisco de Almeida partira definitivamente da Índia, mas as borrascas em que Afonso de Albuquerque era pródigo não tinham terminado, capitães que tinham assaltado Ormuz com o vice-rei conspiravam contra seu poder absoluto e as suas ordens ditatoriais, ameaçando retornar a Portugal em naus isoladas e indispor D. Manuel contra Afonso de Albuquerque. José Martins tratava-lhe da saúde, instável e frágil, semelhante a seu corpo, pequenino e magrinho, mas dotado de uma força e um vigor descomunais, notava-o irritadiço, inclinado para o silêncio e, não raro, encolerizado, exasperado contra os seus capitães, uns maliciosos no contrabando, rapando as quintaladas que deveriam seguir para o rei, outros velhacos e cruéis, cortando a eito narizes, orelhas e lábios a indianos desobedientes, portando-se como altezas em sua casa; outros, astuciosos, manobrando para os dois lados, privilegiando o lado que garantia mais ouro e prata, deixavam passar os navios cairotas carregados de pimenta sem pagarem o "cartaz" desde que o bolsim pessoal se enchesse de moedas de prata; Gaspar Correia alertava Afonso de Albuquerque para o desvio nas contagens, sempre para baixo, cada ano menos dinheiro, que obrigava ao confisco, ao abalroamento de navios muçulmanos, à invasão de cidades hindus inimigas, à mortandade de soldados portugueses, o vice-rei furibundeava, não lhes chegam a quintalada e o soldo, um ou outro escambo, aferram-se ao dinheiro para a coroa, tragando-o, Afonso de Albuquerque denunciava-os por carta a el-rei, Gaspar Correia escrevia as palavras diretamente da boca do vice-rei, sem emendas nem borrões; ouvia-se desabafar, mais não podia fazer, o regimento forçava-o a consultar os capitães para a nova empresa que havia muito gizava, a definitiva conquista de Aden e do estreito de Meca, no mar Roxo, fechando o canal por onde os muçulmanos abasteciam de especiarias o Cairo, seguidas para Gênova e Veneza, invadindo a Europa de pimenta barata, com a conquista definitiva de Aden Portugal ficaria sem concorrência na Europa, senhor de todos os produtos indostânicos, os capitães crispavam o nariz, recordavam a crueldade de Afonso de Albuquerque na primeira conquista de Ormuz, forçara o Curiate a dar-lhe todas as provisões da cidade:

... e não ficou casa nem edifício, nem a mesquita, que era uma das mais formosas que se viu, que tudo não viesse ao chão.

Domingos Paes recordava como Afonso de Albuquerque mandara chacinar a quase totalidade da população de Mascate, derrubando-lhe as muralhas com a violência dos canhões, em

Guarfação os moradores tinham fugido, alertados pela terrível fama do "Leão dos Mares", Afonso de Albuquerque perseguira-os por terra e chacinara-os sem quê nem porquê, nem sequer por serem muçulmanos ou mouros, apenas porque o vice-rei queria chegar a Ormuz precedido de uma terrível reputação, atemorizadora das autoridades da cidade, com exército e marinha superiores à portuguesa, necessário que os mouros tremessem antes que a frota portuguesa aportasse frente às muralhas da cidade, mandara atiçar fogo à totalidade da cidade de Calaiate, os mercadores tinham-se antecipado, suplicaram que Afonso de Albuquerque não lhes fizesse mal, perambulavam de porto em porto fazendo escambo, ofereceram-se como informadores dos portugueses, o xeque de Calaiate confirmou, nem os mercadores nem ele, xeque, tinham algum poder, o rei de Ormuz, sim, a quem se obrigavam, Afonso de Albuquerque nada quis saber:

... mas ele tinha em vontade fazer nestes portos todos os males e destruições e mortos que pudesse, para que indo a fama a Ormuz lhe tivessem medo e com temor fizessem o que ele quisesse.

Afonso de Albuquerque, maldoso, não distinguia militares de mercadores, tinham constatado os seus capitães, não menores em maldade, e todos juntos foram a terra devastar Calaiate, saqueando-a e queimando-a, um porto sem importância militar nem comercial, era forçoso alimentar o terror, o medo, lançar o pavor entre os árabes de Ormuz; no final, a cidade transformada em montões de cinzas e ruínas:

... o capitão-mor mandou aos marinheiros que na terra matassem toda a gente que achassem, o que assim fizeram, que não ficou velho nem velha e pedintes pobres e doentes.

Imitando um costume asiático, os portugueses ganhavam prazer em cortar narizes, orelhas e lábios aos mouros, que amontoavam no convés, salgando-os para atardarem a decomposição e amaciarem o cheiro nauseabundo; no final, a carne ressequida, mumificada, era deitada ao mar aos tubarões-cauda-de-cão. Em Guarfação, segundo Gaspar Correia, seu secretário, Afonso de Albuquerque indignou algum dos seus capitães mandando matar

> ... *quantos dentro estavam na mesquita, e meninos e velhos, que todos foram mortos, e às mulheres da cidade cortar os narizes e as orelhas e aos homens cortar a mão direita e os narizes...*

Goradas as negociações em Ormuz, Afonso de Albuquerque atacou a cidade pela sede, infestando os poços com corpos esquartejados de mouros e partes grossas de carne vermelha de camelo e a cisterna monumental, exterior às muralhas, num monte próximo, com corpos queimados de muçulmanos dos cem a duzentos que tinham sido mortos nos primeiros recontros, mandou erguer a fortaleza de Sacotará, inacabada, que deveria abater os navios árabes que seguiam para o Cairo, forçou os capitães a acartarem pedra ao lado dos marinheiros, os capitães revoltaram-se, seguiram para Cochim, queixando-se a d. Francisco de Almeida, Afonso de Albuquerque quebrara a paz que aquele fizera com o xeque de Ormuz, atacara a cidade, Afonso de Albuquerque, sem homens, desistira de submeter Ormuz. Para d. Francisco de Almeida bastava o poder do mar, Afonso de Albuquerque intentava conquistar o poder em terra, suportando o poder do mar, estabelecendo assim um verdadeiro e poderoso reino português incrustado definitivamente na Índia. Francisco de Almeida partira, Afonso de Albuquerque assumira o poder-mor na Índia e mobilizara todos os homens para atacar Adén e Suez, estaleiros das naus dos rumes e porta de entrada no Mar Roxo, relembrava as gloriosas vitórias portuguesas desde que havia cem anos tinham tomado Ceuta, as conquistas e descobertas de África e do caminho marítimo para a Índia, a terra de Santa Cruz, espantosa novidade da existência de uma grande ilha no meio do mar-oceano, forçoso seria rematar os cem mais gloriosos anos da história de Portugal com a conquista de Meca, a cidade sagrada dos muçulmanos, e a libertação do Santo Sepulcro em Jerusalém, túmulo sagrado de Cristo, o meu undécimo avô teve o privilégio de assistir ao conselho de Afonso de Albuquerque com os seus capitães, Gaspar Correia chamara-o por precaução, o vice-rei sofria de paludismo, febres intermitentes que lhe abrasavam o corpo, vomitava o pão de milho com peixe que comia e suava uma aguadilha fria, sofrera um ataque nos últimos três dias, tinha recuperado, fraco de corpo, as pernas tremidas, mas sempre vigoroso, enérgico como a cria do tigre e do macaco, José Martins consultara os olhos do vice-rei, viu como cintilavam de estrelas magnificentes, postos num futuro de glória, orgulhou-se da barba preta de Afonso de Albuquerque, aparada e acertada por si, arredondada nas extremidades, viu como o vice-rei se encrespava à medida que as palavras cresciam, como se estas se enlaçassem num deleite encantatório, como se para uma conquista bastasse o arrojo, a coragem, a audácia, a bravura individual e o ânimo da marinhagem e da soldadesca capitaneadas por um dedo absoluto, um braço de ferro, impositivo, que os capitães não conseguiam ser e ele, ostensivamente, era, necessária também a manha, de que Afonso de Albuquerque se tornara vezeiro, discursava a seus capitães uma oratória sagrada, alçava os braços minúsculos, abafados nas mangas pretas de cetim com ornatos vermelhos, o peito insuflava-se de ar divino, estrondeado no cabeção creme de rendas, falava em nome d'el-rei D. Manuel, que Deus guarde, de quem somos braços, el-rei maravilhar-se-ia com a façanha dos seus capitães na Índia, falava em nome do Senhor Cristo, um na terra outro no céu, irmanados na propagação da doutrina verdadeira, a única, na salvação das almas, também em nome dos Santos Apóstolos, que nunca se tinham rendido ao infortúnio, à perseguição, invocou os Reis Magos, senhores do Oriente, S. Tomé, que aqui morrera mártir, façamos justiça a S. Tomé e retomemos a Índia para o cristianismo, dizia, baforando, espirrando as caras dos presentes de gotículas de saliva, os capitães rendiam-se à inflamação retórica do capitão-mor e ajustavam partir, ganhando honra e dinheiro em futuras batalhas, clamavam por S. Jorge, por S. Tiago, viva Portugal, José Martins exultou, gritou também, como um capitão de mar, desejoso de combate e triunfo, mas não o desejava, percebeu que poderia raptar Rhema e levá-la consigo para novas terras, tinha direito a uma mulher como membro permanente da câmara de Afonso de Albuquerque, ocultando-lhe, porém, que Rhema fora raptada de um templo hindu.

No bairro judeu, José Martins trocou os seus valores acumulados por um precioso saquitéu de rubis e pérolas de Malaca, olhava para o saquinho embevecido e espantado, dez anos de vida na Índia resumiam-se a isto, um saquitel de rubis e pérolas, procurou o brâmane para uma última tentativa pacífica, Domingos Paes seguiu com o meu pentavô, aplacaria a cólera rubicunda do brâmane e o saquito de pedras preciosas amaciaria os seus protestos, o sacerdote procedia à oração matinal, recitando continuamente OM, o mantra sagrado, o som do sopro divino que antecedera a criação do mundo, recitado ao dealbar do dia, auspiciatório para os homens e os animais, o sangue corresse menos, a violência amolecida e o mal, igualmente motor do mundo, aplacado; à frente do brâmane as três imagens em pedra-sabão da tríade hindu, Trimurti, o Brâmane, Pai da Criação, Avôdo Homem, Vishnu, Pai da Conservação, Sustentador do Mundo, e Xiva, Pai da Renovação, reformador diário da ordem do mundo, o brâmane fizera as abluções, purificando o corpo, orando para depurar a alma e libertar o espírito para a transcendência sagrada, José Martins e Domingos Paes tinham ficado no átrio, junto do pórtico, aguardando, o sol chispava, incendiando os olhos, os telhados de finas placas de bronze do templo coruscavam, simulando a criação da primeira luz, expandindo-a pelas casas dos crentes, o brâmane meditava sobre as suas antigas reencarnações, na mais antiga de que se lembrava fora uma truta, contemplava interiormente os seus saltos sobre os penhascos dos rápidos do rio, esforçando-se por completar o ciclo da sua vida no mundo, desovar e morrer, recordava a dissolução das suas escamas nas águas lodosas de um lago manso, atravessando, com o riacho, as traseiras de um templo a Ganesh, na memória do seu corpo coexistiam marcas de um selo de ferro, que lhe incendiara as carnes de um dos ombros e o chancelara como escravo de um vizir árabe, e o pontifim da espada de um naire, que lhe vazara um olho, levava agora a mão ao olho outrora cego, sentira nele vibrar sangue corrido, alimentando-lhe a visão, recordava-se de ter sido cavalo, branco e persa, de vastas crinas amarelas entrelaçadas, cascos nus livres, galopando nas areias quentes de um deserto montado por um homem negro de largas vestes castanhas e argolas de ouro nas duas orelhas, aspirou o ar em torno, doce e quente da farinha de arroz assada em chapa quente pelas menininhas de Rhema, recordou-se quando fora mulher e preparava o karai gosh para a família, lavando por três vezes a carne de borrego, talhada em pequenos cubos, o cheiro do açafrão pisado, a colher de pó de gengibre, o dedinho de cominhos, os coentros e a hortelã pisados, os tomates frescos ralados entre as mãos, a malagueta cortada ao meio, ressumando a seiva ardente, refogado em lume forte, depois muito lume lento em dez achas atiradas à fogueira, recordava-se fugazmente de ter sido oficial de justiça de um mandarim de pele preta, astrólogo de um rajá de pele branca e escriba de um marajá de pele parda, eunuco principal do harém de um vizir das arábias, mestre-mor das trinta e três artes do *ai ki do* e das sessenta e seis do *reiki*, confidente de uma princesa mongol de pernas cabeludas, *yogi* na província norte de Madrasta, barbeiro-cirurgião de um mercador de peles e pêlos, mergulhador colarista no reino de Sião, bobo da corte do príncipe hindu de Kamantaru, proxeneta de mulheres casadas e parasita de donzelas solteiras, jardineiro e florista com o monopólio das flores cor de salmão para o reino do Guzarate, fabricante de espanta-espíritos, amestrador de cobras-capelo e caçador de lagartos-de-gola-amarela-real, rememorou uma das suas últimas encarnações, a de filho único de pai rico, pederasta por natureza e eremita por vocação, e outra, como cortesã luxuriosa em Canácona, recordou-se de oferecer aos protegidos folhas e nozes de bétele e óleos almiscarados de cheiro doce. Chocalhou a cabeça, misturara as reencarnações, não poderia ter sido cavalo depois de mulher, nem guerreiro depois de escravo, enfim, sabia-se hoje brâmane e aguardava sereno a morte para se libertar do ciclo das reencarnações, Domingos Paes batera as palmas, anunciando-se, os olhos de Rhema surgiram enlevados pelo coração, enviou um beijo a José Martins como se tivesse enviado a totalidade do corpo, o meu eneavô sentiu o coração a bater como a pancada forte do coração do cavalo, o seu *lingam* alteou-se à vista do rosto de Rhema como uma montanha erguida num átimo por Deus, levou as mãos ao entrepernas, tapando a vergonha, Rhema riu-se e abriu levemente o sari no território desejado por José Martins, Domingos Paes, bruto, comentou, Rhema na cama deve ser como um javali, o meu pentavô replicou, não um, uma legião deles, relembrando a noite em que Rhema o obrigara a ficar de pé enquanto ela mostrava as suas habilidades, como tocar música com os dedos de uma mão nas cordas de uma cítara e, com os dedos da outra mão, lhe afagava deliciadamente o prepúcio, depois, manhosa, mascarou-o de rajá, com turbante de seda e colares de cravinas, penacho de penas de papagaio, e desenhou-lhe no corpo nu, com a língua rosada de essência de flores, a forma harmoniosa do corpo da deusa Parvati, no final, ferrou-o nas pernas com um bastão de teixo, forçando-o a sentir simultaneamente o espasmo da dor física e o espasmo do deleite erótico. O brâmane recusou de novo ceder Rhema ao frangue, como dizia, adorador do homem que agoniza na cruz, a vida devia ser adorada em luz, segundo o dharma doado pelos deuses, e não sofrida, como o exigia o Nazareno, José Martins nem entrou no templo, de saquitel de rubis e pérolas na mão, voltou para o forte infinitamente triste, só lhe restava raptar Rhema na madrugada do dia em que Afonso de Albuquerque partisse para Aden. O vice-rei escrevera a D. Manuel inteirando-o da necessidade de cortar o canal do Mar Roxo aos árabes, queixou-se ao rei de a corte pouco cuidar da Índia, donde lhe advinham riquezas infinitas:

E isto, Senhor, que eu vos aqui escrevo [a traição dos mouros], há de durar na Índia enquanto não virem o vosso poder as forças principais dela e as boas fortalezas ou peso de gente que as sossegue, e desta maneira se fará o trato da mercadoria sem guerra e sem termos tantas pendências na Índia. E três mil homens, pelo soldo que Vossa Alteza agora dá, pouco mais ou menos valem cento e vinte mil cruzados cada ano, e a especiaria que mandais levar da Índia, perdas do mar e cabedal, valem um milhão de cruzados. Veja Vossa Alteza se a árvore que este fruto dá cada ano não merece ser bem hortado e bem regado e bem favorecido. E ainda vos torno a dizer que se quereis escusar a guerra da Índia e ter paz com todos os reis dela, que mandeis força de gente e boas armas, ou lhe tomeis as cabeças principais do seu reino que têm na ribeira do mar.

José Martins contratou um bandonote de párias muçulmanos que, cativos e escravizados, se tinham bandeado para o lado dos cristãos, vivendo de pescado pobre, sem barquéu, pescando nos esteiros de Cochim com redes de fibra de coco; para remediarem a pobreza, alugavam mulheres e filhas aos cristãos, serviço abundantemente requerido por Domingos Paes, que privilegiava a pele branca árabe à castanha indiana, eram homens perdidos, nem mouros nem cristãos nem hindus, que, por uns pardaus, de bom grado se entregavam a malfeitorias que lhes saciassem a fome eterna de carne e lhes permitissem um dia fugir para terra incógnita, ressuscitando com a vida que todos desejavam, a de mercador de especiarias, José Martins fora pródigo, prometera-lhe uma mancheia de rubis se lhe trouxessem Rhema às palafitas do cais na madrugada da partida, Rhema passaria por escrava de José Martins e Domingos Paes. Nessa noite, Rhema encheu um balaio com os seus pertences, roupas e jóias, e desceu ao pátio do templo, o brâmane dormia numa esteira acolchoada de algodão, frente à larga estatueta de Ganesh, as chamas das lamparinas de azeite de búfalo tremelicaram quando Rhema abriu a porta, cerrando-a de imediato, sem ruído, e se sentou num poial de pedra, esperando, o bando de ismaelitas barbados, cheirando a peixe podre, tinham chegado, lâminas de ferro das adagas ostentadas, cutelos de decapitar peixe nas mãos fechadas, nenhum esforço fizeram, nenhuma ação violenta cometeram, Rhema juntou-se-lhes e partiram para o ancoradouro de madeira do cais, onde José Martins a recebeu de braços abertos. A maioria dos "casados" de Cochim partia com Afonso de Albuquerque, este queria levantar um bairro português em Aden, José Martins juntou Rhema às outras indianas maridadas.

A Mãe vai a Fátima

A Mãe nunca atribuíra ao marido culpas do seu não regresso, nisso não era possível acreditar, o Augusto não lhe faria semelhante afronta, se não vinha era porque o não deixavam vir, se não escrevia era porque não podia, a culpa deveria ser do Salazar, presidente do conselho de ministros e ditador de Portugal, ou da União Indiana, um vago Nehru, de quem ouvira falar, cujo perfil vira na televisão e de que instintivamente não gostara, a Mãe nunca choraria o suficiente a partida do marido e mil vezes se arrependeu de ter baixado a cabeça, anuindo, quando o Augusto lhe anunciara que Salazar buscava serralheiros para Goa, para tomar conta de minas de ferro. Sentava-se no poial da janela, fixando o princípio da rua, desleixada, o cabelo por lavar, as mãos encardidas e duras como sola de sapateiro, a auréola roxa das borbulhas na cara, sem o preparado do creme de aloés da tia Belmira, a testa escurecida pela sujidade acumulada de transpiração do esforço de lavar escadas, o pescoço balofo, as cordas de carne acinzentadas, a braseira aos pés nos crepúsculos de inferno, o saco de castanhas assadas de quinze tostões ao lado, não tirava os olhos do fundo da rua, esperando o Pai, haveria de vir, dizia assim mesmo com o seus botões, se não hoje, amanhã será, Deus não dorme, só repousa, e se muito repousa um dia despertará, os pombos voltejavam pelos telhados, orientados pelo pombal do senhor

Armandinho da mercearia, a Mãe depositava as mãos cruzadas sobre a saliência da barriga, de bojo repleto de castanhas, tinha feito trinta anos, desenrolava da malinha preta o papel branco de embrulho da loja do senhor Armandinho, tragava saborosamente uma parra abarrotada de creme barato, abrira a caixa do correio, nada, nenhuma notícia do marido, enchia a boca de creme laranja, uma orgia de açúcar, limpava os lábios ao papel da pastelaria, agoniada de excessivo doce, sentia o sexo murcho, as coxas gordas, banhosas, os músculos dos braços doloridos de tanta escada lavada e encerada, tanta louça lavada, tanta cama feita, tanto corredor varrido, tanta parede repassada com lixívia, perdera o prazer de viver, apenas a minha presença substituía a ausência do marido, trabalhava para me pagar a escola, comprar roupa, comprar comida, pagar à irmã a parte de casa que habitava, a Mãe debruçara-se sobre o apoio de madeira, atraída pelo ladrar de cães engalfinhados farejando o traseiro de uma cadela, um cão coçava as pulgas, outro lambia o sexo, o gato siamês do prédio em frente espojava-se na varanda, arrepiado de medo, despertara do sono eterno dos animais domésticos, a Mãe massageava a pele no lugar do coração, a tia Belmira dizia que a Mãe tinha o coração maior do que a caixa, uma inesperada ruga na testa avisava que se preocupava, eu já devia ter chegado a casa, uma lágrima aflorava-lhe aos olhos, habituara-se à ausência, mas não queria prolongá-la no filho, precisava do filho, de mim, a justificação da sua vida, eu e a esperança de um dia partir para Goa à procura do marido, presumia vislumbrar o recorte do meu corpo no fundo da rua, não, não era o meu nem o do marido, só o vazio preenchido por muitos corpos neutros, sem significação, a mãe rezava um pai-nosso, suplicando a Nossa Senhora de Fátima que me trouxesse para casa, me amparasse na vida, a Mãe contava o dinheiro no porta-moedas, depois na carteira de napa, escasseia, o suficiente para viver, um resto de poupança para um dia comprar o bilhete de avião para Goa, tem de se informar se não poderá ir de barco, mais barato, a tia Belmira desesperara de pobreza após a morte do marido, o Serra, gerente das padarias, vivia às custas do patrão do marido, de nome Padeiro, pai da Isabelinha, fazendo-lhe broches ou batendo-lhe punhetas ao fim da tarde, este por vezes vinha a casa da tia Belmira, a Mãe trabalhava, eu estudava na salinha da rádio, onde a Mãe passava o serão o ouvir programas para trabalhadores da Emissora Nacional, escrevendo mais uma carta para o marido, cujo envelope rezava invariavelmente "Para: Augusto Martins serralheiro Goa, Estado da Índia Portugal", o Pai nunca as recebeu. O senhor Padeiro afagava-me a cabeça, dizia que tanto ler malucava a cabeça, eu tinha de ter cuidado, aprendesse um ofício, padeiro, por exemplo, nunca faltava pão à família, se o teu pai tivesse sido padeiro, como eu queria, nunca teria desaparecido nos sertões da Índia, entrava no quarto da tia Belmira, de cama preparada, o paninho branco e o jarro de água para as limpezas seminais antes de sair e ir jantar com a mulher e a Isabelinha, a filha, eu espiolhava pelo buraco da fechadura, ele usava a tia Belmira como queria, pela frente, por trás, com o cabelo da tia Belmira enrolado no pênis, ia experimentando ao sabor do desejo do momento, quando saía afagava-me de novo a cabeça, as mãos cheiravam-lhe a sabonete *Lux,* insistia em que eu não devia estudar tanto, se quisesse emprego na padaria no turno da noite era só dizer, eu agradecia, por vezes fazia de meu pai, deixava-me cinco escudos para eu comprar um maço de tabaco *Porto,* um homem tem de fumar, já estás na idade, dizia, conselheiral, fazia cara séria, dizia para eu me afastar da Isabelinha, só amigos, não é por nada mas a minha filha não é para o teu dente, dizia ele, um dente de ouro à mostra, a tia Belmira saía do quarto, olhos suspeitosos, desviando a cara do meu olhar, bochechando a boca com água de uma garrafinha de Vimeiro, incomodada pelo resto de sêmen no céu da boca, ele despedia-se, rindo-se, imitando os soldados de Angola na rádio, "Adeus e até ao meu regresso", a tia Belmira procurava bolachas de baunilha para tirar aquele sabor da boca, ou geleia de morango, tragada à colherada do frasco de cima do frigorífico, ao lado do pinguim de louça, a minha mãe chegava, dava com o pai da Isabelinha na escada, no lanço de azulejos verdes e roxos, cumprimentavam-se como quem boceja, a Mãe sabia que sem a ajuda dele não havia dinheiro para pagar a renda de casa, ele desejaria que a tia Belmira despejasse a Mãe na rua, poderia vir a qualquer hora do dia, teria uma amante com casa montada, mas apiedava-se das saias e dos casaquinhos coçados da Mãe, dos vestidos roçados, descoloridos de tanta lavadura, da minha orfandade, sentia-se responsável por mim, sabia-me bom estudante, o filho macho que ele não tinha, limitava-se a deixar dinheiro e a prometer-me emprego, um besouro persegue-lhe a cara, transpirado do esforço de se vir, a mãe levantava a malinha preta, afastava o besouro, espreitava-lhe a protuberância no entrepernas, nada de especial, o Augusto sim, cá um chumaço, pensava ela, a Mãe vinha a chupar um rebuçado de alteia e mel, que lhe ameaçava os dentes mas lhe impedia a tosse, ansiava por se sentar à janela com o coração gelado à espera do marido, melhor, esperar por nada e ninguém e contemplar a rua vazia, de coxas abertas, à vontade, grossas à custa de parras, jesuítas e mil-folhas, o Augusto não gostaria de me ver assim, relaxada, gorda, os pés enfiados nos chinelos de ourelo, passava os dedos pelo surros das estrias do pescoço, tomava poucos banhos para poupar na água, mirava o fim da rua, os olhos abertos e vazios, imóveis, cristalizados, pensava pasmada ter-lhe sido o destino fatal, como a Rosa desfolhada do fado da Amália, olhava para as mãos gretadas, cheias de frieiras vermelhas, não falava comigo nem com a irmã, um pouco de palavras atiradas a noite inteira, cansada das ordens das senhoras para quem trabalhara durante o dia, todos os dias lhe doía o corpo ao fim da tarde, moído, esgotado, as células retorcidas da amargura das falsas esperanças, que, no entanto, tudo fazia para espevitar, recolhida entre as sombras da vida, à Mãe faltava-lhe luz na vida quanto lhe sobrava de solidão, que a minha existência pouco compensava, eu era o lancete que não deixava sarar a ferida da ausência do marido, doía-lhe a alma, exausta de desespero, menos tecido de revolta e mais de resignação, resignara-se a não ser feliz, a noite caía, acendiam-se os candeeiros da rua, iluminados de luz baça e amarelada, a escuridão penetrava a casa, a tia Belmira cozia batatas, grelos ou rama de nabo, três ovos cozidos, abria uma lata de atum em azeite, ou uma lata de cavalinhas em óleo vegetal, sentávamo--nos os três à mesa, a jantar, imóveis e silenciosos, escutando o avanço da escuridão, todas as lâmpadas apagadas menos a da cozinha para se poupar na conta da eletricidade, cada um com a sua tristeza e a sua máscara, a Mãe e a tia Belmira com o passado esburacado, esgarçado, a Mãe sonhando com o dia em que deveria ter proibido o Augusto de partir para Goa, a tia Belmira com a morte do marido, que a lançara na pobreza, para ambas o futuro apresentava-se vazio e o presente uma carga de trabalhos sem recompensa, os dias não eram de festa e as noites seriam de mor tormento, entre o frio dos lençóis e os espectros dos homens ausentes, entre insónias e pesadelos, como abutres noturnos, sugando-lhes o sol da esperança, a madrugada haveria de nascer, essa a única esperança, trazendo um pouco de luminosidade àquela vida enlutada, uma verdadeira, outra de marido vivo, a mãe readormecia, uma vigília ensombrecida de sono, sonhava-se sentada ao colo do marido, ela como uma sereia úmida, ele de dorso brilhante retorcido sobre os seios da mulher, chupando-os, eu, no meu esguio quarto, comprido mas estreitíssimo, uns centímetros mais que a largura da cama, sem sono nem vontade deste, sonhava com acácias vermelhas africanas, ipês amarelos e jaracandás roxos brasileiros presumindo-os árvores asiáticas, sonhava-me fora de Portugal, seguindo o rasto do Pai num horizonte de palmares e coqueirais, vislumbrando panos de caravelas e silhuetas de pássaros, talvez gaivotas, talvez milhanos, talvez corvos, respirava interiormente um ar poroso e rarificado, rompido dos vidros da janela alta e, como agulhas tensas de aço, rasgava o hímen de raparigas, a primeira a Isabelinha, tremelicava de sono, o coração acelerado, pulsante, asfixiando-me a garganta, sentia restículos de sangue na boca, um sol que me chagava o peito, como uma raposa morta e queimada, sobejada no alcatrão preto, revoltava-me e dizia, como Zaratustra, que lera durante a noite, ainda não é tempo para dançar, sonhava que tinha a boca cheia de detergente rosa que a Mãe misturava na água para lavar as escadas das senhoras, via-me a penetrar a Isabelinha como o seu pai fazia à tia Belmira, o corpo da Isabelinha retraía-se, retorcia-se de labaredas incandescentes, dentes de gelo branco, que lhe repuxavam os lábios, mordendo-me, oferecia-me a vulva úmida como se me oferecesse flores, mirava-lhe a fenda, mãe do mundo, os lábios verdes da vagina, os pêlos violeta da púbis, a carne rosa da pele, o totem do clítoris acastanhado, sabia mal, como os figos das piteiras no inverno, a flores de laranjeira queimadas pela geada, sorria para a Isabelinha, de sexo aberto entre o Tigre e o Eufrates das coxas, por onde penetrava a tribo de Ruben, o Pai na vanguarda, saliente entre as bossas de um camelo creme, turbante e djalaba brancos, mão em riste sobre os olhos, inflamados de sol, abria os braços eufóricos, soltava urros jubilatórios, contemplava, enfim, a terra prometida, a terra de amêndoas e mel, onde seria feliz, da matriz da Isabelinha soltavam-se lâminas de vidro, que ladravam e mordiam os meus dedos, revirava os olhos de prazer, soltara-se uma pomba branca que voltejava em torno da minha cabeça, bicava-me os caracóis dos cabelos, levantava voo de novo, um voo veloz, silvante, como o assobio estridente de uma flauta em torno do altar sagrado de Ceres, levantava-me da cama, de manhã, como se me levantasse de uma estepe gelada, o corpo fatigado, o esqueleto chocalhando a caminho do banheiro, trajando o pijama azul do Pai, de calças e casaco, largueirão como o Tejo, tomava o banho que a Mãe não tomava, da cozinha refilava, poupa na água, no poupar é que está o ganho, dizia, salazarista, vestia-me, a tia Belmira levara o rádio para a cama, ouve o Antônio Calvário, "Senhor, mil perdões não mereço...", tragava uma torrada em pé, como um soldado espartano, pão escuro, barrada com margarina, enfiava a camisola cinzenta bordada pela Mãe sobre a camisa branca de colarinhos voltados, apanhava a Isabelinha à porta de casa e seguíamos para o liceu, havia muito que a não via tão revoltada, torta sempre fora, mais natural ouvir-se da sua boca um não que um sim, e se este soletrava, logo se seguiria um adversativo mas, queria ir trabalhar, abandonar o Maria Amália Vaz de Carvalho, proibida de usar rímel nos olhos, a bata branca caída a direito dos ombros às canelas, a professora de Inglês medira-lhe com fita métrica desdobrável a distância entre a bainha da saia e os joelhos, humilhada, forçada a baixar a bainha, forçada a usar soquetes com meiinha branca, a Isabelinha ia deixar de estudar, havia dois anos deixara a igreja, agora deixaria a escola, eu parava-a no meio da rua, depunha-lhe a mão no ombro, não, gritava-lhe, só quando entrares para a faculdade, então fazes o que quiseres, a Isabelinha tinha vindo a descobrir o universo político, metia o *Avante* em papel bíblico entre *Os Lusíadas,* edição da Porto Editora, deixava-me no liceu Camões e prosseguia para o Marquês de Pombal, eu encontrava o Nelinho ao portão, vendia rifas para um sorteio, ganhava dois tostões por cada rifa, barafustei, só pensas em dinheiro, perguntou-me em que havia de pensar além de dinheiro e mulheres, o resto pouco interessava, juntou-se-nos o Carlinhos, a verdade na mala carregada de livros franceses, Barthes, Foucault, Lévy-Strauss, disse-lhe que a minha tia Belmira anunciara na véspera ao jantar que talvez partisse para França, devia estar farta do pai da Isabelinha, mal o via os músculos da boca ressentiam-se, forçados, juntara dinheiro suficiente para pagar a um passador, a Mãe angustiara-se, teria de pagar a renda de casa sozinha, a irmã garantira-lhe que não, mandaria dinheiro de Paris, não queria morrer e ser enterrada em cemitério estrangeiro, não sou como o Augusto, renegado, partiu, enriqueceu e abandonou-nos, arranjou uma negra por lá, disse, a mãe chorava, as mãos na cara, arrepanhava o avental, limpando os olhos, a tia Belmira disse, o sangue não mo deixa fazer, és minha irmã mais nova até à morte, cuidarei de ti, mas podias ajudar, esquece o Augusto, junta-te com outro homem, a Mãe não falava, uma blasfémia o que a irmã dissera, um sacrilégio, como podia esquecer o Augusto, o único absoluto amor da sua vida, o pai do seu filho, aquele que na noite de núpcias a penetrara de setas de fogo, acordando-lhe o calor do paraíso, que ela presumia existir só no céu, preferia morrer, não fosse a minha existência e o medo do inferno e já se teria suicidado com remédio para ratos, a igreja e o padre Lamberto já não a consolavam, as missas ditas em português tinham perdido o sabor do mistério, da igreja esperava a candeia acesa da esperança e esta tardava em reacender-se, a Mãe decidira ir a Fátima, prostrar-se perante a Virgem, lá as estrelas deveriam sorrir, anulando a penumbra imóvel da nave da igreja de S. João de Deus, a Mãe, enroupada de xale e mantéu pretos, buscava luz branca, fogo para a vida, água fresca e límpida, que não cheirasse a espuma nojenta do detergente de lavar escadas, sentava-se solitária na igreja, antes de regressar a casa ao fim da tarde, sentia o crepúsculo adensar-se, lá fora e no seu coração, assustava-se com os olhos brilhantes das estatuetas dos santos nas peanhas, o rechinar ardente das velas mal cheirosas de gordura de carneiro, puxava o xale para o peito, aquecendo-se, retirava discretamente a carcaça com chouriço, que ia comendo aos poucos, entre rogos e rezas, mastigando de boca aberta, arfando, as beatas ramalhavam o terço lá para diante, frente às grades do altar, um vozear orgulhoso, portador da verdade, como os livros em francês do Carlinhos, como o marxismo serôdio da Isabelinha, que trocara a Bíblia pelo Manifesto Comunista, a Mãe meditava na ingratidão da vida, nos precipícios abertos por esta, indiferente ao bem e ao mal, as horas esgotavam-se, a lassidão e o torpor emergiam, submetendo os músculos doridos do esforço de esfregar as panelas de alumínio das senhoras suas patroas, pesavam-lhe os olhos, a barriga contente, cheia de pão e chouriço de carne, o acólito aparecia, alto e louro, velho e satisfeito como a igreja, aliada de Salazar, dava ordens ao sacristão, este dedilhava três interruptores, acendendo uns lampadários de falsa prata, a Mãe contava os cravos que lhe nasciam nas mãos, premia-os, duros e sólidos, enchia-se de compaixão por si própria, sentia vontade de mijar, levantava-se para sair pensando onde estaria eu, já teria chegado a casa, sempre a estudar nos cafés, a gastar dinheiro, tantos livros no quarto e sempre de boca fechada, jantava como um mudo, sentava-me a seu lado à noite a ler, mudo, a Mãe a ouvir o serão para trabalhadores, a mãe informou-me que acertara o preço com o senhor Barroca, dono dos dois táxis do bairro, pai do Nelinho, partiriam no domingo, de madrugada, regressariam ao fim do dia, não esperássemos, jantássemos e não esperássemos, a Mãe não queria que eu fosse, queria estar só frente à Senhora, receava que a não deixasse prostrar-se, arrastar-se de joelhos pelo caminho de mármore laminado da penitência, a tia Belmira não iria, fugia da igreja como o diabo da cruz, consciente da vida em pecado, o padre Lamberto ordenar-lhe-ia que parasse de oferecer o corpo ao pai da Isabelinha, não poderia obedecer, precisava do dinheiro para viver, ele pagava metade da renda da casa e deixava quinhentos escudos no dia trinta para as compras do mês, eu não acreditava em Deus, não imaginava que Nossa Senhora tivesse escolhido três pastores boçais e analfabetos para alertar os homens sobre o perigo da Rússia, Nossa Senhora, se existisse, seria mãe de todos os homens, não tomaria partido a favor de Salazar contra os comunistas, a igreja uma instituição caduca, pouco devota e muito supersticiosa, dirigida por bispos velhos e gordos, nunca vira um bispo magro, era este o meu grande argumento contra a igreja, os bispos estão gordos, usam fatos de fazenda de bom corte e anéis de ouro em cada mão, só acreditaria em apóstolos magros, de roupa usada e dedos nus, a Bíblia fora uma ilusão, o ópio dos pobres, como hoje o é o marxismo, não valia a pena dissuadir a Mãe, para ela Deus existia como existia o senhor Armandinho da mercearia, este via-se, de olhar alegre atirado aos céus, perscrutando bandos de pombos, Deus não se via, a diferença, pouca, aliás, ver ou não ver não fazia grande diferença, também o Pai não se via e a Mãe tinha a certeza absoluta de que o marido estava vivo, dizia-mo, de boca aberta, a boca da verdade, o teu pai está vivo, não vem porque não pode vir, pudesse ele e já cá estava, fora a guerra, a integração de Goa no estado indiano, o corte de relações diplomáticas, se calhar vem por aí fora a pé, perdeu-se, é o mais certo, não sabe o caminho, eu calava-me, não valia a pena dizer existirem dois oceanos e um continente entre Portugal e a Índia, conhecia a Mãe, encapuchada na sua verdade, como a igreja, não valia a pena argumentar, um dia bateria com a cabeça contra a parede, a verdade revelar-se-ia, precisaria de estar a seu lado para a consolar, dizia-o a mim próprio, tens de estar ao pé da tua mãe para não sofrer mais, o Carlinhos emprestara-me o *Porque não sou cristão,* do Bertrand Russell, e *O existencialismo também é um humanismo,* de Jean-Paul Sartre, traduzido e comentado pelo Vergílio Ferreira, depois *O mito de Sísifo,* de Albert Camus, traduzido pelo Urbano Tavares Rodrigues, a Isabelinha emprestara-me uma edição clandestina de *O materialismo histórico e dialéctico* do Henri Levebre, fora tiro e queda, não mais pudera entrar numa igreja que não me sentisse no mais gigantesco circo popular, onde se jogava a maior ilusão humana, a de uma justificação absoluta para existência humana, a da fundamentação absoluta de um exclusivo sentido para a vida, desde os catorze anos que abandonara a religião, crente de que nela reinava o espírito de seita que identifica o desejo humano com a verdade, transformando esta na mais pesada ilusão existente ao cimo da terra, boa ilusão para consolo de almas amarguradas como a da Mãe, autêntica perversão para quem se sinta livre e queira pensar como homem, entalado entre a provisoriedade do dia a dia e a necessidade de um abrigo definitivo que cessasse a inquietação humana, Fátima consistia no maior embuste e na maior superstição alguma vez criados em Portugal, não me contive, disse-o à Mãe, disse-lhe para não ir, só iria gastar dinheiro, como podiam os portugueses arrogar-se o direito de reclamar que a Mãe de Deus, caso existisse, claro, os tinha privilegiado, miséria por miséria, ter-se-ia revelado aos negros de África, aos leprosos da Índia, a Mãe chorava, já desconfiava, eu deixara havia muito de ir à igreja, podia ser uma fase, agora tinha a certeza de que alojava um ateu em sua casa, retifiquei, desabando nela toda a revolta que há anos guardava, nem casa temos, Mãe, a casa é da tia Belmira, a Mãe arrepanhou as faces, fechou os olhos lentamente, como quem está morrendo, sentindo que a sua vida se assemelhava a uma morte lenta, a tia Belmira acusara-me, um ateu, sem dúvida, a falar mal de Nossa Senhora, eu não vou à igreja mas tenho remorso, recrimino-me por não ir, quero, mas não posso, os pecados são maiores do que o perdão e não posso deixar de os cometer, levantei-me rispidamente, senti que não podia quebrar a crença da Mãe e da tia, amaciei o discurso, agarrei-me à Mãe, disse que queria acreditar mas não podia, Deus, se existisse, não podia ter criado um homem tão velhaco, seria um ser pérfido, traiçoeiro, lançar-nos numa vida de contínuo sofrimento, não podia existir.

A Mãe lá foi, no táxi do senhor Barroca, muito digna no saia-casaco cor de prata, meias de vidro, blusa branca de cetim e sapatos pretos de meio tacão, tomara banho, penteara-se com esmero, o Pai gostaria de a ver assim, pensei, foi a rezar toda a viagem, de olhos fechados, agarrada às contas do rosário, receosa da velocidade de setenta quilômetros por hora, sussurrando o que pareciam gemidos comovidos, soluços contritos, o senhor Barroca tentou parar para almoçar, a Mãe não o permitiu, precisava de passar o máximo tempo ao pé da Senhora, explicava-se, massageando a pele curtida das mãos, o senhor Barroca ia engolindo uma das sandes de courato que a mulher lhe preparara, a

Mãe jejuaria todo o dia, purificava o corpo para que a Virgem nela entrasse, o corpo isento de carnes vermelhas, gorduras de peixe, virtuosa como a Virgem, lúcida como uma crente, mas o maligno não a deixava, a Mãe abria os olhos, lançava-os ao céu, suplicando dúvidas abafadas, porque as crianças falecidas sem batismo haveriam de ser danadas, porque o pecado original haveria de se transmitir a todas as gerações do mundo, que absurdo, refletia, todos deveríamos nascer em graça, o coração puro, a esperança de salvação garantida, a Mãe queria ser feliz e desejava uma religião feliz, a Senhora tinha de lhe aplacar a dor e a mágoa de que se sentia filha, suplicaria à Virgem que lhe trouxesse o marido e me salvasse a alma, por esta ordem, primeiro o marido, depois o filho, concluía.

Era domingo, o santuário abundava de peregrinos, meninas e meninos seguiam em fila o catequista, bandos de freiras a sua madre, saloios interioranos arriavam entre as árvores, por trás das camionetas de excursão, tragando frango assado e caldo verde em mesas de pedra ou em mesinhas articuladas de campismo, a Mãe, em jejum, agoniara-se com o cheiro do frango assado, afastara-se das lojas de santinhos e bentinhos, um luxo para a sua bolsa, limitou-se a comprar três pagelas a Nossa Senhora, em papel, sem moldura, com a oração das supliciadas, das injustiçadas, das crucificadas em vida, uma para ela, outra para a tia Belmira e outra para mim, haveria de dar-ma, ainda a guardo na carteira, junto do passaporte, a Mãe comprou um círio da sua altura, fininho de espessura, o mais barato, ofereceu-o a Nossa Senhora, chorando, rogando que lhe trouxesse o marido, mesmo morto, a aliviasse daquela incerteza, apenas um postal a informar que o Augusto Martins morrera, esmagado por uma montanha de pedra de ferro, sofrera um acidente em Goa, afogara-se na praia, fora envenenado por um colega invejoso, mordido por uma cobra, qualquer coisa que lhe aplacasse o vazio, a incerteza, rezou enquanto o círio se queimava na pira das velas, olhando fixamente para a chama, enfileirou-se na multidão de mulheres que se arrastavam ao longo do passeio vermelho, os joelhos sangrados, enrolados em panos, a Mãe extasiava-se, supliciada, as rótulas duras do trabalho a darem de si, rangendo, laceradas, sangrando, rasgadas, as mãos elevadas ao céu, pungentes, comoventes, sentia-se sofredora como Cristo, flagelada como Cristo, brutalizada como Cristo, uma escuteirinha deu-lhe água a beber, a Mãe chorou, carpia uma imensa infelicidade, uma dor maior do que o mundo, deixou-se cair no chão, a cara banhada em lágrimas, as faces espojadas no cimento, a escuteirinha ajudou-a a levantar-se, a Mãe não quis, ajoelhou-se de novo, arrastou-se novos metros, lacrimejando, as mãos juntas em riste, em posição de oração, clamando perdão, absolvição dos pecados que o marido porventura cometera, passa-os para mim, minha Nossa Senhora, mas trá-lo, encaminha-o para a nossa casa, depois pune-me pelos pecados dele, dá-me um cancro, uma tuberculose, se ele estiver preso leva-me a mim para a prisão, se ele estiver paralítico cura-o, entreva-me a mim, mata-me um dia depois de o Augusto retornar, deixa-me passar uma noite com ele, outra noite, como a de núpcias, setas ardentes penetrando-me, só mais uma vez, depois mata-me entre os seus braços morenos da Índia, minha Nossa Senhora, a Mãe rojara-se, o rosto banhado de lágrimas, o pescoço ensopado, apetecia-lhe ficar ali, deitada no chão de mármore vermelho, sob a mão consoladora de Nossa Senhora, uma freira trouxe-lhe uma limonada com açúcar, disse-lhe palavras belas, Nossa Senhora ouviu o seu pedido, pode ir descansada, o que tiver de se cumprir cumprir-se-á, a freira levou a Mãe para umas cadeirinhas brancas de plástico, levou-lhe a limonada aos lábios, a Mãe chorava, não conseguia parar de chorar, expiava dezoito anos de sofrimento, purgava-se, resgatava-se do tormento que a sua vida se tornara, purificava-se para acreditar ser a vida mais do que um calvário de dor e de tormento, limpava as faces com o lencinho de algodão, a freira secava-lhe o pescoço, compunha-lhe a gola do casaco, alisava-lhe a blusa suja do pó do chão, disse-lhe para descansar, foi auxiliar outras mulheres, a Mãe olhava para as mulheres de joelhos arrastados, ouvia-lhes as lamúrias, sentiu vergonha por ter feito o mesmo, humilhar-se à frente de todos, um vexame e uma degradação, pressentiu pela sabedoria do sangue que fizera o que tinha de fazer, não repetiria, demasiado aviltante, desonroso, aproximava o homem dos animais peludos, de guinchos estridentes perante a desgraça, assemelhara-se a uma cadela a abanar a cauda para agradar ao dono, não estava certo, replicava a consciência ingénua da Mãe, ninguém deveria humilhar-se ao nível de um animal, não estava certo, Nossa Senhora não podia gostar, impossível que Deus se deleitasse com o padecimento dos homens, uma mulher nova passava à sua frente, de uma perna só, amparada num bordão de caminhante, o nariz pingando ranho, tossindo uma aguadilha ensanguentada, que recolhia num pano grosso vermelho, uma postura seca, hirta, digna, traída pelo lento lacrimar, morreria em breve, o casaco de fazenda caía-lhe largo sobre um peito que não existia já, viera despedir-se do mundo, porventura rogar a piedade de Nossa Senhora pelo marido e pelos filhos, atrás uma anã, de testa defeituosa, como uma meloa mal ovalada, uma veia verde nela gravada, a cabeça disforme, o tronco recolhido, as pernas amarrotadas, espumava da boca de tanto chorar, encolhida sobre si, um menino mongolóide deixava-se arrastar pela mão da mãe, de corpo gordo e bojudo como um barril de cem litros, o menino atirava cada olho para seu lado, parava, libertava-se da mãe e cruzava os braços, parecendo tombar para trás, a mãe afagava-lhe a cabeça, o menino sorria e avançava ao lado da mãe, uma velha ostentava a canela e o pé direito nus, grossos e colossais, como colunas do templo, sofria de pé-de-elefante, a pele carcomida, crestada como uma tábua velha e caruncosa, um homem abria a camisa branca, mostrava um peito esquelético, glabro, um tumor comia-lhe as carnes, um pulmão, os músculos, um pai empurrava uma padiola com rodinhas, ria-se para a filha paralítica, brincavam os dois, a Mãe não conseguia ouvir, um deslumbramento aqueles sorrisos rompendo a desgraça, a menina mexia a cabeça com dificuldade, mas sorria, jogando os olhos para trás, para o pai, que continuava a sorrir, fazendo-a rir-se, a Mãe sentada congratulava-se, pudesse ela sorrir com o mesmo enlevo da menina paralítica.

 O senhor Barroca esperava a Mãe no centro do santuário, protegido por um chapéu de palha com a efígie de Nossa Senhora de Fátima estampada, recordação para sua senhora, comprara um livro para o filho, o Nelinho, *Nossa Senhora de Fátima e os portugueses,* o vento agreste insuflava-lhe as repas laterais do cabelo, a Mãe já podia comer, jejuara durante quase vinte e quatro horas, recebera a confirmação desejada, após a penitência assistira a parte da missa, que pouco ouvira, rezara e comungara e garantira a evidência interior de que o Augusto estava vivo, à saída da missa fora acometida por uma visão, íntima mas absoluta, categórica, vira o Augusto com um turbante laranja na cabeça e uma espécie de pano branco em torno dos quadris, descalço, sorria para ela, soube que o Augusto a desejava, queria retornar mas não podia, porventura não teria dinheiro para a viagem, porventura estaria preso pelos indianos, a Mãe entrou no táxi, desembrulhou uma carcaça com manteiga e chouriço, ofereceu outra ao senhor Barroca, este não aceitou, almoçara na pensão Fátima. O Altar do Mundo, mais fica, pensou a Mãe, tragando com prazer a gordura do chouriço, recordando a imagem do marido num descampado terroso a sorrir para ela, agradeceu a Nossa Senhora a certeza dada, continuaria à espera do Augusto, agora com esperança redobrada, o senhor Barroca ligou o rádio *Grundig* do carro, a Mãe ouviu interessada o programa para as donas de casa, tiragem de nódoas difíceis das camisas brancas do marido sem as desgastar com a lixívia, como passar as calças do filho, como colocar crepes de luto na lapela ou na manga do casaco, como não se deixar enganar pelo merceeiro, que altera a balança de pesar o queijo e o fiambre, ora, ora, disse a Mãe para o senhor Barroca, o senhor Armandinho seria incapaz, um paz de alma, o melhor detergente para a lavagem do carro, o senhor Barroca protestou, não era aquele, era outro, a Mãe, mirando as mãos encardidas, desabafou, não me fale em detergentes, a locutora entusiasmara-se, apelava à genuína mulher portuguesa, a fada do lar, a retaguarda da família, a mãe extremosa, a esposa obediente, o senhor Barroca achava a linguagem empolgada, levantava um cotovelo, inquiria a Mãe pelo espelho do retrovisor, o senhor Barroca explicava, as mulheres hoje querem trabalhar, não aguentam ficar em casa, antigamente os meus clientes eram maioritariamente homens, explicou o senhor Barroca, hoje são mulheres, o mundo está a mudar, concluiu, a Mãe adoraria ficar em casa a lavar os pratos e a passar a roupa do marido e do filho, gostaria de ter tido mais filhos, o Augusto preocupava-se com o dinheiro, eu não, ele faltou-me e eu tive de me fazer homem, novos tempos, rematou, a locutora entrevistava a presidente do Movimento Nacional Feminino, tradicionalista, apoiante do Estado Novo e da guerra nas colônias, o senhor Barroca lamentou, os nossos filhos ainda vão parar com os costados na guerra, referia-se a mim e ao Nelinho, a Mãe bateu com os nós dos dedos na madeira do táxi, Nossa Senhora de Fátima nos livre, murmurou, na rádio uma voz de flauteio apelava às mulheres portugueses para persuadirem os maridos a irem para Angola e Moçambique, chamava-lhes "os novos povoadores", a Mãe ouvia incrédula, meter-se no meio dos pretos fora a desgraça do Augusto, o senhor Barroca esclarecia que na Índia eram todos castanhos, pardos, cor de azeitona, não havia pretos, a Mãe levantou a mão, não respondeu, acabou de mastigar a carcaça com chouriço, soubera-lhe bem, na rádio apelava-se para que não se emigrasse para França, Alemanha, sim para Angola, a Mãe achou uma boa ideia para a irmã, nunca gostara de trabalhar, os pretos em África trabalhariam por ela, Luanda, pensou, o senhor Barroca quebrou-lhe o ânimo, só aceitam mulheres casadas, reconsiderou, sim, uma mulher sozinha em Luanda é um perigo para os nossos soldados, melhor para Paris, o Movimento Nacional Feminino propagandeava a assistência a viúvas, mães desamparadas, as caixas de tabaco que enviava para os soldados na Guiné, realçava a existência de madrinhas de guerra, consolo de soldados solitários, o senhor Barroca anunciou a entrada em Lisboa, a rotunda do Relógio, desviava para o Campo Grande, ladeava a nova Feira Popular, nos antigos terrenos do mercado do gado, o senhor Barroca prometeu trazer a Mãe no sábado, quando a família abancasse nas sardinhas assadas e nas farturas, a Mãe agradeceu, não sabia se poderia vir, o Augusto pode chegar e não me ver à janela, não sei, quem sabe se não será justamente no sábado à tarde que chegará.

A conquista de Goa

A caminho de Aden, as intenções de Afonso Albuquerque goraram-se, o meu pentavô não sabia porque, o pirata indiano Timoji, comparsa da armada portuguesa desde os tempos de Pedro Álvares Cabral, aprisionando e queimando navios muçulmanos, vendendo a carga destes às naus portuguesas, subiu a bordo no alto mar e conferenciou com Afonso de Albuquerque e os capitães deste; para combater os rumes, dizia ele, não seria necessário navegar para o Mar Roxo, havia, e muitos, nos estaleiros de Goa, reunindo forças e barcos para devastarem a costa do Malabar e expulsarem de vez os cristãos da Índia, Afonso de Albuquerque não se admirou, havia muito que sabia ser Goa a grande base terrestre da frota rume, e respondeu, cada coisa por sua vez, primeiro o estreito de Aden, cortando-o aos reforços cairotas, depois a armada desirmanada de rumes abandonada em Goa, de retaguarda tolhida; os capitães do vice-rei, havia muito ressentidos com este, imaginando fortunas em especiarias nos barcos acantonados no Mandovi e recordando o deserto escaldante da península arábica, afirmaram posição contrária à de Afonso de Albuquerque, votaram pelo ataque imediato a Goa, onde não raras riquezas se esconderiam no palácio do Hidalcão, senhor da ilha e amigo dos árabes, elevado por estes a Xá. A fortaleza de Pangim e os dois baluartes defensores do rio foram atacados e tomados, Afonso de Albuquerque recebeu ofertas das mãos de poderosos hindus, cansados da exploração muçulmana, monopolizadora da totalidade do comércio, os indianos manobraram no interior da cidade de Goa, fizeram-na cair, mas exigiram pagar aos portugueses apenas um terço dos impostos pagos aos muçulmanos e liberdade de culto, doariam terrenos para as igrejas do Crucificado, mas ao credo deste não se reconverteriam, homens bebedores de sangue e comedores da carne do corpo de Deus na missa, que nojo e horror, enterram os mortos, conspurcando a terra, que nojo, Afonso de Albuquerque aceitou, as portas foram-lhe abertas, por estas entrou à frente da cruz de Cristo e da bandeira do reino de Portugal, os mercadores muçulmanos, apavorados pelo poder da frota portuguesa dos barcos de Timoji, tinham fugido.

Em Goa, José Martins e Rhema viveram o seu primeiro idílio, refinavam à noite a arte do amor, praticando-o voluptuosamente, em murmúrios de prazer interior que apenas o silêncio realizava, numa pequena casa de pedra à entrada de uma rua cedida por Afonso de Albuquerque para os casados, José Martins juntara-se-lhes, como se esse fosse o seu estado, a lua ajudava, fechando-se, escurecendo o firmamento, manipulavam as partes púbicas um do outro, ora com as duas mãos, ora com uma, ora com dois dedos estendidos de cada mão, por vezes Rhema embebia o *lingam* de José Martins de coco ralado fresco e grosso, misturado com suco de manga, e lambia-o suavemente, de um modo puro, outras José Martins esfregava o *yoni* e os seios de Rhema com pasta doce de tâmara ou calda de lima com açúcar e corria-os, sugando-os com a língua, Rhema gostava de Goa, receava a nova terra de Aden, areia e espinheiros, diziam os marinheiros, José Martins recordava a primeira viagem de Vasco da Gama, confirmava, tinha medo dos árabes do Mar Roxo, famosos por cortarem as mãos aos homens e os seios às mulheres, cosendo-os nas costas delas, dizia Rhema enquanto o meu antepassado a penetrava por trás. Durante o dia, entretinham-se cozinhando, Rhema ensinava o meu undécimo avô a cozinhar o arroz longo em água salgada do mar, com limão, para cortar o excesso de sal, um niquinho de gordura, um pauzinho de canela, não mais, se não amarela, adicionava vagens de cardomomo amassadas com casca, José Martins insistia em tirar a casca, Rhema ensinava-lhe que na casca estava o sabor, dois dedos de folha de louro, três pimentinhos ralados, pronto, dizia Rhema, temos comida para três dias, talvez juntar um dedo de cominhos, Rhema prometera batizar-se, mas todos os dias orava a Ganesh, o deus auspiciador de nova vida, e sonhava com a tromba protetora do deus-elefante, aninhando-se entre os braços do meu pentavô como se estivesse entre as grutinhas de carne rosa do deus pequenino.

À medida que as barbas se tinham alongado, Afonso de Albuquerque deixara de as cortar, José Martins aparava-as e penteava-as, rogando ao vice-rei que autorizasse a conversão e o batismo de Rhema e permitisse o casamento entre ambos, José Martins esquecera totalmente a Rosa moura de Alfama e, verdadeiramente, ia-se esquecendo do filho, cujo recorte de cara lhe aparecia esfumaçado à noite, deitado na esteira, sem dormir, tinha esperança de que a mulher portuguesa tivesse morrido, levada pelas pestes de Lisboa, grassadas de dez em dez anos, não lhe queria mal nem a morte lhe desejava, mas talvez Deus se tivesse compadecido de tão grande amor por Rhema e lhe livrasse a consciência de bígamo chamando ao céu a mulher portuguesa. Durante o ataque a Goa, José Martins tinha-se isolado, preparando os unguentos, pastas de aliviar dores e sarar feridas, recordava os doze anos passados após a chegada a Calecute, o que mais o impressionara tinha sido a infinita quantidade de leprosos, isolados nos montes, em comunidades porcas, ou deambulando pelas estradas, assinalando a sua passagem com um permanente toque de sineta que a todos afastava, em Cochim circulavam pelas redondezas, ostentando as chagas vermelhas e roxas pútridas e repelentes, suplicando arroz com as mãos juntas sem cabeças de dedos, o nariz roto e purulento, os beiços chaguentos, as orelhas roídas, Domingos Paes chamava-lhes alvarazentos, designação desconhecida de meu eneavô, que lhes chamava gafos ou lázaros, e, mais comumente, leprosos, em Cochim perambulavam em bandos imundos, as velhas deixavam-lhes de longe bananas, mangas e cocos, uma pontada de arroz em folha de bananeira, apiedavam-se daquelas almas retorcidas pelos males outrora cometidos, José Martins espantava-se com o espírito indiano de tolerância, misericordioso para quem sofre, como apenas os franciscanos procediam em Portugal, José Martins dissera a Rhema para se afastar daqueles homens de carne putrefata e hedionda, ela recusara o conselho do amante, chamara-lhe impiedoso, o meu undécimo avô falara-lhe nos intocáveis, ela retorquira ser diferente, o intocável é-o por condição natural, o leproso por doença adquirida, porventura efeito de erros passados, mas merecedor de consolo no presente, José Martins retraía-se de bater em Rhema, como o fazia à mulher portuguesa sempre que esta não acatava as suas ordens, sentia ser-lhe Rhema superior, possuir uma moral superior à cristã, mais livre, despreconceituada, tanto cultora das virtudes da alma quanto dos prazeres do corpo, José Martins fazia-se sábio, ilustrava Rhema, não, os leprosos não pagam males cometidos em anteriores vidas, os leprosos, como ensinava a ciência europeia, tinham sido gerados pelo afogamento do sêmen do homem no sangue da menstruação, traziam o mal consigo desde o ventre da mãe e, diabólicos, ambicionavam contaminar os restantes homens, fazendo-os sofrer do seu aversivo flagelo, afasta-te dos lazarenhos, Rhema, clamava o meu eneavô, não precisas de tirar do nosso arroz para lhes dar, corres o risco de te condenares com o mesmo mal, engrossam-te os beiços como os de cabra, antes de apodrecerem e tombarem às lascas pútridas, secam-se-te os dedos dos pés e das mãos, soltos, bicados pelos corvos negros, sentirei repugnância pelo teu encantado corpo e não te penetrarei mais, Rhema repudiava as objeções de meu antepassado, ela conhecia as suas últimas reencarnações por segredo dito ao ouvido pelo brâmane seu antigo senhor, e as duas próximas, não seria leprosa, fizera o experimento das mulheres de Cochim, misturara sangue de mênstruo com vinagre e esfregara a mistela na palma da mão esquerda, se secasse de imediato teria lepra, hoje ou no futuro, não secara, estava livre da doença, estivesse eu certa de não cegar, de vista esbraseada por este sol de matar, José Martins inspecionava-lhe as pupilas dos olhos, aprendera a extrair a película de sombra (as cataratas) que cegava os homens velhos, nublando-lhes a vista de um permanente nevoeiro, aprendera com um prático védico, comprara-lhe o estilete de prata, trocado por um espelho quadrado quebradiço, e com ele removera cuidadosamente a pele viscosa que ensombrecera o olhar de Afonso de Albuquerque, fora por esta operação, prosseguida com uma semana de reclusão num aposento escuro, que Afonso de Albuquerque se lhe ligara, nomeando-o físico pessoal após a morte por paludismo do médico vindo do reino, Afonso de Albuquerque convencera-se de que José Martins fazia milagres com as mãos, os apetrechos, as pomadas e chás, este tinha-se limitado a aprender com as velhas cozinheiras indianas, memorizando as suas antiquíssimas receitas, em Cochim aprendera a combater a eteguidade (tuberculose) injetando pela boca e pelo ânus quantidades volumosas de chá de folha de mandrágora e anis, besuntando o peito com pasta de gengibre amassada em óleo de jasmim, aprendera a curar o pérfido escorbuto obrigando os marinheiros a mastigar limões, laranjas e tomates com casca, meu Deus, clamava José Martins a Rhema, o que aprendera na Índia, mais do que em cem anos em Lisboa, concluía ser a vida a grande mestra, viera preso e degredado para a Índia, julgando ter chegado ao fim da sua vida, e encontrara outra, nova e bela, recordava como Vasco da Gama tinha confundido os templos indianos com igrejas católicas seguidoras dos ensinamentos do apóstolo S. Tomé, desconhecendo que o mundo não se reduzia a cristãos e mouros, tinha interpretado as imagens dos deuses hindus como de santos cristãos e saudara os brâmanes como sacerdotes cristãos, estranhando no entanto a sua quase nudez, olhava para os homens de brincos nas orelhas, guerreiros do samorim, como seres efeminados, quando o meu eneavô chegara à Índia só existiam cristãos, muçulmanos e animistas, como os pretos de África e os índios da terra de Vera Cruz, Domingos Paes alertara o Gama, o samorim de Calecute bebia um quartinho de azeite de angelim pela manhãzinha antes dos treinos militares, a que se entregava com denodo, suando a gordura, lavando-se depois num tanque branco de água salgada sem em si se tocar, com a ajuda dos brâmanes, todos de uma só estirpe, que, como súbditos, lhe esfregavam braços e pernas e lhe davam água rosada a beber, dessecando-lhe a língua, José Martins impressionara-se com a morte do rei de Narsinga, que não vira, mas Domingos Paes assistira, enviado a este reino a vender cavalos persas, tinham queimado mais de uma centena de mulheres do harém num cercado de madeira empilhada, José Martins soubera do castigo infligido a três indianos pobres, acusados de terem comido uma vaca aparecida morta numa azinhaga, empalaram-lhes o corpo atravessando-lhe lentamente uma estaca aguçada entre a curva das ancas e o centro do peito, José Martins percebera que pouco valor tinha a existência humana na Índia e não se admirara por os capitães portugueses responderem em peleja com idêntica ou maior violência, apenas interessava a riqueza, o que se pudesse ensacar de especiarias e enviar para Lisboa, menor valor tinha a vida humana do que um cabaz de canela ou de cravo, ídolo merecedor de todos os sacrifícios, recordou a chegada de Pedro Álvares Cabral a Calecute e lembrou com clareza a ordem do capitão para se incendiarem dez naus de mouros, acendendo a maior pira humana jamais vista pelo meu eneavô com o corpo de seiscentos a setecentos homens, mulheres e crianças, recordou o esquartejamento de três elefantes bebês em Cochim para saciar a sede de carne das mandíbulas da marinhagem chegada de Lisboa, valor único apenas as especiarias, as pérolas de aljôfar, o benjoim, o cardamomo, a laca, os panos finos de seda, o sândalo, a cambraia, matar e roubar era o que os seus companheiros portugueses faziam, e os seus inimigos muçulmanos ou hindus também, recordou as palavras que proferira quando tocara chão indiano pela primeira vez, o primeiro português a fazê-lo, buscava cristãos e especiarias, cristãos não existiam, especiarias havia, muitas, recordou os árabes inocentes enforcados no lais de verga da caravela de Vasco da Gama, como aviso ao samorim, se não aceitasse negociar a cidade seria bombardeada, como foi, espalhando o horror nos comerciantes pacíficos, José Martins esfregava os olhos doridos, insones, sentia-se um traidor, devia calar-se, nem com Domigos Paes devia desabafar, os portugueses sabiam-lhe mais a piratas do que a descobridores, mais a comerciantes avaros do que a honestos negociantes, mais a seres sedentos de riqueza e domínio do que a conversores de almas, os indianos tinham-se aterrorizado com as práticas dos portugueses, acusavam-nos de magia selvagem, comiam "pedra branca" (biscoitos duros, secos) e bebiam "sangue" (vinho de uva); com a ajuda de demônios, que os ensinara a técnica de fundir bronze em canhões, devastavam as cidades, os indianos tinham medo dos portugueses, não respeito, medo dos seus balázios de canhões que voavam meia légua, d. Francisco de Almeida, vingando a morte do filho às mãos dos rumes, aprisionara indianos na boca dos canhões e disparara, enviando os corpos esquartejados para o interior das cidades e das aldeias de pescadores, enchendo-as de medo, os capitães portugueses tinham-se tornado peritos em cortar mãos, orelhas, narizes e lábios, destruir vilas costeiras que aninhassem muçulmanos e assassinar reis, coração duro como pedra tinha Afonso de Albuquerque, diziam os seus capitães, leão mortífero, escrevia Gaspar Correia, César impiedoso lhe chamavam outros, a Antônio Nóvoa, capitão, arrancou Afonso de Albuquerque as barbas em Ormuz, puxando-as aos sacões, jogando-as para o chão, desdenhosamente, como coisa peçonhenta, ao conselheiro do reizete de Ormuz mandou matar quando o abraçava diplomaticamente como amigo, ai de quem o vice-rei odeie, só pode esperar a morte, o desterro para fortalezas inacabadas como Sacotorá ou viagens aventurosas de que se regressa estropiado, se morre ou se fica aprisionado, José Martins, em concubinato com Rhema, diariamente implorava a Afonso de Albuquerque a graça da aceitação desta no bairro português em construção, o vice-rei pedia-lhe paciência, todas as mulheres pagãs dos portugueses seriam batizadas e casadas no mesmo dia, José Martins não insistia, humildemente relembrava viver em concubinagem, os franciscanos moem-me a cabeça com purezas e moralices, Afonso de Albuquerque atirava a mão para trás, eles que esperem, ainda não estamos seguros em Goa, mais me preocupa a defesa da cidade do que a moral dos portugueses, José Martins levava estas novas a Rhema, concluindo, de Goa não mais sairemos, gostava das gentes de cor baça de Goa, não escuras, como os intocáveis de Cochim, de origem dravídica, gente baixa e grossa de corpo, nus de cintura para cima, cara pelada, cabelo comprido retinto preso, as escravas de seios à mostra, amamentando os filhos, sentadas no chão, vendendo as especiarias de seus donos, os sudras galanteadores, exibindo o dorso musculado, manilhas douradas nos braços, tilintando à sua passagem, elas nas pernas, jóias entaladas nos dedos dos pés, safiras e rubis, saris pintados como borboletas de primavera, corpos ligeiros esvoaçantes, tronco hirto como uma pedra, os brâmanes e os antigos chefes guerreiros soberbos, mentirosos e traidores, mais do que em Cochim, pelejam sem medo, morrendo sem horror no cumprimento do dever religioso, José Martins aprendera que um intocável podia tornar-se um dia brâmane, ninguém se encontrava condenado para a eternidade, todos se salvariam, rejubilou, sentiu-se tentado a aderir ao hinduísmo, uma doutrina mais sensata, mais racional, não condenava o homem às penas do inferno por toda a eternidade, aprendeu com a cozinheira a curar eczemas com ramo de folha de palma cozido aplicado a escaldar, a queda do cabelo com suco de rosas, bexiga seca com goma de hera, impotência de homem com chumbo queimado tragado em vinho de palma, garganta catarral com erva comum recozida e frita.

José Martins desejava nunca abandonar Goa, mas seria obrigado a abandoná-la, indianos e muçulmanos unidos reconquistá-la-iam em breve. Goa enfeitiçara os portugueses, Afonso de Albuquerque percebera ser aquela a ilha que sonhava como fortaleza natural e sede do poder português na Índia, fora uma surpresa, presumira expulsar rumes e muçulmanos de um território tático da costa do Malabar, e, sem querer, encontrara o centro da estrela cujas pontas definiriam o limite do império português no Oriente, sabia que agradaria a D. Manuel; conquistada Goa, sem os limites impostos pelo samorim de Cochim, dominando em absoluto a cidade, cristã por dentro e por fora, tornar-se-ia a Roma do Oriente, a base de onde se partiria e aonde se regressaria, agora podia pensar em conquistar Aden, Ormuz, Malaca, Afonso de Albuquerque imaginava um novo Portugal lusitano, cristão, moralmente íntegro, comercialmente impoluto, façamo-lo, clamava o vice-rei, subira o Mandovi com os piratas de Timoji na vanguarda, a cidadela de Pangim fora tomada em luta corpo a corpo, à nau-capitânea de Afonso de Albuquerque chegavam os primeiros feridos, José Martins, Rhema e as "casadas" de Cochim aprestavam-se a dar-lhes o consolo dos primeiros tratamentos, vinagre de vinho sobre as feridas, punhadas de sal a cobri-las, para não inquinarem e gangrenarem, garrotes com pano de algodão para quebrar o corrimento do sangue, folha pura de mandrágora grudada à ferida para eterizar; na alva, a quentura de fevereiro a despertar, as gralhas voejavam em bandos compactos, anunciando a vitória, as tropas da fortaleza tinham sido mortas e jogadas para a mata, os corvos teriam comida para dez dias, tinham acordado alegres, bem-dispostos, saboreando carne humana às bicadas, mas Pangim e o Forte da Aguada não eram Goa, subia-se mais o rio e, a duas léguas, brilhariam ao sol as muralhas da cidade, Afonso de Albuquerque não deu descanso aos homens, o cheiro a carne e sangue atiçava o apetite de luta, o instinto de combate não podia esmorecer, mandou atacar Ribandar, povoado de pescadores, que se rendeu sem luta nem fuga soadas duas salvas de canhões; a rogo de Timoji, Afonso de Albuquerque decidiu não aplicar a sua táctica de guerra, queimar casas, chacinar moradores, degolar inimigos antes de atingir a cidade a ser conquistada, desmoralizando a defesa, Timoji disse não ser preciso, os chefes militares de Goa encontravam-se divididos, em quase guerra civil, Timoji enviou mensageiros e cercou a cidade de atalaias, Goa rendeu-se, as hostes militares muçulmanas saíram da cidade, a caminho das encostas da pimenta, Afonso de Albuquerque entrou em Goa ao som de trombetas de ouro, entre a cruz de prata maciça dos franciscanos e a esfera armilar de D. Manuel, a cidade não foi destruída, o vice-rei reuniu-se no palácio do destronado sabaio, Adil Xá, que os portugueses chamavam Hidalcão, com os notáveis indianos, brâmanes de pudivão de algodão listado a seda castanha, turbante alto de doze voltas, e mercadores de penacho emplumado, admirou os vastos estábulos com os cavalos persas, que entregou ao cuidado de Domingos Paes, o cercado de elefantes do Guzerate, da altura de dois a três homens, de tromba a-dar-a-dar, os cornatas ajoelharam-se, amedrontados, mirando as barbas penteadas e enlaçadas de Afonso de Albuquerque, presumiram ser a humilhação insuficiente e espojaram-se na terra batida pelas patorras dos animais, foram escolhidos seis búfalos para o banquete de vitória, novinhos, carne tenra, granulosa, exigiu de imediato dos mercadores um terço do que tinham pago o ano anterior ao sabaio, mirou o Mandovi do terraço do palacete, o "passo seco", o vau de Benasterim, abundante de crocodilos, alimentados pelos eunucos do Hidalcão com jovens serviçais, crianças, alguns já rapazes, jogados para o meio dos crocodilos, escolhiam os que tinham defeitos, coxos, pernetas, manetas, corcundas, chagas abertas no peito, mudos, surdos, cegos, o Hidalcão divertia-se assistindo do balcão do palacete, uma criança por dia, Afonso de Albuquerque saiu, percorreu a cidade em passo apressado, assinalou as tanadarias, pequenos fortins de guarda, os baluartes da alfândega, abriu a cidade aos mercadores para as pequenas feiras de rua e de praça, que retornassem, ordenou que se transformasse a mesquita em hospital, os feridos foram transportados em padiolas de bambu dos navios para o hospital, o meu eneavô a controlar, Rhema afagava-lhes a cabeça, ar de mãe e de irmã, consolados, José Martins estimulava-os, metia-lhes torrões de açúcar entre os dentes, punha as escravinhas a limpar-lhes as remelas dos olhos, a enxotar-lhes o mosquedo, dava-lhes carolos na cabeça, assegurando-lhes a cura que sabia apenas o tempo cumprir, sarando-os de vez ou matando-os, Rhema afastara-se, fora orar ao templo a Ganesh, José Martins recriminara-a, agora era cristã, Rhema disse que sim, era cristã, os franciscanos opor-se-iam ao seu batismo se soubessem que frequentava o pagode hindu, Rhema disse-lhe que rezar a Ganesh é como fazê-lo a S. José, também este convivera com a matança das crianças inocentes, Ganesh fora uma criança inocente, obedecendo à mãe, defendendo-a contra o pai tirânico, José Martins não queria saber de semelhanças e diferenças, ao lado de ambos passava correndo Afonso de Albuquerque, barbas presas por um laçarote de seda, chapéu triangular sobre a testa, escondendo os olhos do sol agreste, consciente ser sua a cidade, diferente de Cochim, a si próprio dizia ser Goa território português, como Almeirim ou Sintra, hesitava, vacilava, o muçulmanismo seria proibido, perseguido, e o hinduísmo?, José Martins apresentara-lhe Rhema, o meu undécimo avô falava em minha mulher como se casado fosse, na rua passavam os brâmanes, com séquitos de mulheres e serviçais, homens bons, pensava Afonso de Albuquerque, não os posso perseguir, não são um exército que possa derrotar ou um inimigo que devesse degolar, seres pacíficos, chefes do seu povo, os indianos beijavam-lhes os pés, outros a sombra, receando aproximar-se, são respeitados, pensou Afonso de Albuquerque, tenho de fazer de Goa a capital de um cristianismo tolerante, convertê-los pelo exemplo, não pela força, Timoji empestava-lhe os ouvidos, exigia o cargo de recebedor de impostos, Afonso de Albuquerque concedeu, devia a descoberta e conquista de Goa ao pirata amigo dos portugueses desde o tempo do Gama, Afonso de Albuquerque parou, desviou-se de José Martins e de Rhema, bateu palmas, os capitães cercaram-no, o abade dos franciscanos apurou o ouvido, Afonso de Albuquerque nomeava Timoji recebedor de impostos sob condição de este pagar cem mil pardaus em ouro por ano, a quantia de que o vice-rei precisava para erguer a igreja dos franciscanos e remodelar o palácio do Hidalcão, Timoji aceitou, sorriu, agradeceu, extorquiria com facilidade o dobro da quantia aos mercadores, aos plantadores de arroz, aos apanhadores de coco, aos cultivadores da pimenta, Afonso de Albuquerque pediu o acordo dos capitães, estes menearam a cabeça, sim, era justo, Timoji fora amigo, um capitão inquirira sobre a defesa de Goa, quem seguia para Aden, quem ficava em Goa, Afonso de Albuquerque decidiu no momento ser Goa mais importante do que Aden e Ormuz, arrebanhou as barbas com a mão, olhou o céu amarelo, balançou os braços despegando a roupa da pele, banhada em suor, e ripostou, para contentamento geral, que passariam a monção em Goa, Aden e Ormuz ficariam para depois, agora era tempo de descanso e de organização da cidade.

 Enganara-se, dois meses depois, financiado por mercadores de cavalos muçulmanos, Hidalcão reunira um exército de cinco mil homens, arriando às portas de Goa, Afonso de Albuquerque foi forçado a fugir, entalado entre as tropas do Hidalcão e a monção, resistiu tanto quanto pôde, os portugueses isolados nos barcos, sem alimentação, recusou a paz oferecida pelo Hidalcão, partiu para Cochim, navegando pela costa, atormentado pelas chuvas diluvianas da monção, José Martins chorou, queria-se em Goa para sempre, a Índia encantara-o, mas Goa enfeitiçara-o, já tinha escolhido a nova casa de pedra, armá-la-ia de telha portuguesa, arrematara a casa de um ferreiro muçulmano, que fugira com o seu harém de seis mulheres, deixara os filhos homens, convertidos ao cristianismo, mudando-se para uma várzea de arroz em Ribandar, o meu eneavô furara um poço e construíra uma levada em madeira de bambu para colher água de um ribeirete, o quintal ensombrecido pelas copas de três laranjeiras e dois limoeiros, à frente um jardim de cheiros, onde plantaria as ervas de curar, o ar desimpedido, quase ao lado o hospital, onde ele e Rhema passavam o dia trabalhando. A caminho de Cochim, Afonso de Albuquerque vislumbrara velas portuguesas em Cananor, mandara atracar, descera à cidade, tinham chegado duas frotas de Portugal, uma destinada exclusivamente a carregar especiarias, outra seguiria para Malaca, D. Manuel cansara-se de exortar Afonso de Albuquerque para que conquistasse Malaca, a terra das pérolas e do cravinho, desistira, mandara uma armada com este fito único, Afonso de Albuquerque não se sentiu ofendido, rejubilou, requisitou as duas frotas na qualidade de vice-rei, seguiriam o seu caminho depois, antes seria forçoso reconquistar Goa, ocupá-la militarmente, não faria como em Ormuz, por falta de homens desistira de manter a cidade depois de conquistada, ele próprio se tornaria governador de Goa, a cidade tanto o enfeitiçara quanto a José Martins, requisitou a frota que assaltava os navios muçulmanos a caminho do mar Roxo, confiscando-lhes a carga, depositando-a em Cochim, donde partiria para Lisboa, juntou todos os capitães em assembleia, como obrigava o regimento da Índia, foi peremptório, decisivo, categórico.

Goa é a mãe da Índia portuguesa.

Os capitães dividiram-se, pouca riqueza, Afonso de Albuquerque replicava não ser a riqueza que o atraía em Goa, antes o porto, a situação, a localização, no centro da costa do

Malabar, protegida do mar Arábico, o Mandovi calmo para a instalação de estaleiros, a construção de navios, a abertura para o interior, até às colinas dos Gates, mãe e pai da pimenta, um povo pacífico, trabalhador.

Fazer de Goa uma nova Lisboa.

Em Goa não quero saber de guerras, Goa será um território pacífico, sede do encontro entre a Europa e a Índia, o cristianismo e o hinduísmo, vasto mercado de comércio e amizade, Goa acolherá e alojará os missionários de todas as ordens, Goa será a fortaleza de Portugal em terras do Oriente; os capitães, recém-chegados na frota, não queriam ouvir falar de rumes, de guerras, de Goa, queriam carregar a pimenta e zarpar, de regresso à terrinha, "burra" carregadinha de dinheiro, o império que esperasse, um murmurava, o império sou eu e a minha casinha por construir, não vim à Índia senão ganhar dinheiro para a construir, quero lá saber de Goa, a outra frota não queria perder homens e munições destinados a Malaca, Afonso de Albuquerque interrompeu as alegações, homens miudinhos, pensou, objetou com ar definitivo, nenhum navio pode sair do Malabar antes do final da monção, dois capitães apontavam para os barcos, pois, diziam eles, vamos carregando as naus e desapareceremos desta terra de água e quentura logo que o mar esteja límpido, Afonso de Albuquerque não aguentou, estava decidido, Goa seria reconquistada com a ajuda de todos, quem não quisesse não viesse, disse-o assim. Vinte e oito navios partiram de Cananor, por pescadores amigos souberam que Hidalcão mandara desinfestar o palácio do cheiro dos cães portugueses, a mesquita fora de novo consagrada, as casas e terrenos cedidos aos portugueses retornaram aos mercadores maometanos, o Hidalcão partira para o interior e deixara a cidade controlada pelos teólogos da mesquita, que se vingaram dos indianos taxando-os em impostos descomedidos, 4.000

homens pagos e alimentados pelos mercadores guardavam a cidade comandados por um general indiano adepto das táticas militares europeias, Roçalcão. Afonso de Albuquerque sonhava Goa, fizera-se-lhe claro, finalmente, o coração de Portugal na Índia, José Martins, lavando-o, Rhema, massageando-lhe as costas, relaxando-o, recordavam-lhe os vastos mangais, a abundante caça, as férteis várzeas de arroz, as manadas de veados e de búfalos que garantiam a carne rija, o doce porto, "norte de todos o ventos", o tempo menos quente e mais úmido do que Cochim, Afonso de Albuquerque relembrava que Goa seria, também, a plataforma militar de acesso ao interior da Índia onde vivificava a pimenta, o aquartelamento de um exército português permanente. Na madrugada do dia devotado a Santa Catarina de Alexandria, a armada portuguesa penetrou no Mondavi, José Martins prostrou-se aos pés de Afonso de Albuquerque e pediu permissão para combater, desejava ficar para sempre em Goa ou morrer, o vice-rei não permitiu que o meu eneavô combatesse, mas juro-te eu, se vencermos, não mais sairás de Goa, Afonso de Albuquerque apelara ao combate de todos, mesmo os marinheiros de trato e os escravos carregadores, presumia evidenciar uma superioridade quantitativa, que aterrorizasse as defesas muçulmanas, ainda que ao primeiro embate muitos portugueses morressem, dividiu a totalidade dos seus homens em três corpos, Timoji regressara, juntara os seus quinhentos homens destravados, de madrugada penetraram no porto e nos estaleiros de Goa e tomaram-nos, Afonso de Albuquerque seguira-os, deslocara-se para um morro, assistindo à invasão e à refrega, fazendo sinais que orientavam o movimento dos três corpos, o combate concentrou-se em três pontos das muralhas da cidade centrados em torno dos largos portões do cais, continuamente reabastecidos de homens desembarcados, os restantes dois pontos constituíam manobra de diversão, dividindo as tropas de Roçalcão, Domingos Paes, a cavalo, o segundo cavalo, depois de lhe terem queimado o primeiro com pez a escaldar, enfiou um estrepe de ferro numa frecha da parte superior de um dos portões, roída pela chuva da monção, acautelou-se sob a alvenaria da porta e, num trabalho de força e paciência, forçou furiosamente a racha da madeira, abrindo-lhe um buraco do tamanho de mão, o suficiente para a entrada de três cutelos de machadão, que esventraram a parte superior do portão, uma questão de paciência e de mortandade, tantos portugueses por ali entravam, subindo uns sobre os outros, alguns servindo-se de cavalos, que, por muitos mortos que os sitiados cometessem, alguns sobejariam para abrir as portas do cais, como aconteceu; os portugueses penetraram às centenas na cidade, de roldão, em balbúrdia e sobressalto, agitados como bárbaros, chacinando muçulmanos e indianos, Afonso de Albuquerque foi chamado, invocou S. Jorge, S. Tiago e Santa Catarina, deu ordem para que os indianos fossem poupados, os mouros massacrados, como abutres ou chacais, mortos, esquartejados, Roçalcão assistira à desmoralização das suas tropas, as invioláveis muralhas tinham sido avassaladas pela esperteza portuguesa, as tropas portuguesas avançavam como matilhas de lobos esfaimados, de peito aberto, destinadas a matar ou morrer, deu ordem de retirada pelo corredor norte, Afonso de Albuquerque desmontou, ajoelhou-se, prostrou-se no chão de Goa, beijou-o com lágrimas nos olhos, deu graças a Deus e a Santa Catarina pela dádiva da reconquista, os mercenários rumes e turcos fugiam, os mouros seguiam-nos, ordenou o saque, a recompensa esperada pelos portugueses, não pôs limites, que Goa ficasse arrasada, reconstruir-se-ia outra, mais pura, eterna, assim pensou, corpos de trezentos mouros e rumes abandonavam-se pelas ruas da cidade, os feridos, em não menor número, foram degolados a fio de punhal, Afonso de Albuquerque mandou encher as duas mesquitas com muçulmanos capturados e deitou fogo nelas, que os seus corpos ardessem na terra como as almas arderiam no inferno, todos queimados, mulheres como homens, crianças como velhos, mercadores como soldados, nenhum árabe poderia ficar na cidade, Goa seria doravante território interdito a Alá, poupados os hindus, de pele mais escura, Afonso de Albuquerque mandou escolher mulheres muçulmanas de pele branca, as mais brancas que houvesse, escravas persas, seriam entregues aos portugueses, repetir-se-ia em Goa o casamento de portugueses com nativas de Cochim, mesmo ismaelitas, levantar-se-ia finalmente o bairro dos "casados", os muçulmanos escondidos, perseguidos durante os quatro dias seguintes, foram assados em fogo brando, atados a um gradil de ferro à altura de um homem para que a morte se prolongasse e o sofrimento se tornasse mais feroz, três portugueses vendidos, convertidos por interesse ao islamismo, foram passados pela fogueira ao longo de um dia, lentamente, gradualmente, agora uma perna, depois um braço, à tarde o cabelo, em seguida o crânio, queimado com um archote por fases, primeiro a testa, depois a nuca, finalmente, ao mesmo tempo, as orelhas, à noite, dando por fim a tarefa, prenderam-nos com o peito à altura das labaredas da fogueira, os portugueses encharcavam-se em vinho de palma e vinho de coco, tinham rapado a comida de todas as casas e deglutiam-na crua ou cozida, seca ou com molho de caril, as piras das fogueiras incineraram os mortos durante quinze dias, os indianos foram obrigados a carregar os corpos até às fogueiras, permanentemente alimentadas de madeira e de corpos, as casas dos muçulmanos foram devastadas, esventradas, derruídas e ardidas, as dos indianos violadas e roubadas, mas poupadas, Goa finalmente era portuguesa, Afonso de Albuquerque aquiesceu que os indianos servissem e alimentassem os portugueses, poupando-lhes as casas e os pagodes, José Martins e Rhema entraram na sua antiga casa, destroçada, arruinada, paredes de taipa queimadas, portas desmanteladas, chaminé derrubada, a água do poço coberta de fuligem, o pomarzinho de citrinos ardido até às raízes, mas o poço lá estava e o terreno também, seria deles, do meu undécimo avô e de Rhema, Afonso de Albuquerque prometera-lhes, não mais sairiam de Goa, Domingos Paes não teve tanta sorte, preciso de dinheiro para reconstruir a cidade, foi enviado ao reino de Bisnágua (Vijayanagara) com uma manada de 50 cavalos persas encontrados no estábulo do palácio, a maioria do tempo dos portugueses, pareciam ter reconhecido Domingos Paes, relincharam logo que o cheiraram. Para lá partiu, tornando-se o segundo português a pisar a cidade mítica de Hampi, a cidade de pedra dos deuses, aí encontrou Duarte Barbosa, um português enfeitiçado pela Índia, que a Hampi chegara em 1501, abandonando o convívio com os portugueses. Domingos Paes trocou cavalos por diamantes e pardaus de ouro, enriquecendo o cofre de Afonso de Albuquerque.

José Martins foi nomeado contador e provedor do hospital, deveria trabalhar com os franciscanos, uma mesquita foi totalmente derrubada, com a pedra aumentou-se o espaço da segunda mesquita tornando-se oficialmente o Hospital Real, por cujas portas, perto da sua morte, pernas entrevadas, o meu antepassado terá o privilégio de ver entrar Garcia de Orta, médico do governador Martim Afonso de Sousa; como o meu eneavô, Garcia de Orta sentir-se-á enfeitiçado pela Índia e recusará regressar a Lisboa no final da comissão do governador. José Martins dividiu o hospital em três partes, mercearia (de mercês), consulta dos doentes, boticaria, horto e dispensatório de plantas medicinais, e hospedaria (enfermaria), Rhema assistia a doentes indianos, que só falavam concani, tanto durante a permanência no hospital quanto, caso morressem, nos rituais fúnebres. Bem depressa a rua onde José Martins tinha casa se encheu de novas moradas de portugueses e de indianos ricos, mercadores, Afonso de Albuquerque, seguindo a tradição, designou-a por rua Direita, ainda que fosse torta, por ser a rua principal de Goa, de onde se partia para as novas igrejas em construção, a Sé, a de Santa Catarina, definitiva padroeira de Goa, e a de São Francisco, e para os largos das feiras onde os indianos vendiam as frutas, os cereais, os legumes e algum peixe;

ao domingo, antes e após a missa, realizava-se o mercado na rua de José Martins e de Rhema, para que os senhores portugueses, promovidos por conta própria ao trato de fidalgo, enriquecidos pelo comércio que tinham surripiado aos muçulmanos, não queimassem a mioleira ao sol intenso, ali se venderam os primeiros escravos pretos, provindos da ilha de Moçambique, José Martins adaptou-se de novo aos costumes goeses, mandou tapar as janelas com cortinas finas de película de ostra, deixando entrar uma luz amortecida, suavizando o calor, aprendeu a montar algerozes de cana de bambu durante as monções, amando Rhema de corpo e alma, esquecendo-se definitivamente da moura Rosa, a mulher portuguesa de Alfama, mas nunca do seu filho lisboeta, nem mesmo quando Rhema lhe anunciou a primeira de muitas gravidezes.

A tia Belmira emigra para Paris

A tia Belmira ficara indecisa, fora ao Governo Civil, sim, podia emigrar para Angola como viúva desde que um familiar, um fazendeiro ou um patrão instalado lhe enviasse uma carta de chamada, ela atirara a mão ao ar, enroscara o nariz, não tinha ninguém conhecido em Luanda, o contínuo da repartição seguira-a, oferecera-se para lhe arranjar uma carta de chamada, mil escudos, a tia Belmira ficou a olhar para ele sem saber se era um anjo que a auxiliava, se um demônio que lhe extorquia as poupanças, perguntou ao contínuo sobre os casais, sim, respondeu ele, os casados não precisam de carta de chamada, a tia Belmira decidiu namoriscar o senhor Armandinho, também viúvo, amante dos pombos, a Mãe tirou-lhe o cavalinho da chuva, só se ele pudesse levar os pombos consigo, são unha com carne, a tia Belmira não sabia, a Mãe disse que o senhor Armandinho tinha a mercearia, não precisava de ir para África explorar os pretos para ganhar dinheiro, pelo sim pelo não, a tia Belmira fez-se ao senhor Armandinho, este não deu troco, habituado às investidas das freguesas que o deixavam vir-se entre as mamas em troca de 150 gramas de banha, já tinha três combinações por semana, o instrumento não lhe dava para mais, restava-lhe o amor pelos pombos, ao sábado ao fim da tarde saía de casa de fato e gravata, ao princípio da noite chegava à Graça, comia um bitoque e bebia uma imperial no *snack bar*

A Parreirinha da Graça, fumava o cigarro da semana e encetava a ronda do quartel de Sapadores, à Graça, pagava para ser enrabado pelos recrutas, dois pelo menos, vindos da província que, com o dinheiro, iam às putas ao Intendente.

A tia Belmira optara por Paris, iria de camioneta, informou-se, saía do Largo das Cebolas, junto ao Terreiro do Paço, em direção a Viana do Castelo, largava os passageiros no miradouro de Santa Luzia, como se fossem em romaria, os passadores recebiam o dinheiro, cinco mil escudos, mais mil escudos para os guardas-fiscais de Valença, dividiam-se os passageiros por camionetas de carga, fechadas, tomavam a estrada da beira-mar, por Caminha, passavam a fronteira às cinco da manhã, cinco camionetas seguidas, sem pararem, o controle inesperadamente aberto, fechado mal os veículos tinham passado.

Nunca mais vi a tia Belmira, sei que a vida lhe correu bem em Paris, dois, três meses depois libertou a irmã do pagamento da renda, pagava por vale do correio diretamente ao senhorio, foi o que a Mãe me disse, telefonava à irmã a horas aprazadas para casa de uma cliente da Mãe, com o dinheiro poupado a Mãe mandou instalar um telefone, passaram a falar as duas, chamadas muito curtas, suficientes para a Mãe saber que a irmã trabalhava em dois restaurantes como cozinheira, um durante a semana, outro ao fim de semana, conhecera um francês de Lyon, empregado nos correios, carteiro, vivia numas águas-furtadas da Rue du Temple, convidara a tia Belmira a viver com ele, sem papéis passados, se não resultasse cada um seguiria a sua vida, resultou, disse-me a mãe, o francês respeita-a mais do que o Serra, o antigo marido padeiro, abriram uma conta conjunta no banco, um dia reformar-se-ão e virão para Portugal.

Quando disse no café Império que a tia Belmira partira para Paris "a salto", o Carlinhos procurou-me, mudámos de mesa, quis saber pormenores, iria reprovar na Faculdade, embrulhara-se com um professor fascista, que recusava trabalhos sobre escritores vivos, recusava citações dos "esquerdistas" parisienses, Foucault, Derrida, Deleuze, Barthes, o Carlinhos seria chamado para a tropa, recusava-se, uma guerra injusta, um povo a explorar outro, disse-lhe que parecia a Isabelinha a falar, torneou, não se trata disso, uma guerra caduca, as colónias morreram no mundo inteiro, os povos tornaram-se independentes, não é preciso ser-se marxista para se aquilatar da injustiça medonha desta guerra, baixou a cabeça, murmurou entre dentes, tive uma longa conversa com o meu pai ontem, garante-me uma mesada em Paris, vou fugir, estudar para a Sorbonne; eu falei com a Mãe, a Mãe soube do nome do passador do Largo das Cebolas, disse ao Carlinhos, fui com ele, almoçámos no Pátio da Conceição, no final o Carlinhos pagou a conta e disse para o empregado, aqui come-se tão bem como em Paris, acendemos um cigarro, três minutos depois outro empregado entrou no banheiro e fez-nos sinal. O Carlinhos partiu uma semana depois, de madrugada, levei-o de táxi ao Largo das Cebolas, recordo a mãe do Carlinhos na varanda do terceiro andar, de roupão turco cor-de-rosa, a chorar como uma madalena, o pai a fumar o quarto cigarro, carão sério, a dizer adeus; na despedida, eu disse ao Carlinhos que ele não era um medricas, acusação da Isabelinha, é preciso muita coragem para ir para Paris sem conhecer ninguém, ele disse, conheço a tua tia Belmira, vou ter ao restaurante onde ela trabalha ao domingo, depois não sei, só sei que quero estudar.

De repente, a Isabelinha aparecera na primeira página do *Diário de Notícias,* a sua foto, muito bela, cabelo louro corrido, seguro por uma bandelete, saia escocesa, uma abertura de lado, fechada por dois colchetes, camisa justa clara de colarinhos pontiagudos, gigantes, as mãos abertas, os braços no ar, os olhos pulados, falava para uma pequena multidão, o título explicava, agitadores arrastam estudantes para a greve, o senhor Padeiro, envergonhado, comprara todos os exemplares das papelarias e quiosques da Alameda, acusava as más companhias, tinham-na desviado da igreja, agora é comunista, se não se emenda ponha-a na rua, a Isabelinha fora recebida na Faculdade como uma heroína, um professor avisou-a de que seria presa, a Pide deixa passar uns dias e depois prende-te, é sempre assim, a Isabelinha discursou no bar de Letras, o fim da guerra colonial, a independência das colónias, a extinção da polícia política, a libertação dos presos políticos, uma universidade para o povo, a deposição do governo, terminara com um viva à revolução comunista, onda humana justa que alastra pelo mundo inteiro, dizia, eu pasmava com a coragem da Isabelinha, um corpo doce, frágil e voluptuoso animado por um ímpeto de fúria inaudita, como um animal da terra, tornava-se um animal quando falava às massas, arrastara Direito e Letras para a greve, eu notava que, não raro, mais do que às palavras, os estudantes submetiam-se à sua beleza fascinante, demasiado pura para não ter razão. Ouvi falar da PIDE pela primeira vez quando entrei para a faculdade, confundi PIDE com *Tide,* o detergente que a Mãe usava para lavar a roupa das patroas, fui incumbido pela Isabelinha de ficar à porta da faculdade, avisá-la se entrasse algum adulto desconhecido, um infiltrado da Pide, ali fiquei duas tardes, lendo e fumando, de Pide nada; Medicina entrara em greve, a Isabelinha dormia nas caves do Hospital de Santa Maria, nas instalações da associação de estudantes, pintara o cabelo de preto, vestia saia azul-escura de catequista até aos pés, deixei de a ver, o senhor Padeiro fora a minha casa perguntar pela filha, disse-lhe o que sabia, a Isabelinha desaparecera, não lhe falei das caves do hospital, uma tarde a Isabelinha aparecera num carro preto à porta da cantina dos estudantes, não a conhecera assim trajada, vestia como uma mulher do povo, saia de fazenda, blusa escura, casaquinho de malha creme, cortara o cabelo, dera-me uns papéis para distribuir pelos alunos, amontoamo-nos ao fundo do refeitório, sei lá, cem, duzentos estudantes, a Isabelinha incendiou-nos com a sua voz possante, não em gravidade, sim em convicção, foi aprovado o luto acadêmico, na noite anterior tinha morrido um estudante de Econômicas, Ribeiro dos Santos, baleado pela Pide, a polícia de choque chegara, ameaçava entrar, a Isabelinha atirou-me um beijo com os dedos e saiu pelas traseiras, jogando-se do primeiro andar para o terraço, eu recorria a livros clandestinos de Marx, Engels e Lenine, desejando ser penetrado pela inabalável convicção que animava a Isabelinha, não conseguia, preferia Kant, Nietzsche e Freud, o primeiro para a teoria do conhecimento, o segundo para a análise da civilização ocidental e o terceiro para o estudo do homem individual, era então a minha trindade de "santos", Lenine assemelhava-se-me a um capataz de escravos, Estaline um ditador, Mao Tsé Tung um chefe de seita política, o Nelinho, reprovado na admissão à faculdade de ciências, desaparecera, passava a noite nas casas de fados de Alfama com turistas americanas, o senhor Barroca arranjara-lhe emprego numa agência de viagens que lhe contratava o táxi, víamos o Nelinho chegar a casa de madrugada e sair à hora do almoço, barbeado e perfumado, engravatado, pagava-nos os cafés e emprestava-nos dinheiro para o tabaco, estudantes, dizia, desdenhoso, por vezes chamávamos-lhe traidor, ela abria a carteira e perguntava qual de nós tinha conta no Fonsecas & Burnay, o banco para toda a gente. Um carro da Pide instalou-se à porta do prédio do senhor Padeiro, dia e noite, este fez queixa a um dirigente do regime, seu amigo da escola primária na Lousã, o amigo replicou nada poder fazer, a polícia política era um Estado dentro do Estado, qualquer reclamação contra a Pide seria inscrita nos registos desta, a Isabelinha fora considerada subversiva, a mais alta dirigente dos estudantes comunistas, a mãe da Isabelinha desgostou-se, chorava pelos cantos, o senhor Padeiro ameaçava deserdar a Isabelinha, não era sua filha, devia ter tido um filho homem, que o rendesse à frente das três padarias, a Isabelinha tornara-se a vergonha da família, o senhor Padeiro olhava para mim, desconfiado, ameaçava-me, tu sabes onde ela está, eu não sabia, era verdade, a Isabelinha desaparecera, entrara na clandestinidade, a mãe da Isabelinha organizou um oitavário de terços na igreja, todas as tardes, oito dias seguidos, ramalhava o terço com mais vinte senhoras, capitaneadas pela catequista Florinda, minha antiga colega na catequese e nos escuteiros, tornara-se uma beata com vinte anos, saias de fazenda cinzenta até aos pés, escova de limpar as estatuetas dos santos na malinha, uma garrafa de água num saco para borrifar as flores do altar, sapatos pretos de freira, o cabelo arrepanhado, preso no cocuruto por uma borboleta de plástico, as faces virginais sem pó-de-arroz, os lábios sem batom, os olhos sem rímel, o senhor Padeiro aparecia ao fim do terço, clamava que meteria a filha num reformatório, a catequista Florinda falava de um, dirigido pelas Irmãs Doroteias no sertão do Alentejo, mesmo que queira fugir não pode, dizia, lábios encarquilhados, em forma de serpente, um professor da faculdade fora preso, sovado, torturado, lia-se em panfletos deixados nos banheiros da faculdade, tive o meu ato heróico, assinei uma petição para a Comissão Internacional dos Direitos Humanos a exigir a libertação do professor, ali estava o meu nome, o meu bilhete de identidade, o Nelinho disse que eu era louco, seria chamado para a guerra, acabava-se a dispensa provisória de vida militar para efeitos de estudo, ainda se conhecesses o gajo, disse o Nelinho, emborcando imperiais, não só o gajo não é libertado como vos metem na prisa a todos, eu devia este ato à Isabelinha, uma forma de lhe dizer que estava presente e a admirava, embora não concordasse com a sua ideologia voluntarista, própria do século XIX, sabia que seria ela a passar as assinaturas para o estrangeiro, lá veria o meu nome, senti-me orgulhoso, de consciência altiva, as paredes dos banheiros das faculdades tinham-se tornado os nossos jornais, o suicídio de um operário do Montijo no edifício da Pide, no Chiado, em Lisboa, não aguentara a tortura, não falara, atirara-se do terceiro andar quando fora levado para novo interrogatório, receava claudicar, os presos políticos de Peniche tinham levantado o rancho, recusando as couves velhas e o peixe podre servido uma vez por semana, três fábricas do Barreiro tinham entrado em greve, um estudante anarquista pacifista que falara na cantina, em cima das mesas, pisando os talheres e os pratos de pirex, apelando à não-violência, fora preso à saída, ele e outros vinte estudantes, que se interpuseram, as cabeças rachadas pelos cassetetes dos polícias, um operário de fato-macaco emporcalhado de óleo foi falar ao bar de Letras, apresentou-se como dirigente da classe operária, agradeceu as greves dos estudantes que tinham varrido o País, anunciou que o professor preso denunciara muitos companheiros, alguns contatos, duas casas clandestinas, esperava-se o aumento da repressão, apenas com a greve poderíamos responder, terminara abjurando o capitalismo e o fascismo, no final alguém o chamara, bichanara-lhe uma informação, ele, pesaroso, anunciou o último golpe da PIDE, a Isabelinha – essa heroína da classe operária, assim o disse – acabara de ser presa na Pontinha, numa terceira casa delatada pelo professor, senti as pernas tremerem, empalideci, pedi um café duplo, não imaginava as mãos asquerosas dos pides a tocarem na pele da Isabelinha, a esmurrarem-na, a submeterem-na à tortura do sono, deixei tombar uma lágrima para dentro da chávena do café, depu-la sem o beber, fui a correr a casa da Isabelinha, talvez o senhor Padeiro a arrancasse das mão dos esbirros da PIDE, cheguei meia hora depois, o pai tinha ido para sede da polícia, a mãe recolhera-se à igreja a rezar, nada se podia fazer, a Isabelinha fora levada para interrogatório, não tencionavam torturá-la, era mulher, mas a Isabelinha cuspiu-lhes na cara, pontapeou-os na canela, chamou-lhes cascavéis, porcos sujos, garantiu-lhes que a mãe de cada um dos polícias se envergonharia dele, um perdeu a paciência com o berreiro que a Isabelinha fez, esmurrou-a de leve, jogou-a ao chão, foi pior, chamou-lhes filhos-da-puta, traidores do povo, fascistas, um deles pontapeou-lhe o peito, para ela se calar, de novo foi pior, chamou-lhes algozes, carrascos, assassinos, falou no Militão Ribeiro, no Germano Vidigal, no Dias Coelho, os guardas enraiveceram-se, pegaram-lhe pelas axilas, um de cada lado, a Isabelinha resistia, atirou-se para o chão, retornou à cadeira, agarrada a um joelho, um dos gorilas disse, nem penses, vamos tirar-te a esperteza, hás-de cantar como um galo na aurora, o outro bateu-lhe ligeiro com um bastão nas ancas, outra pancada nas costas, branda, hesitavam em sová-la, uma mulher, Isabelinha calara-se, assustada, percebera que chegara a hora em que o detido provava se era um revolucionário, como lhe tinham dito os camaradas, forçaram-na a abrir os braços com os cassetetes, um dos gorilas, de camisa branca de *nylon* e gravata cinzenta, calças escuras, penteadinho como um bancário, comentou ao ouvido, com voz sussurrante, provocante, há quem esteja assim há dois mil anos, em posição de cruz, e não se tem dado mal, o outro raspava o cassetete nos cabelos da Isabelinha, sabemos quem tu és, o teu pai tem o monopólio das padarias da Avenida de Roma, parece que o governador civil não autoriza que se abram padarias nas redondezas, o teu pai deve-lhe encher os bolsos de pão, o outro, gorilóide, fácies proeminente, testa achatada, nariz borrachudo, olhar bruto, continuou, os bolsos e a carteira, e riu-se, como um cavalo a relinchar, a Isabelinha sorriu, não quis dizer que o riso dele se assemelhava à rinchada de um cavalo, animal nobre, descarregou o ódio e o medo na cara do chimpanzé, disse-lhe que o riso dele era conforme com a sua figura, parecia o zurrar de um burro, ele enfureceu-se, espetou-lhe um murro no estômago, não com toda a força, continuavam a hesitar bater numa mulher, apenas com a violência suficiente para a Isabelinha se agarrar à barriga e expelir uma aguadilha amarela, o outro, o penteadinho, de poupa desenhada como o mastro de um navio, intrometeu-se, vá lá, vá lá, assim não vamos a lado nenhum, bracinhos para cima como Cristo, o Crucificado, Nosso Senhor, chegou-lhe a boca à orelha esquerda, sussurrava de novo, cheirando o cabelo da Isabelinha, arrastando o nariz entre a cortina de cabelos decompostos, mirando-lhe o círculo delicado do pescoço, quase lhe beijando a penugem, a Isabelinha afastou a cabeça, enojada, ele disse, pronto, o juiz do tribunal plenário dá-te três anos, nós duplicamos por razões de segurança nacional, mais três, depois novos três, sais daqui velha, o macacóide arrastou a voz, podes sair amanhã, debitas os nomes dos teus camaradas, locais de encontro, casas onde dormias, a Isabelinha baixara os braços, o simióide gorgolou, para cima, para cima, braços em cima enquanto não falares, a Isabelinha obedeceu, pensava velozmente, rememorava as indicações para não falar, para não sentir dor nas articulações dos ombros, distrair-se, pensou em mim, sereno, no Império, perna traçada, a fumar, um livro de Platão na mão, no Carlinhos a estudar Chomsky, no Nelinho a foder uma sueca no Algarve, na mãe, a chorar na sacristia da igreja de S. João de Deus, o padre Lamberto a consolá-la, a Florinda catequista a rogar-lhe dinheiro para os missionários na Colômbia, o pai a comprar sacos de farinha de trigo a Espanha, o poupas mostrara-lhe um papel à altura dos olhos, um impresso, uma minuta, preenches isto e telefonamos ao teu pai, sais daqui à noite, a Isabelinha respondeu como o Partido a instruíra, sou uma revolucionária portuguesa, não reconheço legitimidade ao governo fascista, nada tenho a declarar, o primatóide espetou-lhe uma estalada, não a esmurrou, como o faria a um homem, deu-lhe uma estalada de mão aberta, a Isabelinha rodopiou, encostou-se à parede, a cara a arder, dorida, o poupas afastou-a da parede, depusera a mão nas ancas da Isabelinha, deixou-a ficar, como se as afagasse, a Isabelinha sentiu-lhe a manápula asquerosa, não se conteve, pegou nela, mordeu-a, ferrando-lhe os dentes, o chimpanzóide cravou-lhe um soco na testa, agora com peso e força, como para um homem, jogando-a ao chão, o sangue aflorou-lhe à testa, pingando para o nariz e os olhos, o penteadinho urrava de dor, agarrado à mão, admirado com o seu próprio sangue, chutou a Isabelinha na barriga, dois pontapés rijos, a Isabelinha encurvou-se, enroscou-se, o hominídeo espetou-lhe a biqueira do sapato nas costas, procurava as costelas, o outro gritava, esta semana já é o terceiro, ninguém me dá nada, esta morde, os outros calam-se como uns ratos, não tenho resultados para apresentar ao chefe, não pode ser, assim não chego a inspetor, gritou às orelhas da Isabelinha, ficas sem comer oito dias, em posição de estátua, braços para cima, levantaram-na, ergueram-lhe os braços, o penteadinho saiu, agarrado à mão ensanguentada, o gorila sentou-se, as pernas esticadas, os pés sobre a mesa de interrogatório, abriu o *Diário de Notícias,* pôs-se a assobiar, espreitando a Isabelinha pelo canto do olho, o bastão à mão, Isabelinha ia baixar um braço, limpar a cara do sangue, ele ameaçou, se baixasse os braços cacetada para cima, a Isabelinha não ligou, esfregou o nariz com a mão, o pide levantou-se, largou o cassetete, calçou a soqueira e esmurrou a Isabelinha por três vezes, jogando-a ao chão e levantando-a, era-lhe indiferente que fosse mulher, mordera o colega, merecia a lição, a Isabelinha resistia, encolhia-se, não se aguentava em pé, as pernas tremiam descontroladas, deixava-se cair, o pide agarrava-a, apalpava-lhe as mamas, segurava-a por estas, sentiu-se atraído por ela, beijou-lhe os lábios ensanguentados, a Isabelinha, desfalecida, enojada, mordeu-lhe o lábio superior, rachou-o, o sangue jorrou para as duas bocas, a Isabelinha sentiu-se nauseada, cuspiu o sangue quente e grosso, expeliu-o para os olhos do gorilóide, este recuou num ímpeto, encolerizou-se, cego de sangue e de raiva, desabou uma bateria de murros desarvorados sobre a Isabelinha com a soqueira, no peito, na cara, na nuca, no pescoço, nos ombros, encostou-a à parede, fixou-a com um pé assente na barriga e pregou-lhe novos socos, três, quatro, cinco, seis, a Isabelinha tombou-lhe sobre a perna, desmaiada, ainda lhe esmurrou as costas, raivoso, danado, libertou-lhe o corpo, que caiu no chão, espojado, a cara uma pasta de carne, o pescoço e o tronco um delta de sangue.

Nasce-me o desejo de ir à Índia

Admirei a coragem da Isabelinha, torturada e não falou, eu tinha a certeza de que falaria ao primeiro murro recebido, inventaria se preciso fosse, a Isabelinha fora libertada um ano depois, nunca fora julgada, presumi que o dinheiro do senhor Padeiro acelerara a libertação, regressara ao café Império, cabelo cortado, uma ou outra cicatriz como troféu de guerra, vestida como uma datilógrafa, saia-casaco escuro, deixara de fumar, fora expulsa da faculdade, ficara abalada com a prisão, precisava de um mês ou dois de recuperação, uma vida rotineira, depois entraria de novo na clandestinidade, explicava-me que descobrira ser Portugal um país de bufos desde o tempo da Inquisição, que se estendia em cada aldeia e em cada bairro através dos "familiares", vigilantes dos costumes, beneficiados com dinheiro, propriedades ou cargos consoante a quantidade de delações, o Marquês de Pombal nacionalizara o Tribunal do Santo Ofício, mas criara a Real Mesa Censória e uma rede de sicofantas denunciadores dos prevaricadores, o intendente da polícia Pina Manique prolongara essa rede em sentido político contrário, ao longo dos últimos duzentos anos os portugueses tinham-se pesadamente devorado uns aos outros, cada nova doutrina emergente destruindo e esmagando a anterior, como inimiga de vida e de morte, alvo a abater, e as suas obras negras peçonhas a fazer desaparecer, católicos ou erasmitas, papistas ou hereges protestantes, jesuítas ou iluministas, religiosos ou maçônicos, carbonários-jacobinos ou eclesiásticos, tradicionalistas ou modernistas, espiritualistas ou racionalistas, cada corrente só se entendia como una e independente quando via o seu reflexo "puro" nos olhos aterrorizados do adversário, quando o desapossava de bens, lhe subtraía o recurso à sobrevivência e, em última instância, quando o prendia ou matava, por vezes mesmo "matando-o" depois de este estar morto, como sucedera com os restos mortais de Garcia de Orta, em Goa, exumados e queimados, agora imperava o Estado Novo e a PIDE/DGS, prolongamentos da Inquisição, do *Index Censorum,* de todas as instituições que têm matado o ímpeto inovador e criativo dos portugueses de Quinhentos, a contestação ao Estado é hoje identificada com o comunismo, como a Inquisição identificava toda a rebeldia religiosa com o judaísmo, os comunistas de hoje são os judeus do antigo Portugal. Eu, descrente da política, ferrava-me nos estudos, passei a intervir nas aulas, conhecia as teorias de Nietzsche e de Freud como as minhas mãos, estudara Wittgenstein nos últimos meses em livros que o Carlinhos me mandava de Paris, os professores lecionavam pensadores até ao século XIX, atirava-lhes com as proposições de Wittgenstein do *Tratactus,* as notas subiam, um professor, padre jesuíta, chamou-me ao gabinete, seria chamado para seu assistente mal acabasse o curso, não baixasse as notas; eu não me via como professor toda a vida, tinha o exemplo do Carlinhos que, sob pseudônimo, começara a publicar artigos no jornal da oposição *República,* lia-os avidamente, respondia-lhe por carta, comentando-os, percebi que o meu saber era mínimo comparado com o dele, os seus artigos circulavam em revistas acadêmicas em Paris, em Londres e Nova Iorque, eu precisava de arrumar contas com o passado antes de me destinar a uma profissão, o Pai tornara-se uma obsessão, vinha jantar a casa e deparava com a Mãe à janela, aguardando o regresso do marido, os retratos do Pai com vinte anos pela casa de jantar e no meu quarto tinham-se tornado obsessivos, para eles olhava mal entrava em casa e não saía desta sem deles me despedir, palavras como pimenta e caril tinham entrado no meu vocabulário ao lado do vocabulário de filosofia, constituíam uma espécie de prato exótico e inalcançável, a Índia um país mágico e insólito, protetor de segredos milenares que para si sugara o Pai, a Mãe explicara-me em pequeno que não ia à Índia por ser proibido, foi assim que disse, queria dizer que Portugal estava de relações diplomáticas cortadas com a Índia devido à invasão de Goa, a tia Belmira dizia-me que a Índia era muito longe e não havia dinheiro para viagens, recordo que a mãe torcera o nariz, foi a primeira vez que me falou nas suas poupanças, no segundo ano da faculdade comecei a ler livros em inglês sobre a história da Índia, a meu pedido o Carlinhos enviara-me um belo livro sobre filosofia indiana, ia descobrindo que a Índia era uma civilização em tudo superior à europeia menos no campo da tecnologia, comecei com remorso a faltar às aulas do padre jesuíta que me queria como assistente, professor que profundamente respeitava pelo seu saber e pela sua absoluta entrega aos estudos, e a apaixonar-me pelo Sul da Índia, a costa do Malabar e o Estado de Kerala, disse à Mãe que um dia iria à Índia, mal aquela guerra estúpida das colônias acabasse, se não acabasse até ao fim do meu curso fugiria para a Índia por Paris, a Mãe falou-me no passaporte, eu não soube responder mas sabia que o Carlinhos ia todos os meses à Universidade de Amesterdão, logo um refugiado político deveria ter maneira de viajar, uma tarde tive uma longa conversa com a Mãe, levei-lhe um álbum sobre a Índia que o Carlinhos me mandara, comprado em Londres, ela espantou-se com as fotografias, a paisagem de uma beleza sublime, os homens hirtos, portadores de uma dignidade pressentida à flor dos olhos, as mulheres magras e belas como modelos europeus de pele castanha, os mercados magnificentes de colorido, que encantavam o olhar da Mãe, peguei-lhe na mão docemente, beijei-a, confrontei-a com o que eu pensava ser a verdade, o Pai apaixonou-se pela Índia, a Índia enfeitiçou-o, trocou a grosseirice da materialidade europeia pela beleza da espiritualidade indiana, disse-lhe delicadamente, por palavras simples, que o europeu cortara as raízes da alma, separando-a do corpo, hoje é um zumbi, só corpo, como um autômato, reagindo a reflexos condicionados da propaganda dos jornais e da publicidade televisiva, na Índia o Pai reencontrou as raízes do homem, a Mãe calou-me rispidamente, não percebo nada disso, as raízes do teu pai sou eu e és tu, levantou-se, disse, vou cozer grelos para o jantar, mas fico contente por saber que gostas da Índia, talvez um dia vás lá à procura do teu pai.

 Quando a tia Belmira partiu para Paris falei com a Mãe, pensava em fugir, trabalhar em Paris, juntar dinheiro e seguir para a Índia, a Mãe opôs-se terminantemente, acaba o curso, depois logo se vê, disse, imperativa, não me deixes sozinha, já bastou o Augusto partir, a tia Belmira partir, agora tu, nem penses, acaba o curso, obedeci de imediato, sentia que estava a quebrar o juramento que fizera à tia Belmira quando esta partira, prometera-lhe nunca abandonar a Mãe, se me casasse levá-la-ia comigo ou traria a minha mulher para casa da tia, sem ti ela morre de tristeza, arrastada a comer latas de sardinha em tomate picante, tinha dito que sim, não bastou, exigiu que eu jurasse, a tia antevia que eu, mal pudesse, partiria à caça do Pai, e acertou, foi o meu primeiro pensamento quando a Mãe morreu, a seguir ao 25 de Abril, parti para a Índia com a herança da minha mãe, o cúmulo da sua poupança desde o dia 18 de dezembro de 1961, quando Nehru mandou invadir Goa e a Mãe percebeu que o marido não podia regressar, juntou o dinheiro que o Pai lhe deixara, a entrada para uma serralharia no Intendente, mais algum dinheiro da tia Belmira, decidiu ir ter com ele logo que pudesse, poupando diariamente o máximo, e cumpriu; quando morreu, deixou-me o dinheiro.

Afinal era eu o grande amor da Isabelinha

A nova clandestinidade da Isabelinha durara pouco, uns dois anos, encontrava-me com ela uma vez por semana na Mexicana, à Avenida de Roma, passávamos por namorados, pintara o cabelo de preto, usava-o curtíssimo e vestia como uma estudante de Direito em estágio de advocacia, passava na rua por invisível, entrelaçávamos as mãos e, por vezes, encostávamos o rosto, a Isabelinha precisava desses momentos de ternura, o retorno aos tempos da infância, quando segredávamos recados na sacristia da igreja, levantávamos as saias a Nossa Senhora, espreitando-lhe as cuecas, mas a Senhora era um manequim de plástico ou de madeira, admirávamo-nos de os anjos não terem sexo, e mostrávamos os nossos sexos um ao outro sem vergonha, inocentemente, manipulando-os, jogávamos às escondidas atrás dos santos, puxávamos-lhes pelas túnicas e admirávamo-nos de não usarem calças. A Isabelinha dava-me conta das greves no Ribatejo, nas plantações de tomates, da greve de ronha de braços caídos dos alentejanos, reivindicando jornadas de oito horas de trabalho, os levantamentos de rancho dos soldados nos quartéis, os refratários, fugidos logo que convocados para a guerra, as moções na ONU contra o Estado português, isolado internacionalmente mas orgulhoso de se apresentar como vanguarda da civilização ocidental em África, eu aconselhava-a cuidar-se, a resguardar-se, tornava-me seu pai, queria saber o que comia, se enlatados, se frescos, manteiga só vegetal, dizia, banha não, muito gordurosa, a Isabelinha tornara-se vegetariana por carência de dinheiro para o peixe e a carne, gordura só a do azeite, eu ficava contente, falava-lhe na Índia, em espiritualidade, ela abanava a cabeça, incrédula, uma superstição, uma espiritualidade que redundava em miséria, analfabetismo, pandemias, lepra, eu calava-me, ela afagava-me o cabelo, beijava-me a testa, gostas da Índia porque está lá o teu pai, dizia, verdadeira, por vezes acompanhava a Isabelinha à Estefânia, à estação de camionagem, ela apanhava a camioneta para os encontros secretos nos arredores de Lisboa, fazia-se passar por estudante de regresso a casa, ia ao banheiro antes de comprar o bilhete, deixava lá um montinho de *Avantes* e comunicados do Partido Comunista, dizia-me adeus da janela, sorrindo, e seguia a caminho de Sacavém, Torres Vedras, Loures, Seixal, Alhos Vedros, a reunir-se com comitês operários, falávamos do Carlinhos, cada dia mais famoso, agora escrevia com pseudônimos diferentes no *Diário de Lisboa,* no *Jornal do Fundão,* tinha coluna no *Expresso,* acabado de nascer, nós sabíamos, eu escrevia-lhe, ele respondia, mandava junto bilhetinhos para a Isabelinha, confessava serodiamente tê-la amado em silêncio durante um ano ou dois, a voz e as convicções da Isabelinha demasiado impositivas para que ele lhe revelasse o seu amor, sofrera muito quando a soubera presa, nas mãos dos esbirros da Pide, e tinha tido a certeza de que ela não falaria, demasiado forte para ceder, soube, mais tarde, que a Isabelinha lhe respondera por duas ou três vezes, enviando-lhe cartas diretamente, depois acontecera o 25 de Abril e o Carlinhos, convidado como professor na Faculdade de Letras de Lisboa, regressara, destinado, dizia, a mudar a sorte de Portugal, a elite exploradora terminara, era forçoso criar outra elite.

A Mãe começara a vomitar sangue, ocultara-o, a mim e à irmã, que mandava postais alegres de Paris, realizada na vida, dizia que ganhava dinheiro e tinha prazer na vida, o carteiro fora trocado por um tocador de acordeão de Pigalle, que a amava perdidamente, dizia ela nas cartas, levei a Mãe ao Hospital de Arroios, estava tuberculosa, trabalhar menos, alimentar-se melhor e tomar os medicamentos dados gratuitamente pelo médico da Assistência Nacional da Luta contra a Tuberculose, aconselhou-a a passar temporadas em Caneças ou no sanatório da Penha, na Serra da Estrela, mas não havia dinheiro, dizia a mãe, mentindo, recusava-se a gastar o dinheiro da poupança, ficaria para mim, para eu fazer o que ela não poderia fazer, ao domingo levava a Mãe à praia da Parede, eu deitava-me sobre as rochas a ler, ela passeava na praia até as faces se lhe carminzarem, voltávamos para casa, a Mãe comia um pratalhão de arroz de grelos e pastéis de bacalhau que eu lhe preparava, levava-a à cama, onde instalara um televisor pequenino que lhe oferecera, comprado em terceira-mão na Feira da Ladra, ia-se curando, dizia, eu começara a fazer traduções de ensaios de filosofia para a Europa-América, ganhava algum dinheiro, fiz-lhe prometer que abandonaria algumas das patroas, outras despediram-na de imediato, não a queriam portas adentro quando souberam que sofria de tuberculose, eu fora com a Mãe explicar às senhoras que passara a fase de contágio, levava um certificado comprovativo do médico, elas desconfiavam, desinfestavam as escadas e a cozinha com um *spray* medicinal americano, despediram-na, a maioria, desculpando-se da crise do petróleo de 1973, a gasolina aumentara, os transportes tinham aumentado, a mercearia tinha aumentado, os ordenados dos maridos não, ficou com duas ou três escadas para lavar e encerar, eu inscrevi-me na Man Power, uma empresa de trabalho temporário, era destacado para calcular prêmios de seguros, lançar parcelas contabilísticas, trabalhos mecânicos e rotineiros, trabalhava ao sábado todo o dia, rara era a empresa que aplicava a semana inglesa, com dispensa ao sábado à tarde, dava o dinheiro à Mãe, todo, trazia os livros da biblioteca da faculdade, o que não houvesse não lia, escolhia o estudo dos autores com obra completa em francês na biblioteca, Platão, Aristóteles, Santo Agostinho, S. Tomás, Descartes, Pascal, Kant; se não trabalhava não ia às aulas, ficava em casa com a Mãe, os dois em casa, eu a estudar, ela à janela, de camisola de gola alta e manta de fazenda cobrindo-lhe o pescoço, cozia peixe com grelos para a Mãe, para mim fritava ovos com salsichas *Isidoro*, a mãe trazia o prato para a janela, depositava-o num banco alto, ia comendo lentamente, mirando o fundo da rua, talvez o marido chegasse nesse fim de tarde, talvez, não se sabia, à noite eu saía, ia até ao café, a Mãe sabia-me insone, deixava-me ir, beijava-a, abria--lhe a cama, ligava o televisor, programas de variedades com o Henrique Mendes e o Jorge Alves, a Mãe preferia o segundo, era coxinho, dizia ela, devia ter sofrido muito, identificava o sofrimento do apresentador de televisão com o seu, virava a cara para o lado quando aparecia um preto a prender uma cadeira com os dentes, lavava-os com pasta *Couto,* a Mãe não gostava de publicidade com pretos, pretos eram criados, lacaios, serviçais, o marido devia ter muitos lá na Índia, dizia-lhe que a Índia era na Ásia, os pretos viviam em África, Angola, Guiné, por exemplo, Mãe, é África, os indianos são castanhos, a Mãe dizia que sim, sabia, mas, para ela, castanhos ou pretos era tudo preto, quem não era branco era preto, pronto, eu dizia que sim, porque não?, pensava eu, orgulho europeu, ao fim e ao cabo não muito diferente da teoria do logocentrismo do Carlinhos, a racionalidade europeia como criadora do mundo.

Uma noite o Nelinho veio ter comigo ao Império, soubera que a minha mãe sofria de tuberculose, agradeci-lhe, não se preocupasse, estava controlada, a tuberculose, o senhor Barroca tinha dito que a minha mãe sempre trabalhara demais, se calhar alimentara-se mal, a mãe e o pai do Nelinho punham à nossa disposição algum dinheiro, se precisássemos, agradeci-lhe, dei-lhe um abraço de grande, grande amizade, o Nelinho ofereceu-me trabalho na agência de viagens, um, dois dias por semana, sobretudo ao fim de semana, levar turistas ao Algarve, peregrinos a Fátima, casaco, gravata e camisa branca, obrigatório, mil e quinhentos escudos por mês, alguns meses dois contos, pulei os olhos, duas vezes a renda da nossa casa, aliás, paga pela tia Belmira, eu não acreditava, o Nelinho justificou-se, trabalho especializado, tens de falar francês ou inglês, aceitei logo, disse-me que o pai e a mãe queriam que a Mãe deixasse de trabalhar, o meu ordenado devia cobrir as despesas da Mãe, agradeci, chorei à mesa do café Império pela amizade do Nelinho e do senhor Barroca, fiquei a trabalhar na agência de viagens até ao 25 de abril de 1974, acabei o curso, tornei-me professor de Filosofia do ensino secundário e mal a Mãe morreu parti para a Índia, o Carlinhos, antes de ser convidado para professor na Faculdade de Letras, escreveu-me, vem para Paris, depois logo se vê, arranjo-te um emprego num jornal, o Carlinhos não me queria em Portugal, tinha uma teoria, resgatada da sua experiência de emigrante, tinha passado seis meses em Santa Bárbara com o Jorge de Sena e outros seis meses em Toulouse com o Eduardo Lourenço, concluíra que em Portugal só ficam os piores, os melhores não suportam as elites portuguesas ignorantes, desde o século XVI que os melhores de nós emigram, escrevia ele, antes para os territórios do Império, no século XIX para o Brasil, a Argentina, a Venezuela, no século XX para a Europa, em breve para os Estados Unidos da Europa, filósofos, poetas, escritores, pintores, músicos, operários, só passando pelo estrangeiro ganhavam nomeada, aqui encontravam uma atmosfera propícia à sua vocação, Portugal era dominado pelos piores de nós, os que não tinham arrojo para emigrar, aprender outras línguas, trabalhar de outras maneiras, gente mesquinha tornava-se político, advogado, banqueiro, economista, e dominava o país com leis medíocres, desde o tempo de d. Passos Coelho, prior da colegiada da Sé no tempo de d. Afonso

Henriques, vem para Paris, gritava-me o Carlinhos nas cartas, não podia, a Mãe precisava de mim, criara-me, cabia-me agora cuidar dela, o Carlinhos contava-me a história de uma aldeia da serra da Malcata, dezasseis famílias, ao longo da década de sessenta tinham emigrado onze famílias, primeiro os homens, depois as mulheres, os mais ousados, mais inteligentes, não se resignavam à pobreza, vendiam um terreno e faziam-se passar para França, na aldeia ficaram cinco famílias, medrosas, conformistas, resignadas, agarradas ao padre e ao regedor; à falta das restantes, uma passou a dominar a junta de freguesia, outra a comissão fabriqueira das festas de verão, outra a igreja, outra comprou terrenos desvalorizados pela ausência dos proprietários, outra montou uma taberna com mercearia ao lado, isto é, dominavam por inteiro o poder da aldeia, Portugal tem sido assim há quinhentos anos, os piores de nós, os cobardes, os timoratos, os mesquinhos, os medíocres têm dominado todas as estruturas de poder, compondo um país à sua medida, sai daí, dizia-me o Carlinhos, pensava na teoria do Carlinhos e sentia orgulho no Pai, tivera o arrojo de partir para Goa, a Mãe, mulher resignada, afeita ao auxílio de Nossa Senhora de Fátima, ficara por Portugal, esperando-o, revoltada mas conformada, a tia Belmira partira, o Carlinhos partira, o Nelinho vivia entre Portugal e o estrangeiro, a Isabelinha partira para o mundo da clandestinidade, eu também queria fugir, mal pudesse partiria para a Índia, o médico da Associação mandava a mãe comer bifes em sangue, eu gastava um terço do meu ordenado em carne para a Mãe, mas melhoras não havia, ia morrendo, rezando, chorando, dizia que perdera a vida à espera do marido, eu acrescentava, e a tratar de mim, ela não aceitava, tu és o melhor de mim, tu és o que eu aqui deixo, nada mais, se não fosses tu não teria valido a pena eu ter nascido, a Mãe perdera a esperança de o marido retornar, não queria que ele regressasse, estava velha, feia, esquelética, quase acamada, bolçava sangue, já não valia a pena, delirava, proibia-me de abrir a porta ao Pai se ele aparecesse, eu zangava-me, pai é pai, dizia, marido é marido, se aparecer abro-lhe a porta, a Mãe assentia, era o seu maior desejo, confessava-me, ver o Augusto antes de morrer, sentir-lhe a mão nos cabelos, beijá-lo, lacrimejava, não poderia já beijá-lo, corria o risco de lhe conspurcar os lábios com sangue, sangue de amor, dizia eu, para a animar, retraindo o meu desejo de lhe dizer a verdade com clareza, o Pai já não regressa, a Índia enfeitiçou-o, a cor da Índia, o sabor da Índia, a mulher da Índia, o espírito da Índia, não, não poderia dizê-lo, a Mãe dizia, o teu pai foi sozinho enfrentar um continente desconhecido, uma religião desconhecida, foi vencido, não ficou lá por querer, mas por não poder regressar, porventura encantaram-no, se fosse um país igual aos outros ele teria forças para fugir, a Índia é terra de sortilégios, quem lá vai fica embruxado, o teu pai foi seduzido, eu retorquia, o Pai deixou-se seduzir, gostou de ser seduzido, a Mãe chamava-me fraco, homem de pouca fé, disse-me que se calhar enriqueceu e aguarda que os políticos resolvam as diatribes desde a invasão de Goa, depois aparece-nos aqui de surpresa, um carrão, leva-nos para um palacete, ou, se calhar, leva-nos a todos para a Índia, para as suas propriedades, do tamanho de Lisboa, um dia atirei-lhe com franqueza, se calhar casou-se, Mãe, tem filhos, percebi que a Mãe tinha pensado nessa hipótese, respondeu de imediato, sim, deve ter mulher por lá, se calhar mais do que uma, o Augusto era muito bonito, o corpo muito bem feito, os braços musculados das limas e das lixas de ferro, se calhar tem mais do que uma mulher, as pagãs pelam-se por cristãos, de pelinha branca, disse-me o padre Lamberto, mas esposa há só uma, casar-se só comigo, e tu és o único filho legítimo, porventura terá vários naturais, nunca poderão usar o Martins do teu nome, desisti de massacrar a Mãe com hipóteses sobre a existência do Pai, a Mãe merecia morrer com a ilusão com que vivera, inteira, íntegra, penteava-a na cama, o cabelo tombado às repas, a pele encarquilhada, sem vida, sem carne, a garganta permanentemente em sobressalto, tossindo, o peito encolhido, a Mãe envelhecera, levantava-se ao fim da tarde, acolchoada em roupa, envolta num cobertor, e sentava-se à janela, as nádegas tinham-se espalmado de tanto estar sentada ou deitada, os olhos, de tanto lobrigar o fundo da rua, só viam o longe, esquecidos dos pormenores do perto, já não bordava, fechava os olhos e ouvia rádio, abria-os e via televisão, a cama e a janela constituíam a sua segunda pele, com elas convivia sem azedume nem protesto, atingira o fim da vida, ia morrendo como vivera, à espera, uma eterna espera, comecei a tratar do passaporte, não me foi concedido, era estudante, em regime de adiamento de incorporação militar, sonhava com o dia em que a Mãe morresse e me libertasse do pesadelo de a pentear, de lhe preparar o bife em sangue com arroz de grelos, o pão com manteiga e um chá de camomila à noite, pressenti que em breve teria de lavar a Mãe, de a despir e vestir, de lhe limpar as fezes, não seria capaz, falei com o Nelinho e o senhor Barroca, disseram-me para não me preocupar, aumentar-me--iam na proporção exata ao que tivesse de pagar a uma senhora para cuidar da Mãe, ofereci-me para trabalhar mais um dia por semana, deixo tudo preparado, disse o Nelinho, não percebi, saímos do Império, falávamos no meio da Alameda, entre as tílias, disse-me que acabara de ser chamado para a tropa, não iria, ia para Paris juntar-se ao Carlinhos, seguiria para Londres, trabalhar numa agência de viagens, as autoridades inglesas eram muito renitentes em aceitar refugiados políticos, talvez seguisse para Estocolmo, juntar-se a uma sueca que visitava o Algarve todos os anos, já me ofereceu casa, quer-me lá, perguntei pelo senhor Barroca, antevia o desgosto do senhor Barroca e da esposa, o Nelinho respondeu que não, fora o pai que lhe dera a solução, preferia saber o filho nos longes da Europa do que numa guerra em África, sujeito a morrer, o senhor Barroca ia trespassar o alvará dos dois táxis, cansara-se de guiar em Lisboa, reformava-se, o dinheiro iria direitinho para uma conta no estrangeiro em nome do Nelinho, o filho não passaria necessidades, eu comparava o senhor Barroca ao Pai, que me abandonara, nem o terceiro beijo me dera, não merecia que lhe chamasse meu pai.

Despedi-me do Nelinho uma madrugada escura, na Alameda, seguia num *Taunus* preto da cor da noite com mais dois estudantes que fugiam à tropa e à guerra, o senhor Barroca não chorava, a mãe do Nelinho, sim, pela segunda vez despedia-me de um amigo que fugia de Portugal, todos fugiam de Portugal, parecia ser destino certo do português, fugir de Portugal, o Nelinho chamara-me à parte, fumar um cigarro e despedirmo-nos, revelou que a Isabelinha me amava, dizia o meu nome quando ele a beijava na escuridão das escadas, dizia-lhe ser eu o único homem que ela amaria toda a vida, mas não me queria, eu seria a retaguarda da vida dela, o amigo de infância a quem confiaria os filhos se morresse, não conseguiria namorar comigo, menos viver comigo, eu não tomava partido, não possuía uma crença séria, uma convicção firme, tentava perceber todos, ler tudo, compreender tudo, faltava-me o poder de afirmação, a educação de um filho meu seria uma coisa sensaborona, sim, faz assim, mas, espera, também podes fazer assado, não, a Isabelinha não me queria como namorado, amante ou marido, queria-me como amigo, o grande amigo da sua vida, nunca teria outro como eu, por vezes a amizade da Isabelinha roçava o amor, gostaria de experimentar beijar-me, como o fizera na infância, o que ela queria aprender experimentava comigo, habituara-se ao meu corpo, eu seria o seu homem de serviço, o Nelinho disse-mo, procura a Isabelinha, beija-a, diz-lhe que queres viver com ela, para além da política, vão os dois para o estrangeiro, o senhor Padeiro tem dinheiro para isso e muito mais, faz um filho à Isabelinha, um filho homem, é o que o Padeiro quer, um descendente a quem legar as padarias – as palavras do Nelinho faziam sentido, a Isabelinha falava comigo com ternura, tratava-me pelo meu diminutivo, brincava comigo passeando os seus dedos pelos meus lábios, como o fizera no dia em que me dissera para eu a beijar, tínhamos cinco anos, no dia em que dissera para eu a penetrar, tínhamos treze anos e começávamos a fugir da igreja, no dia em que me perguntara se eu seria capaz de me casar com ela, eu ri-me e disse que sim, mas tu não queres, ela disse, como sabes?, depois, muito séria perguntara-me, se eu estivesse grávida de alguém que não conheces, aceitarias casar-te comigo?, dissera de novo que sim, tínhamos dezasseis anos (penso que terá feito um aborto às escondidas e não precisou de mim para justificar a gravidez perante os pais), aos vinte anos, quando saíra da prisão, perguntara-me se eu sofrera com a tortura a que ela fora submetida, dissera-lhe que chorara noites a fio no quarto, imaginando-lhe corpo a ser queimado com cigarros, aos 22, perto do fim do curso, na última vez que a vira, na estação de camionagem da Estefânia, beijara-me sofregamente antes de subir para a camioneta, afagara-me as faces, dissera-me que eu deveria casar com uma mulher que me merecesse, que não me manipulasse, perguntara-me se eu faria tudo para estar presente no seu enterro, mesmo que arriscasse ser preso ou morto, jurei-lhe que sim, com a forte convicção que ela presumia eu não ter, beijou-me de novo, outra vez sofregamente, como em criança, entrou na camioneta e desapareceu, não mais apareceu na Mexicana, o Nelinho dissera-me ser o amor da Isabelinha por mim um pouco estranho, uma amizade que se esgota se não se prolongar em amor, um amor nascido de uma amizade de vinte anos, o homem para quem se volta depois de tudo se ter experimentado, eu seria esse homem para a Isabelinha, um retorno à felicidade da infância, ah, a infância, o Paraíso.

Bispoi

Em 2002, telefonei de Pangim para Hassan, precisava de ir ao Deutsche Bank, um bloquinho de ações que investira em celuloses norueguesas não compensava, atendeu-me o filho que vivia em Bombaim, o pai e o seu hercúleo *Fiat* tinham ficado esmagados debaixo de um caminhão cisterna, foi-me buscar ao aeroporto, chorou no meu ombro o pesar do pai perdido, confessou-me que o negócio não andava bem, arcaicos os táxis, não tinham ar condicionado, os clientes afastavam-se deles, os motores roncavam há trinta anos, as molas dos estofos quebradas, não valia a pena mudar as suspensões, as ruas da cidade eram crateras abertas tapadas com alcatrão polvoroso, um negócio que enchia os bolsos dos administradores da cidade, a monção chegava e os buracos reabriam-se, mais largos, mais fundos, ia vender a frota para peças, já tinha o negócio aprazado, regressaria à aldeia do pai, levaria a mãe, os avós tinham morrido, levantaria uma casa superior à do brâmane, compraria uma manada de búfalos e arrendaria as várzeas do avô, piscou-me o olho, soubera por um amigo político, do Partido do Congresso, que um perímetro de quinhentos quilômetros se destinaria a zona industrial, a manada e as terras serviriam para se fingir de agricultor, as terras do avô encontravam-se dentro do perímetro, receberia uma indenização choruda, que repartiria com o amigo político, se as terras estivessem abandonadas teria direito a quase nada, assim não, pagar-lhe-iam uma fortuna só para abater a casa, dinheiros europeus de apoio ao desenvolvimento, deu-me uma palmadinha nas costas, a Mechanichal Industry iria ali confeccionar detergentes ácidos para vender para o mundo inteiro, disse, orgulhoso, surpreendeu-me a sua ingenuidade, contando-me uma verdadeira intrujice como se eu devesse estar de acordo só porque fora amigo de seu pai, disse que ele tivera sorte, o pai trabalhara doze horas por dia, toda a vida, os dois irmãos estudaram que se desunharam para se tornarem engenheiros, ele, num golpe de vento, enriqueceria, não mais precisaria de trabalhar.

Tratei do que tinha a tratar no Deutsche, transferi o investimento para o City, que acabara de abrir uma filial em Pangim e, com sorte, talvez não retornasse mais a Bombaim e, se retornasse, alugaria um táxi com ar condicionado no aeroporto e não precisaria de contatar o filho de Hassan, que não era um desenrascado como o pai, mas um aldrabão dos recursos do seu próprio povo, e assim o tenho feito, e um dia que o dr. Magalhães Pratel me avisou de que deveria ir a Bombaim fazer análises ao ânus, prevenindo um possível, e falso, cancro retal, fiz Rhema e Sumitha jurarem que nunca me levariam para os hospitais de Bombaim, onde os americanos se vêm curar dos cancros no cólon por metade dos dólares que gastariam na sua terra, eu queria morrer na Índia, mas na terra sagrada de Goa e ser incinerado, como o Pai, ou enterrado, como o meu undécimo avô.

Comprei Bispoi por umas insignificantes cem rupias e, um ano depois, o mesmo vendedor surpreendeu-me com uma nova, agora pelo dobro, eu já me tinha apaixonado pela vida de pedra dos ofídios, assobiava com a língua entre os dentes, um tom agudo e cavo, e acenava com uma ratazana morta, pendurada pelo rabo, assim presumia despertar Bispoi da permanente letargia, mimetizada entre a folhagem, imóvel, coberta de rama verde, a cobra aparecia, esguia, erguia a cabeça triangular, clara, os olhos rutilando, o corpo sibilante desenroscando-se, deslizava pelo tronco da árvore-da-chuva, os músculos de ferro a forçarem o movimento natural, aparentemente imóvel devido ao seu comprimento, um silêncio tumular, eu acenava do varandim, assobiava de novo, jogava-lhe a ratazana, depois três pintainhos para a afastar dos ramos altos, com um aspersor industrial, polvilhava os ramos de cola espessa transparente, o suficiente para, durante três ou quatro dias, os pequenos pássaros ficarem grudados, melros, pardais, um ou outro rouxinol, as perninhas finas a debaterem-se, o bico a picar, atormentados, a furar a lâmina de cristal da cola, os olhos incompreensíveis, Bispoi voava por entre a folhagem e caçava a avezita, abocanhando-a com os maxilares soltos, inoculava-lhe o veneno paralisante, o passarito ia morrendo lentamente, engolido pela cabeça, Bispoi atraía-me e horrorizava-me, Sumitha calava-se mas Rhema protestava mansamente, alegava estar o quintal inutilizado, gostaria de cultivar um jardim, um pequeno horto, os fetos roxos cresciam caoticamente, as trepadeiras selvagens infestavam troncos e muretes, afogando-os, ervas e flores desconhecidas, a umidade e as chuvas da monção encontravam no nosso quintal um território de eleição para a sua desmesurada alegria, encharcando-o de cores vivazes, Bispoi reinava na sua pequenina selva, as gralhas, mais inteligentes do que os melros e os pardais, tinham fugido para outros quintais fronteiros, com a escassez de gralhas Bispoi passava fome, fiz saber no mercado que comprava ratos e ratazanas, lagartos, fui assaltado por crianças indianas que me traziam de tudo, ratos vivos e mortos, cabeças de cabrito a pingar sangue, entre todas escolhi duas crianças, hoje homens adultos, abasteciam-me no princípio da semana os animais para alimento da Bispoi, a sabedoria prática indiana manifestou--se, os pais das crianças fotocopiaram catálogos coloridos com coelhos e coelhas, ratazanas grávidas e crias de rato, galinhas, galos, gatos, com pele e sem pele, cães, com pele e sem pele, cadelas grávidas, eu só tinha de escolher ao domingo à noite, no dia seguinte fazia a encomenda; sempre respeitada, a sabedoria indiana manifestava-se todas as semanas, acrescentando novos animais, pavões, papagaios, um ano depois já podia escolher ratazanas vivas ou mortas, como habitualmente, mas também vivas ou mortas congeladas, comprei uma pequena arca frigorífica, instalei-a ao lado da capoeira, como eu chamava ao refúgio onde conservava os animais vivos, e passei a comprar coelhas e ratazanas vivas mas congeladas, que descongelava três horas antes de as lançar para o quintal, percebia que Bispoi gostava de matar os animais, de os encantar com o seu olhar rutilante, lhes inocular o veneno, tragá-los lentamente enquanto mexiam descontroladamente as pernas, eu escolhia sempre o melhor para Bispoi, uma coelha pejada, uma ratazana preta dos campos, do tamanho do antebraço, dois mamíferos por semana, abundantes de gordura, e três ou quatro passaritos presos na goma que embebia os ramos; a conselho do vendedor, que uma vez por ano insistia em vender-me mais cobras, passei a dar-lhe uma dieta de borboletas ao fim de semana, cinco borboletas coloridas diurnas e dez noturnas, douradas, da cor do fogo, grudava-lhes as pequenitas gambas e jogava-as para o cimo dos ramos, via-as a debaterem-se, abanando furiosamente as asinhas, tentando voar, presas porém pela cola, calculava quanto tempo demoravam a morrer pela quantidade e intensidade das batidelas das asas, entretinha assim as minhas noites indianas insones, Sumitha não gostara, não protestava, não podia protestar os atos do marido, não se queixava mas falava insistentemente no assunto, eu abria os olhos, virava a cabeça para o outro lado, Rhema, temendo uma fúria minha, mandava Sumitha calar-se, decidi alimentar Bispoi à noite, só à noite, por causa de Arun, comprei dois holofotes potentes, mandei instalá-los, deitava-me com Sumitha, afagava-lhe a pele, acariciava-lhe a *yoni*, penetrava-a, lavava-me e vinha instalar-me no varandim, uma espécie de mezanino que rodeava o quintal, alimentando e brincando com Bispoi.

A Isabelinha torna-se acrata

Perto do 25 de Abril, recebi uma carta do Carlinhos, a Isabelinha estava em Paris, metera-se em problemas, contestara as ordens do Partido, o Carlinhos escrevera-me, algo de estranho acontecera com a Isabelinha, afogara-se na liberdade francesa, não a digerira, não conseguira integrar o Quartier Latin na consciência marxista, sentira que todos os dias devia reinventar a liberdade, não havia inimigos diretos, o fascismo, a Pide, o salazarismo e o marcelismo, a guerra colonial, a Isabelinha desorientou-se, contavam as cartas do Carlinhos, angustiou-se, dividida entre o apelo da liberdade sem limites das caves do *jazz* e das passas de marijuana, a que ainda chamava, por vezes, permissividade, e o puritanismo moralista comunista, experimentou a noite de Montmartre, de Pigalle e de Saint-Germain, foi criticada por camaradas portugueses, sentiu que o Partido a limitava, o marxismo enclausurava-lhe a necessidade de pensar por si própria, fazer os seus juízos pessoais, o Carlinhos, doce e maquiavélico, passou-lhe livros de Freud para a mão, dois do Deleuze, um do Guattari, o último do Foucault, as preleções do Lacan no Collège de France, Isabelinha estudava como nunca o fizera em Lisboa, concluiu que o marxismo se tornara a mais conservadora das ideologias, apoiada na tradicional família operária, por sua vez retrato perfeito de S. José, Nossa Senhora e o Menino, valores de honestidade, lealdade e solidariedade rurais, submissão servil ao Estado, idolatrado como um bezerro de ouro, demitiu-se do Partido seis meses depois de ter sido levada por este para Paris como exemplo da nova geração de comunistas portuguesas, foi caluniada no *Avante,* acusada de impreparação, de deleitamento com os encantos ilusórios de Paris pós-maio de 1968, a Isabelinha, rija, retorquiu, acusou o comunismo de conivência com a poluição da Europa, a União Soviética e os países do Leste de ditaduras de Estado, a República Democrática Alemã de se ter tornado a maior lixeira tóxica do planeta, de morticínio de militantes anarquistas, apelou à instauração de comunas, cada prédio de Paris devia tornar-se uma comuna, todos a viverem com todos, repartindo entre si, equitativamente, os bens possuídos, o dinheiro, os móveis, a comida, tornou-se defensora de um igualitarismo comunal ou comunitário, libertário, publicou um manifesto apelando à criação de arte em todos os escritórios, mercearias, drogarias, encheu a varanda do apartamento de manequins mutilados, sem uma perna, sem um braço, outros decapitados, decepados, um com uma corcunda, apaixonou-se por uma francesa de Nancy, a Sylvie, cabelo à rapaz, sapatos, fato, camisa e gravata de homem, que alugava o corpo a mulheres casadas, a Sylvie iniciou-a no sexo, sexo duro, não o de rapazolas da faculdade, sexo desorientado de puberdade, saíra da comuna, passara a viver no sótão da Sylvie, em Nanterre, mandara imprimir um cartão de apresentação, dava-o a todos, Isabel Padeiro, Acrata, assim mesmo, não anarquista, que é ainda uma oposição à situação, mas acrata, defensora de um mundo sem leis, sem regras, sem ordem, reinventado todos os dias, todos os dias diferente, afirmava-se opositora à situação e opositora à oposição, sonhava com um mundo polvilhado de pequenas comunidades auto-suficientes, sem hierarquia de poder, de sexo, sem dinheiro nem técnica moderna, aboliraos fogões a gás, os fogões elétricos, só os de lenha, cada um faria as suas próprias roupas, lavraria um pedaço de terra, educaria os filhos de todos, que de todos eram filhos, sem pais individuais, abominar-se-iam todas as armas, todo o dinheiro, todo o poder, toda a proeminência, toda a ostentação, viver-se-ia do prazer, com o prazer e para o prazer, não haveria horas para comer, para dormir, para trabalhar, Isabelinha não trabalhava, vivia do dinheiro que a Sylvie trazia para casa, deixava a Sylvie no hotel frequentado pelas senhoras casadas e passeava por Pigalle, foi aí que encontrou a tia Belmira, acompanhada de um parisiense com ar de proxeneta, a tia Belmira tornara-se "dame" de cinco prostitutas portuguesas, cada uma especializada numa modalidade de sexo, uma masoquista, outra sádica, uma animadora de casais, outra experimentada em terceira idade e outra acompanhante de empresários em viagem, geria-lhes os encontros, as horas, o local, o leque de posições a que se submetiam, com ou sem camisa-de-Vênus, e o pagamento, compusera um catálogo colorido que mandava pelo correio com uma declaração anexa assegurando a inexistência de doenças venéreas nas suas protegidas, o Carlinhos lamentava a situação da minha tia, a Isabelinha não o devia ter informado, ele não se contivera e passara-me a informação, para saberes, se vieres a Paris não te admires, eu não me admirei, a tia Belmira sobrevivera a fazer broches ao pai da Isabelinha, continuara em Paris, estava-lhe na massa do sangue, respondia ao Carlinhos que me parecia ser Paris uma cidade decadente, cada dia uma filosofia nova, aplaudida por tertúlias de intelectuais que funcionavam como seitas, a Isabelinha acrata, a tia Belmira explorando meninas, não me apetecia ir para lá, eu, tolhido pelas regras morais do Estado Novo e da igreja católica, achava que a liberdade fazia mal, não era respeitada, usada até ao limite, devassada, aparentemente magnânima mas verdadeiramente castradora da dignidade humana, a Isabelinha propunha que se voltasse à Idade Média, mas sem Deus, o Carlinhos respondera, não, não é a liberdade, é a liberalidade, o indiferentismo, o homem apático, rico, desinteressado de tudo, alheio ao juízo crítico, à racionalidade, abandonado à volúpia do prazer imediato, o Carlinhos escrevera-me de novo, suspeitara que a Isabelinha se tornara lésbica, lésbica de verdade, pensava ter sido uma forma exótica de ostentar a sua liberdade, agora não, suspeitava que o era por natureza, a Sylvie fora apenas o instrumento da descoberta, a Isabelinha traíra a Sylvie, fora viver com uma estudante da Sorbonne IV, uma hispânica, abundante de seios, descomunais, falava um francês engrolado e adorava *paellas* e tortilhas, a Isabelinha especializara-se em pratos espanhóis para lhe agradar, a Isabelinha fazia de mulher, a hispânica de homem, como em casa da Sylvie, o Carlinhos fora jantar a casa das duas, chegara a horas e a Isabelinha massageava com algodão e álcool os vincos nas nádegas da espanhola, ficara desorientado, afinal esta jogava um duplo papel, e a Isabelinha também, eu deitei esta carta fora, rasguei-a com raiva, não gostava desta nova Isabelinha, esquecera que em Portugal se continuava a lutar pela liberdade, raparigas da sua idade eram presas e torturadas, a PIDE encetara nova tática, rapava o cabelo às estudantes, com a máquina zero, punha-as na rua às nove da manhã, assim mesmo.

Soube, mais tarde, depois do 25 de Abril, que a Isabelinha fora salva pelo Carlinhos, este escandalizara-se naquela noite no apartamento da hispânica, recusara jantar, saíra sem dizer nada, meneando a cabeça para a Isabelinha em reprovação, fora lá no dia seguinte, entrara abruptamente, embrulhara as escassas roupas da Isabelinha num saco de cabedal marroquino forrado de brilhantes e trouxera-a para o seu apartamento, dissera-lhe, ficas aqui por minha conta até decidires o que queres fazer da vida, comprara-lhe roupas novas, no dia seguinte arranjara-lhe emprego numa associação portuguesa de pasteleiros, a passar receitas à máquina de escrever, a arquivar correspondência e a cobrar faturas, três horas por dia, à tarde, no Carnaval viajara com ela pela Alsácia, dormiram em parques de campismo, cada um na sua tendinha de escuteiro, a Isabelinha vivia muda, trabalhava muda e viajava muda, aos fins de semana jantavam em tascas de província, os dois em silêncio, o Carlinhos lendo, a Isabelinha pensando, regressavam a Paris, o Carlinhos obrigou a Isabelinha a inscrever-se em engenharia, nada de teorias históricas ou sociais, a Isabelinha não aceitara, inscrevera-se em História, queria compreender o homem para além das ideologias, fizera o curso lentamente, escrevera ao pai e à mãe, o senhor Padeiro mandava-lhe dinheiro, a mãe rogava que ela voltasse, acabara o curso em 1980, desistira de regressar a Portugal, desinteressara-se do 25 de Abril e da Revolução dos Cravos, naquele ano casou com um engenheiro francês, foram viver para o Brasil, Salvador, na Bahia, ele trabalhava no petróleo, a Isabelinha esquecera Portugal para sempre.

Fui chamado para Mafra quando se deu a revolução, a guerra acabara, Portugal tornara-se um país democrático, apresentei-me e mandaram-me para casa, nem dormi no quartel, explicaram-me, oficiais em excesso, o Nelinho regressou em maio, o Carlinhos em setembro, eu deixei de trabalhar na agência de viagens e tornei-me professor de Filosofia do ensino secundário, a vaga que eu deveria preencher como assistente do professor jesuíta fora ocupada pelos exilados políticos que tinham tirado os cursos em Bruxelas, em Londres, em Paris, o professor disse para eu esperar um ano, a minha mãe ainda assistiu ao 25 de Abril, regozijou-se, não por causa da democracia, mas porque finalmente a Índia e Portugal restabeleceriam relações diplomáticas, o Augusto não tem desculpa, disse, alegre, o peito encovado, o rosto lívido, a bacia de esmalte com o sangue ao lado da cama, ela não tinha saúde para ir a Goa, eu, sim, já podia ir, eu disse que não tinha dinheiro para a viagem, ela levantou-se, desfez a cama, abriu o fecho éclair do colchão, e, entalado na espuma, num buraco feito de propósito, à tesourada, tirou um saco de serapilheira com centenas de notas de mil escudos, as poupanças do Pai para a serralharia, mais as poupanças de catorze anos, desde 1961, quando se tornara claro que Salazar cortara relações com a União Indiana, ainda as poupanças da tia Belmira, legadas pelo marido, a Mãe disse, ela já não volta, e se voltar já estarei morta, diz-lhe que usaste o dinheiro, pensavas que era meu, só meu, descobriste-o no colchão após a minha morte, algum deste dinheiro ainda é do teu pai, uma parte pequenina para ele comprar uma serralharia, faltava muito, por isso partiu para a Índia, eu, abismado, gritei para a Mãe, estamos ricos, tanto dinheiro, a Mãe recuou, este dinheiro é para ires a Goa, hás de encontrar o teu pai, dar-lhe um beijo por mim, ri, repliquei, e há de dar-me o terceiro beijo na testa, eu queria separar o dinheiro da tia Belmira, a mão não deixava, eu alegava que a tia podia regressar, não era justo, a Mãe foi peremptória, não regressa, percebi que a Mãe sabia que a tia Belmira se tornara agente de prostitutas de luxo em Paris, calei-me, disse, a Mãe é que sabe, respondeu, é o último favor que me fazes, quando partires para Goa escreve-lhe a dizer que não precisa de continuar a pagar a renda, disse à Mãe, não vou, Mãe, não a deixo aqui sozinha, replicou, não precisarás, já avisei o senhor Barroca que não precisa de pagar à enfermeira durante muito tempo, assustei-me, Mãe, não diga isso, por favor, ela calou-se, deitou-se, vai, vai preparando as tuas coisas, saí de casa aterrado, atônito, rememorando tudo o que sabia sobre a Índia, não me repugnava ir para a Índia à procura do Pai, falara nisso por vezes com a Mãe, ela dizia, se eu não puder ir e o Augusto não voltar, vais tu à procura dele, não levava a sério, nunca teria dinheiro para estar em Goa um ou dois meses à procura do Pai, agora sim, seria possível, nascia na minha mente a possibilidade de partir, agora sim, o Nelinho e o Carlinhos a regressarem e eu a partir, fiz figas, sempre ao contrário dos outros, não porque os outros me forçavam, mas porque eu queria, não para a Europa rica, mas para Índia pobre, a Mãe decidiu morrer para eu poder partir, sabia que me recusaria a abandoná-la, viu-se como um estorvo, fizera o que devera fazer, esperar pelo marido até à morte, assim se exige da esposa.

A minha nova família

Desfiz-me da participação nos negócios do Xavier em 2000, chegavam-me os juros do depósito no City Bank e uma ou outra aplicação nas fábricas de papel norueguesas que poluíam a América Latina, sobraria ainda muito dinheiro para alimentar a vida do Arun. Rhema e Sumitha tratavam cuidadosamente do Arun, Sumitha levava-o a passear na Gandhi Road, naquele seu arrastado passo de atrasado mental, como um anjo decaído, fascinado pelo abrigo dos pássaros nas copas das árvores como se o chão sujo o enojasse, os braços dobrados, as mãos cruzadas, a perna direita arrastada, incapaz de a estender, Sumitha vagueava a seu lado, paciente e meticulosa, cansando-o, para que superasse a insônia permanente, igual à minha, escolhendo cada quadrado do pavimento que os pés do filho tocavam, limpando-lhe a saliva babada do queixo, compondo-lhe a camisa branca europeia com as abas de fora, à indiana, como ele gostava de usar, era o passeio diário, das Fontainhas a Gandhi Road, primeiro para lá, depois para cá, Sumitha chupava um caju ou trincava uma manga-rosa, Arun sentava-se na peanha da estátua do Abade Faria, sorvendo um sorvete de duas bolas, morango e caramelo, no tempo da monção chamavam um riquexó que os levava mais longe, a Gaspar Dias ou a Dona Paula, onde se entretinham contemplando as ondinhas a marrarem contra o cais e os pescadores a lançarem a cana, eu ficava na varanda do casarão da Rua de Ourém vendo-os partir, entretido com os meus cigarros americanos, meditando sobre frases dos *Upanishades,* satisfazendo-me com a criação do mundo pela mente de Deus e congratulando-me por este, ao contrário do Deus europeu, desejar que cada homem se realizasse em felicidade material, recordava a Mãe à janela da casa da Alameda ao fim de tarde, aguardando infrutiferamente o regresso do Pai e via-me agora, em Pangim, trinta e cinco anos depois, esperando o regresso do meu filho, na varanda, que voltaria alegre, sempre alegre, com o seu eterno sorriso inocente, Arun sorria efusivamente, babando-se com forte intensidade, levantando o braço esquerdo bom, Sumitha acorreria, limpando-lhe a saliva escorrida para o queixo e o pescoço, acalmá-lo-ia, mas também ela sorria, vendo-me, o seu homem europeu, Rhema punha a mesa, a comida preparada em tacinhas de bronze, aquecidas sobre a lamparina a óleo, sentávamo-nos em silêncio, olhando uns para os outros como fantasmas mudos de nós próprios, Sumitha depunha o avental florido no colo de Arun, levava-lhe pacientemente arroz à boca, a carne mastigava-a ela, depunha-a na colher e levava-a à boca do Arun para ele não se babar tanto, eu inventava uma conversa, como estava o Mandovi hoje, o dia fora muito agradável, as novas mangas estavam quase maduras, tinham chegado novas latas de fiambre australiano ao supermercado, Sumitha pintara com Arun uma papoila numa tela branca, eu apreciava com ar entendido, prontificava-me a comprar novas tintas no armazém Portugal, Sumitha agradecia, olhos baixos, assim fora educada, eu depunha um dedo na cara, forçava-a a olhar para mim de frente, ela envergonhava-se, ria-se, Arun ria-se também, Arun falava, mistura de português e concani, que só Sumitha entendia, traduzia,ríamo-nos com ele, de dentro ouvia os passos de Rhema saltando da cozinha para a sala obscurecida onde, sentada numa cadeira de palhinha com um tapete de juta a seus pés, tecia o milésimo tapete de Arraiolos, enchendo-o de medalhões e florões de múltiplas cores, que cordialmente oferecia a um vizinho ou a um casal luso-indiano frequentador do Clube Português, pagando assim o privilégio de ter sido aceite na comunidade descendente dos portugueses.

*

Na verdade, só Xavier sabia ser Sumitha minha meia-irmã e Rhema minha madrasta, para todos Sumitha era a minha esposa e Rhema minha sogra, mas era sempre possível que um dia se soubesse e Rhema preparava a chegada desse dia, comprando os vizinhos, eu não me ralava, não havia papéis, o Pai não se casara com Rhema segundo o rito católico, registrado na conservatória portuguesa, Xavier tratara do meu casamento com Sumitha, de papéis passados, sem cerimônia, eu assinei, a Sumitha assinou, dada como filha de pai desconhecido, Rhema aceitou, e tornamo-nos uma família, nova família, todos sabiam ser eu filho do Augusto Martins, que passara por Pangim na década de cinquenta e raptara a filha de um brâmane; porém, os olhares suspeitos de alguns vizinhos alertavam-nos para a possibilidade de um dia se saber ser Rhema a menina raptada de Salcete, desaparecida com o Pai para as matas selvagens de Sanguém, e, portanto, ser Arun filho de incesto, a minha união com Sumitha era tão feliz quanto amaldiçoada caso se soubesse a verdade, por isso, mais por medo interior do que por suspeita exterior, mantínhamos uma existência discreta, receávamos que alguém reconhecesse Rhema como a menina brâmane raptada e começasse a indagar, eu tinha comprado o casarão da Rua de Ourém em nome próprio, pagara em duas prestações, uma quantia considerável para Goa, ridícula para moeda europeia, o dr. Colaço fizera-me o testamento, tudo legado a Sumitha, quando Arun nascera fizera novo testamento e, mais tarde, quando crescera, um terceiro, houvera uns problemas, fora necessária uma certidão de nascimento minha, aleguei não ter ninguém em Portugal que tratasse dela, o dr. Colaço achou estranho, levantou obstáculos, fechou os olhos e abriu as mãos, percebi o velho jogo venal indiano, abri os cordões à bolsa, tudo girou como se não tivesse havido problema, deu-me uma minuta para eu assinar, uma certidão pró-forma aplicada após a integração de Goa na União Indiana onde se declarava eu não ter omitido informações relevantes e possuir os documentos necessários para o processo do testamento, desaparecidos porém, assim lavava o dr. Colaço as mãos, enchendo-as de numerário, prolongara durante excessivo tempo o meu bilhete de identidade na sua mão, parecia querer mostrar-me ou perguntar-me algo, mas logo se esquivava, atrapalhado, presumo não ter suspeitado ser Rhema a menina raptada; no pagamento da terceira versão do testamento, deixei-lhe uma comissão farfalhuda, uma espécie de recado, cala a boca, tinha entrado no café do Hotel Fidalgo e vira Xavier a falar com o dr. Colaço, este lançara-me uns olhares equívocos, porventura estivera a informar-se, no dia seguinte fui ao seu escritório fazer o pagamento e passei um cheque avultado, ele admirou-se, disse-lhe que contava com ele para sempre, nomeá-lo-ia meu solicitador, era um adiantamento, tapava-lhe a boca enchendo-a de notas europeias, marcos e libras, o dr. Colaço, charuto tailandês na boca, riu-se, os olhos pequeninos brilharam como estrelas cintilantes, os indianos sujeitam-se a tudo por dinheiro, está-lhes no sangue, a necessidade de riqueza, de ostentação, o dr. Colaço aceitou a nomeação e calou-se como um rato, discutimos a avença, a ser paga semestralmente, perguntava-me pelos papéis da casa, se tudo em ordem, os papéis de Rhema, de Sumitha, de Arun, se tudo em ordem, tinha ali um funcionário ao meu serviço, deu-me o número de telefone de casa, saí do gabinete do dr. Colaço um pouco mais descansado, comprara uma boca, mas não poderia comprar todas as bocas, Xavier tinha reprovado a minha união com Sumitha, depois o casamento, mas adotara a política de empresário, o mal está feito, não se pode anular, mas pode emendar-se, aconselhou afastarmo-nos um do outro, podia dar emprego a Sumitha numa das suas fabriquetas, nós não nos afastamos, unimo-nos mais, vivíamos vinte e quatro horas por dia de corpos grudados, Rhema aceitou que nos casássemos, disfarçava o pudor, olhava para nós como dois primos muito chegados, Xavier aplicou de novo a sua política empresarial, se o mal está feito e não pode emendar-se então tem de se viver com ele, como uma doença crônica, convive-se com o mal mantendo a discrição e as boas maneiras, não provocando, não ostentando, não acusando ninguém de outro mal, vivendo apagadamente, caso assim procedêssemos talvez o mundo se esquecesse de nós. Eu, por vezes, olhando para o à-vontade de Rhema e Sumitha, despreocupadas de eu lhes ser enteado e meio-irmão, e relembrando o modo voluntarioso como Sumitha se me entregara, receava que o medo do escândalo estivesse alojado apenas dentro de mim; ao contrário do que acontece na Europa, motivo não só de escândalo social mas também de prisão, nas famílias indianas pobres, vivendo em cubículos de escassos metros quadrados, não era raro que irmãos, alguns, tivessem relações sexuais com irmãs ao longo da puberdade e da adolescência, o instinto do corpo deveria ser mais forte do que a película moral que os inibiria, o nosso caso, de mim e de Sumitha, só seria extraordinário porque prolongado no tempo, muitas indianas deveriam ter filhos dessas relações, aliviava eu assim a minha moral cristã, Xavier dera-me a entender outra versão, eu, europeu, endinheirado, não me apaixonara por Sumitha, fora seduzido por ela, Rhema e Sumitha desejariam extorquir-me dinheiro, mais a mãe do que a filha, Rhema era bailadeira, Sumitha sê--lo-ia, a moralidade de ambas não comportava os diques éticos presentes na Europa, dizia-me Xavier, foram confrontadas com a gravidez, porventura não a teriam desejado, fora inexperiência de Sumitha, não faria mal, Sumitha abortaria, talvez mais dinheiro pudesse ser extorquido, deveria ter pensado Rhema, eu opus-me, a minha oposição desorientou-as, justifiquei-me, o nascimento de um filho significava para mim a continuação biológica da Mãe e do Pai, fora uma oportunidade, o meu filho seria o neto verdadeiro do Pai e da Mãe, como se o Pai tivesse vivido sempre com a Mãe, a continuidade do sangue de ambos através de mim e de Sumitha, a Mãe poderia repousar em paz para sempre, não o desejei voluntariamente, mas quando soube que Sumitha engravidara alegrei-me, a grande oportunidade do destino, Xavier continuou, Rhema desorientou-se, sei-o, procurou-me, a gravidez da filha mudava radicalmente o seu plano, Sumitha não me amara nem deixara de me amar, preparava-se para vir a ser bailadeira, começaria a aplicação dos exercícios do *kama sutra* no corpo do europeu recém-chegado, submeteu-se ao desejo da mãe como uma boa filha indiana, cumprindo o seu destino dharmático, Rhema não, possuía a manha das goesas casadas e abandonadas por portugueses ao longo de quinhentos anos, aproveitaria a ocasião, extorquiria algum dinheiro que lhe consolasse a velhice, são manhas de pobres, disse Xavier, desculpando-a.

O vendedor de cobras trouxera-me uma pitão, malhada, uma cobra da rocha, como disse, aquecia o sangue no cimo das rochas planas, sem vegetação, chamei-lhe Shack, nome de um lacaio que me servia em pequenas obras de manutenção, tive de jurar a Rhema que seria a última, o vendedor tinha-a esterilizado, garantira-me que se harmonizava com Bispoi, cada uma no seu ramo, desconhecendo a outra, subiu comigo ao varandim, jogou-a para um canto, com pouca ramagem, era bela no solo, uns olhos verticais, uma mancha preta retinta no dorso castanho aguado, precisava de comer uma vez por semana, não teria metade do tamanho de Bispoi, bastava-lhe uma coelha gorda, adulta e grávida, não procuraria borboletas nem passaritos, também podia ser uma galinha do campo, bem nutrida, passei a encomendar galinhas, avisou-me de que depois de digeridas, excretava o bico e alguns ossos mais duros dos galináceos e das coelhas, Shack passava o dia imóvel, colada à terra dura ou a um ramo grosso, devia sentir falta de rochas, não as havia no quintal, mandei chamar o vendedor, arranjou um penhasco de uns duzentos quilos, instalou-o no quintal a um canto desabrigado da sombra da árvore-da-chuva, Shack desenrolava-se durante a noite, acolhendo o calor da luz dos holofotes, que devia presumir provir do Sol, maravilhava-me a sua total imobilidade de pedra, nem um milímetro se movia, um estado de perfeição que nenhum homem atingiria, dez horas sem mexer um músculo, deslocar a cabeça, abrir a boca, mostrar a língua, o dorso acinzentado-castanho ou creme, com manchas pretas irregulares, e, no centro destas, um ponto branco alvo, puro, brilhante.

A morte da Mãe

A Mãe morreu na noite de Natal de 1974, guardava entre as mãos a foto de uma revista do reencontro no aeroporto da Portela de famílias indianas que não se viam há quinze anos, avós, pais, filhos e netos, morrera após três dias de tortura da tuberculose e de cinquenta e três de uma vida sem sentido, verdadeiramente, o único sentido da vida da Mãe fora eu, se eu não tivesse nascido naquele ano de 1953, a Mãe teria partido com o Pai para Goa e o destino de ambos teria sido radicalmente diferente, eu devia realizar o seu desejo – procurar o Pai em Goa. Eu tinha sido colocado como professor no Liceu de Oeiras, gostava da escola e dos alunos, o professor jesuíta telefonara-me para ir preparando as aulas práticas de Ontologia e Filosofia Grega, seria provável, muito provável mesmo, que entrasse para a Faculdade como seu assistente em setembro de 1975, sentia-me confuso, muito confuso, decidi procurar o Pai nas férias grandes, em julho e agosto, regressaria em setembro, ou não regressaria, Portugal nada me dizia, o comunismo grassava nos jornais, na rua, sentia-o como irmão siamês do fascismo, não haveria lugar para mim em Portugal, se não fora preso durante o Estado Novo, sê-lo-ia sob o novo regime, informei-me, as lotações dos dois aviões da TAP para Bombaim esgotavam-se três meses antes, tinha de reservar o bilhete em março, máximo abril. A mãe morrera a torcer-se de dores, a morfina já não fazia efeito, os pulmões dilacerados, espumava sangue da garganta, a boca já não continha saliva, só sangue, um sangue esponjoso, repuxava o pano entre os dedos enclavinhados, os lenços não eram suficientes, eu tinha comprado umas fraldas de pano dos bebés, ficavam encharcadas de sangue escarlate, não as lavava, depositava-as em cartuchos de pão, embrulhados em papel de jornal, deitava para o lixo à noite, havia ordens para se queimar os lenços da expectoração dos tuberculosos, eu nunca o fizera, pouco me reconhecia na figura atormentada da Mãe, espojada na cama, inconsciente, por vezes despertava, lavava as mãos numa bacia de água tépida e afagava-me a cara, ternamente, eu percebia que a Mãe imaginava afagar o rosto do marido, sabia que era eu, mas imaginava-se à janela à espera do Augusto, e assim para sempre fixei a sua morte, não na cama, mas à janela, vendo o marido virar a esquina, ao longe; a Mãe reclinava-se, consolada, aguardando o último suspiro, este viera dez dias depois de pela primeira vez ter pedido uma bacia de água tépida, ter lavado e secado as mãos e ter-me afagado, já não falava, expelia um som roufenho, gutural, empastado, saído das cavernas da garganta, por vezes carpia uma lágrima, um pequeno choro, um suspiro lento, reconhecia com lucidez a infelicidade da sua existência, afagava-me a cara e dizia, de voz embebida em sangue, quase inaudível, sê feliz, promete-me que serás feliz, eu prometia, sem saber o que era a felicidade, a Mãe sabia, viver ao lado do marido, eu não sabia, na véspera da morte a Mãe já não conseguiu falar, escreveu num papel, se calhar o teu pai já morreu e chama-me do Céu, sorriu, um sorriso triste, a última ilusão, não acreditava mas insistia, acenei com a cabeça que sim e retirei-me apressadamente para chorar. Nenhuma das senhoras para quem a Mãe lavara escadas durante vinte anos foi ao enterro, apenas eu, o padre Lamberto, que oficiara a missa e acompanhara o funeral, a enfermeira paga pelo senhor Barroca, este, a mulher, o Nelinho e o Carlinhos, que tinham regressado a Portugal, o senhor Padeiro e a mulher, a

Isabelinha mandava pêsames e saudades, telefonara na véspera, e o senhor Armandinho da mercearia, que nessa madrugada soltara os pombos e tinha de regressar depressa a casa para abrir o pombal, saiu apressadamente do cemitério do Alto de S. João, segurou-me prolongadamente a mão, disse que eu me tinha feito um belo homem, a Mãe deixara uma conta por pagar há muitos anos, não, não é para pagares, procura-me, podemos ser amigos, sou um homem só, tu também. A mãe recusara a santa unção, morrera zangada com Deus, forçara-a a uma existência sofredora, sem sentido, amarga, infeliz, crivara-a de dores, ela não o merecia, fora um tormento sem sentido, porventura para exemplo alheio, como dizia o padre Lamberto, eu compreendera o gesto da Mãe, agarrei-lhe a mão, enternecido, fora a coragem da revolta, do desespero, não gostara daquele Deus, orgulhei-me da Mãe, recordei quão feliz ficara quando eu entrara para a faculdade, dizia a todas as patroas que tinha um filho na faculdade, ia ser professor, orgulhava-se de mim, o filho de uma lavadeira de escadas seria professor de Filosofia, jurei-lhe sobre a campa, num último adeus, que lhe encontraria o marido e lhe perguntaria porque abandonara sem uma carta aquela mulher que por ele morria de amor – ou teria uma justificação muito, muito forte, ou eu esmurrá-lo-ia, mesmo sendo meu pai.

Encontro com Rhema e Sumitha

Descera do meu quarto do Hotel Mandovi, sentia a memória do Pai nas escadas com carpetes de juta, nas antigas mesas quadradas de teca e mármore do restaurante, nos pratos de *pirex* onde me serviam comida tandoori, fazendo tempo para que a minha língua se habituasse ao picante da massala e do caril, na cama de ferro forjado do quarto, no espelho carcomido por uma película castanha de ferrugem, no estranho crucifixo pendurado sobre a cama, um Cristo de olhos amendoados e pele trigueira, olhos pretos de mansidão e cabelo preto liso, fora chamado à recepção por Xavier, dissera-me ao telefone, "surprise", Xavier gostava de intercalar palavras inglesas quando falava comigo, simulando que se esquecera das equivalentes em português, ou que as inglesas eram mais específicas, continham uma carga semântica singular, eu descera em mangas de camisa, uma camisa às riscas azuis e brancas, calças azuis largas e sapatos de vela, à minha frente, sentadas num canapé do *hall* do Hotel Mandovi encontravam-se Rhema e Sumitha, olhos baixos, não envergonhados, cumprindo apenas o antigo preceito goês de que a mulher não deveria olhar diretamente para o homem, sobretudo se português, levantaram-nos quando Xavier se lhes dirigiu, apresentando-me, eis o filho do Augusto Martins, juntei as mãos no peito, baixei a cabeça e sorri, sorria para a mulher mais velha, Rhema, por quem o Pai trocara a Mãe, Rhema ostentava um rosto sereno, simultaneamente sofrido e tranquilo, como uma leve onda do mar, detinha uma cara magra, de ossos salientes, uns olhos castanhos infantis, cumprimentou-me em português, fixando no meu um olhar interessado, como se por mim o homem que amara estivesse ressuscitando, comentou delicadamente que eu era parecido com o seu marido, Sumitha não levantava os olhos do chão de mosaicos hidráulicos, Rhema trazia o sari de viúva, branco de bainhas douradas, Sumitha vestia-se de branco, vermelho e laranja, esta última cor dominava, como se a sua pela castanho-creme se prolongasse na túnica, foi o que nela reparei em primeiro lugar, a profunda harmonia entre a cor da pele e a cor da roupa, não consegui evitar olhar-lhe para a cintura descoberta, o muito delicado e belo orifício do umbigo, sombreado, levemente suado, acolhendo a cabeça de um brinquinho de ouro, a pele de Sumitha encantou-me, a minha primeira paixão por ela concentrou-se na cor da pele, menos cor de canela, mais cor de chocolate com leite, não estava sedento de sexo, visitara duas vezes por semana o apartamento de uma senhora descendente de portugueses em Campal, nuns prédios cinzentos antigos, construídos pelos portugueses, admirara-me que os nomes das ruas ainda fossem portugueses, Heliodoro Salgado, o carbonário da I República, Elias Garcia, ela satisfazia-me como eu queria, encharcando-me em sexo, saíamos os dois à noitinha, a ouvir o fado e a comer bacalhau com grão, cebola, salsa picada e alho cru em Fontainhas, regado com azeite rijo de Moura, no retiro dos irmãos Guimarães, luso-indianos, que não existe já, era insaciável de sexo a descendente de portugueses, batia-me punhetas por baixo da mesa sob o olhar aterrorizado do empregado, goês de Margão, um lacaio que morreu há pouco e passou a vida a falar mal dos porcos dos portugueses, outras noites ela mandava vir sarapatel, que me enojava, porventura o prato mais nojento criado em todo o império português, sim, não foi pelo sexo que me senti atraído pela minha meia irmã, foi a cor da pele de Sumitha, menos escura do que a dos indianos e mais clara do que as mulatas do Brasil, um castanho creme luzente, cintilante, como se alojasse um sol de primavera eterna, lisa como seda, macia como a pele de um cordeiro pascal, tenra, tensa e juvenil como a de uma virgem, uma pele toda igual, sem manchas nem sardas, que apetecia afagar, Sumitha cumprimentou-me juntando as mãos e ajoelhando-se, simulando que me beijava os pés, não o permiti, colhi-lhe as mãos nas minhas e levantei-a, notei que tremia, permaneceu de cabeça baixa, toquei-lhe com o dedo indicador no queixo, forcei-a a olhar-me nos olhos, fê-lo tomada de um pudor que me arrepiou, as faces carminzaram-se-lhe, corando, envergonhada por assim fixar tão de perto a face de um homem, teria então 12, 13 anos, mais nova do que eu uns dez, onze anos, uma menina, Rhema já a iniciara sexualmente no serviço de bailadeira, mas sem prática, só as posições a partir de desenhos, aprendera apenas a ser útil e agradável aos homens servindo-os à mesa, dançando à sua frente, preparando-lhes o banho purificador ante-coito, rodeando a banheira, excitando--os, retirava-se, resguardava-se e, escondida, assistia às contorções das bailadeiras deixando-se penetrar, via com prazer o corpo ginasticado da mãe ser possuído, praticando a arte do amor com habilidade e sabedoria, tão normal e natural para Sumitha quanto a arte de confeccionar pratos excitantes para uma cozinheira, Sumitha sabia distinguir os suspiros verdadeiros dos simulados, as posições fáceis das difíceis, necessitadas de grande treino, os cinco modos de manipular o *lingam,* os quatro de o sugar, e os vinte e quatro pelos quais a mulher se deita de costas, oferecendo-se, ia-se iniciando com a mãe sem porém consumar o ato sexual, fazia parte do longa adestramento das candidatas a bailadeiras, quanto mais velha Sumitha fosse oferecida à desfloração maior o valor em rupias, porventura em ouro. Naquele primeiro encontro no *hall* do Hotel Mandovi percebi que Sumitha não existia, submetida a regras sociais e religiosas que, tanto como filha quanto como candidata a bailadeira, a tornavam uma escrava, revoltei-me, chegara há pouco a Goa, pensei em Isabelinha, por tudo o que estudara Sumitha representava a meus olhos a mulher medieval, escrava do homem e escrava de Deus, era assim a indiana, mas a bailadeira mais o era, pura serviçal do corpo, de existência devotada em exclusivo a servir e a agradar àqueles que, para ela, eram tão senhores quanto infinitamente superiores, disse a Sumitha, tentando quebrar-lhe as resistências, sou teu irmão, trata-me como a um irmão, presumi admirar-lhe um esboço de sorriso, Rhema respondeu pela filha, Sumitha fará tudo para agradar a seu irmão, protestei, quero que ela me trate como igual, Xavier levantou uma mão, disse em inglês, para a mãe e a filha não entenderem, isso aqui não funciona assim, vais forçá-la, ela não pode tratar-te como igual, espera de ti ordens e proteção, não igualdade, afastar-se-á de ti sem remorso se lhe deres ordens sem proteção e não perceberá se a protegeres mas nada lhe ordenares, aqui é assim, lamento, o teu pai subverteu as nossas regras, não venhas fazê-lo tu também, protegi o Augusto porque era jovem e precisava de dinheiro, ele deu-mo em forma de ideias, preparei-lhe a fuga, protegi-o, hoje não sou jovem e não preciso de dinheiro, não me deixarei envolver em escândalos que cries, tem cuidado, Rhema parecia ter intuído a admoestação de Xavier, talvez pelo tom da voz deste, impositivo, e disse, Sumitha está bem assim, Xavier propôs, se quiseres tirá-las do templo não as faças fugir nem as raptes, como o fez o Augusto, isolando-se numa vida triste e sem sentido, como um animal, dificilmente Rhema aceitaria, também não possui já a irreverência da juventude, fala com Rhema outro dia, visita-a no templo, e pagas pelas duas o justo preço, Xavier voltara a falar em português e discutia a vida das duas mulheres como se elas ali não estivessem, eu queria proteger Sumitha, Rhema não, fora ela a causadora da infelicidade da Mãe, só queria Sumitha, a sua pele incandescia o meu olhar, maravilhava a minha mente, excessivamente bela e encantada, prendia-me o olhar e atraía-me as mãos, desejava ter aquela pele sempre a meu lado, possuí-la, afastei-me com Xavier, disse-lhe que gostaria de dar vida europeia a Sumitha, educação portuguesa, desinteressava-me de Rhema, Xavier atirou as mãos para trás, já vi que os Martins arrastam problemas consigo, disse-me ser muito, muito difícil separar a filha de sua mãe, só a partir do casamento e a mãe continua, agora a sogra, a quem terá de chamar mãe, obedecer-lhe como à mãe, Rhema não entenderá, o brâmane do templo não entenderá, presumirá que queres convertê-la ao cristianismo ou, pior, que a queres desvirginar e conservar em tua casa como criada, Sumitha é tua irmã, disse-lhe que o brâmane não precisaria de saber, Xavier disse que isso era na Europa, presumo, disse depois, desculpando-se, nunca tinha ido à Europa, é de ouvir falar e de ler os vossos jornais, aqui nenhuma crente se atreveria a mentir ao seu brâmane, os brâmanes estão para as mulheres como os vossos santos para os crentes, não se mente a S. José, a Nossa Senhora, o brâmane mandar-te-ia comprar uma menina da rua, há por aí tantas que as mães as venderão por um fraco preço, menos uma boca para sustentar e um corpo para vestir, comprando Rhema farás um favor ao templo, a idade começa a pesar-lhe, cada ano que passa menos requerida pelos crentes, Sumitha não, é menina, é virgem, tem a pele alva para indiana, tudo o que os homens querem, disse-lhe baixinho mas determinado, então rapto-a, Xavier começou a rir, és maluco, sais ao teu pai, não dizia corretamente a palavra "maluco", proferia-a "malôco", deu-me vontade de rir, exclamou, admirado, ah, ainda por cima ris-te, enervava-me, olhava de lado para Sumitha, a minha vida parecia concentrar-se nela, no seu recorte fino, o sari alaranjado, o dorso altivo de quem se habituara a transportar tudo à cabeça, eu fixava-lhe o cetim da pele, sentia-a dentro de mim como se me afogasse em veludo fino, suave ao toque, macio, incandescia-me o corpo, contive-me, pus siso em mim, é minha irmã, pensei, não posso apaixonar-me por aquela macieza de pele, nem por aqueles olhos castanhos, da cor do infinito, como os meus, nem pela face longa e oval, como a da sua mãe, os lábios tão finos, estreitos e leves, diferentes dos meus, globosos, depois pensei, não, não é minha irmã, apenas meia-irmã, ponderava-lhe o peso do corpo, leve como um pássaro entre as minhas mãos adultas, um manto de pétalas que me colorisse as manhãs, as asas de um anjo moreno que me aliviasse as tentações, as faces alvas das Nossas Senhoras da minha infância que me consolassem as tristezas, o dedo do deus da trindade que estava a apontar o sentido da minha vida, amar Sumitha, disse para Xavier, não me quero separar dela, se for preciso rapto-a, Xavier riu-se de novo, explodiu numa gargalhada colérica, depois, sem intervalo, zangou-se, as faces encarniçadas, os lábios torcidos, tornara-se o empresário implacável, pronto a ganhar, nunca a perder, lançou-me um olhar furioso, de desprezo e comiseração, continuam arrogantes, os portugueses, julgam que conseguem tudo o que desejam, sempre foram assim, ocultei o teu pai, eu e o engenheiro Schwartz, eu por dinheiro e, vá lá, alguma amizade pelo Augusto, fora o branco que melhor me tratara, o único a deixar-me dormir dentro de casa, foi o engenheiro Schwartz quem subornou o chefe da polícia de Pangim para não emitir mandato de captura, devia ter providenciado uma busca por todos os cantos de Goa, não, recebeu a queixa e arquivou-a, deu dinheiro a quatro cipaios para testemunharem que correram o território de Goa à procura do teu pai e não o descobriram, conclusão: fugira por barco para a União Indiana, porventura Bombaim, paciência, disse o chefe da polícia à delegação de brâmanes que o viera pressionar, teve sorte, o teu pai, o engenheiro Schwartz não suportava o brâmane de Salcete, este exigia-lhe comissões, clamava que os terrenos das minas tinham pertencido ao templo, o engenheiro Schwartz estava proibido de dar comissões, só retiradas das suas, não estava para isso, fingia que não percebia concani, português e inglês, falava em alemão, o brâmane voltava-lhe as costas, o Augusto teve muita sorte, os *Freedom*

Fighters molestavam Pangim à noite, distribuíam panfletos nas caixas dos correios, escreviam na peanha da estátua do Camões, "Ide-vos, Portugueses marotos!", assim mesmo, num perfeito português clássico, o chefe da polícia abafou o rapto que o teu pai cometera, foi a Salcete, acalmou o pai de Rhema, quis suborná-lo com dinheiro para obras do templo, o sacerdote não aceitou, jogou as notas de cem escudos ao chão, cuspiu nelas, pisou-as com os pés descalços, queria a filha de volta, disse o Xavier, esse chefe da polícia, chamado Maltês, desapareceu três meses antes da integração de Goa, foi a Portugal sem se despedir e já não voltou, estava informado, pôs o seu dinheirinho a recato e deixou-se ficar, porventura alegou doença do fígado, tinha umas manchas castanháceas no pescoço e uma volumosa na face esquerda, em época de altercação dá sempre jeito sofrer do fígado, era um homem sem escrúpulos, brutal, só a ordem nas ruas lhe interessava, podia haver putas onde se quisesse, na rua não, filhos podiam matar os pais, mas dentro de casa, só os vizinhos saberiam, tudo abafado nos jornais, que falavam das praias, das obras do novo governador e da saúde de sua excelência o dr. Oliveira Salazar, quem pisasse o risco recebia uma carga de lathi, um bastão de madeira, teca da dura, arredondada, o Maltês enfureceu-se, imaginou os quatro templos de Pangim a manifestarem-se na rua, exigindo o retorno de Rhema, o escândalo na primeira página do *Times of India,* manifestações em Bombaim contra os portugueses, os superiores a telegrafarem-lhe de Lisboa, o ministro em pessoa a telefonar-lhe, desconsiderado, ameaçando-lhe uma despromoção por incompetência, virou-se para o brâmane e perguntou-lhe pela última vez, calas-te ou não te calas?, se quiseres, construímos-te um templo novo, mas calas-te, esqueces a tua filha, foi com o Augusto, podia ter ido com outro, os pais nasceram para perder as filhas, o brâmane indignou-se, Rhema estava destinada a um hindu, não a queria misturada com frangues, homens perversos, brancos por fora, pretos por dentro, o Maltês enfureceu-se de novo, o calor abrasara, meio-dia, hora das más decisões, pensou, nem ventoinha este gajo tem, o ar imobilizara-se no templo, sólido, o Maltês sentia o peito e as costas ensopadas de suor, a camisa de caqui empapada, manchas gordurosas empastavam-lhe as mãos, não devia ter vindo a guiar desde Pangim, tinha de mandar um cipaio aprender a guiar, não lhe ficava bem atravessar as aldeias a guiar, os cipaios no jipe a verem a vista como uns senhores, o subchefe sabia guiar, mas não podiam sair os dois ao mesmo tempo, segurou o cabo do bastão entre as mãos, elevando-o à altura do peito, o brâmane percebeu mas não cedeu, olhou para o Maltês com ar desprezivo, arrogante, soberbo, orgulhoso da sua estirpe, certo de que um dia expulsaria aqueles frangues que tinham chegado havia quinhentos anos e se tinham agarrado como lapa às riquezas da Índia, o Maltês afagava a coroa de madrepérola do bastão, olhou em silêncio para o brâmane, fixou-o, mirou-lhe o peito desnudo e, incontrolado, desferiu-lhe uma bastonada na orelha esquerda, que a arrancou de rompante, trucidando-lhe a carne, fora de propósito, o Maltês queria marcá-lo para sempre, nunca mais falaria assim a um português, o sangue esguichou como uma fonte, inundando o pescoço e o peito do brâmane, sujando o caqui do Maltês, este não esperava ser inundado de sangue, enfureceu-se mais, caiu raivoso sobre o corpo do brâmane, desferindo-lhe sete ou oito bordoadas, clamando, queres arruinar-me a carreira, queres?, quero sair daqui com medalha de mérito e honra direitinho para chefe da polícia de Lourenço Marques e aparece-me este badameco a emporcalhar-me a vida, e, histérico, brandindo o bastão, continuou a carregar nas costas e nas coxas do brâmane até este lhe suplicar piedade, depois ameaçou-o, se abres o bico segues direitinho para a delegação da Pide, armo-te um processo que és enviado para Lisboa como perigoso agitador, ficas a apodrecer numa prisão, juro-te, e urrava, lambuzando-se, juro-te, Rhema ouvira Xavier, chorava, sentara-se no canapé, Sumitha não percebera que falavam do avô, consolava-a, limpando-lhe as lágrimas, Rhema imaginava o sofrimento do pai, nunca de nada soubera, Augusto também não, Xavier olhava para mim, o teu pai trouxe sangue e dissensão a Goa, não os queiras repetir, os tempos são outros, não somos já portugueses, não te poderei ajudar, virei-lhe as costas, subi ao quarto e regressei com um cheque de cem contos em libras, passado ao City Bank, com data de aí a seis meses, puxei Xavier para a rua para Rhema não ouvir, expliquei, ainda não tenho lá o dinheiro todo, vou tratar da transferência, fico a viver em Goa, quero a Sumitha, se for necessário fico com a Rhema, mas só em última instância, se for obrigado, regressamos ao hall, Rhema percebera, via Xavier com o cheque entre os dedos, a abaná-lo, Xavier disse-me, é muito dinheiro, deves estar riquíssimo, dá para comprar dois casarões, ia ver o que podia fazer, pôs uma condição, tornar-me seu sócio numa fabriqueta que ia montar em Margão, descasque e envernizagem de arroz para exportação, arroz indiano, espécie basmati, já tenho compradores em Bombaim, daqui a um ano estamos a ganhar dinheiro, disse, sorrindo, voltara a ser o Xavier empresário, indiferente aos costumes da Índia, o dinheiro acima de tudo, disse-lhe, trate do assunto, notei-lhe um esgar nos lábios, percebi que abusara, tratava-o como o Pai o tratara havia cinquenta anos, emendei, o dr. Xavier mande tratar do assunto, é um grande favor que lhe ficarei a dever, não sei entender-me com essa gente, seria enganado, Xavier riu-se, um europeu é sempre enganado na Índia, aproveitou a minha fraqueza, obrigou-me a jurar que me tornaria seu sócio, disse que sim, mais cinquenta menos cinquenta contos pouco era para mim, o dinheiro que a Mãe me legara daria para viver dez anos na Índia, telefonei ao Nelinho essa tarde, disse-lhe para transferir todo o meu dinheiro para o City Bank, não voltaria a Lisboa, o Nelinho, meu procurador, recusou-se a fazê-lo, estás louco, deu-me três meses para pensar e no fim envias-me uma carta com a assinatura reconhecida, não quero ter problemas na consciência,

Rhema tinha secado os olhos, sentei-me a seu lado no canapé, entre ela e Sumitha, queria sentir a pele e o bafo da minha irmã, perguntei a Rhema como morrera o Pai, Xavier não me dissera, não sabia, não mais voltara a Sanguém, Xavier fez uma festa na face de Rhema, pressenti que há muito desejava fazê-lo, quando jovem devia ter-se sentido atraído por Rhema, fora um lacaio de meu pai, um intocável, não lhe era consentido olhar para a menina, mancharia o espírito desta, forçá-la a purificar-se, percebi que eu sentia pela pele de Sumitha o mesmo que deveriam ter sentido o Pai e Xavier pela de Rhema, esta voltara a chorar, as minhas palavras tinham-lhe avivado memórias aterrorizantes, Xavier chamara-me à porta, levantei-me contrariado, tinha acabado de sentir a coxa de Sumitha encostada à minha, fechara os olhos, interiorizava aquele doce prazer, Xavier inquiriu, já te perguntaste se Rhema e Sumitha querem viver contigo, percebi que subia a parada, inventava dificuldades para se fazer merecedor do dinheiro, porventura pensava noutro cheque, não tão volumoso quanto o primeiro, claro, repliquei-lhe que não imaginava outra coisa e contava com o esforço dele para isso, tirei-lhe o cavalinho da chuva, o dinheiro que te dei é suficiente para mover montanhas, e não tenho mais, disse-lho direto, Xavier inquietou-se, e o descasque?, ah, sim, com isso já contava, sentei-me de novo entre Rhema e Sumitha, perguntei a Rhema se ela e Sumitha queriam viver comigo, Rhema chorava convulsivamente, eu não percebia porque, respondeu, só o templo pode decidir, adiantei o argumento que Xavier usaria nas negociações com os brâmanes do templo de Lord Ganesh, Sumitha é minha irmã, temos o mesmo sangue, também tenho direitos sobre ela.

Noite de amor

Na noite em que levei Sumitha para o meu quarto, Rhema não protestou, Xavier diria mais tarde que fazia parte do plano de Rhema para garantir o futuro da filha, se um dia as expulsasse ela poderia exigir dinheiro para se calar, quanto mais eu fornicasse com Sumitha mais dinheiro ela poderia pedir, não acredito, Sumitha não foi forçada pela mãe a abandonar-se-me, foi comigo com desejo e prazer, queria o mesmo que eu, não nego que Sumitha é uma verdadeira indiana, submissa à vontade dos homens, mesmo em ações que roçam a blasfêmia e o sacrilégio, sosseguei Rhema, disse-lhe que queria falar com Sumitha, mas não lhe tocaria, o que não foi verdade, não resisti, Sumitha ofereceu-se-me, Xavier diria, estava combinada com a mãe, não acredito, de novo, percebi-lhe o desejo nos olhos, nas mãos trementes, nos lábios semiabertos, foi a mais bela noite de amor que vivi, superior àquela em que, um ou dois meses depois, já no casarão de Fontainhas, a penetrei pela primeira vez, na nossa primeira noite só nos acariciamos, toda a noite, fiz-lhe não menos de mil afagos, e ela a mim, possuindo-lhe por inteiro a pele castanho-creme, respirando esta como uma brisa libertadora, excitado mas contido, dominado pelo respeito a Rhema e pela moral cristã, que não me permitia ter relações sexuais com uma irmã, Sumitha também se excitara, desoprimira-se, estimulada pelas minhas carícias, desalgemara-se, recordara os exercícios que vira a mãe fazer, praticava-os em mim com os dedos e a boca, senti-a a roçar as coxas quando acarinhei entre os meu dedos os seus mamilos eretos, regozijei-me com o recorte perfeito das suas orelhas, que beijei e lambi apetitosamente por cinco ou seis vezes, percorri-lhe com as duas mãos as duas pernas, ora uma, ora outra, apaziguei-me sentindo o dedo grande do seu pé na minha boca, sabia a laranja e a verniz, rimo-nos os dois, a minha língua atravessou-lhe a pele da barriga, retirei-lhe o pin de ouro e mergulhei no umbigo como numa praia quente de Goa, subi-lhe aos seios, ao pescoço, não com a avidez da cobra, antes com jeito suave do colibri debicando pétalas de flores, aprendi que tinha cócegas nos joelhos mas não nas axilas, não ousei pedir-lhe que tirasse a saia do sari mas desenrolei-lhe o cabelo comprido, lisíssimo e brilhante, e de novo o enrolei, compondo duas tranças assimétricas, que muito a alegraram, beijámo-nos na boca e soube-lhe o sabor da pele dos lábios e da saliva, inspirei o seu perfume de jasmim puro, impregnado na pele do pescoço em duas densas gotas, depositei a minha cabeça ansiosa e serena na pele da sua barriga e senti-lhe a respiração interior, poisei a minha mão direita no seu *yoni*, sobre o pano das calcinhas, e fi-la vibrar de prazer em espasmos virginais sucessivos, tornara-se minha cúmplice, como se eu não fosse o seu irmão, adormecemos os dois pela madrugada, quando o nevoeiro cinzento e sólido se levantava do Mandovi, as gralhas pretas despertavam, enchendo Pangim de grasnidos e os criados chegavam de *ferry* ao cais para acorrerem de chapati quente a casa dos senhores, demo-nos os dois boa-noite e adormecemos enlaçados e felizes, como se cada um quisesse integrar no seu o corpo do outro.

A indianização do Pai

O Pai aprendera concani com facilidade, eu não, experimentei repetidamente, não consegui, chegava-me o português e o inglês, algumas palavras em concani, as suficientes para falar com Rhema e me desembaraçar em qualquer lado, falar nunca falei, soube por Xavier que o Pai fora bem acolhido pela comunidade, mas desprezado pelo brâmane do vale; quando este o visitara pela primeira vez, o único livro que encontrara na casa em construção fora o *Kama Sutra,* uma versão inglesa abreviada, com ilustrações, o Pai tinha-o comprado clandestinamente em Pangim, o brâmane não gostara, advertira, via devassa e lubricidade nos olhos do Pai, um europeu que à Índia viera satisfazer os instintos lascivos e arrastara a menina Rhema para a perversidade, tratara-os mal, a ambos, Augusto Martins ripostara, tratara-o mal, a ele, perguntara-lhe de que deus pagão era servidor que não prescrevera formas de educação para receber estrangeiros, ou seria por se sentir maculado na presença de um ocidental, o brâmane respondera com inteligência, para ele ocidentais eram os árabes, do Golfo, do Deserto Arábico, nunca ouvira falar da Europa senão pelo que os seus antepassados dela falavam, histórias terríveis, traições, invasões, conquistas, morticínios, convencera-se de que a Europa havia muito não existia, Portugal, sim, senhor de Goa, a Europa presumia ter desaparecido, ouvia falar dos Estados Unidos da

América, da União Soviética, do Japão, a Austrália, a Europa não sabia o que era, não tinha força mundial, se um dia tivesse um mapa-múndi havia de procurá-la, à tal Europa, o Pai sentiu o aguilhão do despeito, para o brâmane o Pai tinha vindo do continente da insignificância, o continente da não-existência, antes existira, hoje não existia, o silêncio dos campos de arroz penetrara na choupana sem teto, quase só quatro colunas de laterite, o silêncio impusera-se, nada se ouvia, nem o cacarejar das galinhas, ave que o brâmane reprovara, ave suja, empesta-te a casa, Rhema vivera entre criadas, não purificava o terreno da casa todos os dias, o Pai dera-se a amizade com dois cães rafeiros, as mulheres admiravam-se do estado das mãos e da pele de Rhema, excessivamente acetinadas, atribuíam-no à vida na cidade, o Pai chegara perto do desabar da monção, o tempo escaldava, o ar imóvel, espesso, quente como o vapor de um caldeirão, cristalizava-se em baforadas caldas que impregnavam o corpo de um suor espesso, Rhema não tinha as criadas que balançavam o abano de folha seca de palmeira, fora uma prova ao seu amor, viviam num anexo do templo, todos os dias trabalhavam de sol a sol na construção da sua casa, tão esgotante o cansaço que lhes tirava as forças do amor noturno, três semanas depois, acabara o Pai de cercar de tranças de ola as paredes exteriores da casa, desabaram as primeiras chuvas, grossas como bagos de uva gorda, pesadas, espessas, o Pai quis fazer as pazes com o brâmane, se não obtivesse a sua aquiescência não haveria paz, mais cedo ou mais tarde teriam de partir, o Pai queria ficar, boas terras, bons búfalos, boas cabras, boas veigas de arroz, bons coqueirais, bons palmares, o brâmane levantaria um dedo e bloquear-lhe-ia a compra de terras, outro dedo e cortar-lhe-ia o acesso ao mercado de Pangim dos seus produtos, os atravessadores, de furgão de caixa aberta, recusariam os cocos do Pai, o arroz do Pai, o caju do Pai, o Pai humilhou-se, espojando-se no chão do templo, orando como um indiano, Rhema humilhou-se, deslocando-se atrás do Pai, escondida pela sombra deste, o Pai dissera-lhe não o consentir, mas Rhema fizera-o, não se apresentava no templo ao lado do Pai, sempre atrás deste, coberta pela sua sombra, assim vivia a mulher do vale, coberta pela sombra do homem, o Pai rogou conselhos ao brâmane, que terras havia de comprar, que animais havia de comprar, a quem, quando, o Pai falava de olhos baixos, mãos postas à altura do peito, Rhema beijara os pés do brâmane, o Pai simulara-o, o Pai não deixou Rhema oferecer arroz em folha de palma, como ordenava o costume indiano, ele próprio o ofereceu, submetendo-se, como se fosse uma mulher, o brâmane sentiu-se superior, o europeu rendera-se-lhe, o estrangeiro subordinara-se-lhe, o brâmane recordou o *Kama Sutra* encontrado na casa do Pai, explicou ao português o significado daquelas imagens gravadas em templos sagrados, destinavam-se a instruir a população sobre os deveres corporais do marido e da mulher, estas viviam recatadas, nada sabiam do seu corpo, as mulheres deviam aprender a satisfazer os maridos para que estes não as trocassem nem procurassem outras, estes deviam replicar a sua semente, um dever para com a esposa, multiplicar-se, ter filhos, abundantes filhos, o brâmane disse ao Pai, os nossos antepassados concentraram a sua experiência sexual nas imagens do *Kama Sutra,* é um livro ético, puro, sagrado e didático, ensina a arte do prazer físico, condição necessária para se viver bem espiritualmente, adestra na arte da ginástica do corpo, na satisfação da carne, que faz parte do homem, tão existente e condicionante quanto a alma, narra a arte das boas relações sexuais entre um homem e a sua esposa, não é um livro pornográfico, luxurioso, os jesuítas chamaram-lhe livro demoníaco, expressão das trevas e do mal, que estupidez, cortaram do homem a sua parte mais sólida, atrofiaram-na, a carne é parte da matéria e a matéria do mundo, sem matéria não existiria mundo, arengou o brâmane, entusiasmado por evidenciar as falhas do cristianismo, o Pai concordava, mudo, ouvindo e abanando a cabeça ao modo indiano, no final perguntou ao brâmane como devia levantar os canteiros das várzeas de arroz, se deveria comprar búfalos ou búfalas, se deveria cultivar machenim para as apas, como deveria semear o oroi, e moê-lo, como era, com paus, como em Portugal para o milho na eira, ou com os pés, o brâmane ia-o informando com visível agrado, evidenciava uma antiga sabedoria da terra, nunca a lavrara mas dela vivia e se sustentava, e tudo dela sabia, aconselhou-o a não plantar milho e feijão, apodrecidos pela umidade da monção, sim o açafrão, os cominhos, o tamarindo, a cebola e o alho, os coentros, a pimenta, bastava uma pimenteira e uma caneleira, se precisasse de mais comprasse no mercadinho, o Pai inquiriu-o sobre a compra de ovelhas, sabia a resposta mas apreciou ouvi-la, nem pensar, replicou o brâmane, a ovelha morre em três meses com o calor da Índia, morre queimada por dentro, asfixiada de tanta lã, só no Norte, explicou, nas montanhas, no vale apenas a cabra sobrevive, ao calor, à falta de água antes da monção, à falta de comida, o brâmane aconselhou o Pai a não plantar machenim nos baldios da comunidade, a gãocaria cobra 15% sobre a colheita, uma injustiça, não bastavam os intermediários e as alcavalas sobre a terra, a busca de receitas pelos fiscais da Fazenda portuguesa é feroz, contam os cocos um a um, 10% sobre a venda, antigamente inspecionavam na estrada, à entrada de Pangim, os gãocares mandaram vistoriar árvore a árvore, na apanha, alegam a entrada clandestina de cocos, o vigia fica com 2%, o Pai sabia que as terras dos brâmanes estavam isentas de impostos e louvou a defesa da comunidade.

A intuição do sangue do Pai dizia-lhe ser Goa portuguesa por tradição, a única justificação racional que descobria no fundo do seu entendimento, tudo o mais lhe sabia a estranheza, os templos, a comida, os trajes, a paisagem, os nascimentos e a morte, o corpo incinerado, não enterrado, o Pai agarrava-se à tradição de 500 anos, a igreja católica e a língua portuguesa, que já pouco usava, o resto, que era tudo, era estranho, puramente indiano, como português dava-se mais com os vaixiás, comerciantes, e os sudras, trabalhadores braçais, que o ajudavam na lide dos campos, respeitava mas evitava o convívio com o brâmane, preconceituoso, e os intocáveis, de corpos carregados de pústulas, párias, excessivamente miseráveis e andrajosos, que agoniavam a sensibilidade de Rhema, o brâmane avisara o Pai de que, se se queria dar ao respeito, não deveria trocar palavras com os alparqueiros e os farazes, ambos intocáveis, que faziam os serviços sujos, apenas se lhes devia dirigir de longe e para dar ordens, e imperativas, sem rogo nem réplica, Rhema levava ao templo arroz cozido embrulhado em folha de bananeira, o brâmane aceitava com agrado, uma deferência da nova família do vale, a aceitação tática da comunidade aos novos membros, o brâmane mandou chamar o Pai, ofertou-lhe um pé de tulsi, a planta sagrada, para o Pai plantar à entrada de casa, o Pai e Rhema tinham sido aceites no vale.

A pele do Pai escurecera, regada pela terra que cultivava e pelo sol do vale, deixara crescer a barba por preguiça e por falta de espelho, usava um velho turbante laranja por comodidade contra o sol, mas também para resguardar o cabelo do pó da terra, o cabelo crescera-lhe, dava-lhe pelas costas, e esbranquiçara, Rhema perdera o viço de menina, trabalhava ao lado do Pai, espetando os búfalos com o ponteiro, chamando cada cabra pelo seu nome, a pele enrugara-se-lhe, terrosa, os olhos, feridos pelo sol, aguaram-se, a testa preguera-se com as preocupações da labuta. Em Goa, com exceção de Xavier, tinham-se esquecido do Pai, desconhecendo o seu paradeiro, o Pai assim o desejara, quanto mais esquecido dos portugueses do comércio de Pangim mais feliz se encontrava, integrara-se na comunidade indiana, ostentando o seu turbante laranja de homem adulto considerado.

O Pai engendrara um sistema de esteiros com canas de bambu acopladas para abastecer de água as suas vanganas, ou várzeas secas, fora do período da monção, quando as terras esterilizavam de calor ardente; vendo o efeito útil, os manducares do vale, contra a tradição, derrubaram pela primeira vez os muros barrentos de lama seca que dividiam as pequenas propriedades para deixarem passar os tubos de bambu, fora uma revolução no cultivo de arroz, triplicando a produção anual, contentando os gáocares, que elogiavam no templo o frangue europeu, o botto desconfiava, mas o Pai insistia fortemente em que Rhema cumprisse todos os rituais religiosos, ele próprio a acompanhava, imitando os seus gestos, depondo os colares de cravinas laranja ao pés do altar de Lord Ganesh, todos desconheciam ser Rhema filha de brâmane, ocultara as marcas de infância, deixara propositadamente um corredio de pó e terra em torno das mãos e das unhas para que não se reparasse na delicadeza cortesã das formas do seu corpo. O brâmane e os manducares presumiam o Pai um fugido de Pangim ou de Goa, que se apaixonara por uma indiana, proibido de se casar com ela pelas duas famílias, mais tarde, com a separação entre a Índia e Portugal, deram-no como um fugido, que aderira ao partido nacionalista e recusara regressar a Portugal. Rhema era vista como criada e amante do Pai, como todas as mulheres indianas, para calar as vozes o Pai fazia ofertas ao tempo de larga percentagem dos produtos da terra, só não participava dos debates entre os homens da comunidade, à noite, em torno da loja do vendedor, por desconhecer o concani cerrado que falavam, os homens viam-no a trabalhar nos arrozais trajado de langotim, entre as águas enlameadas, como um trabalhador braçal, comoveram-se do dharma daquele estrangeiro e aceitaram-no definitivamente quando, nascida Sumitha, dois anos depois da fuga, a bebê foi iniciada no templo por Rhema e pelo Pai em pessoa; nesse dia, a comunidade visitou a casa do Pai e de Rhema, igual à deles, o chão de terra seca, as paredes exteriores cobertas de ola, os ângulos da casa em laterite, o Pai comia numa esteira, as pernas cruzadas, Rhema agachada, atrás, esperando (tinham feito de propósito para não ferir os costumes da aldeia), o botto assentiu, meneou positivamente a cabeça, quando viu ao centro a tulsi, a planta sagrada indiana, e, inspecionando as paredes, não encontrou representação do Crucificado, devolveu o colar de cravinas com que fora recebido, abençoando a nova casa da comunidade, depositando a coroa aos pés da tulsi, sinal de santidade da casa, os manducares desejavam a união com a Índia mas não sentiam necessidade de hostilizar os portugueses, de quem não se sentiam explorados e oprimidos, contavam-se lendas de como os portugueses tinham amaciado o jugo muçulmano e eram diferentes dos ingleses, estes superiores e patrões, o Pai tinha algumas saudades, não da mulher e de mim, mas da oficina de serralharia na Mouraria, das suas aulas como mestre na Escola Industrial Afonso Domingues, das minas de ferro que dirigira perto de Salcete, as mãos no ferro faziam-lhe falta, mas o lânguido corpo de Rhema, o vale verdejante, os arrozais, os búfalos e os palmares tinham-no enfeitiçado, quando sentia saudades do ferro contemplava a pele castanho-creme de Rhema, recordava a sua disponibilidade para o *kama,* a que se abraçava com intensidade e devoção; o Pai, com o sistema de levadas para as terras secas, ganhara a admiração dos camponeses e a confiança dos gãocares, os dirigentes.

O Pai crescera com o pó da fuligem nas unhas e o fogo da forja e da solda a iluminar-lhe o olhar, percorria os campos de laterite na encosta dos Gates com a búfala da família e o rebanhinho de cabras, esboroava o chão ferroso entre os dedos e lamentava tanto minério mal aproveitado, massas de mineral solto, de quatro ou cinco arráteis, em pequenas colinas de cem metros de extensão, ali à mão, desaproveitadas, o Pai levava uma picareta e uma pá, furava a terra e deparava com pedras de minério puro, convencera a comunidade de velhos manducares, centro do poder da aldeia, a delegarem o trabalho à experiência num grupo de jovens por ele comandado, para subirem a encosta antes das chuvas da monção, quando o trabalho arrefecia, a internarem-se na floresta, preparando um forno de pedras irregulares e barro espesso, do tamanho de um homem, o Pai reproduzia os processos metalúrgicos que aprendera com o engenheiro Schwartz, transformava a lenha em carvão, lenha de pau zambó, o melhor carvão vegetal, abrasado até ao fim sem deixar cinza, com o carvão calcinava as pedras de ferro, amaciando-lhes o núcleo, antes queimara-as num forno aberto, permitindo o contato do metal em brasa com o oxigênio do ar, dois cestos de carvão por baixo, novo cesto de ferro bruto, assim sucessivamente, o mineral deixado em combustão lenta durante uma tarde e arrefecido ao natural durante a noite, o ferro amolecia, poroso, frágil e mais puro, o Pai dava o exemplo, com as costas da pá triturava o ferro, era de novo levado ao forno fechado, de paredes grossas de barro e pedra, abria-se o buraco da chaminé, retiravam-se duas ou três pedras, carvão por baixo, ferro triturado por cima, carregava-se até metade da altura encaixando-se um pequeno tubo oco de aço, mandado vir de Pangim pelo Pai, por onde escorria o ferro fundido diretamente para a forja e o molde, do lado contrário dois foles de madeira e couro velho eram acionados pelos braços rijos dos jovens camponeses, atraídos e fascinados pela chama azul e laranja do carvão de zambó a macerar e a liquefazer o ferro, ali passava o grupo três ou quatro dias até perfazer uns cinco ou seis blocos de ferro, que abasteciam os dovôlos ou ferreiros da região, poupando-se o dinheiro da compra de ferro a Pangim, a comunidade, de compradora de ferro, passou a vender o excesso com bom lucro, empregue na nova escola e na macadamezição da estrada. Se o brâmane dirigia religiosamente a comunidade do vale e os gãocares fiscalizavam as receitas econômicas, o Pai, com as permanentes invenções, dirigia-a socialmente, aconselhando os restantes camponeses.

    O Pai dizia-se português, todos o sabiam, e orgulhava-se de ser o último português-português (não luso-indiano) de Goa, o Império tecido por Vasco da Gama, d. Francisco de Almeida, Afonso de Albuquerque, d. João de Castro morria às suas mãos ferrosas, o que o Pai era, assim era Portugal para aqueles indianos analfabetos, crédulos e rudes, muito pouco para o que tinham esperado de Portugal – prosperidade, civilização, razão –, mas o suficiente para o que um simples serralheiro podia oferecer, um gãocar convidou-o para a sua casa de Colem, capital do território bravio de Sanguém, insinuou-lhe promessas políticas se nacionalizasse indiano, o Pai recusou, contou a Rhema, não indignado, mas insubmisso, Portugal e a Europa corriam-lhe no sangue, constituíam a sua sabedoria do sangue, nada o entusiasmava fora da Índia, mas guardava no seu coração os costumes de Lisboa e a recordação amável de Rosa e os dois beijos que me dera, a mim, seu filho, cria que Goa era Índia e não Portugal, mas, não podendo anular o passado, conformava-se e enternecia-se a descobrir traços portugueses nos costumes dos goeses, identificava Goa com o corpo dócil e excitante de Rhema, a visão harmoniosa e bela do vale entre os planaltos que avistava da porta do seu casinhoto, trinta, quarenta anos depois de ter nascido encontrara a sua casa a 10.000 quilômetros de Lisboa, onde amava Rhema sobre a esteira acolchoada de estopa de algodão e onde nascera Sumitha, sua querida e belíssima filha, substituta daquele menino que abandonara em Lisboa, de corpo tão tenro quanto este, sentia-se bem dormindo entre o corpo macio de duas mulheres, as mais gráceis do mundo, despertando com a passarada e os mugidos das búfalas, desejando-se soltas para a pastoragem, sentia-se natural como os deuses indianos, natural como Adão, cultivava o arroz, fazia o pão de machenim, degolava o cabrito que amava e alimentara, comendo a carne deste, retalhada e salgada, abençoada pelo brâmane em nome de Lord Ganesh, participava passivamente nas festas dos templo, acendia três pivetes de sândalo aos deuses, misturando-os com as rezas a Nossa Senhora da Conceição, cumprira o Império e este tornara-o indiano nos trajes e nos costumes, mas não no espírito, falava português consigo próprio, ensaiava com Sumitha pequenos diálogos nesta língua, aprendera o concani e com todos se entendia, não tinha notícias de Portugal nem delas necessitava, sentia-se purificado não pensando em Salazar, bastava-lhe a presença do português e a imanente presença de Nossa Senhora, era tudo o que restava do Império, uma língua e, não uma religião, mas a subida crença em Nossa Senhora, Mãe de Deus, uma fala e uma mulher divina, o resto, Estado, política, história e progresso, desejos e ambições, paixões e submissões humanas, nada interessava, restava apenas a língua e Nossa Senhora, que, à noite, se confundia com o corpo de Rhema, abrindo-lhe as pernas, sussurrando-lhe, come, come, eis o meu corpo, cumpra-se em mim a tua vontade, e da saliva do beijo de ambos, dizia, bebe, bebe, eis o meu sangue, *o Pai tornara-se Portugal,* um homem de langotim, peito e pernas nuas, descalço ou de alpercatas, barba escanhoada e cabelo curto basto e encaracolado, nem baixo, nem alto, másculo do esforço de lavrador, magro de comida frugal, que, feliz, a toda a hora se ria, cheirando as cravinas e o jasmim, lavando-se com folha de saboeira, bostando a casa de massa seca dos dejetos das vacas, correndo descalço pela berma da estrada nova com Sumitha, caçando borboletas azuis, que logo soltava, brincando no terreiro com o cão castanho de pêlo curto, torcendo-lhe as orelhas, enlaçando-lhe a cauda, assim se recordava Sumitha do Pai, seu e meu, mais alegre do que eu, Rhema dizia que o Pai a matara de amor, compensando-lhe os escassos bens que lhe dava, a ela, filha de brâmane, habituada a ouro e jóias, dera-lhe amor e uma vida agreste e tornara-a feliz, fora incapaz de viver na aldeia após a morte do Pai, deveria casar-se de novo, o brâmane já tinha um prometido, ambicionavam as terras e os animais do Pai, tratados com esmero, Rhema seria incapaz de viver com outro homem, vendera as terras e oferecera-se ao templo para proteção, uma troca justa e dentro dos costumes, saíra da aldeia, rumara a Salcete, tornara-se bailadeira por proposta do novo brâmane, saboreando o prazer sem o amor, Rhema considerara-se uma indiana com sorte e felicidade, realizara-se espiritual e fisicamente e morreria numa casa grande e farta, lamentava, mas não estranhara, o nascimento de Arun, o seu corpo e a sua mente deficientes, filho de uma união incestuosa, Rhema, como Sumitha, sabia-se condenada a um corpo leproso ou a uma vida miserável em próximas reencarnações, mas não teria trocado outra existência pela que comungara com o Pai, valera a pena, conhecera a felicidade, lamentava igualmente o derradeiro conflito entre Portugal e a Índia, os portugueses não tinham sabido fundir-se com os indianos, tinham ficado a meio caminho entre os ingleses, uma espécie de casta acima das quatro castas, e o Pai, de existência asiática e espírito europeu, o Pai, sim, soubera ser português e indiano, Sumitha nascera como fruto dessa união, fora o que nela me atraíra, a submissão às leis do cosmos, representado pela trindade indiana, a sua inteligência estóica e a sua adoração à trindade europeia, Pai, Filho e Espírito Santo, dando origem a um novo panteão de deuses tão naturais quanto pacíficos e humanistas.

A revelação da existência de José Martins, meu undécimo avô

Sumitha sabia pouco português e pouco inglês, entendíamo-nos nas duas línguas, eu pouco sabia de concani, o que não percebíamos numa língua dizíamos na outra, jurei-lhe nessa noite aprender concani, o que nunca cumpri. No dia seguinte fomos de táxi a Velha Goa, almoçamos no restaurante O Português, hoje inexistente, passeamos pelo Museu dos Vice-Reis e pela Igreja de S. Paulo, Sumitha e eu vimos pela primeira vez as relíquias do corpo de S. Francisco Xavier no sarcófago de prata que lhe servia de túmulo eterno, arrepiamo-nos, ostentava um pé de fora, os crentes beijavam-no em 1976, prática hoje proibida, a pele do pé do santo enojara-me, repulsara todas as minhas vísceras, o exato contrário da pele do pé de Sumitha, mesmo empoeirado apetecia-me beijá-lo entre as crinas de couro das sandálias, nauseara-me, quase vomitara o almoço, a pele encarquilhada, espessa e grossa como papelão molhado, enrodilhada nas saliências, enrugada, engelhada, brilhante na ponta dos dedos, porventura envernizados, para conservar, afastamo-nos daquele cenário tétrico, fúnebre, encrespei-me, lembrei-me das perseguições aos brâmanes pelos jesuítas no século XVII, trezentos pagodes destruídos, muitos queimados, outros de pedra extorquida para as igrejas em construção, brâmanes torturados pela Inquisição, queimados em autos-de-fé, sentamo-nos numa esplanada sob uma vastíssima mangueira, descomunal, a beber Coca-Cola, eu a fumar cigarros americanos, Rhema contou-me como vivera com o Pai nas matas de Sanguém em completo isolamento, numa comunidade de agricultores pobres, muito pobres, miseráveis, o Pai trabalhava todo o dia nos arrozais ou nos palmares, levava consigo a manadinha de búfalos pela madrugada e um bando de cabras, regressava ao fim do dia, as vacas seguiam-no, gostavam do Augusto, dizia ela, orgulhosa, o brâmane respeitava o Pai, primeiro atormentara-o como estrangeiro, depois respeitava-o, alegava que, se as vacas gostavam dele, todos também deviam gostar, eu criava galinhas, dizia Rhema, o brâmane era contra, eu não ligava, vendia para Pangim, umas vivas outras mortas, conservadas em palha seca, levava-as o atravessador, passava com uma carroça, mais tarde uma carrinha a gasóleo, o Pai matava as galinhas e Rhema depenava-as, enojando-se, recordando o tempo de filha de brâmane, rodeada de serviçais, mas sorria, valia a pena sujar as mãos na pele viscosa e no sangue das galinhas, o cheiro a carne morta, o sangue espirrando do pescoço, os excrementos nojentos a repontarem no ânus, Augusto libertou-a dessa tarefa, passou ele a fazê-la, assobiando, contava Rhema com um sorriso na boca, agraciada por dizer que o seu homem a amara tanto que realizara por ela muitas das tarefas de mulher, viviam da agricultura, do arroz, dos cocos e do caju, enchiam grandes sacas de cocos no tempo deles, vinha um furgão buscá-las, despejávamos os cocos ou o caju para a caixa da camioneta, os intocáveis não nos ajudavam, incomodados por um branco fazer os seus serviços, só pensavam em dinheiro, nada sabiam de amor, comentava Rhema, eu desculpava-os, era o meu povo, a vida não os ensinara a seguir o amor, só o dinheiro, desejavam reencarnar numa casta superior, aquela que eu desprezara, não contemporizavam com frangues exóticos, olhavam para mim com o olhar de piedade dos ricos, o mesmo que inúmeras vezes vira soltar dos olhos do meu pai, eles, mais pobres do que eu, carecidos de um grande amor, o que nos sustentava era o arroz e o caju, tínhamos clientes certos no mercado de Pangim, abastecidos pelos furgões, o Augusto não vendia o arroz e os cajus a mais ninguém, orgulhava-se dos seus clientes de Pangim e não lhes dava troco quando lhe perguntavam o que fazia ali naquele sertão numa comunidade sem nome, isolado, no meio de gente rude, o Augusto levantava a mão, sorria com um sorriso bonito, nada dizia, eles percebiam, os portugueses tinham sido expulsos em 1961, o Augusto quisera ficar, isolara-se, longe das cidades, apiedavam-se dele, passavam-lhe a mão pelo cabelo, cumprimentavam-no à europeia, traziam-lhe de Pangim pregos, parafusos, martelos, serras, limas, lixas, chaves de fendas, óleo de lubrificação, tornavam-se solidários, era o frangue que trocara Portugal por Goa, traziam-lhe cervejas, *Coca-Colas,* bebiam-nas a rir, encostados ao murete do poço, o Augusto abria as mãos, dizia, é aqui que me sinto bem, ao pé da minha mulher, e apontava para mim, acocorada à entrada do nosso casinhoto de taipa, descascando feijão, quando a Sumitha tinha dois anos um goês de Ribandar ofereceu uma grossa quantia pela menina, o Augusto expulsou-o a murro do nosso terreno, ficou preocupado, presumiu que o goês apresentasse queixa na esquadra de Pangim, mas não, o goês andava pelas aldeias pobres a comprar meninos e meninas para vender a casais inférteis de Bombaim, nunca mais apareceu, na comunidade eram todos hindus, o Augusto indianizou-se por completo, fora por amor, eu agradeci-lhe vezes sem conta, roupa, comida, costumes, templo, assim educou Sumitha, no fundo guardou sempre a crença cristã, perto da morte encontrava-o a rezar a Nossa Senhora e pediu-me um crucifixozinho de ouro que os pais lhe tinham dado em criança, morreu com ele entre as mãos, e uma pagela de Nossa Senhora de Fátima, no final delirava, chamava-me Rosa, Rhema presumiu ser o nome da mãe dele, esclareci-lhe, não, era o nome da mulher que o Augusto deixara em Lisboa, Rhema percebera quando Xavier a procurara recentemente, dizendo-lhe ter chegado a Goa um filho do Augusto, Rhema nunca desconfiara, nunca o marido lhe dera um indício de ter sido casado, amou-me muito, disse Rhema, tudo trocou por mim, conforto, dinheiro, cidade, crença, mas não imaginei que também tivesse trocado a mulher legítima pelo meu amor, lamento que meu pai tenha sido sovado pelo Maltês, uma peste de quem todos os goeses se afastavam, ainda bem que não soube do espancamento do meu pai, do corte da orelha, não teria sido tão feliz com o Augusto se o tivesse sabido, haveria essa mancha entre nós, assim, pela ignorância, a minha felicidade foi total, por muito tempo, vinte anos, os suficientes para ter experimentado a verdadeira felicidade, pouco falávamos, estávamos sempre juntos, não precisávamos de falar, cada um sabia o que o outro pensava ou queria, quando morreu pediu-me para ser incinerado como um verdadeiro indiano, chamei o brâmane à beira do seu leito, o Augusto mortificava-se em febres, o Xavier disse-me há pouco que, pela descrição, o Augusto morrera de febre tifóide, apanhou-a da sujidade da aldeia, muitos morriam assim, um torpor permanente, sem força nos músculos, uma febre ardente que consumia as carnes, o peito e as coxas magras, a garganta incapaz de ingerir alimentos sólidos, só pastas, agarrava-se à cabeça gritando como um danado, o peito coberto de manchas acastanhadas, mandava Sumitha para o terreiro, não a deixava entrar em casa, Sumitha foi viver para casa do brâmane, depois de se despedir da filha aceitou a morte, começou a deitar sangue pelo nariz, não se levantou mais, recusava comer e beber por causa da diarreia, foi morrendo, consumido pelas febres, as dores de cabeça tinham desaparecido à medida que o corpo se abandonava a uma letargia contínua, pedira o crucifixo e começara a chamar-me Rosa, o brâmane permitiu que fosse incinerado numa clareira perto do templo, quando o Augusto morreu recebi a proteção do templo, troquei as nossas terras pela proteção para mim e para Sumitha, perguntei-lhe porque aceitara ser bailadeira, chocalhou os ombros, resignada, é o destino das viúvas sem família, antes queimavam-nas com os maridos, hoje conservam-nas em casa dos filhos, numa arrecadação, deixam-nas ali ficar até morrerem, as viúvas entregues ao templo instruem as meninas, mas eu era muito nova, ainda não fizera trinta e cinco anos, o brâmane trouxe-me para o templo de Lord Ganesh em Margão, tornei-me bailadeira, gostei, disse Rhema, tenho gostado, estou liberta dos serviços sujos e pesados, tenho os meus aposentos, Rhema ousou fazer-me uma festa na cara, como se afagasse o marido morto, és muito parecido com o Augusto e és como ele, sabes tão pouco da Índia.

Fomos ao antigo palácio dos vice-reis, transformado em museu, ali passamos a tarde a contemplar os retratos pintados dos governadores portugueses, tentei recriar dentro de mim os sentimentos dos antigos portugueses que ali tinham vivido, tinham matado barbaramente os muçulmanos e dominado e escravizado os hindus, arrasado os templos destes e, com a mesma pedra, erguido as nossas igrejas, ainda hoje imponentes, que valeram a Goa o título de "Roma do Oriente", sentia-me sentimentalmente ligado a esses pais da pátria valentes e intrépidos cuja história tão heroica quanto louca eu estudara no liceu, mas conceitualmente estranhava, achava mesmo muito estranho que os portugueses tivessem vivido voluntariamente em nome do ideal cristão se aqui, aqui mesmo, na Índia, não houvesse especiarias que enriqueciam o mais pobre dos carreteiros de Alfama.

Essa tarde melancólica com Rhema e Sumitha, a nossa primeira tarde em família, transformou a minha vida, lera num opusculozinho a história do primeiro português a pisar terra indiana nos esteiros de Calecute, chamava-se José Martins, fora condenado à morte em Lisboa e viera na primeira armada de Vasco da Gama como "lançado", juntei esta historieta à historieta que a Mãe contava sobre uma "maldição da Índia", assim se dizia na nossa família, falava-se de um tal José, patriarca dos Martins de Alfama, bairro de nossa origem, antes de a tia Belmira ter alugado casa na Alameda D. Afonso Henriques; o tal José teria partido para a Índia séculos antes, no princípio dos Descobrimentos, não se sabia quando, vozes clamavam ter ido nas caravelas do Gama, tinha enviado alguma riqueza para a família, mas não mais escrevera nem regressara, a Mãe dizia que a riqueza que o tal José enviara fora proporcional ao sofrimento que vivera lá nos longes da Índia, a Mãe opusera-se a que o marido partisse para a Índia sem ela, fora uma oportunidade, o Salazar queria desenvolver e povoar Goa, o governo pagava a viagem, adiantava um subsídio, garantia um salário muito superior ao que o Pai auferia na serralharia da Mouraria, mas a Mãe não podia partir, prestes a dar-me à luz, nasci no dia em que o Pai partiu, o Pai prometeu procurar casa em Pangim para receber condignamente a mulher e o filho, nunca escreveu, fora a "maldição", dizia a Mãe, repetira o destino do patriarca José.

Criei uma genealogia para mim próprio, considerando-me descendente do primeiro português a pisar terra da Índia, o José Martins, que cri ser o José Martins de Alfama, das histórias de família, prolongado pelo Pai e rematado por mim, eu, o último português-português, não luso-indiano ou destes descendente, a viver e a morrer em Goa; o que a Mãe designava por "maldição" passei a designar por "feitiço" – os Martins ficavam enfeitiçados pela Índia, não mais regressavam a Portugal, considerado um país sensaborão, monótono, sem encanto para oferecer, onde o trabalho e o mérito não favoreciam os audazes, abafados por medíocres elites dirigentes. Sentia-me assim menos estranho nesta terra, mais próximo de

Rhema e de Sumitha, dos seus costumes e comidas, daquele leve andar das duas, como pássaros ligeiros, sem destino, sem quê nem porquê, deixando-se levar pela vida.

Logo que tive oportunidade parti para Cochim, de propósito, a visitar o antigo forte português, onde vivera o meu primitivo antepassado, subi a costa do Malabar de iate, percorrendo a região dos esteiros onde inúmeros portugueses se tinham estabelecido e onde pela primeira vez pisara terra indiana o meu presumido – mais ficcionado que presumido – eneavô, deliciei-me a construir mentalmente os cenários costeiros que José Martins teria calcorreado com o seu idealizado amigo Domingos Paes. Mais tarde, já instalados no casarão da Rua de Ourém, levei Rhema e Sumitha a Cochim, narrei-lhes como verdadeiras as histórias de José Martins no paredão da praia dos chineses, elas orgulhavam-se de mim, um grande prestígio, dizia Rhema, ser descendente do primeiro português a pisar a Índia, nunca me desmenti, instalamo-nos no Vasco da Gama Inn, em dois quartos, Sumitha passava por minha mulher, com o consentimento mudo de Rhema, que não comentava, as varandas invadidas todas as madrugadas por bandos de gralhas, que me acordavam do sono frágil em delírio, fazendo-me acreditar que me encontrava, realmente, no século XVI, acompanhando o meu undécimo avô, dois ou três papagaios dos jardins das traseiras debicavam sementinhas de uma taça de metal muito limpa e brilhante que o lacaio da pousada lhes levava pela aurora, contemplava o sol resplandecente da Índia a levantar-se à minha frente todos os dias, atrás das copas das árvores-da-chuva que Pedro Álvares Cabral trouxera do Brasil para a Índia, junto com os cajueiros, que haveriam de ser sustento do Pai no isolamento das matas de Sanguém, saía às seis da manhã da pousada, corria em torno da "parade", onde os soldados britânicos tinham apresentado armas diariamente e efetuado os exercícios de treino e manutenção, suava a fio, de peito feliz, regressava às sete para a ducha e a barba e às oito sentávamo-nos os três a comer tostas com manteiga e doce de manga e papaia e a beber chá preto como nunca provara em Lisboa, passeávamos depois pelas ruas centrais de Cochim, eu enfiava-me numa livraria, Rhema e Sumitha apreciavam jóias e bugigangas indianas de que eu desconhecia o uso, às dez sentávamo-nos na esplanada de um hotel, eu bebia café, elas chá de ervas, Rhema e Sumitha iam a um templo fazer as orações, eu voltava à livraria, saía com três ou quatro sacos de pano com livros, que deixava na pousada, dava um passeio pela praia e ia ter com Rhema e Sumitha a um restaurantezinho barato, onde passeavam osgas pelas paredes e cobras domesticadas pelo soalho, à tarde passeávamos por Mattancherry, visitávamos a Sinagoga levantada por judeus sefarditas perseguidos por D. Manuel I, fugidos de Portugal e Espanha no tempo em que o meu eneavô embarcara para a Índia, visitávamos as lojas de antiguidades, falávamos com os patrões muçulmanos, que, brincando, nos chamavam frangues, como no tempo de José Martins, percorríamos o mercado popular, subíamos ao primeiro andar, de soalho e paredes de taipa, onde se amontoava a pimenta, o açafrão, a canela, o cravo, o cardamomo, o cominho, antes de ser encaixotado ou ensacado, justamente como no tempo do meu pentavô, outros dias apanhávamos o *ferry* e vagávamos por Ernakulam, vila obreira e moderna, apressada, cheia de publicidade e hospitais para europeus e americanos, da nova Índia não gostávamos, trânsito doido, passeios esburacados, *hot dogs* com fartura, crianças dormindo na rua, trabalhadores explorados, doze horas diárias de trabalho, cidade mistura do espírito americano e da pobreza indiana, regressávamos à nossa lenta e bela Cochim, íamos ao teatro de Kathakali, assistíamos abismados, os três, aos cantares, às danças, às representações da antiga Índia, quando os homens faziam o papel de mulheres, todos usavam máscaras, pintadas ao vivo na cara do ator, uma liturgia estética a que pacientemente, e com visível prazer, presenciávamos durante uma hora, antes da representação, à noite, pelas dez, voltávamos ao nosso restaurantezinho, as osgas tinham-se libertado da letargia do sol e giravam alegres pelas paredes caçando mosquitos, as cobras, ao contrário, pesadas da comida da tarde, abarrotavam-se pelo canto, enroladas, dormindo, despertando sobressaltadas se um rato lhes roçava a pele, atravessando a sala, desaparecendo nos esconsos, depois íamos para a pousada, caminhando entre as mangueiras, as altas tílias e as árvores-da-chuva, acompanhados pela lua brilhante de Cochim, por vezes sentávamo-nos na praia, junto ao barraquio dos chineses, que nos confeccionavam um peixe grelhado acabado de pescar, eu comprava uma garrafa de vinho branco fresco no minimercado aberto até à meia-noite, bebíamos da garrafa, comíamos o peixe à mão, que lavávamos nas ondinhas, Sumitha entrava no quarto com Rhema, deitava a mãe, despedia-se dela e vinha dormir comigo, umas noites dormíamos como irmãos, outras como amantes, crivados de arrufos eróticos, a maioria das vezes sem penetração, e, por vezes, sem poluição, Sumitha aprendera com a mãe, e aprendera bem, as diversas artes do sexo e praticava comigo a tântrica, que satisfaz sem consumação, ilustrando-a no meu corpo.

Em Cochim, reafirmei o meu desejo de viver com Sumitha para sempre, como marido e mulher, faltava o acordo de Rhema, que, alegre na nossa companhia, pouco falava, consentindo passivamente, resignando-se. Sentados na arcada da entrada da sinagoga, dissera a Sumitha que queria viver com ela para sempre como marido e mulher, Rhema ficara no templozinho a Ganesh, mais um local de recolhimento do que um templo, em Mattancherry, Sumitha confessou-me o mesmo, em mau português, que furtava o lirismo à confissão, acrescentou em inglês que tinha medo, sabia ser proibido, a mãe já lho dissera, não era aprovado, continuou, prometi-lhe que seríamos discretos, tanto em público como em privado, que nos casaríamos se fosse possível, evitaríamos intimidades perto de Rhema, para a não provocar, Sumitha abanava a cabeça dizendo que sim, sim, Rhema chegara, falei com ela, garanti-lhe proteção total, viveria conosco como mãe e madrinha, éramos só meios-irmãos, enfatizei, queríamos casar, Rhema, silenciosa, conformada, disse que sim, mas só se nos casássemos, perguntei-lhe como seria possível, disse que o documento de nascimento de Sumitha, passado pela conservatória de Pangim, omitira o nome do pai, Augusto pedira-o a Xavier por carta enviada pelo atravessador de cocos e caju para o mercado de Pangim, enviara-lhe o dinheiro da safra de arroz desse ano, era o único que tinha depois de ter comprado a várzea, os palmeirais e os coqueirais, fora a derradeira ajuda de Xavier, subornara o dr. Colaço, este ficara convencido de que Sumitha Madhhusudanam, nome oficial da menina, apelido da mãe, era filha de Xavier, que o escondia, como muitos portugueses faziam, registando os filhos naturais, mas não os legitimando, Augusto Martins não constava da certidão de nascimento de Sumitha, eu poderia casar-me, o registo não assinalaria o mesmo pai para os dois noivos, beijei Rhema, que não sorria, aquiescia, pensava no destino da filha, preferiria que ela vivesse comigo como irmã, não seria possível porque os deuses assim o destinavam, Rhema sentia que a filha pagava o mal que ela própria cometera contra o seu pai, Sumitha nascera de um grande amor, mas também de uma distorção das leis sociais e das regras religiosas, ter sido bailadeira fora o seu castigo, Ganesh salvara Sumitha de o ser, mas condenava-a a um casamento desconforme, Rhema não se admirara quando Arun nascera, imperfeito, defeituoso, deficiente, incapacitado, o castigo divino continuava, era forçoso que Arun não tivesse filhos, o castigo continuaria, Rhema disse-me que já sabia que Arun seria infeliz, não esperava tanto, que Ganesh lhe tirara metade da alma ao nascer, um dia falei-lhe na "maldição da Índia" defendida pela Mãe, ela comentou que as mulheres sabem disso, intuem, Arun, o sofrimento do pai de Rhema, o isolamento de Rhema e Augusto, atravessando uma vida miserável, o encontro de Rhema e Sumitha comigo, o meu desejo carnal por Sumitha, isso era a "maldição", seria forçoso, disse-me de novo, que a minha descendência se esgotasse em Arun, este não deveria ter filhos, deveria ser esterilizado, retorqui, muito me admiraria que Arun pudesse ter filhos, retirei-me, chorei com o rosto molhado entre as mãos, àquilo que chamara "feitiço da Índia" tornara-se, afinal, uma "maldição".

O nosso casamento foi discreto, mas conhecido das clássicas famílias de Goa, reafirmamos que mais tarde nos casaríamos religiosamente, mas nunca o fizemos, interpretado como divisão de credos, Sumitha hindu catolicizada à pressa pelo padre Mascarenhas, eu, católico, frequentando o templo a Lord Ganesh por amor de Sumitha, o padre Mascarenhas e o brâmane do templo chamavam-nos à parte, uma, duas vezes por ano, para regularizarmos a situação, assim o diziam, eu garantia que sim, mas nunca a regularizamos, compensávamos a nossa situação insólita com elevadas contribuições para as duas igrejas, a católica pela Quaresma, na hindu durante as festas a Ganesh em janeiro. O dr. Magalhães Pratel e o dr. Colaço convidavam-nos para as celebrações organizadas pelo Clube Português, Rhema não ia, ficava com Arun, eu apresentava-me com Sumitha, provocadora, vestida como uma princesa indiana, colar de rubis e diamantes, gargantilha de ouro, a condizer com os brincos, de grossos pingentes de ouro, o mangal-sutra, o colar de ouro e contas pretas da mulher indiana casada, pulseiras e tornozeleiras de prata lavrada, retinindo um som suave, os dedos das mãos e dos pés cobertos de anéis de cabeça em safira, em jade, em diamante, uma corrente de ouro presa no dedo grande do pé direito, outra de prata no dedo grande da mão, Sumitha era mal recebida pelas senhoras das famílias luso-indianas cristãs, de vestidos escuros cheirando a bafio e a naftalina, rendas no peito e nos punhos, amarelecidas de excessivas passagens a ferro, as meninas vestidas de veludilho, bainha pela canela, soquetes, bandeletes de couro recheadas de brilhantes, serviam pastéis de camarão à goesa, bolinhos de bacalhau à portuguesa, caldo verde, sarapatel, pastéis de nata e *babinka* com pouco açúcar, orgulhavam-se dos seus aparadores de teca, das cristaleiras de dois metros de altura, das carepas, cortinados de película de casca de ostra, dos naperons bordados em cruzeta nos braços dos sofás lisboetas, nas jardineiras de canto, ostentando magnólias e caneleiras em flor, nas travessas azuis e castanhas da louça das Índias, nas bandejas em bronze para as vitualhas, no bule em prata para servir o café, nos pirezinhos vidrados para servir a *babinka,* que confeccionavam com a arte de mestre de cozinha, nos calvários de pousar em madeira de sissó, legados da avó, nas palmetas de flores vivas, no busto de Nossa Senhora da Conceição, de cabeça descoberta ao sol da Índia, cabelos ondulados tombados sobre os ombros, enrolados na testa, em S. Tiago a cavalo, de espada alçada, em prata moldada, no torso de S. Sebastião frechado com cinco setinhas em prata, em S. Caetano Teatino em marfim de elefante de Madrasta; ao longo de um serão completo, falava-se do tempo, da umidade, da monção, que viera, já se fora, do bolor nas fachadas e nas paredes, Xavier protestava contra os indianos do Guzerate, comerciantes que invadiam Goa, assenhoreando-se de lojas e serviços, o dr. Magalhães Pratel preparava nova viagem Calecute a Lisboa, aceitava inscrições, conseguira novas bolsas da Fundação Calouste Gulbenkian para estudantes goeses, estes preferiam Bombaim, fugiam de Portugal, país sem futuro, da Europa, continente decadente, não aceitavam as bolsas, o dr. Colaço falava dos estatutos de uma nova fundação, a Fundação Oriente, instalar-se-ia em breve em Goa, num casarão, o padre Mascarenhas rogava às senhoras nova vara de cetim para os vestidos das Nossas Senhoras, desembrulhava uma naveta do século XVII, em prata relevada, mostrava-a, comentava a perfeição da proa e da popa, legado para a paróquia do dr. Menezes avô, acabado de falecer em Ribandar, o dr. Magalhães arengava contra a carestia de vida, o preço do quilo das mangas e das uvas, o dr. Colaço louvava os antigos códigos de Direito português, vigentes em Goa, Xavier lera num jornal que um escritor português estivera em Goa e falara mal das ruas porcas, das escadas a cheirarem a mijo, as casas a couves cozidas, não devia ter ido à restante Índia, aí, sim, comentou, recordavam Salazar como o homem da oportunidade perdida, suspiravam que Goa podia ter sido feliz, exemplo para a União Indiana, um estado sem pobreza nem corrupção, o estado das três religiões, sem atropelos modernistas, falavam dos tempos de Afonso de Albuquerque como de um paraíso perdido, esfregavam as mãos dolentes com saudades do passado e saudades do futuro que poderia ter sido, o dr. Colaço contava histórias da sua adolescência no liceu Afonso de Albuquerque, como os estudantes portugueses tinham ludibriado os pescadores hindus de Dona Paula que, nas festas em honra de Ganesh, jogavam a estatueta ao mar como auspício de bom ano de pescaria, os estudantes mergulhavam às escondidas e traziam-na à superfície, pousando-a entre os rochedos, as mulheres dos pescadores arrojavam-se na praia, chorando, os pescadores presumiam-se amaldiçoados pelo deus, o dr. Colaço contava que em dezembro de 1961 só falava português e umas palavras de concani, em janeiro de 1962, o liceu reaberto, os professores eram todos indianos e só falavam inglês, o mapa da Europa desaparecera, substituído pelo da península indostânica, o crucifixo desaparecera, o retrato de Salazar desaparecera, substituído pelo de Nehru, o dr. Colaço recordava que os corredores de mármore e as paredes do liceu nunca mais tinham sido lavados, não parecendo incomodar o novo diretor, um hindu de Bombaim, aliás, não formado, pertencente à direção dos *Freedom Fighters*, Xavier fixara que o bacalhau desaparecera das lojas, como o feijão verde, a couve de bruxelas, o galo de Barcelos e os cachecóis do Benfica e do Sporting, o dr. Colaço recordava-se da queima pública de livros portugueses na escadaria da igreja de Nossa Senhora da Conceição, a que um político que falava inglês juntara os retratos de Salazar existentes em todas as repartições públicas, o padre Mascarenhas recordou que nenhum indiano ousara queimar a Bíblia, um capitão indiano batera à porta da sacristia perguntando se estava tudo bem, a invasão nada tinha a ver com a religião, quem era católico que continuasse, lhe fizesse bom proveito, dissera, retirando-se, o Xavier passeara pelas ruas de Pangim nesses dias de dezembro de 1961, recordava-se das lojas de portões cerrados, as famílias trancadas em casa, portadas fechadas, armados de espingardas e revólveres, dispostos a matar se algum hindu se atrevesse a assaltar, os telefones cortados, mandavam-se lacaios de família em família, esperava-se uma devastação da cidade, nada acontecera, nem uma montra fora assaltada, uma casa atacada, um vidro partido, lutas só entre militares, e a ocupação dos lugares do governo, com a bandeira da União Indiana hasteada, nem o farolim de um carro português fora quebrado, os indianos mostraram-se supremamente pacíficos, tudo continuou igual, só a língua mudara, de português para inglês, curiosamente duas línguas europeias, e a direção dos departamentos governamentais, nem o nome português das ruas fora mudado, as estátuas de Camões e Afonso de Albuquerque só posteriormente foram removidas para Goa, tudo se manteve como estava, até o fado continuou a ser tocado e cantado em Fontainhas, uma lenta solução indiana, onde tudo é calmo e suave até que a lentidão, quase imobilizada, se transforma numa explosão violenta, um dia alguém se apercebeu serem uma provocação colonialista aquelas estátuas em pleno centro de Pangim e removeram-nas para o museu, apenas as mercadorias portuguesas deixaram de ser importadas, substituídas pelas indianas, Portugal cortara relações com a Índia e a Índia com Portugal.

O dr. Liberto Magalhães Pratel vestia à portuguesa, fato escuro de fazenda, temperado por riscas azulíneas invisíveis, camisa branca de *nylon,* gravata de uma só cor, colete assertoado, de costas de cetim, bolsilho de relógio com corrente, sapatos pretos impecavelmente lustrosos, de manhã atendia no consultório, à tarde tratava dos negócios de importação de produtos e mercadorias de Lisboa, que acumulava nos seus armazéns, distribuídos para as lojas a retalho por toda a Goa, ao fim da tarde animava o Clube Português, de que era presidente sucessivamente eleito há uma dezena de anos. O antigo governo português do território favorecera-lhe o monopólio de bens e equipamentos para a totalidade das repartições públicas, desde o papel higiênico, contrariando o hábito indiano de lavagem com uma mangueirinha de água após as necessidades fecais, aos mata-borrões e ao papel químico e à compra de secretárias em boa madeira de pinho da Beira Baixa, recalcando todo o tipo de madeira indiana, o dr. Magalhães Pratel ostentava com orgulho o título acadêmico nos cartões e na entrada dos prédios dos seus escritórios, promovia todos os anos uma excursão a Lisboa de filhos de famílias ilustres luso-indianas, sobretudo dos finalistas do liceu Afonso de Albuquerque, invariavelmente recebidos em Belém pelo Presidente da República, com direito a fotografia de primeira página no *Diário de Notícias* e no *Século,* com o título "Patriotismo goês recebido em Lisboa". O dr. Pratel não gostara de saber que um português das minas de ferro de Salcete raptara a filha de um brâmane e, auxiliado por Xavier, fugira para o interior, vivendo como um cafre, dizia-se, outros afirmavam ter partido de barco para Bombaim, aconselhou-se com o dr. Colaço, notário e conservador de Pangim, e algumas famílias chardós tradicionais e teve uma longa conversa com o chefe da polícia, o capitão Maltês. O dr. Magalhães Pratel queria apresentar queixa do Pai, o capitão Maltês queria ocultar a fuga do Pai, o escândalo público de um gerente de minas raptar a filha de um brâmane, combustível explosivo para os panfletos e os pasquins do *Freedom Fighters*, reclamações do Governador e protestos do Ministro em Lisboa, o capitão Maltês queria Goa em silêncio, os jornais que tratassem do molhe de Dona Paula ou da assistência sanitária em Diu, das muralhas de Damão que ruíam, não de temas escandalosos entre a comunidade portuguesa e a indiana que atraíssem os ouvidos dos jornalistas de Bombaim, o engenheiro Schwartz fora industriado a oferecer uma bicicleta último modelo ao pai de Rhema e a disponibilizar uma carrada de mulheres das minas para lhe tratarem gratuitamente das terras, o pai de Rhema, digno, nada aceitou, queria a filha de novo, ainda que impura, condenada à definitiva solidão do templo, o dr. Magalhães Pratel lançou um manto de escuridão sobre o Pai, é como se fosse um intocável, não existe para nós, e avisou o capitão Maltês que se o Pai retornasse a Pangim seria preso e recambiado para Lisboa como violador de meninas, direto à prisão de Tires.

O dr. Magalhães Pratel, sabedor da minha ascendência por Xavier, recebeu-me com duas pedras na mão, amaciei-o, fiz um donativo ao Clube Português de vinte contos e ele, percebendo a minha riqueza, desfez-se em elogios ao Pai, um português enfeitiçado pela Índia, disse, eu perguntei ostensivamente pelas posições políticas do dr. Magalhães Pratel aquando da invasão indiana, engrolou a língua, fora apanhado desprevenido, tivera de se aclimatar ao novo regime, aprendera inglês e mantivera o comércio de importações de Lisboa, passara a abastecer as mercearias de Pangim de detergentes e abrasivos portugueses, não dava para nada, descobrira novo negócio, tornara-se exportador, enviava para Lisboa os produtos indianos para a nova comunidade goesa em Portugal, bom negócio, enriqueci de novo, disse, orgulhoso. Nas festas do

Clube Português comia-se bolinhos de maçã com erva-doce, tortas de Azeitão, pão-de-ló de Alfeizerão e bolos de bacalhau, mas também chamuças indianas de camarão, crepes de vegetais à goesa, bojés, pararis e chutny de coentros, servia-se chá com leite ou café com leite em copinhos de vidro e chá preto puro em chávenas das louças de Sacavém, o dr. Magalhães Pratel, saudoso dos tempos patrióticos, aformoseara o telhado do Clube Português de telha de canudo e mandara fazer um beirado português sustentado por colunas de laterite goesas, ouvia-se fado saudoso ao sábado à noite, combinavam-se casamentos que mantivessem o sangue por português "espevitado", como diziam, outros diziam "encarniçado", comentavam-se as notas dos filhos no colégio e os resultados do futebol em Portugal e marcavam-se oitavários com o padre Mascarenhas, o dr. Pratel informava as senhoras dos novos apetrechos de cozinha, limpeza e manutenção que importara de Lisboa, todos regressavam a casa com a barriga cheia de bolos de bacalhau com arroz de tomate, ao domingo fazia-se questão de comer carne de vaca ou de porco, manifestando assim a fidelidade ao cristianismo e um mudo desprezo para com indianos e muçulmanos, olhava-se em volta e receava-se as criadas indianas, antigas lacaias, de colar sagrado e pinta avivada na testa.

 Em Cochim, uma longa tarde, dedicamo-nos os três à contemplação do túmulo vazio de Vasco da Gama, narrei a Rhema e Sumitha a história do Gama marinheiro, conheciam-no, como todos os indianos, como um pirata que cortara narizes, beiços e orelhas a brâmanes, atara-lhes os despojos ao peito e mandara-os de retorno a Calecute com o aviso de carne preparada para o caril, espantaram-me as medidas do corpo de Vasco da Gama, assinaladas no chão de azulejo hidráulico por uma cercadura metálica, curta de comprimento e estreita de largura, teria sido um português baixote, possivelmente entroncado, peito saliente de australopiteco, incapaz de meter medo a um cornaca, um indiano tratador de elefantes, percebi que a diferença entre os portugueses e os indianos de quinhentos residira no poder de fogo dos navios, na tecnologia flamenga dos canhões de bronze, semelhante à do fabrico dos sinos para as catedrais, superior à dos canhões de ferro fundido dos muçulmanos, percebi nessa tarde que nenhuma ousadia de nação justificava que Vasco da Gama, Pedro Álvares Cabral, Francisco de Almeida e Afonso de Albuquerque tivessem levado de vencida o Sul da Índia senão a superior capacidade de armamento. Na última manhã em Cochim, regressei sozinho à Igreja de S. Francisco, ajoelhei-me frente ao túmulo do corpo ausente de Vasco da Gama, imaginei um Portugal que nunca tivesse partido para a Índia, Vasco da Gama teria sido um nobre como os outros, porventura um guerreiro defensor das fronteiras alentejanas contra as incursões castelhanas, um nobre interiorano, provinciano, com o séquito de lacaios, pajens e escudeiros, sacando em taxas o trigo aos camponeses, concedendo das matas do feudo os troncos para a construção das casas dos servos, um Portugal autossuficiente em trigo e em ouro, que em 1415 não tivesse assaltado e rapinado Ceuta, que tivesse integrado os mouros sem os ter convertido à força, um Portugal que tivesse desconhecido a escravatura negra, de que foi o primeiro promotor, forçando os portugueses a trabalharem por e para si próprios, assim se engrandecendo, cada família dona de si própria, sem carências do ouro e da malagueta africanos, da pimenta indiana, do açúcar brasileiro, das oleaginosas de S. Tomé e Angola, um Portugal comunitário, rural, gregário, a Misericórdia partilhando a riqueza sobejante, auxiliando os pobres, levantei-me agoniado do túmulo vazio de Vasco da Gama, de corpo transplantado para Lisboa, sem me ter persignado, incapaz de conceber o meu país sem a glória dos Descobrimentos, a marca que o individualizava na história mundial, a sua singularidade internacional, o traço cultural distintivo entre todos os povos do mundo, a pulsão que funde os portugueses com os outros povos, José Martins apaixonando-se por Rhema, Augusto Martins apaixonando-se por outra Rhema, eu apaixonando-me por Sumitha, a pulsão criadora de um novo mundo, um novo homem, o mulato, do Brasil a Cabo Verde, o crioulo, de São Tomé a Malaca, o mestiço, de Goa a Macau e Timor; por mais rico, pacífico e generoso que Portugal tivesse sido sem a gesta dos Descobrimentos, preferia o Portugal violento e ambicioso que galgara para fora da Europa, confundindo continentes, transformando a terra num único arquipélago, despertando o homem moderno para a aventura da criação, afastei-me correndo do túmulo vazio de Vasco da Gama, consciente de que o delírio humano e a loucura tinham sido senhores da História, os seus nós construtores, não a sensatez de mestre Confúcio ou a resignação budista, sim a violência, o sangue sem remorso; dos povos comezinhos, como o belga e o suíço, por mais ricos que fossem ou tivessem sido, nunca a a história rezaria.

Regressamos a Pangim para habitar definitivamente o casarão da Rua de Ourém, comprei a minha primeira cobra, iniciei a minha colecção de borboletas, cujos espécimes duplicados alimentava a dieta da Bispoi e da Shack, mais um suplemento de ratazanas e coelhos, que, anestesiados com ópio ou água de mandrágora, agarrados pela cauda, jogava para o quintal sempre que a fronte triangular de uma das duas cobras emergia entre os fetos verdes e roxos, Rhema teceu o seu primeiro tapete de Arraiolos, industriado por um livro que Xavier lhe arranjara, e Sumitha engravidou do Arun, que nasceria em 1977, o nosso filho, hoje com 33 anos de corpo, mas de idade mental não superior a seis, sete anos. De seis em seis meses partia para Bombaim, para consultar as contas bancárias e decidir sobre novas aplicações financeiras, fazia a ronda dos bancos acompanhado por Hassan até ao ano da sua morte, depois, receando a ganância dos taxistas da cidade, alugava um carro com motorista na Hertz, logo no aeroporto.

Da primeira vez que visitei Goa com Rhema e Sumitha, não dei suficiente importância à catedral e ao convento de S. Francisco de Assis, tínhamos achado desmesurado e ostentatório o Convento de S. Caetano, a casa professa dos jesuítas e a basílica do Bom Jesus, atordoou-nos a majestade dos edifícios, moles imensas de taipa e pedra, desproporcionados, alteados e longos como triunfadores do tempo, circulamos entre eles mirando os telhados elevados, que feriam o céu da Índia, Rhema comparava-os aos templos hindus, as igrejas cristãs impunham-se face aos templos indianos, Portugal e a Europa não podiam ficar a perder, Goa constituía uma magnificência de pedra, e de novo me assomara o mesmo enjoo ideológico que me tomara face ao túmulo de Vasco da Gama em Cochim, as igrejas tinham-se tornado lugares nacionalistas, eivadas de febre da fé, febre de Deus, sonho que a história transformara em pesadelo, Goa era hoje um lugar ermo, plano, solitário, imaginava a antiga Rua Direita, onde o meu undécimo avô, Diogo do Couto e Garcia de Orta tinham vivido há quinhentos anos, o barraquio pobre de subúrbio onde sobrevivera Camões, implorando comida aos amigos, imaginei a casa feliz do meu antepassado, junto ao antigo Hospital Real, amando Rhema e os filhos, procurava com o olhar um lugar elevado, limpo, plano, onde as suas relíquias repousassem a eternidade, porventura ao lado de Rhema, possivelmente na traseira dos templos, hoje terraplanados, tínhamos sido pela segunda vez atraídos para o corpo mumificado de S. Francisco Xavier, o enjoo das igrejas montanhosas convertera-se em vômito, quase desmaio, Rhema e Sumitha, indianas, respeitavam e adoravam qualquer homem apresentado como santo, ajoelharam-se ao modo europeu, eu não, pressentia espectros de uma história tirânica bailarem sobre o corpo preservado de S. Francisco Xavier, observei de novo as palmas encarquilhadas dos pés do santo, corroídas pelo tempo, ossos e pele intactos, o polegar disforme e monumental, o calcanhar achatado e deglutido, corrompido pela correia dos chapins, a pele encortiçada, escurecida pelo sol oriental, deformada pelo solo infiel, sacralizando esta, um corpo descarnado, relicário de eras violentas, sem o sangue e os nervos da vida, desprovido de alma, um esqueleto com pele, e uma pele envelhecida, ressequida, dura mas não carnuda, expliquei a Rhema que o santo tinha morrido no Sul da China, do corpo tinha sido extraído o interior da barriga e do peito, empastada a pele de uns unguentos que o conservavam, a umidade quente da Índia tinha feito o resto, apavoravam-me os velhos luso-goeses prostrados frente ao altar beijando as rosas desfolhadas conservadas em laca e verniz, recordei a Mãe em Fátima, implorando o regresso do marido, aqueles velhos e velhas imploravam a S. Francisco Xavier o regresso dos portugueses, outras o regresso do marido que trabalhava nos restaurantes de Bombaim, beijavam os sacrários e tabernáculos em madeira entalhada, conspurcando o dourado do pó da tinta, roçavam os dedos mortos pelos cálices e patenas de esmalte coral verde azulíneo, espojavam-se frente à grande cruz processional em prata branca lavrada, os indianos respeitavam mas não entendiam a fúnebre devoção dos cristãos a um corpo morto, corrompido, causa de pestes, encaravam-no como uma sombra excrescente do reino dos mortos, um fantasma redivivo, de peles sujas pendidas e esfaceladas, que só poderia causar horror entre os vivos, que dele se deveriam afastar, lhes comiam os sonhos e os desejos e os conduziam ao reino das trevas dos espíritos desencarnados, bebendo o sangue das crianças e a carne dos velhos, encaravam os cristãos como cultores dos mortos-vivos, com o seu Cristo eternamente crucificado, expiando em sangue e sofrimento a dor do mundo, como os hindus de Calecute, que presumiam beber Vasco da Gama sangue (o vinho da missa) e comer carne humana (o corpo de Cristo), era terrível a minha religião, pensei, alucina o homem, enfeitiça-o, não pela beleza, a lentidão e a espiritualidade, como a Índia e a mulher indiana, mas pela superstição fúnebre, lúgubre, sombria, triste, o culto dos corpos enterrados em cemitérios, o culto de um Deus esquálido, de corpo flagelado e rosto sofrido, tétrico o corpo mumificado de S. Francisco Xavier num valioso sarcófago de prata, frio, horroroso, asqueroso, sujo, podre, uma miséria humana, uma lástima ali deitada em túmulo de prata e mármore, todas as suas palavras tinham falhado, a conversão em massa de indianos, japoneses e chineses tinha falhado, os jesuítas tinham sido horrivelmente massacrados, empalados, degolados, cozidos, assados vivos num grelhador gigante, frechados, S. Francisco Xavier não trouxera vida para o Oriente, sim a cultura da morte e a veneração do martírio, abrasando a vida de indianos e chineses com a ardência de uma fé descomunal pregada por aqueles homens de batina preta, que se sacrificavam pelos *dhalits* como nenhum brâmane o fizera até então, S. Francisco Xavier não trouxera a paz na ponta do crucifixo, mas o tormento, um hediondo tormento, superior ao que os indianos tinham vivido sob o domínio muçulmano, que nunca lhes ameaçara os templos nem queimara as estatuetas dos deuses, os indianos tinham-se habituado a sofrer, dominados pelos muçulmanos, mas nunca com tamanho ímpeto quanto o dos portugueses, que lhes extraíam da alma a crença de seus antepassados, reagiram ontem como hoje, passivos, pacientes, crendo que no final da vida ou do mundo o verdadeiro deus reconheceria o bem, separando-o do mal, eu sentia-me mal com o legado do meu país, da minha religião, não percebia a diferença entre adorar um menino com cabeça de elefante ou um homem eternamente pregado na cruz com os braços abertos, uma alucinação, ambos significavam a intensidade da loucura de que o homem tinha sido tomado no passado, representando o sentimento do sagrado – o mais íntimo, mais profundo e mais universal sentimento humano – em forma de cabeça de elefante ou de um corpo escanzelado e martirizado, sentia-me suficiente humano e culto para recusar acreditar nestas efabulações de Rhema e Sumitha adorando o deus-menino-elefante ou a Mãe adorando o nazareno crucificado, pelos quais se ensandecia, se matava ou morria, ficções consoladoras mas profundamente ilusórias, Rhema e Sumitha liam nos meus olhos um fundo desconforto mental, Rhema perguntou a medo se eu era como aquelas mulheres junto ao altar, prostradas, em adoração servil, disse-lhe que me bastava a missa para tapar a curiosidade pelos mistérios da existência, passaríamos a ir à missa à igreja de Nossa Senhora da Conceição, do padre Mascarenhas, luso-indiano ajuizado, que aos crentes não pedia mais do que o suficiente de sensatez, iríamos os três, como uma família, depois os quatro, após o nascimento de Arun, as famílias católicas tradicionais de Pangim iriam gostar, Rhema olhara para o lado, Sumitha sorrira, Sumitha gostava da atmosfera serena do interior das igrejas portuguesas, das suas liturgias lentas, avisei Rhema de que poderia continuar a frequentar o templo a Lord Ganesh, também o poderia fazer em casa, levantando um altarzinho ao deus-elefante, garanti-lhe reservar uma saleta ou um quartozinho para as suas orações indianas, as lamparinas mudadas, os pivetes acesos, as flores frescas, ao fim da tarde ou ao princípio da manhã poderia levar Sumitha a um templo hindu, mas ao domingo iríamos todos à missa dos frangues, não precisava de se vestir à portuguesa, teria todo o gosto em comprar-lhe sete ou catorze metros de pano para um ou dois saris novos, que estrearia ao domingo, Rhema resignou-se, aceitou exteriormente, interiormente continua como sempre foi, devota aos espíritos da terra, do céu, do mar e do fogo, assim se foi adaptando, trocando os dedos pelos talheres às refeições, habituando-se a comer conosco à mesa, não esperando pelo fim, em pé, para comer os restos do meu prato, no princípio recusava sentar-se numa cadeira à altura da minha, trazia um escano da cozinha, mobilei-lhe o quarto com uma boa cama goesa de pau-rosa, colchão de crina de cavalo, antigo travesseiro de palha, dossel franjado a falso ouro, colunas em voluta suportando o mosquiteiro de tule, mas Rhema continuara a dormir na sua *shendzari* (esteira), encostando a cabeça numa almofadinha de penas de pato patola, Sumitha dormia comigo, fora obrigada a habituar-se à cama alta e ao colchão mole, que lhe deformava os movimentos na cópula, o seu corpo, dizia, amolecia quando a penetrava, a barriga acomodava-se às ondas do colchão, Sumitha aprendera a endurecer o corpo como uma fortaleza contra o meu *lingam* – no colchão, presumia, oferecia-me menor prazer. O choque de cultura europeia tornara Rhema supersticiosa, perdera a naturalidade do sagrado, enfeitava o corpo com amuletos contra o chifrudo de que o padre Mascarenhas falava na missa, papeizinhos com ex-votos escondidos na malinha de mão, mantinha toda a noite entre os dedos uma agulha dobrada, Sumitha contava-me mas não me sabia explicar o significado, tinha a ver com a defesa contra o mau-olhado, inscrevia signos exóticos nos tapetes de Arraiolos que bordava, umas linhas quebradas entre os medalhões, como se fossem naturais ao modelo clássico, pendurava pedrinhas redondas nas toalhas de mesa, para que a fartura da casa não fosse invejada e amaldiçoada, eu ria-me, Sumitha levava os temores da mãe a sério e eu próprio me forcei a arrancar-lhe da sua malinha de mão ossículos de chifres de veado, Rhema acreditava que a nossa casa fora e era habitada por fantasmas benignos, era uma das suas explicações para o defeito mental de Arun, um espírito ansioso que quisera retornar à terra antes do tempo prescrito para a sua reencarnação, aproveitara-se da fragilidade do espírito de Arun, filho de irmãos, alma condenada, e introduzira-se no corpo do neto, absorvendo-lhe metade, mortificando-o e deformando-o, sofrendo no corpo deste, assim expiando a malignidade de antigas existências, purificando-se para novas, coitado do Arun, de tudo inocente e de tudo sofredor, eu respeitava, dizia que sim, mas demovia Sumitha de acreditar nestas superstições, ela, obediente, dizia-me que sim, mas acreditava mais na mãe do que nas minhas explicações científicas, Rhema garantia que em bebé fora embalada pela ama defunta da mãe, que se aproximava do seu berço de caninhas de bambu durante a noite e lhe dava a sugar de um seio espiritual, um leite celestial, rosa e branco, sabendo a pétalas de flores; vindo da rua, dos meus passeios matinais pelas lojas das Fontainhas, não raro dava com Sumitha e a mãe a percorrerem a larga varanda ou o corredor maior do primeiro andar contando os passos, que deveriam perfazer cem, entoando uma ladainha em concani, que purificaria a casa de espíritos travessos, que Rhema assegurava terem visitado a casa durante a noite, porventura desejosos do sangue puro e virgem de Arun, Rhema vira atravessar, pela fímbria da porta, uma sombra branca muda, convulsa, levantando os braços, percorrendo o quarto de Arun, fugida pela chaminé do fogão de sala quando Rhema acorrera agitando os barbantes de um espanta-espíritos sagrado pelo brâmane; uma tarde, Rhema levantara-se de supetão da sala de bordar tapetes, estancando a dupla de agulhas no ar, jogara bruscamente a tapeçaria para o chão, correra para a varanda, fora atrás dela, admirados, passava vagarosamente uma vaca de pele creme pelo jardinzinho da Rua de Ourém, rente ao Mondavi, Rhema fixara o olhar no animal e iniciara uma prece em marata; quando viera para dentro, informou-nos de que se despedira de uma alma sua conhecida habitada no corpo da vaca, não conseguira identificar o parente, suspeitava vagamente da sua avó ou bisavó, era uma mulher, de certeza, chamara-a pelo mugido que atravessara a janela, avisara-a de que estava tudo bem, viera dizer-lhe que não haveria outra revolução na sua vida, morreria ali, em Pangim, junto de mim e da filha; brincando, perguntei-lhe se alguma vez houvera notícias do Pai, o seu marido, sim, disse ela, avistara-o em várias ocasiões, Sumitha, ingenuamente, garantiu que sim, acenando com a cabeça, o Augusto tinha-lhes aparecido uma, duas vezes até terem encontrado segurança material no templo, depois voltara a aparecer a Rhema, aceitara a arte de bailadeira para a mulher, não para a filha, Rhema disse-me pausada mas seguramente, foi buscar-te a Portugal para que nos protegesses, tu vieste porque o Augusto não quis que a filha se tornasse bailadeira, Sumitha meneou a cabeça afirmativamente, sim, sim, disse ela, o Pai, amando-nos, trouxe-te, fez que vivêssemos os três juntos, Rhema acrescentou, recusa entregar a filha a outro homem que não a ti, eu levei as mãos à cabeça, perguntei a Sumitha se ela acreditava, ela jogou-me um sorriso amoroso, doce, sim, acreditava, o Pai fizera-nos, o Pai unira-nos, não estava bem, o Pai forçara o destino, logo Arun nascera fragilizado, expia os nossos amores, o do Pai com a Mãe, disse Sumitha, o meu contigo, Rhema acrescentara que já vira o recorte da figura do Pai aqui em Pangim, enlaçou-nos aqui na terra, fez o que não podia ter feito, agora sofre no outro mundo, disse Rhema, vira-lhe o recorte do corpo, à noite, entre os cunhais sombreados do corredor, longinquamente iluminados pelas lamparinas de presença, esquálido, pálido, exangue, Rhema voltou-se para mim, acrescentando com ar dorido, acontecer-te-á o mesmo por viveres com a tua irmã, virei-lhe as costas desrespeitosamente, retorquindo com forçada ironia, só devo sofrer metade do castigo porque Sumitha só me é meia irmã, Rhema alteou a voz para que eu ouvisse, o Augusto parte com o primeiro cantar do galo, retornei, segurei-lhe nos ombros com força, abanei-a, diga-lhe então, ao seu marido, que um dia, antes de partir com a aurora, me dê um beijo, o terceiro beijo que nunca me deu, Rhema respondeu com segurança, as almas do outro mundo só aparecem a quem nelas acredita, eu desisti, fui visitar as minhas queridas cobras, hoje teriam um petisco avolumado, abri com raiva a portinhola da capoeira e saquei dois coelhos pelas orelhas longas, um em cada mão, chamei a Shack e a Bispoi, assobiando por três vezes, usando de uma voz doce e melíflua, eram surdas, despertava-as da sua sonolência mineral pelo cheiro da transpiração de mamífero, mas eu queria acreditar que escutavam o meu triplo assobio, emergiram entre os fetos roxos, cabeça rebrilhante, olhos lustrosos, feridas de fome, as línguas bífidas rodopiando, sentindo a respiração e a transpiração de mamífero, balanceei os coelhos sobre a balaustrada, que arrepiavam as pernas, buscando pouso sólido, e, enraivecido com Rhema e com o espírito do Pai, joguei-os, um para cada lado da ramagem do jardinzinho, não quis assistir ao desfecho, só o fazia à noite, acendendo dois potentes projetores de foco dirigido para a caça das cobras aos ratos que lhes deitava para seu sustento.

Uma tarde lânguida, monótona, do início da primeira monção a que assistíamos aqui na Rua de Ourém, o castelo de nuvens apretalhando o arco do céu, arrastei Rhema e Sumitha para uma nova visita a Velha Goa, desejava dar consistência à vida de meu presumível antepassado vindo na nau de Vasco da Gama em 1498, fomos de táxi, passeamos de chapéu de chuva aberto pelas ruas desertas, recuperadas como patrimônio mundial, levávamos um velho guia português do século XIX, que eu comprara numa livraria de Bombaim; identifiquei o local dos primitivos estaleiros que Afonso de Albuquerque recuperara, defendendo-o com um paredão amuralhado, a Ribeira das Galés, o armazém das armas, o arsenal e o paiol, presumi sentir o cheiro a peixe podre ao fundo do cais, vi claramente Rhema e José Martins a encomendarem pescado fresco do Mandovi, vi meu undécimo avô a dessedentar-se no lugar do chafariz central, chapinhando o pescoço com água clara, um homem nem alto nem baixo, meio entroncado, grossas coxas, barbicha rala, testa pronunciada, nariz espesso, lábios bastos, olhos escurecidos mas bondosos, pés para o lado, um português de todos os tempos, carne rósea porém trigueira pela quentura do sol, sorria para si, como quem está bem na vida, sem superiores ambições nem modéstias escusadas, uma mulher no leito, um pão na mesa, o cântaro de vinho na cantareira, os filhos entre as pernas, Rhema tocara-me no ombro, para nos abrigarmos da chuva sob o telheiro da Sé, sorri-lhe, não era só Rhema que via espectros vivos, eu também, nada me custara imaginar com solidez o meu eneavô no centro de Goa, rodeado de muralhas, os quatro baluartes defensivos, as casas altas e as ruas estreitas, o rateio de escravos na Rua Direita, José Martins licitando um mouro para as limpezas do hospital e o amanhamento dos loureiros e pimenteiras da azinhaga pejada de bandos de moscas que dava para o açougue, quebrando as baforadas de carne podre e de fumo de vísceras assadas, o novo mouro escravo teria de enxotar a matilha de cães de pêlo curto e cabeça pontiaguda castanha, descendentes da primitiva raça levada por Pedro Álvares Cabral para Cochim e transportada pelos embarcadiços portugueses para as restantes feitorias e fortalezas, dois indianos acartavam um moribundo embrulhado num lençol ensanguentado para o pórtico do hospital, José Martins alçava os braços, ordenava, impositivo, Rhema consolava viúvas e órfãos, enfiando-lhes chapatis entre as roupas andrajosas.

 Fora nesta tarde melancólica, dedicada às ficcionadas recordações de meu mais antigo antepassado, que Sumitha encontrara a sua nova vocação, que lhe entretinha as tardes e lhe aliviava a tensão de cuidar dia e noite de Arun, a olaria, Sumitha vira uma mulher a vender louça de barro, o marido ao lado com uma roda de pé e argamassa barrenta, aproveitava o tempo parado para demonstrar a feitura de caçarolas, tachos, panelas, Sumitha aproximara-se e ficara espantada, encantada com a agilidade manual do homem a manipular a massa de barro, a enformá-la com um estilete fino de madeira, falou com a mulher em concani e logo ali me pediu autorização para aprender a arte da olaria, o casal habitava um antigo casinhoto de taipa e cal em Panelim, levei lá Sumitha todos os dias da semana seguinte, aprendeu a arte da panelaria, da louçaria e da pucararia, como diziam, trouxe-lhe mais tarde uns livros de Bombaim, traduzi-lhos do inglês com ajuda de um dicionário de expressões técnicas, Sumita já ia dominando o português quase tão bem quanto o concani, encomendei a Londres uma pedra de mó elétrica, com diversas velocidades, acionadas por uma manípulo que Sumitha delicadamente manobrava, com a ajuda de Xavier encontrei um barro apropriado em Bardez, que se extraía no Verão a partir de umas galerias escavadas, não dos barrais de superfície, uma argila branca e avermelhada, outra acinzentada, Sumitha misturava as duas numa bacia, juntando água em proporção, amassava-o, batia-lhe com uma vara de madeira até restar uma pasta descolorida, mole e flexível, como plasticina de crianças, triturava-a com um facalhão até lhe extrair a porosidade, depois, sentada numa tripeça, de pernas abertas, que me feriam o olhar e me faziam desejá-la sexualmente, levava-a ao torno da mó, adequando a velocidade, via-a tocar no manípulo de cabeça de plástico preta como tocava no meu *lingam*, enrijecendo-o, tinha de sair da sala antes que me submetesse ao desejo e a puxasse para o quarto, com o estilete Sumitha dava-lhe a forma desejada, Sumitha brincava aos oleiros tardes inteiras, Sumitha e Arun faziam canecas, malgas, panelas e panelões, cântaros e potes, terrinas e travessas, que levavam ao duplo forno que Xavier nos vendera, encomendado a Bombaim, Sumitha alisava a peça com um pano úmido, riscava-a com uma faca de lâmina grossa e decorava-a com pedrinhas, eu mandara levantar um anexo junto da marquise do rés-do-chão para instalar o forno, Arun depositava lentamente a lenha na câmara de baixo, sob a grelha de ferro, Sumitha as peças, delicadamente, como se cada uma fosse um objeto sagrado, Arun pegava fogo às acendalhas, abismado pela beleza do fogo, olhos pulados, boca babada, Sumitha descobrira uma tarde, inadvertidamente, que se tapasse a saída do fumo pela chaminezinha este se acumulava no interior do forno, enegrecendo as paredes interiores, mas também a louça, impregnando-as indelevelmente, pelo efeito da temperatura, de uma cobertura preta, experimentara este processo por várias vezes para gáudio de Arun, que se deliciava com o contraste entre as labaredas vermelhas e o fumo preto.

Sumitha reconhecia em mim o seu senhor e Rhema o seu protetor, Sumitha cuidava de Arun, nosso filho, e da louçaria, Rhema tecia vagarosamente os seus tapetes de Arraiolos, enchendo-os de gazelas e javalis, rosetas, florões e medalhões, intervalados por símbolos sagrados de que eu desconhecia a origem e o efeito, os mesmos que Sumitha inscrevia nas caçarolas pretas, arabescos sagrados originários de uma tradição milenar dravídica, porventura desejo de bons augúrios, Rhema aprendera por tradição goesa, provinda do século XVII, passada pelas mulheres tecedeiras de Goa, a que juntava o trabalho em tapetes e carpetes de cairo, que alcatifavam as nossas salas e corredores, uma vez por mês, por graça e desfastio, Sumitha vendia a suas louças pretas no mercado de Campal e Rhema visitava as famílias do dr. Colaço e do dr. Magalhães Pratel, deixando os seus tapetes como ofertas, que, por sua vez, os ofertavam ao Clube Português, às bibliotecas públicas, aos jornais de língua inglesa, ao Centro Cultural Português, à livraria portuguesa, havia tapetes de Rhema por todo o lado onde se falasse português, era a sua forma de agradecer aos deuses portugueses (para Rhema os santos funcionavam como deuses) uma velhice descansada entre a comunidade de origem do marido, não sei porque mas sempre que Sumitha vinha do mercado agraciava-me com noites ardentes de sexo, porventura o convívio muito intenso com os vendedores indianos musculosos devia despertar-lhe o instinto, eu não tinha olhos para outra mulher, só me excito contemplando as formas do corpo de Sumitha, que desconhecia os valores de fidelidade do homem, eu poderia frequentar outras mulheres que Sumitha não se molestaria, porventura enciumaria um pouco se fosse ostensivo esse meu convívio, mas discreto aceitaria, fora a influência muçulmana na cultura familiar indiana, Sumitha aprendera no templo que o sexo, mais do que um prazer, fazia parte integrante da satisfação e realização do corpo, e praticava-o por vezes com a frieza e o calculismo próprios de uma máquina, sem delíquos vibrantes nem prostrações indefiníveis, não lhe pesava o sexo, como não a atraía mais do que outra ocupação doméstica, e não raro me deixava a pensar que tão grande mestra na arte de amar tiraria maior satisfação na confecção dos seus pratos e tachos pretos de barro; sempre disponível, com exceção dos períodos menstruais, ou em momentos de doença de Arun, achava modo de me satisfazer, satisfazendo-se, buscando nas edições inglesas ilustradas do *Kama Sutra* novos apetites e novas posições, que, com sorriso de menina, experimentava com visível agrado, ansiando pela minha reação; não poucas vezes dei com Rhema e Sumitha em volta daquele livro, rindo-se ambas na cozinha ou na saleta de bordar tapetes, a mãe demonstrando por gestos o que a filha deveria fazer com as pernas, as mãos, os braços, a boca, não se incomodavam comigo, por vezes falavam em concani, língua que eu dominava insuficientemente, mas o suficiente para perceber que Rhema ilustrava a filha na arte de me agradar à noite. De febre de desejo, de apetite sensual, nunca senti que Sumitha sofresse, manifestando no entanto uma tão permanente disponibilidade para o amor, e um amor ardente, que me sensibilizava e deveras me agradava, não compreendia ela a castidade do padre Mascarenhas, para quem olhava com algum deslumbramento, própria da visão de um santo, cuja ação contraditava a natureza, Sumitha era um animal natural, na cama, na cozinha, na marquise, em torno dos seus barros, usando as mãos, o corpo, a inteligência para funções naturais, e natural era o seu receio dos seres do outro mundo, sombras noturnas, espectros andantes, fantasmas vigilantes assomados às janelas, Sumitha acreditava e receava as aparições sobrenaturais noturnas e, contra os meus lúcidos esclarecimentos de agnóstico europeu, e certamente estimulada por Rhema, deixava à noite uma vassoura atravessada na porta, para afugentar os espíritos maus, e não raras vezes encontrei, escondidos nas frinchas dos degraus de madeira de acesso à casa, saquinhos de pimenta velha e sal grosso afugentadores da má sorte, uma vez forcei-me a gritar a Rhema, persuadido de que Sumitha conservara numa lâmina de vidro gotículas do meu sangue tombadas no lavatório durante o escanhoamento da barba, com o fito de as misturar no chá ou na comida, unindo-me indelevelmente a ela, para que, mesmo depois da morte de Rhema, eu não a abandonasse, nem a Arun, continuando a protegê-los, Sumitha possuía um espírito otimista, olho muitas vezes para ela como símbolo da Índia, nunca os obstáculos a tinham vencido definitivamente nem a conquista por povos externos, como os portugueses, fora considerada eterna, Sumitha aceitara a deficiência mental de Arun como a cruz que os deuses lhe tinham atravessado na vida, entregava-se aos cuidados do filho com o afã de uma tarefa sagrada e, preocupada mas serena, todos os anos me perguntava, na noite da passagem de ano, se o dinheiro que eu possuía continuava a ser suficiente para dar uma vida tranquila a Arun depois da nossa morte, eu sossegava-a, garantia-lhe que sim, muito suficiente, dizia eu, Sumitha inquiria-me se devia rezar mais e com maior fervor aos deuses cristãos, respondia-lhe pela milésima vez que no cristianismo havia um só Deus, perguntava-me o nome deste deus único, eu respondia, Deus, Sumitha ria-se, jovial, contente, dizia que assim os outros deuses ficariam zangados, eu retorquia não existirem outros deuses, Sumitha, como boa esposa indiana, não me contraditava, mas pôs o *Times of India* ao meu lado, na mesinha do sofá verde de leitura, uma notícia sublinhada na página 3: segundo o último censo, a Índia tinha 2,4 milhões de templos, incluindo os cristãos; em contraste, apenas 1,5 milhões de escolas, incluindo o ensino superior, e apenas 750.000 hospitais, o dedo magro, moreno e belo de Sumitha, interrogador, apontava para estatísticas como se exclamasse, só um deus?, e ria-se como um pássaro cativo de desejo, os lábios finos e amáveis como duas pétalas de tulipa vermelha, os dentes brancos, certos, a boca alvoroçada de alegria, os olhos ridentes como duas pérolas pretas incandescentes, respirando o ar do mundo como se este lhe pertencesse por direito, como a qualquer animal, não valia a pena persuadi-la, como um antigo missionário, de que os seus deuses eram falsos, Sumitha tinha hoje razão, cada povo tinha direito aos seus deuses, cada homem direito a um deus próprio, eu explicava-lhe que os santos cristãos, que ela confundia com deuses, tinham sido uma espécie de gurus ocidentais, uma espécie de budas iluminados que no outro mundo, em espírito, continuavam a influenciar Deus, rogando pelos homens, eu falava-lhe muito no céu e Sumitha contemplava-o da varanda da nossa casa, tentando perscrutar invisíveis movimentos celestiais por detrás da brancura das nuvens, Sumitha gostava das santas, via-a meu lado, em diversas igrejas de Pangim, mirando sorridente, com cumplicidade, as estatuetas das Nossas Senhoras, imitando-lhes o rosto compungido e sofredor, o olhar elevado ao céu, donde nenhum consolo advinha, a estranheza do mundo estampada no rosto sereno e piedoso, que Sumitha identificava com a mulher indiana, tão sofredora quanto submissa e resignada como as santas cristãs, suportando há milénios os mais pungentes castigos e nunca desistindo, amparando os filhos e os netos, consolando os maridos, ponteando os bois e os búfalos a caminho dos arrozais, fritando as apas matinais de boca muda, olhar aflitivo, idêntico ao dos cabritos levados à degola, que bramem apenas quando o pontifim da faca se lhes espeta na veia do pescoço, Sumitha admirava os resplendores de prata lavrada que aureolava a cabeça das Piedosas, merecia-o, pensava, toda a prata branca do mundo era devida às mulheres pelo seu sofrimento silencioso, mas afastava do seu olhar o corpo do Senhor Morto, do Senhor dos Passos, de S. Sebastião frechado, como se neles visse o anúncio da morte sofrida de Arun, ofendiam-na aqueles deuses esqueléticos, como intocáveis miseráveis ou moribundos cadavéricos de hospital público, os deuses hindus eram fortes, potentes, robustos, possantes, belos, capazes de remover o mundo com o capricho do movimento de um dedo ou a força da palavra altissonante, Sumitha queria a proteção para Arun de um deus colossal, mais alto e mais musculoso do que os homens, Cristo assemelhava-se a um asceta indiano, um homem santo, um *yogi* humilde, casto, puro, inocente, imaculado, não à magnificência de um deus, aquiesci, incapaz de tornar Sumitha cristã senão por fora, como Rhema, o suficiente para ambas comungarem a hóstia ao domingo, ritual que Sumitha muito apreciava, não que acreditasse nas palavras santificadas do padre Mascarenhas, sentia-se atraída pela liturgia, os coros, a pungência dos crentes ajoelhados, a reserva dos homens, cabeça baixa, boca cerrada, olhos no chão, a imponência do sacerdote a enfiar na boca de Sumitha uma apazinha, regressava para o banco corrido da igreja senhora de si, como uma princesa em adoração, o prazer de ter cumprido um dever que agradava ao marido, levava o ritual muito a sério, deixando a hóstia amolecer na língua, resguardando os dentes de a tocarem, porventura deveria rogar ao meu deus que protegesse Arun, seu grande, grande cuidado, Sumitha oferecia-se devotamente ao meu deus para que este a gratificasse, não existe ação gratuita entre os indianos, Rhema não perderia três a seis meses a bordar um tapete de Arraiolos se o não pudesse oferecer e com isso ganhar proeminência entre as antigas famílias luso-indianas, era uma forma de sobressair, de permanecer em casa de quem visitava uma vez por ano, mesmo que o tapete fosse relegado para uma saleta interior, sem função nem importância, quanto mais ofertasse, desse, dedicasse, mais seria retribuída, não em bens materiais, de que não necessitava, mas em simpatia, em afeto, a dádiva fechava a boca ao mal, exigia retribuição, a retribuição criava laços de afeição, a afeição promovia nós de bem, fazendo-o imperar, assim a relação de Sumitha com o meu deus, persignava-se e ajoelhava-se com alta paixão, toda ela se oferecia, corpo e alma, em troca Deus deveria proteger Arun. Convivendo diariamente com Rhema e Sumitha fui-me convencendo de que o famoso espiritualismo indiano possuía uma fortíssima base material, Xavier ilustrava-me ser verdadeira esta asserção, a sua vida fora uma genuína prova de que o indiano não separa o espírito do corpo, as benesses dos deuses das benesses da conta bancária ou do saquitel de rupias enfiado no colchão de palha podre, não havia crente mais fervoroso em Goa do que Xavier, do Crucificado e de múltiplos deuses hindus, a todos os templos a sua bolsa se abria generosa, as procissões católicas e a festa ao Lord Ganesh eram financiadas pelas suas empresas e de tudo tirava proveito, prolongando o seu escritório no templo, um abraço a outro crente significava mais um negócio feito, Xavier dizia-me que o ocidental errara ao separar o espírito do corpo, é se obrigado a cair em extremismos, ou se espiritualiza o corpo, como a Europa fez durante séculos, até ao tempo do Gama, assim o dizia, proibindo a prática sexual e a ostentação do físico através dos trajes, ou se corporiza o espírito, como a Europa tem vindo a fazer sob o império americano, abandonando o espírito à comodidade e ao conforto, a que chama qualidade de vida, seguindo um hedonismo abjeto, o indiano não, esclarecia-me Xavier no Clube Português, segue os *Purusharthas,* os objetivos fundamentais de vida, conciliando pudor e prazer, sacrifício e bem-estar, espírito e matéria, alma e corpo, as quatro tensões da vida que o indiano não desamarra entre si, caminhando na vida numa tensão festiva, conciliando um pólo com outro, buscando a *artha*, a prosperidade visível, a riqueza material em forma de casa, de carro, de emprego, de roupas, de dinheiro vivo, a *kama*, a realização do desejo instintual, equilibrando estes dois com o *dharma*, a busca da virtude individual; sem este, sem a retidão no trato, a honestidade, a lealdade, a amizade, acrescentava impositivo Xavier, não existirá nem *artha* nem *kama*, com dolo alheio nenhum indiano se tornará feliz, expiará esse mal, nem que seja em vida futura, mas o *dharma* não existe por si, como se cada um vivesse cada dia por si, o *dharma* integra-se na *moksha*, no caminho da salvação da alma porque o indiano vincula o tempo de uma vida à eternidade sem fim da roda do tempo; falando em casa com Rhema, que bordava um jarrão colorido no pano bruto de estopa do tapete, ela meneava a cabeça confirmando as palavras de Xavier, não sabia instruir-me nos ditames hindus, incorporara-os em criança com o pai, depois com o brâmane do templo onde fora bailadeira, mandava-me ir ter com Xavier, eu ia, aproveitava o bom café de Ceilão do dr. Colaço e os bolinhos de canela e de gengibre do Clube Português e inquiria Xavier, este fumava os charutos tailandeses do dr. Magalhães, garantia-me não serem de contrafação, eu não acreditava, era espantoso, um homem tão rico e não se coibia de poupar umas rupiazinhas trocando os charutos cubanos por tailandeses, Xavier esclarecia-me, agradado por falar de alto com um europeu formado em Filosofia, dizia ele, para um indiano a vida tem quatro grandes fases, que nunca separam o espírito do corpo, *brahmacharya* é a primeira, o período de aquisição de conhecimentos, de habilidades na vida, o adestramento de capacidades, a inclinação na vida para o que se quer ser e fazer; outra, a seguinte, a *grihast*, é a fase de construção, de "dono da casa", criar família e ganhar dinheiro, vasta família e rico dinheiro, os deuses favorecem-nos esta fase da vida, o dinheiro não é um mal, ser rico é um grande objetivo de vida, e um prazer, não um pecado, torna-se um pecado quando absorve a vida na totalidade, como a avareza, a ganância, a ambição desmedida, exatamente como a luxúria, a gula; a terceira fase designa-se por *vamprastha,* a fase da maturidade, o indiano reconhece o que fez e não fez na vida, o momento de consolidação da família e dos capitais acumulados, a passagem lenta do poder familiar e do negócio para os filhos, uma espécie de dever e haver da vida, se deve à vida é o momento do agradecimento com uma forte doação a um templo, que ajuda a pacificar a alma e a sentir-se interiormente o beneplácito dos deuses, se tem a haver da vida é o momento de aconselhar os filhos a seguirem outro caminho, de rogar perdão aos deuses pelas faltas cometidas, de olhar para dentro de si e remexer nos defeitos, buscando o *dharma,* a virtude, que, mesmo numa vida negativa, sempre existe, Xavier ilustrava, se sou ajudante de tratador de cavalos, mero servente de limpeza dos estábulos, a minha virtude consistirá em manter os cavalos e o estábulo o mais limpos possível, nunca faltar com a palha e a água e obedecer com lealdade ao dono dos cavalos, é esta a minha virtude, pela qual serei julgado após a vida; finalmente, a partir dos cinquenta anos, hoje, devido a uma mais alta esperança de vida, a partir dos sessenta, o indiano entra na última fase de existência, afasta-se do trabalho, deixa o cuidado da família para o filho mais velho, busca todos os dias o cumprimento dos preceitos religiosos, a *moksha,* a salvação espiritual, redimindo a totalidade da sua vida. No interior daquelas quatro fases e segundo os quatro princípios, cada indiano é livre de reger a sua vida e pode, logo na adolescência, entregar-se todo à salvação, como o fazem os brâmanes, mas, para o geral das gentes, não é necessário, até é um empecilho, primeiro a riqueza e o gozo do corpo, depois, harmonizado com estes, os prazeres da espiritualidade. As palavras de Xavier, a confirmação de Rhema, a prática diária de Sumitha, convenciam-me, lembrei-me de Hassan, de como, lutando afanosamente contra a adversidade, de um riquexó fizera um táxi e deste uma frota de dez, garantindo dois filhos a estudar engenharia em universidades privadas de Nova Deli, era a famosa *jugaad* indiana, a capacidade de luta e improvisação, que os portugueses designavam por desenrascanço, uma autêntica força interior que nunca aceita a derrota, o fracasso, buscando alternativas, Xavier lembrou-me que um taxista de Pangim quando oferece o serviço a um cliente e este recusa, responde com "talvez outra vez", um indiano não perde uma oportunidade de ofertar um serviço aos outros, esperando lucrar com a sua ação, "lucro" não no sentido de dinheiro imediato, mas no sentido de recompensa, que pode ser um favor, um benefício, um simples cumprimento, o princípio de uma bela amizade, o apadrinhamento de um biscate, e assim muitos milhões sobrevivem, de pequenos biscates pedidos por retribuição de um antigo favor, e muitos outros milhões vão enriquecendo exercendo a profissão de biscateiro, uma torneira que pinga, um soalho que apodrece, uma alcatifa que se descola, uma bateria que se descarrega, uns cadernos escolares para vender no chão, em cima de uma esteira, na época da abertura de aulas, uma chaminé que entupiu, e isto, meu deus, enfeitiça-me, esta capacidade maravilhosa de acordar sem dinheiro para comer, sair para a rua e procurar uma tarefa, realizá-la e assim me alimentar, sigo de manhã pela Ghandi Road apreciando a capacidade de trabalho dos goeses, ora parecendo uma multidão desocupada e no momento seguinte todos a trabalharem, em expedientes inimagináveis que lhes permitem pagar o aluguer da casa, a comida dos filhos, ao contrário do europeu o indiano não se presume passar pelo que não é, nem pretende ser o que nunca poderá ser, eles são o que querem ser, incorporam-no nos hábitos, realizando-o momentaneamente, assim ganhando ânimo para se converterem no que desejam ser, um goês que intente ser funcionário público veste desde logo à funcionário público, imitando o modelo que ainda não é, tornando-se de imediato o que deseja ser, fazendo todo o esforço para um dia ser na realidade funcionário público, Xavier concluía, apontando-se como exemplo, de órfão miserável a grande industrial, na Índia, hoje, não há limite para o que se queira ser.

Arun – Um deficiente, o derradeiro Martins da Índia

Na Índia nunca trabalhei, fui fazendo negócios, como a maioria do seu povo, arrasto-me por aqui e por ali, compro uma casa senhorial em estilo luso-indiano ou indo-português, que restauro sem pressa nem plano, cinco anos depois vendo-a pelo triplo do preço, aclimatada a hotel ou pousada ("inn"), adquiro três terrenos na estrada entre o aeroporto e Vasco da Gama, dois deles de arrozais, cuja produção vendo previamente a uma *corporate* de Tóquio, que semeia e colhe um arroz de mistura consumido em exclusivo por uma seita religiosa nipónica, o outro terreno vendi-o para a construção de um hotel, faço investimentos internacionais seguros através do City Bank, fundos de pensões americanos e alemães, com capital de retorno garantido, abri três contas de depósitos a prazo em bancos franceses e suíços, não são quantias excessivas, mas o suficiente para viver na Índia em pleno luxo, de que o meu feitio austero se abstém, todo o dinheiro que tenho ganho tem sido acumulado e será automaticamente transferido para o Memorial Hospital of Mumbay quando o último de nós – eu, Rhema ou Sumitha – morrer, Arun será transferido para o Hospital, que venderá o nosso casarão nas Fontainhas, providenciando-lhe uma vida agradável e confortável até à sua morte, o seu corpo será queimado, contra as regras do Hospital, dirigido por uma confraria católica, as suas cinzas serão trazidas para o Forte da Aguada, em Goa, aqui deitadas ao Mandovi, apagando-se definitivamente a linhagem dos Martins na Índia. Assim o desejo, e fortemente.

Por uma quantia fabulosa (para a Índia), desdobrada em vinte anos, contratei um advogado manhoso de Bombaim, antigo funcionário do City, formado num curso noturno de uma universidade que os australianos e o neo-zelandeses criaram num antigo andar de escritórios, fiscalizará se o Memorial Hospital garante uma vida decente a Arun, criei um mecanismo astuto, verdadeiramente indiano, que força a direção do Hospital a fiscalizar o advogado e este a fiscalizar o tratamento e o conforto de vida a que o Hospital sujeitar o Arun, forçando ambos a assinarem em conjunto, todos os dias 1 de março enquanto o Arun viver, uma declaração garantindo-lhe uma vida médica decente, o dinheiro e os bens depositados na conta só serão destrancados após um gerente bancário, pago a peso de ouro (para a Índia), se deslocar ao Memorial Hospital, confirmando a veracidade da declaração da direção do Hospital e do advogado. Morto, asseguro assim uma vida tranquila ao meu filho, o derradeiro Martins da Índia. Tempos houve, há cerca de cinco ou seis anos, atormentado pela responsabilidade de ser o último português do tempo do Império na Índia, magiquei a ideia de contratar uma prostituta que desse um filho a Arun e um neto a mim, os médicos garantiram-me ser possível que a deficiência do Arun não se transmitisse geneticamente, e, se fosse, poderia mandar abortar o feto, cheguei a abordar de raspão uma prostituta russa que atende, no Verão, num antigo palacete de Campal, ora reconvertido em *nitgh club,* quando as praias de Goa se enchem de russos bêbados e brutos, totalmente rudes, cavernícolas, uns verdadeiros bárbaros despejados pelos *charters* da Aeroflot três vezes por semana, para aqui se divertirem, encharcados em calor, vodka e sexo durante o fim de semana, a russa daria a luz o meu neto, regressaria a Sampetersburgo e ele seria registado como filho de mãe incógnita, nome no registo só o de Arun Martins, e o meu, o dr. Magalhães Pratel, formado na antiga Escola Médico-Cirúrgica de Goa, também em Campal, não me garantiu o que os médicos do Memorial Hospital me afiançaram, o dr. Pratel desaconselhou-me, o filho do Arun seria deficiente, de certeza absoluta, garantiu-me, o Memorial compraria uma criança de outra prostituta russa e apresentar-mo-ia como sendo meu neto, Rhema e Sumitha protestaram, os deuses trariam um menino doido, assim o disseram, não aceitavam que Arun se consorciasse com uma branca deslavada, pediriam ao templo uma menina iniciada como bailadeira, indiana, afiançavam que o botto não iria gostar, e proibiria, Rhema arengou que desafiávamos duplamente os deuses, juntando-nos e tendo descendência, que ora queríamos prolongar, chorou convulsivamente, queimando pivetes junto à planta sagrada hindu, o *tulsi,* percebi que a forçava, Sumitha interiorizara-se, um silêncio sepulcral envolvia os seus passos, a criança nasceria de alma romba, porventura albergue permanente de maus espíritos, torturada e atormentada em permanência, sofredora, porventura assassina, amiga da noite, odiando o dia, não teria descanso, à nossa alma não o dando, quem sabe se não apaixonada pelas altas labaredas do fogo, tudo queimando, finalmente a si própria, ardida de corpo porque toda a existência ardida de alma, ordenei que Rhema não saísse da saleta onde longamente bordava tapetes de Arraiolos, mandei Sumitha para o seu quarto, e de lá não saísse, disse, obedeceram com fidelidade canina, antigas almas indianas, submissas a voz europeia, mas acedi, igualmente pressionado pela russa, que, para além do dinheiro, que lhe daria para viver em Sampetersburgo durante dez anos, queria um apartamento nos novos prédios junto ao hospital de Mapuçá, na estrada para Bardez, ficaria em nome de

Arun, as leis goesas não permitiam que os russos se tornassem proprietários de imóveis, a russa ficaria com usufruto vitalício e, logo que a lei se alterasse ou Arun morresse, ela receberia o andar em herança, o que já era possível, muito complicado, disse-lhe, olha, disse eu, sentado com ela na esplanada de Gaspar Dias, acabamos com isto, não vai para a frente, e levantei-me, pagando a rala cerveja indiana, a dela não paguei, ela veio atrás de mim, ameaçou-me com uma máfia russa, disse-lhe, ouve-me, se eu, o Arun, ou a minha casa, sofrermos uma beliscadura mando vir trinta indianos de Bombaim que vos matam a todos numa noite, de madrugada esquartejam os vossos corpos, de manhã levam-nos numa camioneta frigorífica escoltada pela polícia a um certo templo de Salcete, aí serão queimados e requeimados até não restar uma cinza dos vossos corpos, aproveitarei e guardarei uns nicos de carne do peito, para dar às minhas duas cobras, de Bombaim virá o cônsul russo e constatará que se sumiram, desapareceram, os russos mafiosos voaram, ficará contente, mais um bando de assassinos que desapareceu, nem vale a pena informar as autoridades na Rússia, uns dias depois a russa deslavada bateu-me à porta, não exigia apartamento e contentava-se com a metade da quantia prometida, fugiria de Goa mal o bebé nascesse, pu-la na rua a pontapé.

Sumitha, pouco inteligente mas muito hábil, compunha potes de barro perfeitos, que vendia no mercado através de meninas, filhas de outras vendedoras, Sumitha, passeando com Arun, inspecionava de longe as vendas e o trato das meninas com os compradores, não perdia dinheiro, também pouco lucrava; Arun ajudava a mãe, confeccionava uns potes esquisitos, grossos e bojudos de um lado, finos e espalmados de outro, também se vendiam, estes com gordo proveito, reconhecidos por outros vendedores como obras de arte, enclavinhava os dedos, não conseguia estender as mãos por completo, borrava-os no barro, mais o que caía para o chão do que ficava na mó, Arun sentia uma esquisita atração pelo fogo a cristalizar o barro no forno, eu olhava para ele, demoradamente, o último herdeiro dos Martins na Índia, identificava-o com Bispoi e Shack, elas eram o mal puro, ontológico, Arun, como as borboletinhas, a inocência pura, tão pura que se convertera em mal, não para os outros, mas para si próprio, parecia expiar o mal dos outros nada entendendo da vida, incapaz de sobreviver sem o nosso auxílio e o cuidado de Sumitha, Arun nascera para nada, vivia para nada e por nada morreria, como as minhas duas cobras inférteis, sem os animais que lhes deitava morreriam de fome, presas num pequeno quintal que presumiam ser uma grande selva, sentia-me responsável absoluto pela sua existência, como pela de Arun; Rhema e Sumitha tinham encarado a deficiência de Arun como castigo dos deuses por se terem unido a estrangeiros, Sumitha a mim, seu meio-irmão, e comigo viver maritalmente, notava-lhe por vezes um olhar triste, um olhar voador, sem direção nem alvo, tinha consciência de que a vida confortável que levava não passava do prenúncio de uma futura vida atormentada pela doença e pela miséria, preparava-se para o futuro afagando o rosto das mulheres miseráveis que vinham pedir à porta de serviço, sentava-as e servia-lhes sopa e carne com grão, desejando que na próxima reencarnação alguém o mesmo lhe fizesse, Arum fora a sua primeira punição, muitas se lhe seguiriam, a menor das quais apanhar lepra e viver sem destino, sem eira nem beira.

Com a entrada da segunda cobra no quintal dei-me comigo a pensar que agora tudo estava bem, todos tínhamos os nossos entreténs, não conflituaríamos uns com os outros, sempre que a raiva emergisse desviá-la-íamos para os nossos prazeres, eu as cobras, Rhema o bordado de Arraiolos, Sumitha e Arun a louça preta, uma regra que a tia Belmira me ensinara, numa casa se cada um tiver a sua vida, com as horas ocupadas e objetivos determinados, todos se dão bem, por isso a tia Belmira não impedia a Mãe de esperar o marido à janela, era o seu objetivo, que a ocupava, libertando os outros habitantes da casa, ali sentia que estava viva, alimentando a esperança, superando a certeza da lavagem de escadas na manhã seguinte, o regresso do Augusto alimentava-lhe a esperança, dizia a tia Belmira.

Depressa descobri que Shack gostava mais de água que Bispoi, via-a a detectar a umidade dos fetos e das folhinhas com a língua mexerosa, pedi ao vendedor que trouxesse um compincha para montar um pequeno tanque, o vendedor era o único a entrar no quintal, vinha armado de uma catana fina e de um bastão rematado em duas pontas, como uma forquilha, que, se necessário, afastaria de imediato a cabeça da cobra, preparando-a para a decapitação com a lâmina da catana, Shack enroscava-se no fundo da água, aquecida pelo sol, às meias horas, via-a mais feliz, entrando e saindo, molhando-se, Bispoi nos ramos, caçando pássaros, Shack no solo ou na água, tragando ratazanas gordas, coelhas grávidas e galinhas adiposas, preenchiam-me as noites, por vezes bastante agitadas; para não se guerrearem, atirava dois animais, um para cada uma, as borboletas condoíam-me, presas pelas patitas partidas, procurei uma cola especial, mas o resultado não foi bom; a seguir à monção, quando os campos se enchiam de bandos coloridos de borboletas, encomendava o dobro, meti-as num frasco de vidro até morrerem, conservando-as para o tempo da seca, carente de borboletas, afligia-me quando, com a agitação, para além das gambas, se colavam aos ramos as hastes da cabeça ou a pontinha das asas, imaginava o seu duplo ou triplo sofrimento, uma tortura para o bem do mal, isto é, Bispoi, eu apontava uma cana, tentava libertá-las, arrependido, mas a substância das asas dissolvia-se na ponta da cana, as hastes partiam-se, punindo-as com novo e arrepiante sofrimento, Bispoi já as não comia, dissolvidas, empastadas, pegajosas, as minhas preferidas eram as de asas brancas com pontinhas douradas desenhadas e umas listras castanhas nas pontas, as mais graciosas, esvoaçavam como leques claros andaluzes, presumia que também eram as preferidas de Bispoi, parecia-me não as engolir de uma só vez, saboreava-as lentamente, prendendo-as na boca, sem as trincar, dissolvendo-lhes os tecidos com a saliva, eu, do varandim, alçava o polegar para ela e exclamava, OK!, um bombom, não?

O Pai ajudara os portugueses no campo de prisioneiros

O dr. Colaço culpava os portugueses do abandono de Goa, procurava-me no Clube Português ao fim de tarde, esticava o dedo demonstrador ao lacaio, pedindo chá vermelho com três rodelas de gengibre, tinha abandonado o café de Ceilão, concluíra que lhe acelerava em demasia as batidas do coração, sentava-se ruidosamente, olhava-me nos olhos, reclamava que os portugueses não tinham emenda, complicavam tudo, fizeram tudo errado, o meu coração patriota despertava, exemplificava com os ingleses, senhores e racistas, os portugueses não, asseverava eu, o dr. Colaço contestava, melhor ser tratado por inferior e gozar dos nossos costumes do que ser dado à afeição, à mistura de raças e espezinhar as crenças dos outros, substituídas pelas dos invasores, os portugueses, melosos, dados ao sentimento, tinham-se casado com nativas, abertamente, os ingleses tinham-no proibido, clamou o dr. Colaço, mas ambos tinham expropriado terras aos indianos, transferindo-as para a posse de europeus, os governadores portugueses tinham partido a espinha aos gãocares, a classe média indiana, dividindo os nativos entre uma minoria de ricos muito ricos e uma maioria de pobres muito pobres, gãocare que tivesse fugido de Goa tinha visto as suas terras e casas expropriadas, entregue a portugueses, tiveram de regressar e submeter-se para não caírem na miséria extrema, forçados a conviver com os deuses cristãos, eu emendei, o deus cristão, o dr. Colaço riu-se, sorvendo o chá a ferver pela borda grossa da chávena branca, sim, replicou, a treta dos três deuses num só, infantil, eu retorqui, menos infantil do que acreditar num deus com tromba de elefante, outro com orelhas de macaco, outro com focinho de ratazana, o dr. Colaço, nacionalista, não dava o flanco, representam forças da natureza, diretamente, não enganamos ninguém, são o que são, não transformamos o três em um, estranhos os santos católicos, todos homens e mulheres, nenhum animal, como se o animal não merecesse a santidade, a salvação, a eternidade, o cristianismo é uma religião antinatural, anti-humana, força os seus cultores ao celibato, louva a castidade das mulheres quando o corpo foi feito para a multiplicação, os jesuítas proibiam as cerimônias hindus de casamento, alegavam ser uma liturgia idólatra e gentílica, os goeses não podiam casar-se a seu modo, os franciscanos denunciavam os casamentos hindus e muçulmanos, a administração não os reconhecia para efeitos de herança, as crianças hindus e muçulmanas vistas como filhas do diabo, porra, vociferou o dr. Colaço, socando o tampo da mesa, pontapeando uma cadeira, em 1960 já não podia com os portugueses, eu, um seu admirador, olhou repentinamente para mim, pensei que me ia socar, efeito da sua bílis perturbadora, não, afagou-me o joelho, o seu pai era diferente, disse, o Augusto tornara-se verdadeiramente indiano, regressou a Pangim aquando da invasão, vestia langotim, atrigueirara a pele com o sol do vale onde ele vivia, em tudo indiano, no gesto de cumprimentar, na comida, só o cabelo o denunciava, crespo como um cabo-verdiano, o seu pai viera ajudar os portugueses do campo de prisioneiros, o comandante indiano não acreditava que o Augusto era português, enxotava-o, o dr. Magalhães cedeu-lhe um fato completo, calças, casaco e colete, o Augusto não se sentia bem vestido à europeia e pediu um caqui, camisa creme, calções de fazenda, sandálias de couro, guiava a carroça do dr. Magalhães com farinha para as apas e os chapatis, latas de conserva, cavalinha, atum, sardinhas, apresentava-se ao portão improvisado do campo de refugiados portugueses, as rédeas da azémola entre as mãos, a traseira da carroça carregada, radiotransístores, garrafões de vinho Camilo Alves e Valdor, toalhas brancas de algodão, cuecas, tínhamos medo de que nos considerassem aliados dos portugueses, seríamos expulsos da função pública, demitidos das nossas funções de professores, advogados, juízes, o Augusto não, dizia ser seu dever ajudar os compatriotas, deixara Rhema a tratar dos animais, nós nunca a conhecemos, só o Xavier, o Augusto era um português puro, fazia o que o coração lhe ditava, não olhava a interesses, fora assim com o rapto da filha do brâmane, era assim com a ajuda aos soldados presos nos campos, tinha de fazer, fazia, sem olhar a consequências, o comandante do campo disse que se o Augusto era português tinha de seguir para Moçambique com os restantes refugiados, sabes o que o teu pai lhe respondeu, nem acreditas?, 'tá bem, abelha, foi assim mesmo, 'tá bem, abelha, prenderam-no depois de quase um mês a transportar roupas e víveres na carroça do dr. Magalhães, foi preso por se recusar a partir, o Augusto assegurava não ser nem português nem goês, tornara-se um ser estranho, híbrido, rezava a Nossa Senhora de Fátima e a Shiva, misturava o português com o concani, comia o arroz indiano mas tinha saudades do bacalhau, dormia sobre uma esteira recordando-se da cama de Lisboa, o comandante indiano exclamou, você é uma aberração, você não é português, nem europeu, nem indiano, nem goês, como você, vociferou o dr. Colaço, apontando para mim, sim, confirmei, sou um espectro do Império, um fantasma errante da Europa, vivo de lucros financeiros, nada faço de útil, o dr. Colaço confirmou, nem filho de jeito tem; mal-humorado, repliquei, não quero falar disso, o dr. Colaço não se conteve, a aberração do Arun confirma a aberração da ligação entre a Europa e a Índia, eu levantei os braços, cerrei os punhos, apeteceu-me esmurrá-lo, o dr. Colaço tratara da certidão de nascimento do Arun, paguei-lhe excessivamente, deve ter desconfiado de alguma coisa, porventura interrogou Xavier, percebi que sabia mais do que dizia, já o desconfiara quando tratara dos papéis do casamento com Sumitha, não queria tê-lo como inimigo, arranjar-me-ia problemas, baixei os braços, sim, respondi, na Índia tudo é possível, desviei a conversa, sem Portugal Goa não existiria, podemos ter estragado tudo mas também fomos nós que criamos tudo, o dr. Colaço exaltara-se, o calor fervia na rua, as ventoinhas do clube não arrefeciam o ambiente, Xavier ainda não financiara a compra de ar condicionado, os mosquitos batalhavam em torno do nariz do dr. Colaço, irritando-o, rematou, 500 anos desperdiçados, Goa era hindu e muçulmana e assim continuaria, os portugueses destruíram a harmonia que fora criada, eu retruquei, matamos os muçulmanos porque oprimiam e exploravam os hindus, nestes não tocámos, o dr. Colaço riu-se com vontade, ah, não, não destruíram centenas de pagodes, não expulsaram centenas de brâmanes, o que me diz dos 500 hindus presos na segunda metade do século XVI por terem participado num casamento não católico, pagão, como então se dizia, presos, alguns torturados, outros ameaçados, só libertados após terem jurado que se converteriam ao cristianismo?, eu não sabia, disse que não me preocupava, os hindus juntaram mais um deus ao seu panteão de divindades e pronto, qual o problema?, perguntei, os jesuítas e franciscanos conseguiam conversões voluntárias entre os mais pobres dos pobres, os intocáveis, atribuíam-lhes ofícios humildes mas remunerados, estes passavam a contar com o pão diário, doavam-lhes terras expropriadas aos muçulmanos, ensinavam-nos a ler e a escrever e instituíam-nos em cargos administrativos, substituindo os brâmanes, forçavam-nos a perfilhar os filhos dos pais muçulmanos assassinados pelos cristãos, uma revolução em Goa feita pelos portugueses, encenavam batismos coletivos, enfeitavam as ruas de acesso às igrejas de arcos de triunfo de madeira pintada, coroas gigantes de flores, luminárias de azeite de peixe, bandos de cabras adornadas com guizos de cobre, expulsavam as vacas do mercado e faziam explodir fogo-preso chinês, multicolorido, que enfeitiçava os olhos e atordoava os ouvidos, os hindus, os verdadeiros, casavam-se em segredo, às escondidas, no templo, na alva da madrugada, ou à noite, após o levantar da Lua, antes de o capitão Diogo Fernandes ter destruído todos os templos de Salcete, expulsando os brâmanes para a mata, devorados por tigres e chacais, sei que não me devo orgulhar dos atos de Diogo Fernandes, da perfídia jesuíta, mas nenhuma nova raça nasceu senão do sangue da violência, e também me orgulho de Afonso de Albuquerque ter instituído o casamento entre portugueses e mouras e indianas de pele clara, ter proibido o sati, recusando a morte pelo fogo das viúvas, a violência atrai a violência, Goa era uma sociedade aterrorizada pelo poder dos muçulmanos, seria impossível conquistá-la sem meios violentos, toda a nova ordem é imposta através da repressão, mãe do terror, o dr. Colaço não se deu por vencido, os indianos estavam na sua terra, cristãos e muçulmanos são adventistas, estranhos, exógenos, apenas pela força se impuseram, uma força que não conhece fronteiras nem respeito, as primeiras autoridades portuguesas proibiram as cerimónias de celebração a Ganesh, substituíram-nas pelas festas litúrgicas do santo do dia, S. Bartolomeu, obrigaram os goeses a ajoelhar-se frente ao altar do santo e a beijar-lhe o pé sujo de madeira, forçaram os hindus acristianizados a abandonarem a comida do caril e da massala, carne assada sem condimento, carne da vaca sagrada, os goeses enojavam-se, vomitavam, porventura o seu undécimo avô terá sido um deles, ensinava as crianças que a carne assada de vaca era boa, elas fugiam para os terraços, os telhados, as copas das palmeiras, os cristãos perseguiam-nos, abriam-lhes a boca à força e espetavam-lhes nacos de carne de vaca assada até a garganta, os pais davam-lhes chás, vomitórios, purgativos, as crianças regurgitavam durante a noite a carne que tinham comido de dia, bebiam muita água, purificando o interior do corpo, os brâmanes, perseguidos, fugiam, abandonavam o litoral, internavam-se na floresta, rodeados de caçadores, que afugentavam os tigres e os macacos, os neófitos cristãos recusavam-se a limpar as casas dos hindus, a fazer-lhes a comida, a lavar-lhes a roupa, passeavam-se na Rua Direita com trajes europeus, com evidente orgulho, outros disfarçavam-se de cristãos mas permaneciam hindus, outros, para sobreviver, consentiam costumes cristãos, todos os convertidos enriqueceram rapidamente, legando terras e animais a seus filhos, origem da dinastia das grandes famílias luso-indianas goesas, de que o dr. Colaço é descendente, disse-lhe, alguém na sua família, há 500 anos, traiu a sua crença e fez-se cristão, quis ofendê-lo, os verdadeiros hindus fugiram para o Guzerate, ficaram em Goa apenas os cobardes, os hesitantes, os indiferentes, os passivos, aqueles que possuíam espírito escravo, Goa nasceu, não de heróis, mas de escravos, a massa de sangue e de nervos de que os portugueses se serviram para levantar o seu Estado, Goa nasceu do entulho humano, Goa é uma cloaca, somos todos filhos de um bando de cobardes.

Sumitha reza à Nossa Senhora de Fátima

Sumitha rezava piedosamente à Nossa Senhora de Fátima, que consolasse Goa, acometida por uma pavorosa monção, a mais violenta dos últimos cinquenta anos, mãos cristãs postas à altura do peito, como a Senhora, orava fervorosamente, como uma portuguesa de Abrantes, ajoelhada, o busto inclinado em respeito, a cabeça deposta, em sinal de veneração, os pés juntos imóveis, o olhar fixo no lajedo da igreja de Nossa Senhora da Conceição, fora das grades do altar, frente a uma peanhazinha que conserva a imagem da Senhora trazida de Portugal pelo dr. Magalhães Pratel, destacada de um retábulo baço, de figuras de tinta apagada em cinco tábuas de nogueira portuguesa, *A Virgem com o Menino ao colo,* três anjinhos volantes, tremelicando as asas transparentes, os pezinhos finos de cristal, um Papa, um Rei de Portugal que nunca identifiquei, dignitários e prelados da Corte em adoração à Senhora, o relevo dos corpos desbotado, a tinta amarela e dourada lascada, manchas de umidade tinham desbastado a madeira, o quadro *A Virgem e o Menino* fazia as vezes de fundo e baldaquino à imagem da Senhora, de peito saliente e robusto, que assustava as formas esguias das indianas, Sumitha mirava nos seios fortes da Senhora de Fátima a certeza de muito leite que alimentara o Crucificado, preparando-o para as dores do suplício, um pouco baixa, atarracada, para o feitio alongado dos corpos das indianas, a túnica comprida europeia, assemelhada ao sari indiano, Sumitha gostaria que a Senhora tivesse sido representada calcando a serpente do mal que, em forma de chuva e vento diluvianos, transformava Pangim numa vasta poça malcheirosa, berço de insetos voadores transmissores da malária e do tifo, mais bela seria a imagem da Senhora se elevada entre um par de colunas salomônicas que se afeiçoavam ao gosto indiano do pórtico dos templos, cobertas de folha de videira e cachos de uva branca, como Sumitha contemplava com meditação e agrado nas pagelas coloridas que o padre Mascarenhas ofertava a Arun. Devido ao perigo de surtos epidêmicos, contra as recomendações escritas nas portadas da igreja, em papel vegetal colado com fita-cola inglesa, Sumitha gostava de se persignar com água da pia batismal original, de granito ferroso de Salcete, bordo aconcheado e bojo picado, disposta junto ao lambril de azulejos portugueses do século XVIII, representando a vida amargurada da santa mártir Nossa Senhora de Figueiró dependurada pelas clavículas das muralhas de Coimbra, Sumitha balançava o dedo indicador sobre a ponta da língua deixando tombar nesta uma gota de água resinosa e gordurenta, que a educação infantil de Sumitha não enojava, crente na desinfestação da atmosfera espiritual da igreja, eu recriminava-a, censurava-a, ainda cais à cama varada por febre, Sumitha respondia que o Maligno perdia os seus poderes à entrada do espaço sagrado, alguma doença, se a tivesse, seria apanhada fora da igreja, nunca dentro dela, fosse hindu, cristã ou muçulmana, casas diferentes do mesmo Xiva, Buda, Alá ou Cristo, em todas as casas diferentes habita um só senhor, criador, conservador e destruidor do mundo e dos homens, que um dia regressaria como restaurador definitivo da paz e da boa-aventurança perdidas, até lá só nos resta expiar culpas próprias e alheias; nestas alturas afastava-me de Sumitha, neófita entusiasmada das coisas sagradas, abancava na saleta de bordar de Rhema, esta compunha um cervo em novo tapete, perguntava-lhe pelo Pai, como vivera após a separação definitiva com Portugal, sim, ambos tinham sabido da invasão por um batalhão de tropas indianas, que se arrastava pela estrada de macadame a caminho de Pangim, os ouvidos ensurdecidos pelo roncar de avionetas e aviões militares, voando a baixa altitude, que tinha atemorizado os animais, afeitos ao silêncio do vale, e agitado os cunhais de laterite das casas, o Pai regressara à capital sozinho, vou ajudar os meus compatriotas, dissera, Rhema soubera que o Pai comprara uma ventoinha e um transístor a pilhas e os levara ao campo de prisioneiros de Nevelim, mais dois volumes de tabaco em pó, o papel de cigarro tinha-se esgotado, o Augusto não tinha onde morar, dormira na escadaria da igreja de Nossa Senhora da Conceição, bebia água da chuva e comia mangas verdes das árvores, o dr. Magalhães integrara-o no corpo de voluntários da Cruz Vermelha, organizado pelas senhoras luso-indianas, o dr. Magalhães enchia uma carroça por semana de legumes, vegetais e arroz, algumas peças de vestuário, papel, canetas e tinteiros, algumas Bíblias, o Pai dirigia-a para o campo de prisioneiros, o comandante do campo hesitava, o Augusto abandonou os trajes portugueses, vestia-se de indiano, invocava a caridade dos deuses de Goa, o comandante ameaçava prendê-lo, o Pai espojava-se no solo como um indiano miserável, o comandante mandava descarregar a carroça, entregava a carga a um major português, que distribuísse, o Pai sorria, dizia "boa sorte" em português, o major pedia lençóis, as ruas de Pangim tinham-se tornado um deserto, bandos de vacas circulavam pelas ruas tragando flores de sardinheira lisboeta, o Pai juntou-se à comunidade luso-goesa, as famílias brancas não saíam de casa, atemorizadas, portadas e portões trancados, as mulheres agarradas aos filhos a chorar e a rezar, falava-se de um avião brasileiro que levaria os últimos portugueses, o dr. Magalhães e Xavier avisavam o Pai, deveria partir, ele recusava, a minha pátria é ao lado de Rhema e Sumitha, dissera por várias vezes, a nave da igreja fora ocupada por famílias luso-goesas, recusavam regressar a casa, receavam que, se esta fosse ocupada por indianos durante a noite, as matassem, o Pai distribuía pão e batatas cozidas, massageava a cabeça das senhoras, atormentadas com dores, empastava-lhes a testa com unguentos almiscarados, que as consolavam, aconselhava-as a libertarem-se dos corpetes, que lhes adelgaçava a cintura mas lhes afogavam o peito, algumas senhoras sugeriam que substituíssem os vestidos, as saias e as blusas pelos saris, talvez por vestidos bajus, longos, largos, bordados a oiro, menos europeu, talvez os indianos as respeitassem, o Pai recusava rezar os três terços diários que as senhoras organizavam, dormia na sacristia, entre os arcazes, saía de madrugada para as cercanias do mercado com dinheiro dado pelo padre Mascarenhas, abastecia o riquexó de um católico de carne de cavalo, que assava nas traseiras da igreja, alimentando a comunidade por um dia ou dois, Pangim fora atravessada pelo rumor da existência de um bando de *Freedom Fighters* prontificado a roubar a talha coberta a pó de ouro do altar principal da capela do Santíssimo Sacramento e toda a arte sacra em prata e casquilha, uma forma de indenização compensatória pelo ferro que os portugueses tinham extorquido do solo de Goa nos últimos anos, Pangim tinha sido ocupada por soldados oriundos do estado de Madrasta, nem portugueses nem luso-indianos se atreviam a sair de casa ou da igreja, o vinho da missa acabara, o padre Mascarenhas celebrava a missa com água avermelhada pela polpa esmagada de mirtilos vermelhos que o Pai descobrira num quintal, cortara dez ramos e trouxera-os; as goesas velhas tinham desatado num pranto apocalíptico, um jardineiro do palácio do governador, chegado à igreja a meio da missa, clamara que as relíquias santas do corpo de S. Francisco Xavier seriam retiradas para Bombaim, para a igreja de Nossa Senhora dos Remédios, o esqueleto desmembrado, os ossos empalhados e encaixotados e enviados para a Sé de Lisboa, os portugueses que cuidassem do santo que fundara a Inquisição em Goa e mandara queimar e destruir pagodes hindus e mesquitas muçulmanas, acabar-se-ia definitivamente com o mito de Goa ser a "Roma do Oriente", tinham dito as autoridades militares indianas, uma nonagenária garantia ter tido a visão de Goa futura sem igrejas, nem uma, o terreno plano e espalmado, como se Velha Goa nunca tivesse existido, outra velha rogou a Nossa Senhora que não permitisse que os ossos do santo fossem esmigalhados, os indianos, ressentidos, raivosos, rancorosos, eram capazes disso, moíam os ossos de S. Francisco Xavier e davam-nos aos corvos em forma de farinha, padre Mascarenhas não acreditava em tanto mal, o Pai intercedia pelos indianos, boas pessoas, vivia no meio deles há cinco anos, sabia do que falava, nenhum indiano entraria numa igreja para roubar, território sagrado, tão respeitado quanto as cinzas da mãe, meninas indianas criaditas refrescavam as senhoras com abanos de ola, com as madeixas tombadas desalinhadas sobre a testa, a laca do cabelo derretida, a pele azeitonada umidificada pelo suor, derretendo o pó-de-arroz inglês, algumas já trajavam saris, mais leves, frescos, aventados, preparando-se para a transição, não valia a pena ofender os *Freedom Fighters*, novos vigilantes dos costumes, o dr. Magalhães tratava de negócios e calmava as senhoras, o padre Mascarenhas não gostava, preferia as saias rodadas ou os vestidos de crepe-da--china, cetim brilhante e leve, roda bordada de missangas, os homens fatos de fazenda, as senhoras fingiam não ouvir, diziam que o padre não tinha filhos, elas deviam defender-se defendendo a família, o cheiro acre a transpiração fedia pela nave, o Pai organizou uma fila de lacaios, baldes de água do Mandovi, as senhoras lavavam-se na dependência das velas e dos círios de pagar promessas, umas às outras, massageando o corpo com óleo de palma, uma das criadas saltou quintais e vedações, trouxe jasmim do templo indiano, abafando o cheiro fétido, o Banco Nacional Ultramarino fora assaltado, ordem dos *Freedom Fighters,* o Pai vira o dr. Magalhães a assistir de longe, o carro parado numa esquina, o Pai apostava que o dr. Magalhães devia dinheiro ao banco, porventura uma quantia enorme, assim as contas ficavam feitas, saldo zero, aliviado dos encargos do empréstimo já podia construir outro prédio em Campal e outra moradia em Dona Paula, o comando do exército indiano requisitara as casas senhoriais, os solares, para alojamento de oficiais, as senhoras ganharam coragem, gritaram com as criadas, sentadas no chão, refrescando o corpo no chão de laje, partiram a tomar conta das casas, receosas de que os oficiais indianos as saqueassem, uma senhora vomitara, encharcando a porta do confessionário, o padre Mascarenhas mandara abrir as duas portadas da frente, o marulhar do terço chegava à praça, as senhoras tinham desistido de rezar para que os indianos de Nehru não violentassem Goa, rezavam para que a ordem fosse reposta, qualquer que fosse, portuguesa ou indiana, a tranquilidade retornasse, a segurança, os velhos hábitos, os criados continuassem criados e os senhores, senhores, os chardós sentiam desabar o sistema igualitarista cristão, preferiam as castas hindus, mais estáveis, mais diferenciadas, cada um sabia o seu lugar desde o nascimento, não havia confusões, como as pregadas pelos padres operários, felizmente o padre Mascarenhas sabia quem era, o que dele esperavam, exigiam-lhe palavras de resignação, não de revolta, os gãocares goeses recordavam antigas histórias narradas pelas amas de colo, a de Diogo Fernandes, capitão do Forte da Aguada, um fanático da fé, derrubara trezentos pagodes hindus e mesquitas muçulmanas na totalidade do território de Goa, escravizara brâmanes e imãs, Gil Eanes de Mascarenhas, capitão do Malabar, gabava-se de ter matado dez brâmanes a tiro de pistolete, forçara cada um, antes de os fuzilar, a matar uma vaca e a ingerir carne desta assada, talvez os antepassados tivessem razão, pensavam chardós e gãocares, e os portugueses tivessem amaldiçoado Goa, de repente a igreja ficara vazia, cada família luso-indiana retirara-se para casa, talvez tivesse chegado o tempo da autenticidade, nem cristãos nem muçulmanos, na Índia deviam mandar os indianos.

Fim

Sou o último português habitante de Goa, não de passagem, não em missão cultural ou diplomática, o último português a habitar permanentemente solo goês, cheguei em 1975, buscando o Pai, animado do espírito do fim do Império, os portugueses que me seguiram, descendentes da comunidade indiana ou luso-indiana em Portugal, vinham fazer negócios, importar arroz, ferro, frutos tropicais congelados, madeira de lei, concorriam com os escritórios do dr. Magalhães e de Xavier, eu viera de mãos vazias, cheias apenas do ar da língua e da cultura, buscava um Pai, isto diz tudo, não me conseguira libertar da necessidade, do amparo e da proteção de um pai; o meu undécimo avô e o Pai foram homens mais libertos do que eu, vieram e instalaram-se, não procuravam ninguém que os salvasse, eu procurava um Pai, um beijo, o terceiro beijo; o feitiço da Índia fora-lhes superior às saudades, eu confundia a Índia com a nova terra do Pai e casei-me em família, com a sua filha, fiquei para sempre preso a ele, folgo que o corpo do Pai tenha sido incinerado, não sabia o que aconteceria se tivesse encontrado a campa do Pai, recordo os dias de Cochim e a atração que senti pelo túmulo vazio de Vasco da Gama, porventura teria mandado erguer uma estátua ao Pai sobre o seu túmulo, tê-lo-ia enchido de flores, frescas, bem-cheirosas, visitá-lo-ia todos os dias como uma viúva penitente, Rhema trouxe as cinzas do Pai quando se retirou para o templo, veio a Velha Goa de propósito, lançou-as ao Mandovi, o rio mais português da Índia, junto ao arco dos vice-reis, para que as águas apurassem se as levariam para o Ganges ou as empurrariam para o Tejo, por ela o Pai ficaria para sempre em Goa, a única imagem de Portugal que Rhema concebia, para Rhema Goa era Portugal, disse-me com suficiente grau de clareza que o Pai se tornara totalmente indiano menos na religião, nesta vacilara, incapaz de levar a sério aqueles deuses estranhos de cabeça de elefante de múltiplos braços, Sumitha, pequenina, recordava-se de ter ouvido o Pai falar-lhe em português, passara-lhe a memória da língua, que fora a sua primeira identidade.

Aqui estou, feliz, com a minha nova família indiana, em solo indiano, esperando a morte, rogo para que a ordem natural seja respeitada pelo destino, primeiro Rhema, depois eu, depois Sumitha, depois Arun, acredito ser possível que Arun, de corpo defeituoso, possa morrer primeiro do que Sumitha, o meu testamento vela pelas duas hipóteses, ambos ficarão financeiramente resguardados.

Posso morrer em paz, não totalmente em paz, sinto falta do terceiro beijo que o Pai nunca me deu.

Contei tudo de uma forma muito simples. Por vezes, excessivamente simples.

Pangim, 1 de janeiro de 2012

Adenda

No dia 13 de maio de 2012, dia de Nossa Senhora de Fátima, Arun levantou-se à entrada da madrugada, atravessou a casa em silêncio nos escassos momentos em que eu, após ter brincado toda a noite com as minhas cobras, dormitava na varanda sobre um tapete de juta, de tronco nu, aliviando o calor de tempestade, o cigarro apagado no cinzeiro, o romance *The Space Between Us*[2], de Thrity Umrigar, caído sobre a barriga peluda, recordo ser atravessado pela sombra de um corpo, alteei as pálpebras e nada vi, presumi ter sido o primeiro bando de gralhas a levantar voo e a atravessar o Mandovi, Arun ia descalço, silencioso, deixara as alpergatas junto à cama de Sumitha. Arun assemelhava-se-me na insónia, mas, espírito gaiato, brincalhão e inquieto, adormecia o corpo à custa de passear na Gandhi Road ao fim da tarde acompanhado de Sumitha. Sempre que acordava com a casa em silêncio, Rhema e Sumitha adormecidas, eu nas traseiras brincando com Bispoi e Shack, Arun tinha licença para se deitar ao lado da mãe, abraçá-la e afagá-la até Sumitha acordar de vez.

Nessa madrugada não o fez. Sumitha proibira-o de brincar com as acendalhas na tarde anterior, não sei bem porque, Arun gostava de contemplar o brilho incandescente do fogo no

---

[2] Tradução portuguesa com o título *Bombaim*, Presença Editora, 2011.

bojo do forno de olaria, no anexo das traseiras, porventura terá exagerado no número de acendalhas para aquecer o forno, terá querido atear um fogo forte, robusto, Sumitha ralhou-lhe, ouvi-a na sala dos livros, onde emendava páginas do manuscrito deste romance, proibindo-o de mexer nos gravetos, no carvão e nas acendalhas.

    Nesta madrugada de má memória, que destruiu a minha vida, criando um final trágico a este romance, Arun, caprichoso, rezingão com a mãe, confirmou que eu dormia, escapando-se-me, desceu as escadas e procurou o anexo junto ao quintal para os trabalhos de olaria, juntou um montinho de acendalhas impregnadas de petróleo e largou-lhes fogo com os fósforos longos que Sumitha depunha numa prateleira alta, Arun deslocara-se ao portão das traseiras e daqui trouxera um banco alto, para o qual subira, acedendo à caixa de fósforos, as acendalhas devem ter pegado fogo às restantes, ou aos panos de algodão sujos de limpeza das peças de olaria, porventura às duas vassouras de ramículos de salgueiro, porventura ao papel de jornal velho para embrulhar as peças, porventura à caixa alta e gorda de acendalhas importada da Alemanha, porventura à construção de bambu do anexo, Arun deve ter saído do anexo horrorizado, porventura terá pontapeado com a perna boa os jornais velhos, os panos sujos a arder, faúlhas, brasas incandescentes devem ter ascendido no ar quente da madrugada, subido o murete, pousado no húmus vivo, no restolho de folhas secas do quintal das cobras, alastrando um fogo rasteiro que, rápido, em brasa, se pegou às trepadeiras, à folhagem úmida, à ramagem baixa, criando uma atmosfera quente, densa, sólida, atiçando os ramos altos, a copa das laranjeiras e dos limoeiros, que, alimentados de combustível tão favorável, se incendiou espontaneamente.

    Acordei rispidamente com os gritos de Sumitha, que acorrera às traseiras da casa buscando Arun, este refugiara-se na sombra do anexo, as chamas cercavam a construção de bambu, Arun corria de um lado para outro, aterrado, procurando fugir, lançando uns balidos medonhos, semelhantes aos expelidos por um mudo que por força quisesse falar, as chamas tinham-se espalhado pelo emaranhado grosso da vegetação rasteira, consumindo-o em labaredas pequeninas, baixinhas, Arun vira aterrorizado Shack contorcida sobre o penhasco artificial, a rocha aquecera, abrira rachas na base por efeito da alta temperatura, a camada de pedra da superfície expelia um vapor adensado em fumo, cinzento, Arun, de olhos apavorados, via Shack contorcer o corpo, de cauda assada viva, retorcida, os músculos da cabeça desprovidos de força, num último alento buscou o pequeno tanque, mergulhou, melhor, deixou-se cair, nesse instante a água começou a ferver, cozendo Shack viva, o olhar estrábico de Arun buscou Bispoi, ansioso, os globos oculares pulados, vislumbrou a sombra voadora da cobra entre os ramos altos da árvore-da-chuva, Bispoi fugia das labaredas, das nuvens cinzentas de fumo, das faúlhas volantes, Arun, atormentado pelo destino da minha cobra preferida, desejando poupar-me a dor da morte desta, abriu a porta do quintal-selva com a chave descuidadamente deposta na fechadura, nunca nos passou pela cabeça que Arun pudesse entrar no território das cobras, tão medroso era, fugindo de as ver, quis salvar Bispoi, foi o que foi, as copas dos limoeiros e das laranjeiras compunham uma tocha única, bela mas perigosa, malvada, lançou fogo aos ramos da árvore-da-chuva, enchendo-os de labaredas, Arun, corajoso, saltou sobre o lume rasteiro, queimando os pés, tentou subir à copa da árvore, labaredas assomaram-lhe ao pijama, uns calções brancos de algodão e uma camisola interior de lycra, sentiu as coxas a arder, parou no meio do fogo, saltando sem sair do mesmo lugar, gritando horrorizado, o corpo uma labareda única, um tição único, o cabelo rechinava quando cheguei alertado pelos gritos de Sumitha, nada podíamos fazer, a copa da árvore-da-chuva pegara fogo, lançando labaredas altas e fortes, que lambiam a madeira da varanda interior, queimando-a, alastrando-se ao soalho…

*

São onze horas da manhã, o belo solar da Rua de Ourém, em Fontainhas, deu lugar a um buraco negro, paredes ruídas, farruscadas, sombrias, interior desaparecido, uma pasta preta amontoada de brasas e tições, a árvore-da-chuva elevada, destacada, totalmente incinerada, como um espectro do passado perturbando o presente, não temos roupa, não temos pertences, não temos os papéis do banco, não tenho bilhete de identidade, não tenho passaporte, Rhema, vinda do seu quarto, salvou-me este manuscrito, jogando para a rua as folhas desirmanadas, Xavier mandou uma viatura de uma das suas empresas, seguimos para sua casa, o dr. Pratel e o dr. Colaço puseram as suas residências à nossa disposição, percebemos que fazemos parte da comunidade luso-goesa, decadentes como esta, mas vivos.

Rhema e Sumitha agarraram-se ao corpo queimado de Arun, Sumitha acusa-me: a minha maldade, projetada nas cobras, atraíra a desgraça, a adversidade, Arun fora o bode expiatório da minha malignidade, Rhema sussurrara-me que o Pai a avisara, havia exatamente duas noites, o recorte esfumado da figura do Pai desfizera-se em fogo, uma bola de fogo pairara no quarto de Rhema após a partida do Pai, de madrugada, ela presumira ter sido sintoma do amor de ambos, um amor permanente, que a morte não esgotara, o Pai avisara-a, percebia agora, porventura fora o Pai que acicatara Arun, aquiescera com o casamento entre os meios-filhos, nunca com a reprodução destes, Arun fora fruto do mal, e assim morrera, às mãos do mal.

Sumitha não me abraça, desvia-se, olha-me obliquamente, receio ter perdido o seu amor, resignar-se-á a viver comigo, é minha esposa, mas não mais me oferecerá o seu corpo meigo.

Não sei o que fazer, perdi o último orgulho que me restava, o de ser o derradeiro português-português da Índia, não tenho forças para refazer a vida, penso sinceramente em suicidar-me, é possível que me suicide nos próximos dias, depois de alterar o testamento. Desejo fortemente que o sangue português continue a correr na Índia, agora secundarizado. Deixarei todos os bens a Sumitha com uma condição, que se case novamente, com quem quiser, para que o sangue dos Martins continue a correr na Índia, ainda que mutilado, está nos quarenta, ainda pode ter um filho, a esse filho chamará José Martins, ora como nome próprio, e ao filho do filho chamará Augusto. Ao bisneto deixará ordem para que se chame Luís, o meu nome. Depois, será o grande silêncio, o puro sangue português e europeu de outras eras deixará de correr na Índia.

Pangim, 13 de maio de 2012

Impresso em São Paulo, SP, em dezembro de 2016,
com miolo em off-set 75 g/m², nas oficinas da Forma Certa.
Composto em Adobe Garamond Pro, corpo 12 pt.

Não encontrando esta obra em livrarias,
solicite-a diretamente à editora.

Escrituras Editora e Distribuidora de Livros Ltda.
Rua Maestro Callia, 123 – Vila Mariana – São Paulo, SP – 04012-100
Tel.: (11) 5904-4499 – Fax: (11) 5904-4495
escrituras@escrituras.com.br
vendas@escrituras.com.br
www.escrituras.com.br